KB232860

호남좌도농악을 중심으로

한국농악의 역사와 이론

한국농악의 역사와 이론

김정헌 지음

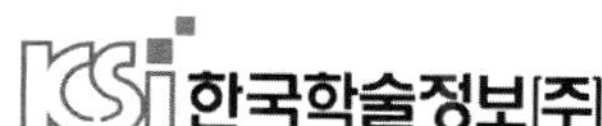
KSI 한국학술정보[주]

판굿의 신명에 달뜨던 대학시절, 꽹과리채를 손에 쥐고 세상 만난 사람 모양으로 캠퍼스를 누비고 다녔던 기억이 아스라하다. 정녕 그 시절은 정열의 바다에 몸을 담그고 살았다. 공연이 끝나면 가난한 주머니를 털어 학교 앞 골목, 침침한 백열전등이 켜 있는 막걸리 집에 모이곤 했다. 안주 한 접시에 수십 병의 막걸리를 비우며 그러나 우리는 조금도 가난하지 않았다. 희망과 용기가 있었고 그래서 미래는 우리의 것이기만 했다. 새벽이 이슥하도록 술에 취해 토론하고 노래 부르며, 때로는 꺼이꺼이 목 놓아 울기도 했다. 참 겁 없이 살았다.

저 1980년대가 우리에게 던져 준 것은 이데올로기만이 아니었다. 이 세상은 살 만한 가치가 있고 서로 부대끼며 더불어 사는 곳이라는 것을 알게 해 준 것만으로도 우리는 그 시대에 감사의 인사를 하지 않을 수 없다. 그랬다. 농악은 그런 진실을 알게 해 주는 매개체였던 것이다.

돌이켜 보면 그 시절, 우리는 열정으로 충만한 대신 지혜가 모자랐다. 한창 나이 이십대 초반에 무슨 지혜일까만 우리가 떠받치고 있던 시대정신의 무게를 열정만으로 버티기에는 너무 버거웠던 것이다. 우리는 그래서 괴로웠는지 모른다. 우리가 고래고래 술에 젖은 고함소리를 밤하늘에 내던진 까닭은 그래서였을 것이다. 우리는 어디만큼 와 있으며 어느 곳으로 가고 있는지 잘 몰랐던 것이다. 바다 건너온 이데올로기를 입힌 당의정만으로는 그 화두가 해결될 수 없었다. 우리는 진정 어디쯤에 있는가?

대학을 졸업하고 이제 전업적인 '굿쟁이'가 되리라 마음먹고 세상에 나선 순간부터 현실의 파도 앞에 대학 시절 켜켜이 머릿속에 정돈해 두었던 철학과 예술과 이데올로기가 송두리째 흔들렸다. 그것은 당연했다. 우리는 지혜가 모자랐고 지혜의 눈을 뜨게 할 스승을 만나지 못했던 것이다. 그리고 그때부터는 온몸으로 감내해야 할 이 세월이 스승이었다.

이 책은 그러한 지혜 없음을 가지고 20년을 농악 판에서 버텨온 먹물 출신 '굿쟁이'의 몸부림이다. 진실로 '굿쟁이'라 부르기에 부족함이 많음을 잘 알고 있으며 학자가 되기에는 더더욱 부족하다고 생각한다. 하지만, 아무도 자신의 화두를 대신 해결해 줄 수 없다. "농악은 어디쯤 와 있으며 어디로 가는가?" 이것이 우리의 화두이며 그 '농악' 속에 우리가 있다. 그동안 농악을 하면서 숙세의 인연을 거친 많은 이들과 조우하였을 것이다. 수많은 얼굴들이 물처럼 흘러서 왔다 물처럼 흘러서 갔다. 아니 우리는 같이 흘러가고 있다. 어디로 가는가?

이 책이 나오기까지 제일의 공로자로 남원농악의 스승이신 류명철 선생님을 꼽지 않을 수 없다. 남의 말을 잘 안 듣고 건방지며 게으르기까지 한 먹물출신의 제자를 15년 동안 품 안에 거두어 주신 것만으로도 진정 감읍할 따름이다. 먹물들은 결국 이렇게 수십 년의 유랑공연으로 시대를 풍미한 대상쇠 밑에 와서야 단련되는가? 그 세월의 무게와 지혜 앞에서 공손히 머리 숙이지 않을 도리가 없음인가?

이 책은 제목부터 거짓이다. 한국농악의 역사라니? 한국농악의 이론이라니? 이 무슨 건방진 망발인가? 그러므로 이 책을 읽으면서 이것이 한국농악의 역사요 이론이라고 오해한다면 바보처럼 눈뜨고 당하는 것이다. 속지 말지어다. 이 글은 어느 늦깎이 굿쟁이의 넋두리에 불과할지니.

2008년 12월 김정헌

차 례

Ⅲ부 한국농악의 공연텍스트 분석 / 163

참고자료와 문헌 / 337

I 부

한국농악 연구 시론

1. 서언

1) 연구목적과 대상

농악을 한마디로 정의하기란 어려운 일이다. 넓게 보아 악가무희(樂歌舞戲)가 유기적으로 결합된 한국의 전통적인 공연양식들 중의 하나라고 정의 할 수 있을 것이다. 농악의 연원은 여타의 전통 공연예술과 마찬가지로 부족국가 시대의 제의에서 비롯되었을 것으로 추정된다. 현재 농악을 지칭하는 명칭은 매우 다양하여 실제 공연 현장에서는 농악, 매구, 두레, 풍장, 풍물, 굿, 풍물굿, 걸궁 등의 명칭이 쓰이고 있다. 농악의 모습도 그 명칭만큼이나 다양하다. 농악을 행위와 목적에 따라, 공동노동에 쓰이는 두레농악과 지신밟기 등 마을농악의 일부인 축원농악, 그리고 여기에 판굿을 가미한 걸립농악, 판굿의 일부를 상품화한 포장걸립농악 등으로 구분할 수 있다. 이런 농악은 민속놀이, 마을굿, 탈놀이, 무당굿 등의 일부가 되기도 하고 독자적으로 존재하기도 한다. 이런 면에서 농악과 농악 아닌 것의 경계가 모호하기 때문에 농악의 성격을 규정하기 까다로운 측면도 있다. 게다가 지역적 특징이 강해서 음악, 복장, 진법, 무용, 연희 등의 측면에서 다양한 형태로 분화되어 있기도 하고 지역에 따라 혹은 공연 주체에 따라서 축원적인 측면을 발전시킨 농악이 있고, 그와는 대조적으로 연예적 요소를 발전시킨 농악도 있다.

근대 이전의 한국 전통 공연예술 양식들은 개화기와 일제강점기를 거치면서 많은 변화를 겪었다. 판소리, 탈놀이, 무당굿, 민요, 전통무용, 재담 등이 전통사회의 공연 현장을 벗어나 극장식 무대에서 청관중을 상대하게 되었고, 이 과정에서 판소리는 창극(唱劇)이라는 새로운 공연 양식을 만들어 내기도 하였다. 그러나 대부분의 전통 공연예술들은 소멸하거나 약화되어, 독자적으로 생존할 수 있는 대중적인 기반을 상실하였다. 판소리, 창극 등은 상업극장의 무대에서 성공하였지만 민속극은 옥내극장의 무대에 적응하지 못하고 다시 마당놀이로 복귀하였다. 농악 역시 많은 변화의 과정을 겪게 되었는데, 그 결과 전통사회의 공동체와 분리되어 무대에서 상업적 흥행을 목적으로 공연하는 '포장걸립농악'이라는 근대적 공연 양식으로도 변화되었다.

지금까지 농악은 마을농악이나 걸립농악을 중심으로 하여 조사, 보고되고 연구되어 왔다. 한국농악 중에서도 호남좌도농악은 마을농악이나 걸립농악의 요소를 가지고 있으면서도 상업적인 흥행을 위한 근대적 공연방식, 즉 포장걸립농악으로까지 변모된 경험을 가지고 있다. 이러한 근대적 연예화의 경험은 마을농악과 걸립농악에 다시 영향을 끼쳤으며, 이 과정에서 농악 전체의 변화가 일어나게 되었다. 농악이 근대화되었다는 것은 어떤 의미로 보면 농악의 변질, 혹은 농악의 상품화라고 평가할 수도 있다. 실지로 '포장걸립농악'은 농악을 상품화한 자본주의적 공연방식으로 존재했다. 공연자는 자신의 노동력인 농악기량을 팔아서 생계를 유지하는 임노동자였으며 그들을 고용한 고용주는 자본가였다.

전근대적 공연예술 중에서 농악만큼 근대화에 성공한 장르도 없다. 그 성공이 설령 완전한 것은 아니었을지라도, 전통 공연예술 가운데 근대적 변모에 성공한 장르는 창극과 포장걸립농악뿐이라는 점으로 볼 때, 농악이 근대적 변모에 성공한 것은 상당히 중요한 의미를 지닌다고 할 수 있다. 아울러서 농악이 근대화에 성공한 요인이 내적인 것인지 시대적인 상황과 같은 외적인 요인 때문이었는지, 또한 그렇게 변모된 형태가 현재 어떻게 전승되고 있는지를 밝히는 것 역시 매우 중요한 문제이다. 그것은 전근대 사회에서 전승되어 온 전통 공연예술이 앞으로 어떠한 방향으로 나아가야 하는지에 대해 많은 시사점들을 던져 줄 것이기 때문이다.

한편, 한국농악은 이러한 근대화의 경험 이외에도 1980년대를 기점으로 하여 폭발적인 대중적 확산을 이룬 경험을 가지고 있다. 이것은 현대 한국의 농악 역사에서 매우 중요한 사건 중의 하나이다. 전근대적 공연 양식인 농악이 1980년대~1990년대 사이의 20년 동안 대학생, 진보적 지식인, 노동현장 등을 중심으로 한 민중문화운동에서 핵심적인 예술로 존재했던 것에는 그 이데올로기적 목적의식성을 인정하지 않더라도 분명히 농악이 지니고 있는 내적 요인이 존재하고 있었기 때문일 것이다.

이처럼 한국농악은 해방 이후, 전문 농악인들이 창조한 '포장걸립농악'이라는 근대화의 경험과, 한국의 전근대 공연예술 중에서 유일하게 이데올로기와의 결합을 통한 대중적 전파의 경험이라는 중요한 경험을 지니고 있다.

본 연구는 이러한 기본적 인식하에, 현재 전승되고 있는 한국농악의 성립과 전승, 유형과 절차, 공연요소, 지역적 특성 등을 종합적으로 살펴보는 데 그 목적이 있다. 아직까지 농악의 역사와 구성요소 전체를 포괄하여 연구한 사례가 없고 농촌공동체의 해체가 가속화하고 있어 일부지역의 농악은 소멸의 위기에 처해 있기도 하므로, 이 연구는 시급하고 절실한 것이라 생각한다.

Ⅰ부와 Ⅱ부의 내용인 농악의 연구사와 역사에서는 한국농악 전반을 다루고 Ⅲ부 한국농악의 텍스트분석에서는 호남좌도농악을 중심으로 농악의 공연텍스트를 분석하였다. 호남좌도지역 농악 중 연구자가 현장조사를 통해 파악한 농악과 기존 조사를 통해 보고된 농악 전반을 다루되, 특히 일정한 문화적, 예술적 가치를 인정받아 무형문화재로 지정되었거나 그에 상응하는 평가를 받고 있는 농악, 또는 온전한 판굿을 간직하고 있는 농악을 주요 연구대상으로 삼았다.

특히 연예농악으로 상승하여 근대적 형태로의 변신을 이룬 남원농악은 호남좌도농악 중에서 유일한 연예농악이면서도 여성농악단과 달리 마을농악, 걸립농악의 요소를 고루 갖추고 있다. 남원농악의 부들상모놀이는 전체 좌도농악에서 유일하게 남아 있는 것으로 예술적 가치가 크다고 볼 수 있다. 이에 더하여 남원농악에는 전북 무당굿의 성주굿과 형식과 내용 면에서 유사한 고사소리가 존재한다. 이처럼 호남좌도농악 가운데 남원농악이 보유한 장단, 윗놀음, 무용 등의 예술적 기량과 근대화의 경험, 고사소리 등 제의적 요소의 풍부함은 좌도지역 내의 다른 농악과 비교하여 볼 때 매우 중요한 특징들이다. 본 연구는 호남 좌도 농악 중에서, 남원농악 류명철 계보(전북 무형문화재 7-4호)를 중심으로 하여 임실농악 양순용 계보(중요무형문화재 11-마호), 진안농악 김봉렬 계보, 곡성농악 박대업 계보(전남 무형문화재 35호), 화순농악 노승대 계보(전남 무형문화재 6호)의 농악을 주요 연구 대상으로 선정하였다.

2) 연구방법

대부분의 민속학자들과 인류학자들에게 있어서 자료의 출처와 이해에 관련된 문제는 현지조사(field work)에서 비롯되었다. 현지조사란 한 지역사회에 직접 참여하여 행동양식과 사회생활의 조직을 관찰하는 것을 말하는데 이처럼 현지조사를 통해 그 지역사회의 생활양식을 기록하고 해석하는 일련의 과정을 민족지(Ethnography)라고 한다.

현지조사의 방법에 있어 가장 기본적인 것은 민족지 학자가 현지의 생활에 깊이 몰입하는 데 있다. 그는 가능한 한 지역사회의 일상생활에 완전하게 파고든다. 참여관찰을 통해, 즉 새로운 유형의 생활을 보는 것뿐만 아니라 실제로 생활해 봄으로써 그 사회의 삶을 배우려 한다. 성공적인 현지조사는 연구자가 매우 오랫동안 현지에 머무르는 것이며, 때로는 몇 번을 되풀이하여 방문하는 것이다. 지속적이고 심층적인 조사는 한 문화에 대한 통찰력과, 지속과 변화의 과정에 대한 통찰력을 얻게 한다. 이것은 다른 방법으로는 좀처럼 얻기 힘든 것이다.

연구자는 1988년부터 6년 동안 전북 진안군 성수면 도통리 중평마을을 여러 차례 방문하여 진안 중평농악을 조사하고 실기를 학습하였다. 진안농악 이외에도 연구자는 전북 임실군 강진면 필봉리의 임실 필봉농악과 전남 곡성군 곡성읍 죽동마을의 곡성 죽동농악도 현지를 방문하여 그 기능을 전수받은 바 있다. 특히, 1994년 남원농악을 배우기 시작한 이래 1995년부터 남원으로 이주하여 현재까지 거주하면서 남원농악을 몸소 실제 중요 공연자로서, 농악현장에서 농악인으로 살고 있다. 연구자는 민족지 조사방법의 가장 중요한 측면인 '참여관찰을 통해 일상에 파고드는' 작업을 이십 년 동안 진행해 왔으며, 대규모의 판굿을 가지고 있는 호남좌도농악의 거의 모든 지역에 현지조사를 한 경험이 있다.

본 연구는 이러한 연구자의 직접적인 경험을 활용하여 지금까지 전승되고 있는 호남좌도농악의 현장들에 대한 현지조사의 성과를 기록하고, 호남좌도지역의 농악 관련 전승 자료들을 자세히 조사하여 성립 과정과 전승 현황을 정리한 다음, 공연의 단위, 유형, 절차, 요소별 특성을 살피고 인접 지역 농악과의 비교를 통해 호남좌도농악의 특성을 밝히고자 한다. 이러한 작업의 결과물이 '정확히 있는 그대로' 나타내는, 중립적인 기술이 될 수는 없을 것이지만 이렇게 민족지적 방법으로 정리한 결과는 하나의 새로운 텍스트가 된다.

연구자는 스스로 몸담았던 현지의 민족지 이외에도 선행 연구자들의 민족지도 적극 활용하여 분포 현황, 치배 구성, 공연텍스트[1]를 정리하

---

1) 여기서의 공연텍스트(performance text)라는 개념은 리차드 셰크너(Richard Schechner)가 정의한 바에 따르기로 한다. 셰크너는 패트리스 파비스(Patrice Pavis)가 정의한 '어떤 희곡작품의 미장센(mise-en-scène)과 이에 대한 청관중의 감상행위로 이루어지는 어떤 가능한 설명'이라는 공연텍스트의 개념을 확장시켜 '청관중의 참여를 포함해, 공연이 이루어지는 동안 무대 안과 밖에

였다. 가급적 연구자 개인의 주관성을 배제하고 최대한의 객관성을 확보하기 위해서 연구자가 답사한 지역의 조사 자료를 정리함에 있어서도 선행 연구자들의 자료를 적극 활용하고, 연구자가 직접 답사하지 못한 지역에 대해서는 주로 선행 연구자들의 자료에 의존한다는 것을 밝힌다.

이렇게 완성된 호남좌도농악의 공연민족지(performing ethnography)를 1차 텍스트로 삼고, 그 공연민족지에 대한 해석은 기존의 여러 방법론을 수용하기로 한다. 그 구체적인 방법은 다음과 같다.

첫째, 역사주의적 방법을 사용하여 농악의 변천과정을 살펴보았다. 본 연구에서는 농악이 생산된 역사적 맥락, 사회, 문화적 산물로서의 농악, 그리고 농악이 사회, 문화적 요소들에 준 영향 등에 대한 고찰을 함에 있어 조선 전기부터 개화기, 일제강점기, 해방 이후까지 약 500년 동안에 걸친 농악의 사적 전개과정을 고찰하였다. 이를 위하여 문헌자료와 구술 자료를 적극 활용하였다. 지금까지 농악연구에서는 문헌자료를 통한 통시적 고찰 방법을 별로 사용하지 않았는데 이것은 민속예술의 문자기록 자료들이 많지 않기 때문이었다. 그러나 문헌정보의 전산화로 과거의 역사자료, 관보, 개인문집, 신문, 잡지 등을 검토하기가 용이해지면서, 연구자는 예상보다 많은 양의 농악관계 문헌자료를 발견하게 되었다. 따라서 고, 중세 이후 한국농악의 성립과정을 문헌자료와 농악인들의 구술 자료를 통하여 기술하였다.

둘째, 구조주의적 방법을 통하여 호남좌도지역의 여러 농악에 나타나

서 일어나는 모든 것'으로 설명하였다(Richard Schechner, 김익두 역(1993), 『민족연극학』, 한국문화사, 37쪽). 따라서 농악의 공연텍스트는 공연자의 무용, 악기연주, 진풀이, 연극, 제의 이외에도 치배 구성과 복색, 각종 깃발 및 소도구 등을 포함하며 공연을 관람하는 청관중의 박수, 함성, 추임새, 나아가 청관중이 공연에 직접 참여하는 행위까지를 총체적으로 지칭한다.

는 공연 유형을 구조화하고 그 공연구조 속에서 좌도농악의 예술적, 제의적 층위들이 어떻게 재구성되는가를 밝혔다. 또한 농악의 공연 단위를 대단위, 중단위, 소단위로 분류하고 각각 단위들이 농악의 공연구조 속에서 어떻게 결합하는가를 고찰하였다.

셋째, 음악학의 분석방법을 이용하여 호남좌도농악의 장단을 채보하여 음표로 표기한 다음, 장단을 일정한 체계 속에서 분류하고, 장단별로 그 리듬 패턴의 진행 양상이 어떻게 나타나는가를 밝혔다. 또 농악의 성악적 요소에서 발견되는 선율의 진행방법인 선법이 어떻게 나타나는지 분석하였다.

넷째, 호남좌도농악, 특히 남원농악에 다양하게 존재하는 윗놀음인 '부들상모놀이'를 동작학(kinesics)적 방법을 통해 분석하였다. 동작학(kinesics)은 공연예술에서의 신체동작과 의미와의 관계를 고찰하는 데 유용하다. 인간의 행동과 행동은 아날로그적 방식으로 기록될 수 있지만 그 행위는 디지털 방식을 통해 프레임과 프레임으로 분석된다. 아날로그적 기록과 디지털적 분석을 통해서 이전에는 상호 모순적이던 두 개의 시각으로 인간 신체 행위를 바라보는 것이 가능하다. 따라서 호남좌도농악의 윗놀음을 프레임별로 나누어 공연자의 신체동작에 따른 공연자와 청관중의 상호작용이 어떻게 이루어지며 공연의 긴장성은 어떻게 구축되는가를 밝혔다.

다섯째, 역사, 지리적인 차이를 바탕으로 하여 호남좌도지역 내의 각 농악들을 상호 비교하고, 호남좌도농악을 호남우도농악, 영남농악과 각각 비교함으로써 호남좌도농악이 가지고 있는 특징을 살펴보았다.

이상과 같이 살펴본 연구방법은 넓게 보아 해석학적 방법으로 통합된다. 본 연구에서는 앞서 말한 음악학, 구조주의, 동작학 등의 방법들을 농악이라는 텍스트를 해석하기 위한 해석학적 도구로 사용한다. 해석학은 그것이 인간의 갖가지 텍스트들의 이해에 대한 연구로 정의된 순간, 언어로 된 해석들을 초월한다. 이런 의미에서 해석학의 제 원리는 문자로 표현된 작품들에 대해서뿐만 아니라 어떤 종류의 예술 작품들에 대해서도 적용된다. 그렇기 때문에 해석학은 인간이 만든 '모든 작품들'에 대한 해석을 주된 과제로 하는 분야인 인문학 전체를 위한 토대가 된다. 본 연구는 궁극적으로 "농악이란 무엇인가?"라는 의문에 답하기 위한 해석학적 노력의 일부이다. 해석학의 목적이 진리의 탈은폐(disclosure)라고 했을 때, 은폐된 농악의 본모습을 드러내는 해석학은 종합예술인 농악을 연구함에 있어서 가장 근본적이며 궁극적인 연구방법이 될 수 있을 것이다.

2. 농악 연구사의 흐름과 동향

　농악이 학문적 연구의 대상으로 적극적으로 주목받기 시작한 것은 그리 오래전의 일이 아니다. 게다가 지금까지 축적된 농악의 연구 성과도 다른 전통 공연예술에 비하면 이제 초보적인 수준이라고 할 수밖에 없다. 아직까지도 농악의 개념과 범주에 대한 의견이 통일되지 않았으며 전국의 농악에 대한 세세한 민족지적 작업이 모두 이루어지지도 않았다. 아니, 현장에 대한 조사 작업이 이루어지는 동안에도 농촌공동체의 해체로 인하여 세간에 알려지기도 전에 소멸된 농악도 많을 것이다. 그런 의미에서 보면 지금 이 시점에서 농악 연구사 검토는 단순한 과

거사의 정리가 아니라 농악 연구에 당면한 과제를 도출하여 인지하고 학문적으로 실천해 나갈 수 있는 좌표를 설정하기 위한 목적이 더 크다고 할 것이다. 그간 농악의 연구사 검토는 각종 논문들의 선행연구검토에서 부분적으로 다루어졌고 그런 부분적 검토가 문화이론과 결합하여 한 편의 논문2)으로 발표되기도 하였다.

여기서는 농악연구사를 시대별로 구분하여 검토한 후에 농악이 포함하고 있는 각 예술적 요소들에 대한 분야별 연구가 어떻게 이루어졌는지를 검토할 것이다. 농악연구사의 시대구분은 필자의 자의적인 판단에 의거하였는데 이는 필자가 소박하나마 자그마한 시론을 제시함으로써 향후의 논의에 밑거름이 되기를 바라는 마음이 간절하기 때문이다.

1) 농악 연구사의 시대구분

한국의 민속학이 조선 후기 실학자들의 저술활동에서 시작된다고 하는 견해3)는 일견 납득이 가기도 하지만 농악에 한정하여 생각할 때 무리가 따른다. 이는 조선시대 실학자들의 연구가 근대적 의미의 민속학적 관점을 가지지 못했기 때문이라기보다는 실학자들에 의해 진행된 농악 연구가 거의 존재하지 않기 때문이다. 따라서 본고에서는 농악에 대한 학문적 저술이 이루어지는 1920년대를 농악 연구의 시초로 보았다.

---

2) 이영배(2003), 「풍물굿 연구의 심화를 위한 제언」, 한국민속학 39, 한국민속학회.
3) 인권환(1978), 『한국민속학사』, 열화당, 43쪽.

(1) 학문적 태동(1920년~1960년)

이 시기는 일제강점기부터 한국전쟁 이후 전후복구까지의 기간으로 농악의 독자적인 연구가 진행되지는 않았지만 단편적으로나마 학문적인 접근이 이루어진 시기이다. 주지하다시피 일제는 조선을 병탄하고 난 후 무단정치를 실시하였으나 1919년 3·1운동의 전국적 저항에 부딪혀 1920년대 이후 소위 '문화정책'이라는 통치정책을 사용하게 된다. 이 문화정책은 조선어로 된 신문과 잡지를 출판하게 하고 또 조선문화를 연구하는 학회를 조직하는 것을 허락하였다. 문화정책은 1920년대부터 2차 대전 전까지 계속되었다. 그리고 2차 대전 후에는 모든 면에서 가장 심한 탄압이 다시 시작되었다.[4]

이 시기 활동한 조선인 학자들은 최남선, 송석하, 임석재, 손진태, 이능화 등이 있었고 일본인 학자로는 무라야마 지준(村山智順), 아키바 타카시(秋葉隆), 노무라 신이치(野村伸一) 등이 있었다.

이돈화(李敦化)[5]는 농민들이 힘에 넘치는 노동을 할 때에 산가(山歌)를 부르며 농악을 연주하여 유쾌히 그 노동을 하는 것은 사람의 육체적 정신적 고통과 충돌을 예술적 정서로써 내부의 평화를 그리게 하는 고상한 방법이라고 하면서 문학, 미술, 음악, 연극 등의 진흥과 부흥을 통하여 자주적인 조선문화 건설을 주장하였다.

김태준[6]은 정월 초하루 풍속 중에는 승려들이 법고를 울리면서 염불을 하고 다니면서 돈을 모으거나 절마다 상좌들이 소문에 돌아다니면서 쌀을 얻는 절걸립과 산천구택에 신사를 지어 놓고 정월 설날부터

---

4) 임돈희, 로저 제널리(1989), 「한국민속학사의 재조명」, 『비교민속학』5, 비교민속학회, 12쪽.
5) 이돈화(1921), 「生活의 條件을 本位로 한 朝鮮의 改造事業(續)」, 『개벽』 제16호, 18~21쪽.
6) 김태준(1933), 「年中行事, 1月篇 正月 風俗 가지가지」, 『동광』 제40호, 25쪽.

보름까지 무격들이 신독을 받들고 나희를 하며 북을 울리면서 저자에 출입하여 돈을 얻는 무당들의 걸립을 소개하였다.

송석하[7]는 지신밟기를 거론하면서 벽사진경의 사상에서 우러난 것이지만 신앙을 미끼로 한 경제적 움직임을 발견할 수 있다고 하였다. 또 문헌상으로 증명할 수 없더라도 이 지신밟기에 사용되는 무용은 고대로부터 전승한 것이 확실하다고 하였다. 그리고 두레에 관해서는 전라도지방의 것이 가장 발달된 것이라고 하면서 두레노동이 공동작업인 까닭에 노동량이 증가하지만 농부들이 이것을 싫어하지 않는 이유는 농악이 있기 때문이라고 하였다. 송석하는 공연행위로서의 농악과 악기로서의 풍물을 구별하여 기술하였다.

이능화(李能和)[8]는 조선의 삼남지방에는 이른바 '두레농사'라 하는 풍속이 존재하며 농촌에서 5월쯤 모낼 때에 두레를 짜 가지고 기고쟁발(旗鼓錚鈸)로써 응덩춤(尻舞)을 추며 노래를 하며 모를 심는데 이것이 조선의 역사적 민중적 군취가무라고 평한 뒤 그 진흥책으로는 노래는 가수, 춤은 무용수가 지도하게 하여 덜된 것은 개량케 하고 좋은 것은 더 향상케 하는데 농촌진흥회 등 기관을 통하여 장려할 것은 제안하였다.

손진태[9]는 향토예술이나 전통오락이라고 해서 모두가 필요한 것은 아니며 무동(舞童), 광대, 석전(石戰) 등은 그 필요를 느끼지 않는다고 하면서 특히 장려하고 싶은 것은 파종 전과 수확 후의 농악, 정초의 척사와 상원의 답교, 단오의 씨름과 추천, 가면무담 등이라고 하였다. 남

---

7) 송석하(1936), 「조선민속개관」, 『신동아』 1935년 12월호~1936년 8월호 참조.
8) 이능화(1941), 「朝鮮 鄕土藝術論」, 『삼천리』 제13권 제4호, 214쪽.
9) 손진태(1941), 「전통오락진흥문제」, 『삼천리』 제13권 제4호, 224쪽.

사당이 주축이 되어 하는 무동놀이와 두레농악을 엄밀하게 구별하고 있는 점이 흥미롭다.

일제는 식민정책을 효과적으로 수행하기 위하여 민속 조사를 실시하고 우리의 민속 신앙들을 미신으로 몰아세웠다. 이러한 목적 하에 조선총독부 촉탁으로 고세이(吳請)의 『조선의 연중행사』[10]가 편찬되었고 민간신앙 연구에 종사한 무라야마 지준(村山智順)은 1936년 조선총독부에 의해 전국 각지에서 행해지고 있는 향토오락을 조사, 정리한 자료 『부락제(部落祭)』를 펴냈으며 1941년에는 『조선의 향토오락』[11]이 발간되었다.

2차 대전이 치열해지는 1941년 이후에는 이렇다 할 농악연구 문헌이 발견되지 않는데 이는 비단 농악에만 국한된 것이 아니라 모든 학문과 예술 분야가 침체기를 맞이했다는 사정과도 관련이 있다. 해방 이후 농악경연대회가 활성화되고 전국에서 많은 농악대들이 조직되었지만 농악에 대한 학문적 관심은 늘어나지 않았다. 이 시기의 민속학자들은 민요, 판소리, 구비문학 등에 관한 연구를 남겼지만 농악 연구 분야에서는 이렇다 할 연구가 이루어지지 않았다. 한국전쟁과 전후 복구 기간에도 이와 같은 사정은 계속되었다.

(2) 현장조사의 활성화와 본격적인 연구의 시작(1960년~1980년)

이 시기에는 전쟁의 상처가 치유되고 사회도 안정을 되찾기 시작하였다. 특히 1960년대 초반부터 일기 시작한 국학(國學)에 대한 관심은

---

10) 朝鮮總督府 調査資料(1931), 吳請, 朝鮮總督府.
11) 朝鮮總督府 調査資料(1941), 村山智順撰, 朝鮮總督府.

민속학을 국학의 기층적인 분야로 자리 잡게 하였고 특히, 이러한 전통 문화 연구에 촉매 작용을 한 것이 1963년 문화재 관리국의 창설이었다.[12] 문화재관리국이 창설되면서 각종 현장 조사활동을 토대로 한 무형문화재 조사보고서가 작성되었다. 1965년에는 진주와 삼천포의 농악을 조사한 보고서 「농악12차」,[13] 1967년에는 호남농악의 조사보고서인 「호남농악」[14]이 완성되었다. 「농악12차」는 영남 농악 이외에도 호남 좌우도 농악인들의 인적사항, 공연의 순서, 농악의 일반 용어, 진법 등을 기록해 놓았다. 「호남농악」에서는 '일광놀이'나 '도둑잽이'처럼 한 번도 기록되지 않았던 잡색놀음의 대본과 절차, 그리고 노래굿의 사설이 기록되었다. 이러한 조사보고서는 1972년의 「안성농악」,[15] 1982년의 「무형문화재 조사보고서18집」,[16] 「한국민속종합조사보고서 13집」[17] 등으로 이어졌다.

　농악의 민족지적 기록 작업이 활발해지면서 본격적인 연구논문들이 학계에 발표되기 시작한 것도 이 시기이다. 정회갑[18]의 음악 논문을 기점으로 조동일,[19] 정병호,[20] 이보형,[21] 김정업,[22] 김양곤,[23] 로버트

---

12) 인권환(1978), 앞의 책, 83쪽 참조.

13) 박헌봉 · 유기룡(1965), 「농악12차」, 문화재관리국.

14) 홍현식 외(1967), 「무형문화재 조사보고서제6집」, 문화재관리국.

15) 심우성(1972), 「무형문화재 조사조고서 100호 안성농악」, 문화재관리국.

16) 이보형 · 정병호(1982), 「무형문화재조사보고서18 농악」, 문화재관리국.

17) 이보형 · 정병호(1982), 「한국민속종합조사보고서13 농악편」, 문화재관리국.

18) 정회갑(1966), 「한국민속무에 사용되는 음악연구 – 전북농악을 중심으로」, 『서울대음대학보3』, 서울대음대학 생회.
　　정회갑(1968), 「경기도 농악의 연구」, 『서울대 음대 학보 4집』, 서울대학교.

19) 조동일(1969), 「농악대의 '양반광대'를 통해 본 연극사의 몇 가지 문제」, 『동산신태식박사송수기념논총』, 계명대 출판부.

20) 정병호(1970), 「농악무용진행법: 체육교육의 새 비젼」, 『교육연구』
　　정병호(1977), 「민속무용의 춤사위에 관한 연구」, 『한국민속학』10, 민속학회.

21) 이보형(1970), 「농악」, 『한국민속학』2, 한국민속학회.

프로바인(Robert C. Provine),[24] 지춘상[25] 등의 연구가 있었으며 석사학위 논문으로는 이경혜,[26] 홍기백[27] 등의 논문이 발표되었다.

이 시기 연구는 크게 현장 조사 기록인 '조사보고서'와 농악 장단에 대한 음악적 고찰, 농악의 기원, 종류, 지방별 특징에 대한 논의, 그리고 농악 춤사위에 대한 무용학적 접근 등으로 나눌 수 있다.

(3) 농악의 부흥(1980년~)

1980년대는 농악 연구뿐만 아니라 농악 공연에 진보적 성향의 지식인들이 참여함으로써 가히 농악의 황금시대를 열었다. 이들은 문화운동의 측면에서 농악에 접근하여 이데올로기적 해석을 가하였고 전투적 혁명주의를 제창하였다. 이들은 '농악'이라는 용어를 부정하고 '풍물굿'이라는 신조어를 만들어 내었으며 농악의 공연자이기도 하면서 동시에 농악 연구자, 농악 연출가로서의 역할을 자임하였다. 이러한 사회적 분위기에 따라 농악 연구는 이전과는 비교되지 않을 정도의 다양한 논의가 쏟아졌다. 1990년대 이후 구소련을 중심으로 한 동구 사회주의가 붕괴하고 1992년 문민정부가 들어서면서 탈냉전, 탈이데올로기의 움직임이 확산되었다. 농악 연구도 극도의 '민중주의'적 편향에서 벗어나

이보형(1970), 「농악의 채에 대한 음악적 고찰」, 『한국민속학』2, 한국민속학회.
이보형(1978), 「한국농악의 음악적 특성과 사회적 기능」, 『明大』9, 명지대 교지편집위원회.

22) 김정업(1973), 「농악의 기원과 형태」, 『국어국문학』1, 조선대 국문학과.

23) 김양곤(1968), 「한국의 농악무에 대한 연구(Ⅰ)」, 『서울교대논문집』1, 서울교대.
김양곤(1976), 「한국의 농악에 관한 연구[Ⅱ]」, 『서울교대논문집』9, 서울교대.

24) Robert C. Provine(1975), 『Drum Rhythms in Korean Farmers Music(전북농악장고장단)』, 신진문화사.

25) 지춘상(1978), 「농악의 연희성·놀이 문화의 원초형」, 『문학사상』 9월호, 문학사상사.

26) 이경혜(1972), 「농악리듬의 분석적 고찰」, 이화여대 석사.

27) 홍기백(1979), 「농악지도개발 활용실천 연구」, 연세대 교육대학원 석사.

전문적이고 깊이 있는 논의를 하게 되었다. 1980년대부터 전국의 대학에 국악과 또는 한국음악과가 신설되어 농악 장단의 음악적 특징과 리듬구조, 연주방법들을 논하였고 잡색놀음에 대한 연극학적 검토도 활발해졌다.

단행본 출간은 김영탁[28]으로부터 비롯되어 유무열[29]을 거쳐 정병호[30]에 이르러서 전국의 농악을 두루 포괄하고 세세한 절차를 기록한 본격적인 농악 연구서가 탄생되었고 이는 다시 김헌선[31]과 주강현[32]으로 이어졌다. 노광일,[33] 김원호(김인우),[34] 주강현,[35] 이보형[36] 등은 마을굿에 고도로 천착하였는데 마을 공동체의 두레공동노동과 두레농악을 중심으로 한 민중적 관점에 서서 신명론을 펼쳤다.

이 시기는 또한 현장조사보고가 활발히 이루어졌다. 박용재,[37] 김익두,[38] 김택규[39] 등이 현장조사를 통한 농악 민족지의 작성에 기여하였다. 이들의 민족지는 앞선 세대의 조사보고서보다 양·질적으로 풍부하였다. 조동일로부터 시작된 잡색놀음에 관한 연구는 김익두,[40] 박진

---

28) 김영탁(1981), 『한국의 농악』 상·하, 지방문화재보호협회.
29) 유무열(1983), 『한국의 농악』, 강원일보사.
30) 정병호(1986), 『농악』, 열화당.
31) 김헌선(1991), 『풍물굿에서 사물놀이까지』, 귀인사.
32) 주강현(1992), 『굿의 사회사』, 웅진출판.
33) 노광일(1985), 「풍물의 새로운 이해」, 『문화운동론』1, 공동체.
34) 김원호(1987), 「풍물굿과 공동체적 신명」, 『민족과 굿』, 학민사.
35) 주강현(1988), 「마을 공동체와 마을굿 두레굿 연구」, 『민족과 굿』, 학민사.
36) 이보형(1981), 「마을굿과 두레굿의 의식구성」, 『민족음악학』4, 서울대 동양음악연구소.
37) 박용재(1992), 『광산농악』(상·하), 광주문화원.
38) 김익두 외(1994), 『호남좌도 풍물굿』, 전북대 박물관.
    김익두(1994), 『호남우도 풍물굿』, 전북대 전라문화연구소.
39) 김택규 외(1994), 『한국의 농악: 호남편』, 수서원.
    김택규(1997), 『한국의 농악: 영남편』, 수서원.
40) 김익두(1997), 「한국풍물굿 '잡색놀음'의 공연적/연극적 성격」, 『비교민속학』14, 비교민속학회.

태,[41] 정형호,[42] 이영배[43] 등으로 이어졌다.

이 시기에는 외국인들이 농악 연구에 참여하기 시작하였는데 키스 하워드(Keith Howard)[44]와 네이든 헤셀링크(Nathan Hesselink)[45]가 대표적인 학자들이다. 이들은 인류학, 민족음악학의 관점에서 한국농악에 접근하였다.

학위논문의 연구대상으로 농악이 주목받으면서 학계에 소개되지 않은 각 지역의 농악들이 발굴되기 시작하였다. 김현숙,[46] 김학주,[47] 길석근,[48] 김정헌[49] 등이 호남좌도농악에 관심을 두었으며 유경옥,[50] 이은아[51]는 호남우도농악을 연구하였다. 이 밖에 권선오,[52] 류창열,[53] 민병상,[54] 박정미,[55] 이경희,[56] 정은면[57] 등의 지역농악 연구가 주목을 끌었다.

---

41) 박진태(1997), 「농악대 잡색놀이의 연극성과 제의성」, 『한국민속학』29, 민속학회, 1997.
박진태(1998), 「영광 농악의 잡색놀이 연구」, 『비교민속학』15, 비교민속학회.

42) 정형호(1998), 「농악의 잡색놀이에 나타난 연극적 성격 고찰」, 『남도민속학회의 진전』, 태학사.

43) 이영배(2006), 「호남 지역 풍물굿의 잡색놀음 연구」, 전북대 박사논문.

44) Keith Howard(1982), 「음악적 언어와 사회적 음악」, 『한국음악연구』12, 한국국악학회.
Keith Howard(1993), 「무속음악에 사용된 굿거리 장단에 대한 고찰」, 『한국음악사학보』11, 한국음악사학회.

45) Nathan Hesselink(1999), 「한국의 타악 풍물에서의 교수법」, 『한국음악사학보』22, 한국음악사학회.
Nathan Hesselink(1999), 「동전의 양면: 호남 좌·우도 농악 동근론」, 『동양음악』21, 서울대 동양음악연구소.

46) 김현숙(1987), 「호남좌도농악에 관한 연구」, 서울대 석사.

47) 김학주(1987), 「좌도영산가락에 관한 음악적 고찰」, 한국정신문화연구원 대학원.

48) 길석근(1999), 「전라좌도 농악의 판굿가락 분석: 김봉열 판굿을 중심으로」, 용인대 예술대학원 석사.

49) 김정헌(2003), 「남원농악연구」, 전북대 석사.

50) 유경옥(1987), 「이리농악의 연구」, 숙명여대 석사.

51) 이은아(1997), 「고창농악에 관한 고찰: 소고춤을 중심으로」, 원광대 석사.

52) 권선오(1989), 「청도차산 농악에 관한 연구」, 부산대.

53) 류창열(1991), 「충청웃다리 농악의 장단 및 대형변화에 따른 움직임 고찰」, 충남대 석사.

54) 민병상(1997), 「금산농악의 현장 연구」, 중앙대 문예예술학 석사.

55) 박정미(1992), 「경기도 평택풍물굿 중 춤사위 연구」, 수원대 석사.

2) 농악연구사의 주제별 검토

농악의 학문적 연구는 주제와 내용에 따라 ① 예술적 구성요소에 관한 연구, ② 농악의 변천과정에 관한 연구, ③ 두레굿에 관한 연구, ④ 농악의 사상에 관한 연구, ⑤ 공연원리에 관한 연구, ⑥ 복색에 관한 연구 등으로 나눌 수 있다.

(1) 예술적 구성요소에 관한 연구

농악의 예술적 구성요소에 관한 연구는 성악, 장단, 연희, 무용 등으로 나누어 살펴보기로 한다. 농악에 관한 연구에서는 농악의 예술적 구성요소에 관한 연구가 가장 활발하게 이루어졌다고 할 수 있다. 농악의 구성요소 중 가장 중심적인 음악은 크게 기악과 성악으로 나뉘는데 기악은 타악기의 연주인 장단이 주가 되고 선율악기인 태평소가 보조적인 역할을 한다. 성악은 크게 두레굿의 노동요, 지신밟기에 사용되는 고사소리, 판굿의 노래굿 등으로 구분할 수 있다. 이 중 성악에 관한 연구는 다음과 같은 것들이 있다.

손태도(2003), 『광대의 가창문화』, 집문당.
최자운(2005), 「경기지역 고사소리 연구」, 『한국민요학』16, 한국민요학회.
최자운(2007), 「농악대 고사소리의 지역별 특성과 변천 양상」, 경기대 박사논문.
김정헌(2007), 「농악의 노래굿에 관한 고찰」, 『공연문화연구』15, 한국공연문화학회.

최자운(2007)에 따르면 호남지역에서 농악대에 의해 구연되는 고사

---

56) 이경희(1985), 「영동지역 농악에 관한 연구」, 중앙대 무용교육학 석사.
57) 정은면(1996), 「청원 농악 진풀이에 관한 연구」, 중앙대 교육대학원.

(告祀)소리는 웃다리농악이나 영동, 영남농악 등에서 불리는 고사(告祀)소리에 비해 그 양상이 다기하다고 한다. 호남지역 고사소리는 세습 남무인 창우 집단에 의해 만들어졌고, 경제적 이익에 따른 구나의식(驅儺儀式)의 변화, 혹은 신청(神廳) 소속 무부(巫夫)들의 걸립을 매개로 민간에 영향을 미쳤고, 고사소리의 내용에 따라 ① 산세풀이부터 세간풀이까지 노래되는 것, ② 성주풀이와 달거리가 하나의 세트로 구성되는 것, ③ 산세풀이 이하의 내용과 성주풀이 이하의 내용이 결합된 것 등 크게 세 가지 유형으로 나눌 수 있다고 하였다. 최자운의 고사소리 연구는 각 지역별 고사소리에 관한 연구를 개별적으로 진행한 다음 전국의 고사소리에 관한 총체적인 연구로 확장했다는 점에서 그 의의가 크다고 하겠지만 고사소리의 음악적 측면, 즉 장단과 선율에 대한 고찰이 없었다는 점에서는 아쉬움이 크다고 하겠다.

김정헌(2007)은 호남농악에서 가장 많이 나타나는 '노래굿'을 연구하였다. 그에 따르면 노래굿은 악기연주를 부차적인 수단으로 하고 노래 가창을 중심적 지위에 놓아, 차분한 도취의 신명을 이끌어 내며 청관중들에게 다양한 예술적 장르를 선보임으로써 종합예술로서의 농악을 각인시킨다. 노래굿은 격렬한 악기연주와 신체동작, 그리고 복잡한 절차와 의미구조를 내포하고 있는 잡색놀음 사이에 출현함으로써 농악을 구성하는 제 요소들 간의 균형자로서 의의를 가진다고 하였다. 이 연구는 호남농악 판굿의 노래굿에 관한 최초의 연구라는 데 그 의의가 있다.

농악에서는 타악기의 연주인 장단이 중심이 된다고 할 수 있다. 농악의 장단에 관한 연구논저는 다음과 같은 것들이 있다.

이보형(1970), 「농악의 채에 대한 음악적 고찰」, 『한국민속학』2, 한국민속학회.
이보형(1984), 「농악에서 질굿과 채굿」, 『민족음악학』6, 서울대동양음악연구소.
김학주(1987), 「좌도영산가락에 관한 음악적 고찰」, 한국정신문화연구원 석사논문.
김현숙(1987), 「호남좌도농악에 관한 연구」, 서울대 석사논문.
김현숙(1991), 「농악에서 채보와 분석의 문제」, 『한국음악연구』19, 한국국악학회.
이종진(1996), 「풍물굿의 가락 구조와 역동성」, 안동대 석사논문.
한성수(2003), 「좌도풍물의 영산가락 비교 분석」, 용인대 석사논문.

이보형(1970)은 호남좌도농악에 주로 나타나는 '채굿'에 관한 연구에서 농악장단의 '채'는 '두드리다' 혹은 '때리다'는 뜻의 '치다', '차다'라는 낱말의 명사형이며 농악기를 두들겨 소리를 내는 도구를 뜻하는데 '치다'라는 말은 '연주하다'라는 뜻이므로 '채'는 '연주함'의 의미도 갖게 된다고 하였다. 무악에서 올림채, 더덕채, 꺽음채 등의 '채'가 '박(拍)'에서 '장단'으로 의미가 확대되었듯이 농악에서도 '채'가 '박(拍)'에서 '장단'으로 의미가 확대되었다고 한다. '마치'는 '겨냥하여 때려서 맞히다'라는 뜻으로 고어 '마치다'의 명사형이며 '채'의 경우와 마찬가지로 무악이나 농악의 가락에서 '박(拍)'의 의미로 쓰이던 것이 '장단'을 가리키는 말로 의미확대가 되었다고 한다. '채', '마치'에는 수치가 매겨지는데 이는 징의 타점수와 일치하며 이는 '농악12차'의 '차(次)'의 개념보다 선행한다고 한다. 일채, 이채, 삼채, 오채 가락들이 선행적으로 존재했으며 여기에 칠채가 더해지고 이것이 12수열 편성의 동기가 되어 십이 종의 재래가락을 집성하여 십이채가 편성되고, 십이채에 십이 종의 진법이 편성되면서 과장 개념이 생겨 '농악12차' 혹은 '농악 열두 마당'이 형성되었다고 주장하였다.

그러나 채굿이 존재하는 대부분의 농악에서 채굿은 십이채까지 존재하지 않고 대개는 칠채까지만 존재한다. 원래 십이채까지 있던 것이 칠채까지만 남고 실전되었다고 일반화하기에는 많은 지역의 농악에서 십이채가 발견되지 않으며 현장에서도 그 존재 자체를 부인하고 있다. 또 십이채→십이진법→농악십이차로 발전했다고 보기에는 현장의 모델이 충분치 않아 차후로 더 많은 검토를 필요로 한다.

김학주(1987)는 호남좌도농악에만 존재하는 잦은몰이 종류의 장단인 '영산'에 대한 음악적인 고찰을 하였다. 그는 임실의 양순용, 진안의 김봉렬, 남원의 류명철, 전주의 박오복 등 네 명의 상쇠들이 치는 네 종류 영산가락의 음악적인 특징을 분석하여, 영산가락이 '밀고 달고 맺고 푸는' 생사맥(生死脈)의 원리에 의해 연주되며 느린 가락에서 빠른 가락으로 리듬이 변하는 특징을 지닌다고 보았다. 그는 영산가락이 일정한 짝을 이루는 장단으로 정형화되어 있는 것은 상쇠의 풍물굿 전수과정에서 나타난 현상이라는 외적 원인과 부포놀음과의 관계에서 기인한 내적 원인, 두 가지가 상호 작용한 결과라고 보았다. 그가 연구 대상으로 선정한 상쇠 중의 하나인 전주의 박오복은 '류한준 패'와 '최상근 일행'에서 쇠잽이로 활동한 전문인으로서, 이미 고인이 되었고 이전의 어떤 연구에서도 그의 장단이 채보된 적이 없기 때문에, 이 연구에서 채보된 박오복 상쇠의 영산 악보는 좌도농악 연구에서 매우 귀중한 음악 사료라고 아니 할 수 없다. 다만, 이 연구에서 '영산'의 의미, 무속 제의와의 상관성 등에 관한 고찰이 없었다는 점이 아쉬움으로 남는다.

김현숙(1991)은 한국음악은 그 리듬이 매우 발달해 있는데 그중에서도 리듬발달이 가장 두드러진 장르는 농악이며 농악에 대한 음악적 연구에서 가락의 채보는 매우 중요한 기초 자료임을 강조했다. 기존에 채보된 악보를 보면 몇 가지 문제가 나타나는데 ① 앞꾸밈음과 뒤꾸밈음을 혼동하여 기보하고, ② 가락(Rhythm and Rhythmic Phrase)과 장단

(Rhythmic Cycle)을 혼동하며, ③ 장단의 구조를 모르는 경우가 많다고 주
장하면서 바람직한 채보자는 한국음악의 장단에 대한 안목이 있는 상
태에서 그 가락을 직접 배우며 채보하는 것이라고 하였다. 그의 견해에
의하면 가락은 하나 이상의 장단이 모여 이룬 악구이며 장단은 일정한
박자로 이루어진 리듬의 길이를 뜻한다. 그러나 이러한 구분법은 자의
적인 측면이 많아 보편적인 이론으로 정립하기에는 무리가 있다. 아직
까지 한국음악의 보편적 장단론과 장단기보법, '장단'과 '가락'의 개념
차이 등에 관한 의견이 통일되지 않았기 때문에 많은 논의를 거쳐야
할 것으로 보인다.

농악의 잡색놀이는 판굿에 나타나는 연희의 일종으로 탈춤, 인형극,
창극 등의 민족극의 범주에 포함시킬 수 있는 요소가 다분하다. 한국농
악의 잡색놀이에 관한 연구 조동일[58]의 단편적인 연구 이래 학계의 관
심에서 오랫동안 멀어져 있다가 1990년대 후반에 이르러서야 본격적인
주목을 받기 시작했다. 잡색놀이에 관한 주요 연구는 다음과 같다.

> 김익두(1997), 「한국풍물굿 잡색놀음의 공연적/연극적 성격」, 『비교민속학』14,
> 비교민속학회.
> 박진태(1997), 「농악대 잡색놀이의 연극성과 제의성」, 『한국민속학』29, 민속학회.
> 정형호(1998), 「농악의 잡색놀이에 나타난 연극적 성격 고찰」, 『남도민속학회의
> 진전』, 태학사.
> 박진태(1998), 「영광 농악의 잡색놀이 연구」, 『비교민속학』15, 비교민속학회.
> 이영배(2003), 「잡색놀음연구Ⅰ」, 『한국민속학』37, 한국민속학회.
> 이영배(2006), 「호남 지역 풍물굿의 잡색놀음 연구」, 전북대 박사논문.

김익두(1997)는 풍물굿에서 잡색들의 공연적 기능과 역할은 ① 연극

---

58) 조동일(1969), 「농악대의 '양반광대'를 통해 본 연극사의 몇 가지 문제」, 『동산 신태식박사 송수
기념논총』, 계명대 출판부.

적 성격을 부여해 주고, ② 다른 공연자와 청관중 사이를 오가며 공연자 집단과 청관중 집단을 매개하며(탈경계화), ③ 청관중들을 공연자 세계로 참여하고자 하는 욕구인 공연자화 욕구, 비일상적, 놀이적 인간에로의 변화 욕구를 끊임없이 반복, 축적, 순환적으로 자극하며, ④ 풍물굿을 이루어 내고 향수하고 전승하고 변이시키는 공동체가 내부적으로 지니고 있는 사회적 갈등을 잡색놀음이라는 장치를 통해서 반영하고 해결한다고 보았다. 잡색놀음의 유형은 양성놀음형, 군사놀음형, 양성-투전놀음형, 양성-군사놀음형, 투전-군사놀음형으로 나누었다. 그는 잡색놀음을 풍물 공동체가 그 공동체 사회를 유지하고 발전시키기 위해 해결해야만 하는 가장 핵심적인 문제점들을 해결하기 위해 반드시 필요했던 필수적인 부분이라고 보았다.

박진태(1997)는 농악의 잡색놀이가 무당굿 속에 삽입된 무당굿놀이와 유사하다고 보고 무당굿놀이와 잡색놀이를 민속극의 독립된 갈래로 설정함이 온당하다고 보았다. 그는 농악대의 잡색놀이가 연극이라기보다는 연극의 싹이므로 민속극에 포함시키기 어렵다는 견해가 잡색놀이로 하여금 오랫동안 민속극의 테두리 밖에 머물게 만들어 연극학적 관심을 지연시킨 결과를 초래했다고 보고, 민속극을 '닫힌 연극'이 아니라 '열린 연극'으로 보면, 또 민속극과 굿의 접경지대까지 시야를 넓히면 농악대의 잡색놀이도 일종의 무의식극(unconscious drama)으로서 제의성과 연극성이 복합된 가운데 다양한 극작술을 발전시켜 온 사실을 확인할 수 있다고 보았다. 따라서 잡색놀이가 농악굿에서 분리 독립되거나, 재담을 풍부히 하거나, 놀이마당의 수를 늘리거나, 주제의 폭을 넓히거나, 구성을 정형화하지 못한 한계에도 불구하고 더욱 심화된 연구가 뒤따라야 한다고 주장하였다. 그의 논의는 잡색놀이에 연극사적 의의를 부여했다는 점에서 다른 연구들과 구별된다.

정형호(1998)는 현존하는 농악의 잡색을 가면극과 비교해 보면 인물의 성격에서 많은 차이가 드러나며 농악의 잡색에 등장하는 인물들 상호의 관계는 가면극과 달리 갈등보다는 결합에 초점이 맞추어져 있다고 보았다. 이것은 농악이 신에게 향한 축원농악에서 유래하며, 현존농악도 지역전승에 세시성을 지니고 종교적 축원의 의미가 강하게 남아 있다는 점과 관련이 있으며, 따라서 농악의 잡색은 원초적 신성가면, 동물가면이 세속적 인태(人態)가면으로 바뀌면서 다양하게 나타났다고 보았다. 그런 면에서 농악에 가면극과 관련 있는 인물이 일부 등장하지만 상호 직접적인 영향관계는 찾기가 어렵기 때문에 농악의 잡색은 가면극과 달리 자체적 전승과정을 지니고 있다고 보아야 한다고 주장하였다.

이영배(2006)는 잡색놀음의 전승양상을 전국적 차원에서 정리하고 각 지역별 특징을 조망하였다. 특히 전국의 잡색놀음 중에서 호남의 잡색놀음의 분화, 변천해 온 과정과 특성을 살피고 종류별로 분류하여 정리하였다. 그는 공연학적 측면에서 잡색놀음을 다루면서 그 기능과 성격, 의미를 분석하고 사회문화적 가치를 논하였다.

농악의 무용(신체동작)은 진법과 춤사위(윗놀음) 등으로 구분할 수 있으며 특히 진법은 농악의 군악기원설을 뒷받침하는 근거가 된다. 이 분야의 연구는 다음과 같다.

김옥희(1985), 「호남 농악 판굿의 진풀이에 관한 연구」, 이화여대 석사논문.
손병우(1988), 「농악형식에 있어서 진풀이에 관한 연구」, 중앙대 석사논문.
정병호(1991), 『한국의 민속춤』, 삼성출판사.
이경호(1998), 「한국 풍물춤의 전반적 성격과 무용학적 특성」, 『무용학회논문집』 24, 대한무용학회.
손우승(2000), 「풍물 진법의 전개과정과 연행원리」, 안동대 석사논문.

김옥희(1985)는 임실과 진안, 호남우도농악에서 영광, 정읍의 판굿에 나타나는 진풀이를 비교하였다. 농악의 진법 형태는 화합과 참여 동기를 유발하는 군무 형태와 싸움굿 의식의 첨예화를 위한 갈등 형태로 양분하여 전자의 경우는 주로 곡진과 원진이 사용되고 후자의 경우는 직선진이 많이 사용되며 호남농악의 진법구조는 맺고 어르고 푸는 구조를 되풀이하는 형태로 나타난다고 보았다.

정병호(1991)는 농악의 춤사위를 지역별, 역할별(악기별)로 분류하여 서술하면서 농악 춤사위의 성격은 벽사진경(辟邪進慶)의 성격(지신밟기), 전투적 성격(진풀이), 신맞이적 성격(인사굿, 당산굿), 동물모의적 성격(잡색춤), 농경모의적 성격(영남농악의 농사풀이, 덕석몰이) 등으로 나누고 이러한 춤의 표현미는 정중동(靜中動)의 미, 내면적 표현미, 투박스러운 단순미, 점과 곡선미, 익살과 해학의 풍자미 등의 미적 특성이 있다고 보았다. 그리고 이러한 춤의 사회적 기능은 두레노동과 놀이와 축제의 기능이 농경생활과 결부된 생활적 기능, 마을 전체의 이익을 위하여 기원하는 대동제의와 집돌이 농악에서 보이는 공동체적 기능, 생활에서 겪은 온갖 갈등과 응어리진 감정을 풀어내는 삶의 표현적 기능 등을 가지고 있다고 보았다.

손우승(2000)은 풍물에 있어 역동성의 원인이 진법에 있다고 규정지으며 진법의 다양한 존재양태(군대, 대동놀이, 풍물, 동제, 탑돌이)를 살펴보고 풍물 진법의 역사적 전개과정, 풍물 진법의 연행원리를 연구하였다. 풍물 진법은 군대, 대동놀이, 동제 등의 다양한 진법들과 상호작용을 하는 과정에서 형성되었으며 그 연행원리는 ① 판놀음과 진풀이에 있어서 진풀이의 역할이 주도성과 종속성을 반복하는, 숙임과 듦의 반복성, ② 진풀이가 쉼 없이 지속되며 판굿의 공간에 가상의 신명공간을 만드는, 시간의 지속성과 공간의 역동성, ③ 진, 이음새, 치배의 표정, 몸동작, 일치감, 관객의 호응 등의 여러 요소가 상호 작용하여 역동성을 만들어 내는, 구성요소들의 상호작용을 통한 상보성, ④ 상쇠 주도형, 상쇠, 부쇠 주도형, 수치배 주도형, 치배 주도형의 진들이 원진을 깨고 회복하는 구조로 순환되는, 열림과 닫힘의 순환에 의한 조형성, ⑤ 연행자와 관중의 소통성, 이상 다섯 가지로 구성되어 있다고 주장하였다. 농악의 진법에 관한 연구는 아직 초보적인 분야이므로 다양한 사적 고찰과 공시적 고찰을 통해 더 많은 논점들을 이끌어 내어 공론화할 필요가 있을 것이다.

(2) 농악의 변천과정에 관한 연구

농악의 변천과정에 관한 연구는 잡색놀음과 마찬가지로 대부분 호남 좌·우도 전체 지역을 포괄하여 이루어졌기 때문에 연구사 검토도 호남 좌·우도 지역을 동시에 살펴보기로 한다. 이 방면의 연구에는 다음과 같은 것들이 있다.

권은영(2003), 「여성농악단 연구」, 전북대 석사논문.
손우승(2007), 「일제 강점기 풍물의 존재양상과 성격」, 『실천민속학연구』9, 실천민속학회.
김정헌(2007), 「호남좌도 남원농악의 공연적 특징과 변천과정」, 『공연문화연구』14, 한국공연문화학회.

권은영(2003)은 여성들로만 구성되어 마을농악의 전통으로부터 자유롭게 전문 연예농악을 공연하였던 여성농악단에 관한 최초의 연구 논문을 발표하였다.

남원, 부안, 전주, 정읍, 김제 등에서 산발적으로 결성된 여성농악단의 역사를 당사자들의 구술 자료를 확보하여 정리하였고 공연절차와 방법, 공연장의 구조, 편성 등을 밝혔고 공연 주체와의 상호작용, 공연의 시공간, 내용적인 요소와 기능 등을 기준으로 마을굿형 농악과 연예농악의 차이를 밝혔다.

손우승(2007)은 일제강점기 농악에 대한 연구를 통해 일제강점기 풍물 전승의 인적, 물적 기반이 되었던 두레의 쇠퇴함에 따라 마을풍물이 크게 약화하였고 조선 후기에 수없이 많던 예인집단이 쇠퇴하였으며, 일제의 산미증산계획 및 문화정치와 긴밀한 연관을 맺으면서 농악경연대회가 시작되었음을 밝혔다. 또 친일행위로 교세를 확장했던 증산교 계통의 보천교는 전라도 지역의 전문 풍물꾼을 모아 정기적으로 큰 행사를 벌였고 이를 계기로 풍물꾼들의 기량이 발전하게 되었으며, 풍물이 일제강점기에 시작된 물산공진회, 특산품전람회 등을 통해서 일본 내에서 생산된 공산품을 선전하고 홍보하는 수단으로, 그리고 일제의 전승을 홍보하는 수단으로 동원되었음을 규명하였다.

(3) 두레굿에 관한 연구

두레와 농악의 관계에 관한 연구는 주로 신용하와 주강현에 의해 이루어졌다. 이 분야의 연구성과는 다음과 같다.

신용하(1984), 「두레공동체와 농악의 사회사」, 『한국사회연구』2, 한길사.
신용하(1987), 「갑오농민 전쟁과 두레와 집강소의 폐정개혁」, 『한국사회의 신분 계급과 사회변동』, 문학과 지성사.
신용하(1987), 「두레와 농민문화」, 『현대 자본주의와 공동체 이론』, 한길사.
주강현(1988), 「마을 공동체와 마을굿 두레굿 연구」, 『민족과 굿』, 학민사.

주강현(1992), 『굿의 사회사』, 웅진출판.
주강현(1995), 「농기 의례와 놀이고」, 『한국민속학보』6, 한국민속학회.

　신용하(1984)는 근대 이전 농촌에서의 작업공동체인 두레의 한 구성요소로 농악의 기능을 고찰하였다. 두레의 공동노동에서 필요에 의해 농악이 발생하였다고 보고, 두레와 농악의 관계에 대해 사회사적으로 고찰하고 농악의 분화과정을 사회사적 관점에서 집돌이 농악, 걸립패 농악, 남사당패 농악으로 정리하였다. 농악의 중요한 전승집단이었던 두레와의 관계 속에서 농악을 살펴봄으로써 농악을 둘러싼 맥락과의 유기적 관계를 고려한 것은 매우 적절하다고 보지만 농악의 성격을 '노동의 능률'에 종속된 노동음악으로서 규정하고, 명절의 예술적이고 오락적인 농악을 '두레 농악의 마을 성원들에 대한 부차적 봉사 형태'라고 보아 농악 자체의 예술적 성격을 간과하고, 또한 두레에서 사용되는 농악이 노동에 종속되어 편성 및 연행이 매우 간단한 형태임에도 불구하고, 농악의 구조를 논의할 때에는 매우 연희적인 '판굿'을 논의함으로써 논지 전개상 일관되지 못한 점이 아쉽다.

　주강현(1988)은 대동굿을 기층 민중의 한 삶 속에 반영된 사회, 경제사적, 문화사적 제 공동체 문화의 한국적인 한 정형(定形)으로 보고 굿과 공동체의 상호 연관성을 규명하기 위하여 마을 공동체의 기본 성격과 굿의 관련성, 굿의 공동체적 구조와 공동체의 굿적 구조를 해명하려 하였다. 마을공동체는 기본적으로 자주적인 성격을 가지고 있으며 이는 곧바로 대동굿을 가능케 하는 실질적인 힘이고, 굿과 공동체는 상호 연관성에 의해 전체적으로 통일된 하나이며, 굿은 그 자체가 공동체성을 드러내고, 공동체는 그 자체가 굿성을 드러내 주고 있다고 주장하면서 열려진 대동의 굿으로서의 공동체성과 공동체의 굿성은 마을공동체의 최소단위인 집안으로부터 마을 전체에 이르는 신앙, 역사, 노동 등을 결정짓는다고 하였다. 그는 대동굿이 단지 대동제의에만 국한된 것이 아니라 대동제의, 대동회의, 대동놀이의 세 요소에 일관되게 규정되며 특히 대동회의는 민중들이 자주적으로 자생의 문화를 건설해 나갔던 강한 힘과 공동체적 연대성이 기초하는바 수평적, 민주적 회의 통로로 매우 중요한 의미를 지니고 있다고 평가하였다.

(4) 농악의 사상에 관한 연구

농악의 사상에 관한 연구는 1980년대 민중 이데올로기에 입각한 논의가 중심적이라 할 수 있는데, 1980년대의 민중문화운동세력은 호남 좌도지역의 마을농악과 걸립농악에 주목하면서 많은 논의를 이끌어 내었다. 이러한 논의는 한동안 중단되었다가 최근에 새로운 시도들이 제기되기는 하지만 아직 이 방면의 연구는 기초적인 수준이라고 할 수 있다. 농악을 사상적 측면에서 접근한 연구로는 다음과 같은 것들이 있다.

노광일(1985), 「풍물의 새로운 이해」, 『문화운동론1』, 공동체.
이경애(1987), 「농악의 세계관과 미의식」, 『동대논총』17, 동덕여대.
김인우(1987), 「풍물굿과 공동체적 신명」, 『민족과 굿』, 학민사.
김원호(1999), 『풍물굿 연구』, 학민사.
김재영(2002), 「정읍 농악과 신종교」, 『한국종교사 연구』10, 한국종교사학회.
조춘영(2006), 「환웅과 풍물굿」, 『단군학연구』14, 단군학회.

노광일(1985)은 풍물의 기원과 변천과정, 놀이의 형태, 편성, 매체적 특성을 밝히고 입장단놀이, 진풀이놀이, 당산굿, 지신밟기, 잡색놀음 등을 개발할 것을 제안하였다. 그는 '농악'이라는 용어가 여러모로 적절하지 않다고 지적하면서 '풍물'이라는 민중적 용어를 사용할 것을 주장하였는데 그의 제안을 전후로 하여 민중문화운동세력은 풍물을 민중문화운동의 일부분으로 적극 받아들이게 되었고 민중문화운동 내에서 '풍물운동'이라는 용어가 생겨났으며 풍물패들의 활동이 활발히 이루어지게 되었다.

김인우(1987)는 호남좌도농악인 임실필봉농악을 중심 대상으로 삼고 민중문화운동의 관점에서 풍물굿을 해석하였다. 그는 '풍물굿'이라는 용어를 사용할 것을 주장하면서 풍물굿은 삶의 주체성을 훈련해 내는 탁월한 기제이며 그러한 주체적 삶의 훈련은 공동체적 신명을 통한 민중들의 내재적 규율 속에서 만들어져 왔다고 하였다. 공동체적 집단신명의 힘은 구체적 현실의 삶을 살게 하는 내재적 힘을 가지도록 하며 이러한 민중적 삶의 체계가 갖는 잠재력들을 들추고 체화시켜 내는 데에만 풍물굿 재생의 의미가 있다고 보았다.

조춘영(2006)은 풍물굿의 기원은 단군신화 중 환웅신화와 삼신사상에 있으며 풍물굿에서 마을 당산굿과 지신밟기의 원형은 태백산정 신단수에 천부인 삼개를 받아 풍백, 운사, 우사를 거느리고 홍익인간, 재세이화하고자 한 환웅신화에 있다고 보았다. 또한 그 방법론과 구체적 내용은 삼즉일(三卽一) 구조와 삼신(三神)사상으로 이해하였다. 풍물굿패의 구성이나 삼지창과 고깔, 삼색 띠와 삼태극, 전립의 기원과 구조 등도 삼즉일－삼신의 구조를 보인다고 해석하였다. 그러나 이러한 해석은 근거가 충분히 제시되지 않으면 자칫 관념의 유희에 그칠 가능성이 있으며 단군사상과 풍물굿의 기계적 적용이라는 비판을 받을 여지가 많다.

(5) 농악의 공연원리에 관한 연구

농악의 공연원리에 대한 연구는 김익두[59]에 의해 제기되었다. 김익두는 풍물굿을 인간의 신체를 활용하여 이루어 내는 공연예술로 규정하고 삶의 현장에서 살아 움직이는 유동예술, 민중들이 집단적으로 행위전승과 구비전승을 통해 계승해 온 전통 민속예능이기 때문에 폭넓고 자세한 현장조사를 바탕으로 해야 제대로 된 풍물굿 연구를 할 수 있다고 주장하였다. 그는 ① 개방성의 극대화를 통한 청관중의 공연자화, ② 동화된 공연자들이 이루어 내는 판 전도의 원리, ③ 공연자의 자기 축소화원리와 청관중의 자기 확대화의 원리, ④ 일정한 음악, 무용적 동작, 연극적 행동 등의 제 요소들이 상호작용을 하면서 이루어 내는 반복, 순환, 축적의 원리, ⑤ 잡색들이 주축이 되어 공연자와 청관중의 사이를 허무는 탈경계화의 원리, ⑥ 잡색놀음의 형식을 통해 이루어지는 심리적/정신적 치료의 원리, ⑦ 청관중을 얼마나 훌륭하게 공연자화했는가 하는 기준에 따라 이루어지는 수용과 평가의 원리 등으로 풍물굿의 공연원리를 정리했다. 이러한 원리들은 주로 마을공동체 내부 성원들이 이루어 내는 풍물을 대상으로 공연이론에 의거하여 범주화한 것으로 일정한 학문적 의의를 지닌다. 다만, 다른 논자들에 의해 이러한 공연원리에 대한 논의가 더 이상 진행되지 못하고 있음이 아쉬움으로 남는다.

---

59) 김익두(1995), 「풍물굿의 공연원리와 연행적 성격」, 『한국민속학』27, 민속학회.

(6) 농악의 복색에 관한 연구

농악의 복색에 관한 연구는 최근에 와서 본격적으로 이루어지고 있다. 주요 연구는 다음과 같다.

채진영(1985), 「한국 전통무용복의 문헌적 고찰」, 숙명여대 석사, 1985.
장사훈(1985), 「악복과 무복의 역사적 변천에 관한 연구」, 『민족음악학』7, 서울
　　　　대 동양음악연구소.
이보형(1997), 「전립과 농악의 상모」, 『한국민속학』29, 한국민속학회.
서옥규(1998), 「농악복식에 관한 연구」, 『복식』12, 한국복식학회.
최형식(1999), 「농악 이미지 장신구 개발에 관한 연구」, 서울산업대 석사.
이지영(2003), 「한국 무용의상의 색에 관한 연구」, 숙명여대 석사논문.
추은희(2004), 「농악 복식에 관한 연구」, 전남대 박사논문.
홍나영, 민보라(2006), 「조선후기 감로정화 하단화를 통해서 본 예인복식 연구」,
　　　　한국의류학회지30, 한국의류학회.

이보형(1997)은 농악대에서 착용하는 전립이 북방민족의 전립에서 기원하였으며 농악에서 농악수들이 스스로 악기를 연주하며 춤추고 놀기 때문에 양손이 자유롭지 못하여 춤사위에 지장이 있으므로 상모짓이 발달하게 되었다고 하면서 호남좌도농악의 부들상모에서 반부들상모가 파생되고 이는 다시 호남우도농악의 뺏상모가 되었다고 주장하였다. 그러나 이 주장은 몇몇의 농악인들의 구술에만 의존하였으므로 직접적인 관련 근거를 유추할 수 있도록 심화된 연구가 필요할 것으로 보인다.

서옥규(1998)는 임실농악, 이리농악 등 중요무형문화재로 지정된 전국의 5개 지역의 농악에 나타난 복식을 조사, 분석하였다. 농악복식의 조형적 특징은 율동적이고 과감한 선(線)의 표현, 소재의 자연미와 무기교성, 무대의상의 자기 확장적 표현, 착장(着裝) 방법에 따른 다양한 리듬감, 서민적 풍류미와 단순한 투박미 등을 볼 수 있으며 농악의 복

식은 선(線)의 예술적 표현이며 민족의 미의식을 여기서 관찰할 수 있다고 하였다.

추은희(2004)는 남원농악과 임실농악 등 호남의 4개 지역과 경기 충청 2개 지역을 중심으로 농악의 복식을 살피고 그 차이와 특성을 밝혔다. 그는 농악 복식의 기원을 밝히면서 풍부한 사진, 그림, 문헌 자료를 토대로 농악의 복식이 중세 이전부터 우리 민족이 일상적으로 착용하던 복식으로부터 유래하여 오늘에 이르렀다는 것을 입증하였다. 추은희의 연구는 농악의 복식에 관한 풍부한 역사적 자료와 현장조사를 바탕으로 한 실증적 연구임에도 현장의 모델로 삼은 지역이 호남에 치중해 있어 전국적인 일반화에는 무리가 따른다고 할 수 있다.

지금까지 농악의 연구사를 검토해 보았다. 마을굿, 두레굿의 공동체적 성격과 의미, 구조주의적 리듬분석방법을 통한 농악 장단의 분석과 민족지적 현지조사를 통한 지역농악의 연구 등에 있어서는 많은 성과가 있었다. 또 연희 부분인 농악의 잡색놀음에 관한 연구도 최근 들어 더욱 활발해지고 있다. 그러나 앞으로 연구를 심화해야 할 분야들도 적지 않게 발견된다.

첫째, 농악의 역사적 변천과정에 관한 연구는 매우 초보적인 단계이며 특히 근대 이전의 농악에 관한 연구는 거의 존재하지 않는다.

둘째, 문헌자료가 적극적으로 활용되어야 한다. 개화기 이후의 문헌자료는 물론이려니와 고대 부족국가 시기부터 조선조에 이르기까지의 농악관계 문헌에 관한 발굴, 정리가 이루어져야 할 것이다.

셋째, 공연 민족지가 정리되지 않은 상태에서 논하는 농악의 지역적 특성은 매우 주관적이고 공허하기 십상이다. 한국농악의 전국적 면모를 파악할 수 있는 농악의 공연 민족지 정리 작업이 이루어져야 한다. 농촌 공동체의 해체는 매우 급격히 진행되고 있으며 과거의 농악을 진술할 수 있는 이들도 점차 사라져 가고 있기 때문에 이는 매우 절실하고 급박한 문제이다.

넷째, 농악의 보편적 특질에 관한 연구가 진행되어야 한다. 농악의 공연원리, 농악의 미학, 농악의 예술성과 세계관 등에 관한 연구가 이루어진다면 한국 전통 공연예술의 보편적 미학을 정립할 수 있는 부분적 계기가 될 것이다.

다섯째, 윗놀음, 신체동작, 진법에 관한 연구가 진행되어야 한다. 이 분야는 매우 오랫동안 현장의 공연을 기록하는 수준을 벗어나지 못했는데 인간의 신체행위와 관련된 공시적, 통시적 고찰과 근본원리, 세계관 등에 관한 연구로 심화, 발전되어야 할 것이다.

3. '농악'과 '풍물(風物)', 두 용어에 관한 검토

이 책의 제목을 보면 알 수 있듯이 연구자는 일관되게 '농악(農樂)'이라는 용어를 사용하고 있다. 그 이유가 오랜 관습에서 기인한 바도 있지만 목적의식적인 측면도 있다는 것을 미리 밝혀 두고 싶다. 연구자가 몸담고 있는 곳이 '농악단'이고 현장에서 '농악공연'을 하는 공연자이기 때문에 '농악(農樂)'이라는 용어에 대해 남다른 애착이 있다는 것도 전제해 둔다. 그렇다고 객관적인 학문적 입장을 도외시하거나 포기하겠다는 의미는 아니다. 연구자는 '농악(農樂)'이라는 용어가 올바르지 않다고 주장하는 의견이 많다는 것을 알고 있고, 그런 의견이 상당히 폭넓은 공감과 지지를 얻고 있다는 것도 알고 있다.

또 하나 밝혀 둘 것이 있다. 연구자는 1980년대에 대학풍물패 활동을 한 경험이 있으며 '농악(農樂)'이라는 용어보다 '풍물(風物)'이라는 용어를 훨씬 많이 사용했던 것으로 기억하고 있다. 그 무렵 '농악'이라는 말은 '친일(親日)과 관제(官制)'의 이미지에 '현장성이 거세된 인위적 조작'의 냄새가 짙었다. 거의 대부분의 대학풍물패에서는 '농악'을 금기시했다. 그들은 '풍물(風物)', 혹은 '풍물(風物)굿'을 하고 있었다.

그로부터 20년 이상의 시간이 흘렀다. 이제 대학풍물패는 과거처럼 사람들로 붐비지 않을뿐더러 밤을 새워 토론하고 술 마시며 시대를 아파하는 의기 넘치는 젊은이들의 동아리도 아니다. 한국 전통예술에 관심 많은 학생들의 동호인 모임일 뿐이다. 대학 내에서 더 이상 '농악논쟁'은 없다. 과거 대학풍물패의 구성원들은 중년이 되었고, 이들은 여전히 '풍물(風物)'을 기억하며 산다. 학자가 되어 강단에서 21세기의 대학생을 가르치는 과거 대학풍물패 상쇠는 학생들에게 '농악(農樂)'이 얼마나 해로운 용어인지, 왜 '풍물(風物)'이라는 용어가 옳은지 '풍물', '풍물굿', '풍물놀이' 등의 용례를 거론해 가면서 열강을 한다. 학위논문이나 학술지 논문에도 '풍물'이 등장한 지 꽤 오래되었다.

언제부터인가 의문이 생기기 시작했다. 아마도 연구자가 '농악보존회'라는 단체에 몸담기 시작하면서부터일 것이다. '농악(農樂)'이라는 용어가 그토록 잘못된 용어인가? 이런 의문으로 시작하여 '농악(農樂)'이라는 용어가 잘못이라고 주장하는 사람들의 글을 찬찬히 읽어 보게 되었다. 그러나 명료하지 않았다. 그 명료하지 않은 이유가 '농악(農樂)'은 문자로 기록되지 않고 민중들 속에서 구전심수(口傳心授)되어 온 탓에 구체적 사료가 없는 까닭이라고 하였다. 딴은 그럴 법도 했지만 여전히 명료하지 않았다. 혹시 잘못된 전제로부터 출발하고 있었던 것은 아닐까? 의문은 날이 갈수록 커져만 갔다. 그렇지만 속 시원한 대답을 하지 못하는 것은 피차일반이었다. 시시비비를 입증할 수 있는 근거가 그다지 없었기 때문이었다. 그로부터 또 한참의 세월이 흘러 오늘에 이르렀다.

이 장에서는 '농악(農樂)'과 '풍물(風物)', 두 용어에 관한 검토를 할 것인데, 될 수 있는 한 근거를 가지고 이야기하고자 한다. '마땅히 그래야 한다.'는 당위성이나 '당연히 그럴 것이다.'라는 추측성 이야기는 가급적 줄이고, 좀 더 냉정한 시선으로 이 문제를 다루고자 한다. 미리 밝혀 두지만, 이 글은 '농악(農樂)'이라는 용어가 충분히 사용할 가치가 있으며 그 나름대로 정통성도 있다는 입장을 피력하기 위하여 쓰는 글이다.

1) 용어의 사전적 의미

먼저 '농악(農樂)'과 '풍물(風物)', 두 용어를 사전에서는 어떻게 설명하고 있는지 '국립국어원'의 『표준국어대사전』을 살펴보자.

농악(農樂) 〔농악만[- 앙 -]〕 「명사」 『음악』 ＝풍물(風物)놀이.

풍물(風物) 「명사」
「1」 ＝경치(景致).
「2」 어떤 지방이나 계절 특유의 구경거리나 산물.
「3」 『민속』 남사당놀이의 첫째 놀이. 주로 윗다리 가락을 바탕으로 한 풍물놀이
　　　 이다.
「4」 『음악』 풍물놀이에 쓰는 악기를 통틀어 이르는 말. 꽹과리, 태평소, 소고,
　　　 북, 장구, 징 따위이다.

‘농악(農樂)’에 대한 설명은 없고 ‘풍물놀이’와 같다고 되어 있다. 그러면 ‘풍물놀이’를 찾아본다.

풍물(風物)－놀이[－ －로리] 「명사」『음악』
　농촌에서 농부들 사이에 행하여지는 우리나라 고유의 음악. 나발, 태평소, 소고, 꽹과리, 북, 장구, 징 따위를 불거나 치면서 노래하고 춤추며 때로는 곡예를 곁들이기도 한다. 경남 진주, 경기 평택, 강원 강릉, 전북 익산, 임실의 풍물놀이는 중요 무형 문화재 제11호이다. ≒농악.

우리가 알고 있는 농악에 대한 설명이 ‘풍물놀이’를 검색해야 나온다. ‘풍물굿’을 검색해 보니 사전에 등재되어 있지 않았다. 정리해 보면 ‘농악(農樂)’은 ‘풍물놀이’와 이음동의어이고 ‘풍물’은 ① 남사당놀이 중의 하나, ② 풍물놀이에 쓰는 악기를 통틀어 이르는 말이다. 그리고 ‘풍물굿’은 국어사전에서 정의하는 표준어가 아니어서 사전에 실리지 않았다. ‘농악(農樂)’이나 ‘풍물(風物)’이 전문용어인 바에야 전적으로 국어학자들에게 기댈 필요는 없겠지만 현재의 사전적 정의를 알고 출발하는 것이 불필요한 소모를 줄일 수 있겠다는 판단이 들어서 검토해 보았다. 사전 편찬자들이 비교적 많은 고민을 하고 나름대로 객관성을 유지하려고 한 흔적이 보인다. 다만, ‘풍물(風物)놀이’가 언제부터 표준어가 되었나 하는 의문은 지워지지 않는다. 1990년대까지의 국어사전에는 ‘풍물(風物)’은 있었지만 ‘풍물(風物)놀이’는 없었다. 2000년 이후에 ‘풍물(風物)놀이’가 국어사전에 실린 것이다. 그러니까 ‘풍물’, ‘풍물놀이’, ‘풍물굿’, 이렇게 세 용어 중에서 ‘풍물’은 악기를 지칭하는 말로 정리되고 ‘풍물굿’은 표준어로 인정되지 않았고 ‘풍물놀이’만 기존의 ‘농악(農樂)’과 동의어로 쓰이게 된 것이다. 이렇게 되기까지 어느 정도의 세월이 필요했을까? 이제부터 시간을 거슬러 올라가 보도록 한다.

2) 용어의 역사적 변천

(1) 조선시대의 용어 사용

본래 '농악(農樂)'은 고려 말, 조선 초에 그 형태가 생겨나 조선 중기에 일정한 형식을 갖추어 조선 후기에 이르러서 오늘날의 '농악(農樂)'과 같은 형태로 완성되었다. '농악(農樂)'을 공연하는 담당층이 다양했으므로 '농악(農樂)'을 부르는 명칭도 다양했다.

첫째, 농민들이 들에서 일할 때 노동의 능률을 높이기 위해 연주하는 농악은 사고(社鼓), 사고악(社鼓樂) 등으로 표기되었다.

> 둥둥 울리는 <u>두레농악(社鼓)</u> 소리에 취하여 춤을 추네.[60]

둘째, 승려들의 시주에 사용되는 농악은 법고(鼓法), 걸공희(乞供戲) 등으로 불렀으며 이렇게 '농악(農樂)'을 하며 민가에 돌아다니는 승려들을 법고승(法鼓僧), 굿즁픠라고 불렀다.

> 중들이 북을 지고 시가로 들어 와서 북을 치면서 집집이 도는 것을 <u>법고(法鼓)</u>라 한다.[61]
> 흥국사 중들이 <u>걸공희(乞功戲)</u>를 일삼다.[62]

셋째, 궁궐이나 민가에서 벽사축원(辟邪祝願)을 위해 요란한 타악기를 울리며 귀신 쫓는 소리를 지르는 나례 등의 초기 축원농악(祝願農

---

60) 崔永年(1856~1935), 『海東竹枝』 名節風俗 七月 洗鋤宴: 醉舞婆婆社鼓聲
61) 『東國歲時記』, 正月 元日: 僧徒負鼓 入街市擂動 謂之法鼓 或展募緣文 즉 鈸念佛 人爭擲錢
62) 吳宏默(1834~ ?), 『叢鎖錄』12(1898): 興國寺僧徒乞功戲述卽事

樂)을 가리켜 매귀희(埋鬼戲), 매귀유(埋鬼遊), 방매귀(放埋鬼), 화반(花盤) 등으로 불렀다.

> 매귀희(魅鬼戲)가 마을을 돌면서 쌀과 돈을 구걸하는 것을 걸공(乞供)이라 부른다.[63]
> 북과 방울을 울리면서 문밖으로 몰아내는 흉내를 내는데, 이를 방매귀(放枚鬼)라 한다.[64]
> 매년 정월 보름에 마을 사람들이 기를 세우고 북을 두드리는데 이를 일러 매귀유(埋鬼遊)라 한다.[65]
> 주민들이 징과 북을 치면서 신독을 인도하여 동리로 들어가면 사람들이 모두 다투어 재물과 돈을 내놓고 굿을 한다. 이것을 화반(花盤)이라고 한다.[66]

그 외에 유랑광대들의 농악을 특별히 지칭하는 용어는 발견되지 않고 그들의 연희 전체를 '잡희', '사당놀이'라고 하였다. 또 그들의 농악은 무동놀이가 중심 연희이기 때문에 '무동(舞童)놀이'라는 용어를 사용한 것으로 보인다.

> 판관이 기악(妓樂)과 잡희(雜戲)로 반마장이나 나와 맞이했다.[67]
> 흰 고깔에 붉은 치마를 입고 사람의 어깨 위에서 춤을 춘다. 춤을 잘 추는 자는 혹은 삼층에서도 춤을 추는데 이를 무동패라 한다.[68]
> 소위 거사라는 사람들이 노래 부르는 여자 십여 명을 거느리고 각처에 흩어져 도회

---

63) 李鈺(1760~1813), 『鳳城文餘』 乞供：魅鬼戲之流行村落　求索米錢者　亦名曰乞供

64) 成俔(1439~1504), 『慵齋叢話』 卷之二：歲時名日所擧之事非一除夜前日　聚小童數十名爲倀子　被紅衣紅巾　納于宮中　觀象監備鼓笛　方相氏臨曉驅出之　民間亦倣此事　雖無倀子　以綠竹葉紫荊枝益母莖桃東枝　合而作帚　亂擊櫺戸　鳴鼓鈸而驅出門外　曰放枚鬼

65) 『輿地圖書』 下卷 補遺篇 慶尙道(1757)：埋鬼遊每年正月望日　閭里之人建旗擊鼓　謂之埋鬼遊

66) 『東國歲時記』, 正月 元日：每自元日至上元　名巫覡神纛　作儺戲　鉦鼓前導出入閭里　民人爭捐財錢　以賽神　曰花盤

67) 許筠(1569~1618), 『惺所覆瓿藁』 卷之十八 文部十五 紀行 上 漕官紀行 辛丑(1601) 九月七日：判官出伎樂雜戲于半程以迓

68) 崔永年(1856~1935), 『海東竹枝』 俗樂遊戲 舞童牌：白衲紅裙舞於人肩　上善舞者　或三層稱之曰무동패

시장에서 노래하고 춤추어 그것으로 생활을 했다. 송화의 구월산과 안성의 청룡사 등지를 그 근거로 하여 스스로 한 마을을 이루었다. 이를 가리켜 <u>사당놀이</u>라 하였다.[69]

다음은 '풍물(風物)'이라는 용어가 어떻게 사용되었는지 살펴본다. 고려시대 기록에서 '악기(樂器)'라는 용어는 흔하게 발견되며 '풍물(風物)'도 적잖이 발견되지만 고려시대의 '풍물(風物)'이 함의하는 바에는 아직 악기라는 의미가 포함되지 않았다. 고려시대에는 주로 자연 경관을 의미하는 용어로 쓰였는데 이제현(李齊賢)의 『역옹패설(櫟翁稗說)』에 기록된 경우가 대표적인 실례라 할 수 있다.

> 충숙왕 6년(1319). 상왕(上王)이 강남(江南)에 강향(降香)하는 데에 호종하다. 상왕이 누대(樓臺)와 <u>풍물(風物)</u>이 좋은 곳에 이르러 흥을 일으키고, 회포를 풀 때면 번번이 조용히 말하기를, "이런 곳에 이생(李生)이 없을 수 없다." 하였다.[70]

조선시대에 '풍물(風物)'은 ① 자연의 경치, ② 생활풍습, ③ 악기(樂器), 이렇게 세 가지 의미로 사용되었다. 앞의 ①과 ② 두 경우를 제외하고 ③ 악기(樂器)의 의미로 사용된 경우만을 살펴본다.

> 내가 정중(正中)과 같이 송도(松都)에서 놀 때에 그가 거문고를 타면, 사인(士人)과 기녀들이 모두 눈물을 흘리지 아니한 사람이 거의 없었다. 서울에 돌아오는 날에 말에 오르기를 머뭇거리니 행인들도 서서 보았다. 백아(伯牙)가 죽은 지 천 년 후인 오늘에 이 사람이 아니고 또 누가 있겠는가. 기(氣)가 편벽되다는 말은 지나치지 않다. 백원(百源)과 유추(有秋)는 언제나 악기를 가지고 밤낮으로 연습하나, 정중(正中)은 집안에 <u>풍물(風物)</u>이 없어 여기저기 가는 곳에서 우연히 다른 악기를 가지고도 그의 음률은 순수하였다. 나는 언제나 그 수예(手藝)가 매우 고상함에 감복한다.[71]

---

69) 崔永年, 앞의 책, 俗樂遊戲 沙嬌牌: 舊俗所謂居士輩 率女唱十餘隊隊 出發散于各處歌舞於都會市 以爲生活其根據於松禾九月山 安城靑龍寺等地 自作一村名之曰사당노리

70) 李齊賢(1287~1367). 『櫟翁稗說』 附錄 益齋先生年譜: 從上王江南降香 王於樓臺風物 遇興遣懷 每從容日 此閒不可無李生也

　　조선 전기 학자이자 문인인 추강(秋江) 남효온(南孝溫)은 "나라의 아악(雅樂)으로 말하면, 박연(朴堧) 후에 사족(士族)으로는 칭할 만한 자가 없더니" 네 명의 선비가 나타나 아악(雅樂)의 대를 잇고 있다고 하면서 유추(有秋) 임흥(任興), 정중(正中) 이정은(李貞恩)과 백원(百源) 이총(李摠), 그리고 국문(國聞) 정자지(鄭子芝) 등을 꼽았다. 그중에서 정중(正中) 이정은(李貞恩)의 거문고 솜씨가 제일 낫다는 평을 하였는데 그 이유는 이정은은 자신의 집에 풍물(風物)이 없어 전혀 연습을 안 하다가, 아무 악기나 손 닿는 대로 연주하여도 그 음률이 순수할 만큼 뛰어난 재주를 지니고 있었기 때문이라고 하였다. 첨언하여 중국 백아(伯牙)와 종자기(鍾子期) 고사에 빗대어 "백아(伯牙)가 죽은 지 천 년 후인 오늘에 이 사람이 아니고 또 누가 있겠는가."라고 이정은을 칭송하였다. 여기서 '풍물(風物)'은 악기(樂器)를 가리키며 그것도 타악기가 아닌 거문고를 의미하고 있다. 거문고는 선율악기로서 악기 중의 으뜸인 '백악지장(百樂之丈)'으로 불렸으며 선비들의 풍류에 필수 악기였다.

　　조선은 고려 아악의 전통을 그대로 이어받았지만 고려시대 송나라에서 들여온 편종과 편경은 명나라의 것과 비교하여 음률이 서로 달라 함께 사용할 수 없었다. 아악기뿐만 아니라 의물과 관복도 제대로 갖추지 못한 형편이어서 온전한 아악 연주가 이루어지지 못했다. 이러한 상황은 유교에 투철했던 조선의 집권층에게 예악사상의 대표적 표현이었던 아악을 정비해야 할 필요성을 더욱 간절하게 하였다.[72] 세종의 재

---

71) 南孝溫(1454～1492), 『秋江先生文集』 卷之七　雜著　冷話: 余與正中遊松都彈琴時親　見士人妓女皆泣下　聖居山僧不涕出者無幾　還都之日　乘馬躕躇　行人立聽　伯牙千載之後　非此人爲誰乎　氣偏之語　無乃過當　百源有秋嘗備樂器　日夜肄習　百源有秋嘗備樂器　日夜肄習　正中家無風物　行行到處偶執他樂器　而音律恂如也　余嘗服其手藝甚高也

72) 송방송(1984), 『한국음악통사』, 일조각, 260～261쪽 참조.

임기간에 박연을 중심으로 이루어진 아악의 정비작업은 이러한 맥락에서 이해될 수 있다. 세종조에 이루어진 율관제작은 음악이론의 근본이었으므로 아악정비의 출발을 의미함과 동시에 조선 전기의 음악사에서 획기적인 사실이었다. 또한 편경을 제작하였다는 사실도 중요한 의미를 갖는데 이는 편경의 제작 없이는 8음의 완전한 구비가 이루어질 수 없었기 때문이다. 율관과 편경의 제작으로 조선의 아악은 비로소 온전한 구조를 이룰 수 있었다. 세종의 음악적 업적은 그 밖에도 정간보 창안, 악서 편찬, 향악의 창제 등 실로 다양하고 방대하게 진행되어 조선시대 음악문화의 수준을 비약적으로 이끌어 올린 것으로 평가받고 있다.

여러 정황으로 보아 '풍물(風物)'에 음악적 의미가 추가된 데에는 이러한 일련의 음악적 대변동이 있었기 때문일 것으로 생각된다. 아직까지 세종 이전의 기록들에서 악기를 의미하는 '풍물(風物)'이 발견되지 않고 있기 때문에 이러한 추측은 나름의 개연성을 가지고 있다고 본다. 아무튼 남효온의 진술은 15세기에 사용된 단어 '풍물(風物)'의 새로운 의미를 발견할 수 있다는 데 그 의의를 찾을 수 있다. 남효온 이후에는 기록들에서 악기를 의미하는 '풍물(風物)'을 흔히 찾아볼 수 있는데 특히 연산군 시대에서 다수 발견된다.

> 장악원에 전교하기를 "악인(樂人)의 수가 전보다 갑절인데 악기의 수는 적으니, <u>풍물(風物)</u>에 드는 재목을 평시서(平市署)로 하여금 사들여서 시기에 미쳐 만들게 하고, 외방으로 총률(摠律)을 나누어 보내어 모은 악기의 재료를 빨리 채취(採取)하여 바치게 하라." 하였다.[73]

> 전교하기를, "경상·전라도에 각각 총률(摠律) 2인을 보내어 <u>풍물(風物)</u>에 쓸 죽재(竹材)를 많이 채취해 오라." 하였다.[74]

---

73)『燕山君日記』五十七卷 燕山君 十一年(1505年) 一月 十二日: 傳于掌樂院曰 樂數倍前 而 樂器數 風物所入材木 令平市署貿易 及期造作 分遣摠律于外方 凡樂材趁時採進

기록에 나오는 장악원은 조선시대 음악에 관한 사무를 관장하던 관
청으로 각종 제사와 의례, 각종 행사의 음악과 음악교육, 악공(樂工),
악생(樂生)의 관리를 담당했다. 세조는 음악담당 관청의 통폐합을 단행
했는데 아악서와 전악서를 장악서로 통합하였고 성종 즉위를 전후한
시점에서 장악서를 장악원으로 개칭하였다. 기록에 나타난 '풍물(風物)'
은 장악원에서 궁중음악을 연주할 때 사용하는 악기를 나타낸다.

> 좌찬성 최황(崔滉)이 아뢰기를,
> "신이 사직(社稷) 대제(大祭)의 헌관(獻官)에 뽑혔는데, 이른바 사직이란 곳을 보
> 니 바로 고(故) 장흥군(長興君)의 집이었습니다. 뜰 가운데 제단을 세웠는데 지세가
> 낮을 뿐 아니라 평상시에 인마(人馬)가 밟고 다니던 더러운 곳으로서 존신(尊神)을
> 공경하는 뜻이 전연 없었습니다. 듣건대 본래 사직 자리에는 단유(壇壝)가 완연하고,
> 신주실(神主室), 전사청(典祀廳), 주방, 풍물고(風物庫) 등이 있다고 하니, 그대로 옛
> 터를 수리하여 정결하게 제사 지내는 것이 의리에 합당할 것 같습니다. 대신에게 명
> 하여 의논해 처리토록 하소서." 하니 상이 따랐다.[75]

사직(社稷)은 임금이 제사를 지내던 토신(土神)인 사(社)와 곡신(穀
神)인 직(稷)을 말하는데 우리나라에서는 신라 선덕왕 4년(783)에 처음
으로 사직단(社稷壇)을 세운 이래, 조선 시대에는 사직단(社稷壇)을 관
리하는 일을 맡아보는 사직서(社稷署)를 설치하였다. 위의 기록은 임진
왜란의 와중에 피폐해진 사직단에 관한 보고를 담고 있는데 사직서에
는 부속 건물로 악기를 보관하는 풍물고(風物庫)가 있었음을 알 수 있
다. 『순조실록(純祖實錄)』에도 사직서(社稷署)의 악기고(樂器庫)에 불

---

74) 『燕山君日記』 五十七卷 燕山君 十一年(1505年) 一月 二十三日 : 傳日 慶尙 全羅道 各送
　　摠律二人 風物竹材多數採來

75) 『宣祖實錄』 四十八卷 宣祖 二十七年(1594年) 二月 九日 : 左贊成 崔滉 啓日 臣差社稷大
　　祭獻官 所謂 社稷 卽故 長興君 家也 設壇於庭中 非但地勢卑下 乃平時人馬踐踏汚穢之地
　　其於尊神至敬之義蔑如也 聞 社稷 本處, 壇壝宛然 神主室 典祀廳 廚所 風物庫 亦有之 仍
　　修舊基 精潔享祀 似合義理 幸 命大臣議處 上從之

이 나서 불탄 풍물(風物)과 관복(冠服) 등을 속히 개조(改造)하라고 명하였다는 기록76)이 있다.

'풍물(風物)'이 궁궐이나 양반의 풍류방을 벗어나서 민중들의 생활현장에서 사용되는 악기에까지 외연이 확장된 것은 조선 후기였는데 대략 18세기와 19세기 사이에 농악에 사용하는 타악기 등속을 일컫는 용어로도 쓰이기 시작하였다.

> 정오에 소를 타고 신풍진(新楓津)을 건너 대둔사(大芚寺)에 갔다. 해가 이미 저물어 하룻밤을 머물렀는데 이 절의 승려 삼십여 명이 풍물(風物)을 갖추고 십팔일 동안 마을을 돌며 곡식을 얻어 가지고 오늘 비로소 절로 돌아왔다.77)

위의 『노상추일기』는 조선후기 무반(武班)의 한 사람인 노상추(盧尙樞, 1746~1829)의 일기이다. 노상추는 청년기와 노년기를 고향인 경상도 선산(善山)에서 보내면서 집안의 방문객과 그들과의 관계, 각종 의례와 참석자, 가족 구성원의 증감과 이들의 질병 및 치유과정 등을 기록하였다. 기록에 나오는 대둔사(大芚寺)는 구미 선산에 있는 사찰로 지금까지 존속되고 있는데, 1802년 이 사찰에서 승려 삼십 명이 18일간 걸립을 하였고 승려들이 걸립에 사용한 악기는 '풍물(風物)'이라고 되어 있다.

이상으로 보아서 알 수 있듯이 '풍물(風物)'이라는 용어는 고려시대까지는 풍속이나 풍경을 가리키는 말이었다가 조선조 세종의 음악혁명 이후로 악기(樂器)라는 의미가 추가된 것으로 보인다. '풍물(風物)'이

---

76) 『純祖實錄』 五卷 純祖 三年(1803年) 十一月 四日: 社稷樂器庫失火 上遣承旨奉審 臨軒以待其回奏 旋因禮曹啓 慰安祭不卜日設行 命風物冠服被燒者 令該曹 卽速改造 鐘磬設廳造成 以趙鎭寬 尹光普 差都監堂上

77) 盧尙樞(1746~1829), 『盧尙樞日記』 純祖二年(1802) 壬戌日記 十一月 二十九日丙申: 午余騎牛, 渡新楓津, 往大芚寺, 日已暮止宿. 寺僧三十餘名, 具風物乞穀村閭十八日, 而今日始還寺云. 夜風.

지칭하는 악기는 조선 전기에는 궁중음악인 아악에 쓰이는 악기에 한정되었지만 대략 18~19세기에 민간의 농악에 사용되는 타악기까지 포괄하여 지칭하게 되었다.

'농악(農樂)'이라는 용어가 최초로 언제 쓰였는지 정확한 시점을 명료하게 지적하기는 어려운 일이지만 현재까지 발견된 가장 오래된 기록은 1890년경 매천(梅泉) 황현(黃玹)의 『매천야록(梅泉野錄)』이다.

> 대개 시골에서는 여름철에 농민들이 징과 꽹과리를 치면서 논을 맸다. 이것을 농악(農樂)이라고 한다.[78]

황현이 기록한 '농악(農樂)'은 두레농악을 지칭하는 것이지만 1890년대에 '농악(農樂)'이라는 용어는 두레농악에만 한정되어 있지는 않았다. 『갑오기사(甲午記事)』는 충남 서천(舒川)의 시골 유생 최덕기(崔德基)가 쓴 40년간의 일기 중에서 1894년의 일기이다. 이 일기는 갑오년 당시 서천지방을 비롯한 그 일대에서 동학의 전파와 농민군의 활동, 그리고 전투상황 등이 시골 유생의 눈을 통해 거칠지만 현장감 있게 정리된 드문 자료라 할 수 있다.

> 야삼경(夜三更)에 마을 사람들이 농악(農樂)을 크게 울리며 말하기를 "모두 한 무리를 유지하여 가락암(可樂岩)으로 가서 화적을 물리치자."고 하였다. 그리고 무리를 이끌고 가락암으로 갔다.[79]

위의 기록은 1894년 9월 3일의 일기인데, 여기에 기록된 '농악(農

---

78) 黃玹(1855~1910), 『梅泉野錄』 一券下 甲午以前 : 盖野鄉夏月 農人擊錚鐃 以相鋤耘 謂之農樂

79) 崔德基(1874~1929), 『甲午記事』 甲午(1894) 九月 初三日 : 夜三更 村民大動擊農樂曰 皆持一丫以去可樂岩 杜火賊云云 而引走去可樂岩

樂)’은 노동의 능률을 높이기 위해, 들판에서 울리는 두레농악이 아니라 화적을 물리치기 위해 싸움터로 출정할 때 울리는 군악(軍樂)의 형태를 띠고 있다. 이로써 19세기 후반에는 꽹과리, 징, 장구, 북이 어우러져서 합주를 하는 것을 ‘농악(農樂)’이라고 부르는 것이 어느 정도 보편화되어 가고 있다고 볼 수 있을 것이다.

(2) 일제강점기의 용어사용

일제강점기에는 여러 용어들이 혼용되었다. 1920년대에는 ‘매귀(埋鬼)’, ‘걸궁(乞窮)’, ‘걸립(乞粒)’, ‘풍물(風物)’ ‘농악(農樂)’ 등 여러 용어들이 함께 사용되었다. 1920년대 ‘풍물(風物)’이 사용되는 용례는 다음과 같다.

> 마산의 ‘메이데이’ 풍물(風物)을 두다리며 행렬 〈동아일보 1921. 5. 1〉
> 노동야학 설치에 필요한 경비를 얻고자 풍물(風物)을 치고 다니던 중 〈동아일보 1923. 8. 19〉
> 꽹가리 증 장구 할 것 업시 여러 가지 풍물(風物)을 마추어 침니다 〈동아일보 1927. 3. 14〉

‘풍물(風物)’은 주로 ‘두다리고’ ‘치고’ ‘마추어 치는’ 것으로 타악기로서의 성격을 나타내고 있다. ‘꽹가리 증 장구 할 것 업시 여러 가지 풍물(風物)’이라는 표현에서 그러한 점을 재확인할 수 있다.

‘농악(農樂)’이 사용되는 용례는 다음과 같다.

> 농군들이 전야에서 산가(山歌)를 부르며 농악(農樂)을 주(奏)하야 〈개벽16호 1921. 10. 18〉
> 도선장 방축코저. 농악으로 순회 수연(收捐) 〈조선일보 1926. 3. 7〉

주당 마진 신부위해 <u>농악(農樂)</u> 치고 긔도 안는다고 욕한 것이 동긔〈동아일보
1926. 5. 11〉
　　<u>농악</u>에 발 맞쳐 3천농민 회합 〈조선일보 1927. 2. 21〉
　　<u>농악</u>을 울리며 당일을 기념한 마산의 농민〈조선일보 1928. 5. 3〉

'농악(農樂)'은 '치고' '연주(奏)'하고 '울리고' 등의 표현을 쓰는데 주로는 예술 장르를 지칭하는 용법으로 쓰인다. '농악에 발 맞쳐', '농악으로 순회' 등의 표현이 그러한 용법임을 알 수 있다.

'풍물(風物)', '농악(農樂)' 이외에 기타 '매귀(埋鬼)', '걸궁(乞窮)', '걸립(乞粒)' 등이 사용되는 용례를 보면 다음과 같다.

　　<u>걸립(乞粒)</u>으로 동정금 모집 소방조 신계획 〈동아일보 1926. 3. 5〉
　　<u>걸궁(乞窮)</u>노리로 집금 〈동아일보 1927. 2. 26〉
　　농민야학 유지로 <u>매귀(埋鬼)</u>조직 흥행 〈조선일보 1929. 2. 14〉

위의 용법들은 대부분 공연 목적에 따른 농악의 특정한 공연 유형을 지칭한다. 즉, 기금을 마련하기 위한 걸립농악을 지칭할 때 '매귀(埋鬼)', '걸궁(乞窮)', '걸립(乞粒)' 등을 사용한다는 것을 알 수 있다.

1930년대 이후에는 '농악(農樂)'의 사용이 압도적으로 빈도수가 많아진다. 아직 '매귀(埋鬼)'나 '걸립(乞粒)' 등의 용어는 남아 있지만 별반 사용되지 않는다.

　　<u>매귀(埋鬼)</u>쳐서 모은 돈 유치원에 기증 〈조선일보 1932. 3. 1〉
　　보문학원을 위해 <u>걸립대</u>를 조직 〈조선일보 1936. 2. 15〉

'풍물(風物)' 역시 거의 사용하지 않게 된다. '풍물(風物)'을 사용하는 기사는 단 세 개가 발견되며 그중의 한 기사는 '농악(農樂)'과 '풍물(風

物)’을 한 문장에 동시에 표기하면서 ‘풍물(風物)’ = ‘농악기(農樂器)’의 의미로 사용하고 있다. 또한 한자만을 사용하여 ‘風物’로 표기하기도 하고 국한문을 혼용하여 ‘풍물(風物)’로 표기하는 등 이 용어가 순우리 말이 아님을 알 수 있는 단서를 제공해 준다.

風物 흥행하고 경찰에 피검 〈중앙일보 1932. 2. 25〉
농악대원들은 풍물(風物)을 끈젓다 〈동아일보 1938. 8. 7〉
동리마다 풍물(風物)을 치고 큰 기빨을 날리며 〈동아일보 1938. 1. 5〉

1930년대는 ‘농악(農樂)’으로 용어가 통일되는 시기라고 할 수 있을 만큼 ‘농악(農樂)’의 사용빈도가 압도적으로 많아진다.

농기 들고 농악(農樂)노리 〈삼천리 제4권 제12호 1932. 12. 1〉
농악(農樂)을 선두로 염열아래 맹활동 〈동아일보 1934. 8. 29〉
농악(農樂)을 두다리며 금주단연(禁酒斷煙) 선전 〈동아일보 1933. 3. 4〉
농촌생활단상 농악(農樂)소리 들릴 때 〈동아일보 1933. 7. 30〉
농악으로 집금(集金) 〈동아일보 1934. 2. 27〉
일동노동자들 농악(農樂)으로 동정 〈동아일보 1934. 3. 5〉
농악대(農樂隊) 등 민속놀이를 열다 〈동아일보 1937. 6. 6〉
영화에 수록된 강릉농악대 〈동아일보 1937. 6. 23〉
상후리 농악대회(農樂大會) 〈동아일보 1937. 9. 24〉
강능의 농악대 롱림패 상쇄와의 일문일답기 〈동아일보 1938. 01. 04〉
강릉농악경연대회(江陵農樂競演大會) 〈동아일보 1938. 5. 23〉
강릉농악경연 건전한 오락을 조장 농악예술의 정화 〈동아일보 1938. 5. 24〉
강릉농악경연 대회역원도 결정 〈동아일보 1938. 5. 30〉
농악대 편전(便戰)되어 9명 중경상 〈동아일보 1938. 7. 19〉
충주 농악단 충돌사건 피검자 19명중 11명은 석방 〈조선일보 1933. 7. 3〉
향토 문화의 새폭발 농악 전라도 걸궁패 〈조선일보 1938. 4. 25〉

1930년대에 ‘농악(農樂)’의 사용이 우세해지는 것은 조선총독부의 ‘농촌진흥운동’과 ‘농촌향토오락진흥’의 영향으로 보인다. ‘농촌진흥운동'은 1932년 시작되었는데, 물심일여의 정신생활, 자급자족, 농가 노동력의 완전 소화를 전면에 내세웠다. 총독부는 농촌진흥운동을 통해 공황으로 인한 농촌의 위기를 기회로 삼아 농촌 통제를 강화하고, 또한 그것을 통해 식민통치질서의 위기를 조금이나마 완화시키려 하였던 것이다. 또한 조선총독부는 1930년대 후반부터 '농촌향토오락진흥'을 실시하는데 이는 여러 장르에서 진행된 황민화 문화 운동의 일환이었다. 이러한 정책들을 수행하기 위해서 각종 공문서 등에 사용되는 용어의 통일이 필요하였을 것이며 이를 위해 기존에 사용되던 용어 중에서 '농악(農樂)'이 취사선택된 것으로 볼 수 있다. 또 1930년대는 각종 '농악경연대회'가 열리게 되는데 이러한 대회는 전국적 행사로 진행되었으므로 '농악(農樂)'이라는 용어가 전국적인 표준어로 통일된 시기라고 보아도 무방할 것이다.

(3) 해방 이후의 용어 사용

해방 직후에는 '농악(農樂)' 이외의 다른 용어들은 공식석상에서 사용되지 않았다. 이미 일제강점기부터 전국적으로 표준어가 되었기 때문에 다른 용어들은 도태된 상태였다.

제1회 농악경연대회가 창경원에서 개최 〈중앙신문 1946. 5. 15〉
사설 농악의 진흥 〈문화일보 1947. 5. 22〉
시가행렬 농악 경연대회 〈서울신문 1948. 8. 16〉
농악 각희대회 개최 〈강원일보 1948. 10. 16〉

해방 이후부터 1960년 중반까지는 '풍물(風物)'은 전혀 사용되지 않았다. '풍물(風物)'이 공식문헌에 등장한 것은 남사당놀이에 대한 연구가 본격화하면서부터이다. 인멸 위기에 놓인 기예능을 보호하고 전승하자는 취지에서 1962년에 문화재보호법이 제정되자 남사당놀이가 첫째 조사대상이 되어 1964년에 남사당의 꼭두각시놀음이 무형문화재 제3호로 지정되고 송복산(宋福山)과 남운용(南雲龍)이 예능보유자가 되었다. 이어서 심우성은 1968년 『무형문화재조사보고서 제40호 남사당』에서 남사당놀이에는 6개의 놀이 종목이 있는데 그중 첫째가 '풍물'이라고 하였다. 같은 해인 1968년 7월에는 당시 무형문화재 제3호 남사당 꼭두각시놀음의 예능보유자였던 남운용(南雲龍)이 '신동아'에 직접 본인의 남사당패 활동에 관한 회고의 글을 기고하는데 이 글에서 '풍물(風物)'을 이야기한다.

상쇠는 二十四명 風物팀의 우두머리다. 말하자면 農樂隊 대장격이다.[80]

남운용은 '풍물(風物)'을 그냥 한자어 '風物'로 표기하면서 '風物팀'이 '농악대(農樂隊)'라는 부연설명을 하고 있다. 이는 심우성이 "풍물을 한자로 風物이라 표기하는 사람도 있는데 이는 차음표기(借音表記)일 뿐 아무런 연관이 없다."[81]고 주장하는 것과는 배치되는 주장이기도 하다. 심우성은 1974년에도 '풍물(風物)'과 '풍물놀이'라는 용어를 사용한다.[82] 심우성에 의해서 수십 년 동안 공식용어로서는 용도 폐기되었던 '풍물(風物)'이 다시 사용되기 시작한 것이다. 그러나 1970년대까지만 해도 '풍물(風物)'은 주변부의 언어였고 주류는 '농악(農樂)'이었다. 해

---

80) 남운용(1968), 「庶民의 喝采속에 流浪 五十年 - 男寺黨演戲로 坊坊谷谷 누벼」, 『신동아』 1968년 7월호, 265쪽.
81) 심우성(1988), 「사물놀이 명칭의 숨은 내력」, 『민속문화론 서설』, 동문선, 300쪽.
82) 심우성(1974), 『남사당패 연구』, 동문선.

방 직후부터 1979년까지 대략 30여 년간 상업적 흥행을 목적으로 전국을 순회하던 포장걸립패들이 모두 단체의 명칭을 '○○농악단(農樂團)'이라고 한 사실만 보아도 '농악(農樂)'이 전국적으로 일반인들에게 매우 친숙한 용어였다는 것을 알 수 있다.

'풍물(風物)'의 시대가 열린 것은 1980년대부터이다. 1970년대부터 탈춤부흥운동, 마당극 운동 등을 이끌어 온 민중문화운동세력은 학술용어이자 공식 언어로서 고착된 '농악(農樂)'의 권위에 문제제기를 하기 시작하였다. 노광일[83]은 '농악(農樂)'에 대해 다음과 같이 비판하였다. ① '농악(農樂)'은 농사꾼이 하는 음악, 즉 농사일에만 쓰이는 음악으로 인식될 소지가 있다. ② '농악(農樂)'은 단지 음만을 나타내기 때문에 춤, 재담, 진풀이, 즉 놀이 의식 등의 다양한 기능을 지닌 종합적인 표현 매체로서의 개념이 되지 못한다. ③ '농악(農樂)'이라는 용어는 현장생활인들이 만든 용어가 아니다. ④ '농악(農樂)'이라는 용어는 일제강점기에 강제로 지정된 것으로 일본의 가면극 능악(能樂)의 발음인 '노가꾸'를 농악이라 이름 붙여 버린 것이다.

이러한 주장은 많은 이들의 공감을 불러일으켰다. 이듬해인 1986년 제도권의 학자인 정병호[84]는 '농악(農樂)'이라는 말이 문헌상 처음으로 기록된 것은 1936년 조선총독부에서 발행된 일본인 학자 무라야마 지준(村山智順)의 『부락제(部落祭)』라는 책에서였고, 따라서 농악이라는 말은 일제강점기에 생긴 말임에 틀림없다고 주장하여 앞선 노광일의 의견에 신빙성 있는 근거를 뒷받침하였다. 정병호가 주장한 1936년 일본인 학자의 '농악(農樂)'용어 기원설은 기정사실로 굳어져 그 후 20여 년 동

---

83) 노광일(1985), 앞의 논문, 268쪽.
84) 정병호(1986), 앞의 책, 17쪽.

안 학계의 정설로 인정되었다.

정병호의 주장은 1년 후 김인우에 의해서 좀 더 확장된다. 김인우[85]는 '농악(農樂)'이 잘못된 용어라는 두 가지 이유를 제시하였다. 첫째, 조선시대의 지배계층과 일본제국주의자들의 통치적 의도에 의해 민중적 대동성이 거세되어 버린 조작된 용어이고, 둘째, 그 영향을 받아 뿌리 없는 지식인과 학자들이 서양 장르적인 관점으로 사용하여 총체적인 삶의 체계와의 연관이 부정되어 버린 소위 학술용어이기 때문이라는 것이다. 대안으로 '풍물이 주가 되는 굿'의 개념으로 '풍물굿'이 정확한 개념이라는 것이었다. '농악'을 사용하지 말고 '풍물굿'을 사용하자고 한 김인우의 '풍물굿'론은 '농악(農樂)'에 대한 부정적 인식을 한층 더 심화시켰다. 해방 이후 심우성에 의해 최초로 제안된 '풍물'은 노광일-정병호-김인우 등의 순차적인 주장에 의해 공고한 지위를 부여받게 되었고 '농악(農樂)'은 서서히 주변부로 밀려났다.

이러한 일련의 주장들은 세월이 흐름에 따라 많은 이야기들이 쌓이면서 새로운 주장을 만들어 내었다. 주강현[86]은 농악이라는 말이 처음으로 공식화된 시기는 일제강점기라고 기존의 입장을 재확인한 뒤 조선시대까지는 농민 농촌이란 말도 없었고 조선시대의 농악 운운하는 표현은 문헌상으로나 민중의 현장용어로나 확인되지 않는다고 주장하였다. 또한 농악은 문자 그대로 '농촌의 음악'이란 뜻을 가지고 있는데 "만약에 '농촌의 악'이라서 농악이라면 현재 도시민이 치는 악은 '市樂', 공장에서 치는 악은 '工樂', 학생들이 치면 '學樂'이 되어야 하는가?"라고 반문하였다. 그리고 김인우의 주장에 공감을 표하고 '풍물굿'

---

85) 김인우(1987), 앞의 논문 102~103쪽.
86) 주강현(1997), 『우리문화의 수수께끼2』, 한겨레신문사, 127~129.

을 사용할 것을 제안하였다. '풍물굿'에서 '굿'을 떼어 내고 '풍물'이라는 말을 자주 쓰는데 '풍물'은 실상 악기를 뜻함을 감안한다면 잘못된 용례이므로 '풍물굿'과 '풍물'은 가려서 써야 한다고 주장하였다.

한편, 이러한 일련의 주장에 대해 '농악(農樂)'을 사용하는 쪽에서는 이렇다 할 반론을 제시하거나 논쟁을 일으키는 행동을 거의 하지 않았다. 제도권의 무형문화재 정책은 여전히 '농악(農樂)의 전통을 보전'하는 것이었고 여전히 '농악경연대회(農樂競演大會)'는 해마다 개최되었다. 그 결과 전국의 중요무형문화재, 시, 도무형문화재에는 모두 '농악(農樂)'이 사용되었다.

종목	명칭		비고
중요무형문화재	11 – 가호 진주삼천포농악 11 – 나호 평택농악 11 – 다호 이리농악 11 – 라호 강릉농악 11 – 마호 임실필봉농악		5개
시도무형문화재	지역	명칭	비고
	경기	20호 광명농악 46호 양주농악	2개
	강원	15호 평창 둔전평농악 18호 원주매지농악	2개
	충북	1호 청주농악	1개
	대전	1호 웃다리농악	1개
	경북	4호 청도차산농악 8호 금릉빗내농악	2개
	부산	6호 부산농악	1개
	경남	13호 함안화천농악	1개
	전북	7 – 1호 부안농악 7 – 2호 정읍농악 7 – 3호 김제농악 7 – 4호 남원농악 7 – 5호 진안농악 7 – 6호 고창농악	6개
	전남	6호 화순한천농악 17호 담양우도농악 27호 고흥월포농악 35호 곡성죽동농악 40호 진도소포걸립농악	5개
	광주	8호 광산농악	1개

<전국농악무형문화재 지정현황>

앞서 설명한 바와 같이 '풍물놀이'는 처음에 심우성에 의해 남사당놀이의 하나로 소개된 이래 '농악(農樂)과 풍물' 논쟁에서 비켜서 있다가 1990년대 '사물놀이'의 폭발적 인기에 힘입어 사물놀이의 공연 레퍼토리 중에서 선반 판굿을 지칭하는 용어로 사용되면서 제도권 속으로 빠르게 진입하게 되었다. 1980년대의 '풍물굿'이 대학생과 민중문화운동 세력 내부에서만 통용되었다면 1990년대의 '풍물놀이'는 이전에 이루어진 '농악(農樂)' 비판으로 인해 발생한 '농악(農樂)'에 대한 반감을 바탕으로 각종 매체를 통해 이루어진 대대적인 공연과 홍보를 통해 대중들 속에 무사히 연착륙할 수 있었다. 결국 '농악(農樂)과 풍물' 논쟁의 최대 수혜자는 '풍물놀이'가 된 셈이었다.

3) 용어의 타당성 검토

그러면 각 용어들은 얼마만큼의 타당성이 있는지를 살펴보도록 한다. 먼저 '풍물(風物)'의 경우를 살펴보면, 조선시대부터 '악기(樂器)'라는 의미로 수백 년 동안 사용되어 왔고 현재에는 꽹과리, 징, 장구, 북 등의 '농악기(農樂器)'를 가리키는 용어로 사용되고 있다. 이 용어는 역사적 정통성을 고려할 때 공연양식으로서의 '농악(農樂)'을 나타내는 말이 아니라 '농악기(農樂器)'를 나타내는 용어로서 매우 타당하다고 본다. 다만, '풍물(風物)'이 한자말이 아니라 순우리말이라는 주장에는 동의할 만한 논거가 보이지 않으므로 이 말이 한자말이라는 것을 전제해 둔다.

그 다음으로 '풍물굿'은 '풍물로 하는 굿'이라는 의미로 글자 그대로 보아서는 나무랄 데 없는 용어이다. 그러나 이 용어는 크나큰 약점을 안고 있다. 그것은 소수의 지식인들이 일방적으로 만들어 낸 신조어(新造語)라는 것이다. 물론 시대가 변화하는 속도가 과거와는 비교할 수 없을 만큼 빨라진 지금, 하루에도 많은 신조어가 만들어지고 있을 것이다. 그러나 '풍물굿'은 과학의 발달과 시대의 변화에 따라 필요에 의해 만들어진 용어가 아니다. 전통사회에서 크게 유행하였던 전통 공연예술의 한 갈래를 나타내는 용어일 뿐이다. 기존에 사용하던 용어들을 놓아두고 굳이 '풍물굿'이라는 신조어로 대체해야 할 이유는 없어 보인다. 그리고 지금 '풍물굿'은 언어의 사회성이라는 대원칙을 위반한 업보로 인해 침체일로에 놓여 이 상태가 지속되면 조만간 사라질 운명처럼 보인다.

그러면 '풍물놀이'는 어떠할까? '농악(農樂)' 비판론자들은 '풍물굿'이 종합예술이라고 하였다. 맞는 이야기다. 그러면 '풍물놀이'는 당연히 올바른 용어가 아니다. 남사당놀이 6개 종목 중의 하나를 지칭한다면 몰라도 놀이, 제의, 연극, 음악, 무용 등이 종합적으로 결합된 것이 '풍물굿'인데 어떻게 '놀이'만으로 한정하여 이야기할 수 있겠는가? 그러므로 '풍물놀이'는 과거 전통사회에서 성행하던 남사당놀이의 한 종목을 가리키는 용어이거나, 21세기에서는 무대나 판에서 공연하는 선반 사물놀이를 특별히 지칭할 때만 타당한 용어이다. 지신밟기, 당산굿, 고사소리, 도둑잽이굿 등을 '풍물놀이'라고 부르기에는 여러모로 벅차 보인다.

그러면 마지막으로 '농악(農樂)'을 검토할 차례다. '농악(農樂)'에 대한 검토는 아무래도 기존의 비판에 대한 변론 형식을 취하지 않을 수 없다. 이 글의 목적이 '농악(農樂)'의 사면복권이기 때문이다. '농악(農

樂)’을 비판하는 여러 의견들 중에서 사소한 것을 제외하고 중요한 몇 가지를 추려 보면 다음과 같다.

① ‘농악(農樂)’은 단지 음악만을 나타내기 때문에 춤, 재담, 진풀이, 즉 놀이 의식 등의 다양한 기능을 지닌 종합적인 표현 매체로서의 개념이 되지 못한다는 주장.

이 주장은 ‘악(樂)’의 개념에 대한 몰이해로부터 출발한다. 동양의 악(樂)은 서양의 장르 중 하나인 음악(music)이 아니다. 우리나라의 악론(樂論)은 유가(儒家)의 악론(樂論)을 수용한 것인데, 유가의 악론에서 ‘악(樂)’이란 용어는 ‘성(聲)’, ‘음(音)’과 구분되어 사용된다. 사람의 마음이 외물에 감동되어 비로소 움직여 나타난 것이 ‘성(聲)’이고 소리가 서로 감응하여 변화가 생겨 곡조를 이룬 것이 ‘음(音)’이고 음이 어울려 악(樂)이 생성되는데 간척(干戚)과 우모(羽旄)[87]가 곁들여진 것을 ‘악(樂)’이라 한다. 따라서 ‘악(樂)’이라 할 때에는 악(樂), 가(歌), 무(舞)가 모두 갖추어진 형태를 이른다. 이와 관련된 내용은 『예기(禮記)』 중 「악기(樂記)」에 있다.

> 무릇 음(音)은 사람의 마음에서 생기는 것으로, 사람의 마음이 움직이는 것은 사물이 그렇게 만드는 것이다. 마음이 사물에 감응하면 감정이 격동하여 소리(聲)가 되어 나타난다. 각종 소리가 서로 호응하면 그 가운데 다양한 변화가 일어나는데 이러한 소리의 변화가 곡조를 이루는 것, 이것을 음(音)이라고 한다. 그 음(音)을 여러 가지로 조합하여 악기로 연주하고, 다시 그 위에 간(干), 척(戚), 우(羽), 모(旄)를 잡고 춤추는 것을 악(樂)이라 한다.[88]

---

87) 간(干)은 방패, 척(戚)은 도끼로 무무(武舞)에 사용하는 의물(儀物)이며, 우(羽)는 꿩깃, 모(旄)는 소꼬리로 장식한 깃발로 문무(文舞)에 사용하는 의물이다.

88) 『禮記』 樂記 : 凡音之起 由人心生也 人心之動 物使之然也 感於物而動 故形於聲 聲相應 故生變 變成方 謂之音 比音而樂之 及干戚羽旄 謂之樂

또한 '시는 그 뜻을 말한 것'이라 하여 악(樂)을 시(詩)와 악기(樂器)의 연주, 춤(舞)을 포괄하는 것으로 보았다. 또한 모든 사회현상과 자연현상이 음악에 반영된다고 보았기 때문에 악(樂)은 정의 융성과 교체, 국가의 흥망성쇠 그리고 개인의 행복과 불행에 이르기까지 인간의 문화 전반을 표현하는 것이었다. 유가(儒家)의 악(樂) 사상은 우리나라에 영향을 끼쳐 『삼국사기(三國史記)』 「악지(樂誌)」에 분명하게 드러나 있으며 이후 『고려사(高麗史)』 「악지(樂誌)」와 『세종실록(世宗實錄)』, 『악학궤범(樂學軌範)』 등에 고스란히 이어져 왔다.

'농악(農樂)'을 처음 이야기한 이는 분명 양반계층에 속한 사람이었을 것이며 유학자였을 것임에는 이론의 여지기 없다. 1890년대 『매천야록(梅泉野錄)』을 쓴 조선말의 유학자(儒學者) 매천(梅泉) 황현(黃玹)이나 『갑오기사(甲午記事)』를 쓴 충남 서천(舒川)의 유생(儒生) 최덕기(崔德基) 등의 글에서 '농악(農樂)'이라는 용어가 보이는 것이 그 단적인 예이다. 그렇다면 '농악(農樂)'에 사용된 '악(樂)'이라는 글자에 담긴 의미는 앞서 설명한 고대로부터 전하는 유가의 악(樂) 사상에서 비롯된 말이다. 풀어 해석한 즉 '농악(農樂)'은 '농경사회 농민들이 창조한 종합예술로서의 악(樂), 가(歌), 무(舞)'인 것이다.

② '농악(農樂)'이라는 말이 문헌상 처음으로 기록된 것은 1936년 조선총독부에서 발행된 『부락제(部落祭)』라는 책에서였고 따라서 '농악(農樂)'은 일제강점기 일본인이 만든 용어라는 주장.

원래 이 주장은 1986년 정병호 교수에 의해 최초로 제기되어 정설로 굳어졌다가 최근에는 젊은 학자들에 의해 몇 년 앞당겨져서, 1931년 일본인 학자 고세이(吳請)가 지은 『조선(朝鮮)의 연중행사(年中行事)』

라는 책에 '농악(農樂)'이 최초로 실려 있다는 주장으로 바뀌어 '농악
(農樂)'의 1931년 기원설로 대체되어 가고 있다. 결론부터 이야기하자
면 두 가지 주장 다 사실이 아니다. 앞에서 조선시대부터 현재에 이르
기까지 '농악(農樂)'과 '풍물(風物)'이 어떻게 변화, 발전되어 왔는가를
살펴보았고 그 결과 '농악(農樂)'은 19세기 후반 조선의 유학자들이 만
든 용어임을 밝혔으므로 이 주장은 그렇게 정리한다.

③ '농악(農樂)'이라는 용어는 현장생활인들이 만든 용어가 아니라
지식인들이 만든 용어이기 때문에 현장용어인 '풍물'을 사용해야 한다
는 주장.

앞서 설명한 바 있듯이 '농악(農樂)'은 19세기 후반 조선의 유학자들
이 만든 용어이다. 이 용어가 일제강점기를 거치면서 공용어가 되었으
며 해방 이후 수십 년 동안 표준어로 존재해 왔다. 문헌 기록상 사용한
지 100년을 초과하는 용어를 현장용어가 아니라는 이유만으로 사용하
지 말아야 한다면 오늘날 우리가 사용할 수 있는 용어가 그리 많지 않
을 것이다. 한국 전통연희의 종목을 가리키는 용어 중에서 현장용어를
사용한 종목이 얼마나 될까? 가면극을 예로 들자. 탈춤, 탈놀이, 탈굿,
탈놀음, 들놀음, 오광대, 야유, 덜미, 산대놀이 중에서 어느 것을 사용
해야 하는가? 들놀음은 양주 별산대놀이에는 사용할 수 없다. 동래나
수영에서는 현장용어이지만 양주에서는 들놀음이라는 말을 사용하지
않기 때문이다. 남사당패의 덜미가 현장용어이지만 봉산탈춤에는 사용
할 수 없다. 마찬가지로 남사당놀이 중의 하나인 '풍물놀이'를 호남농
악에 적용하여 '호남좌도 남원풍물놀이'라고 부를 수 없다. 남원에서
'풍물(風物)'은 현장용어가 아니기 때문이다. 한국 전통연희의 종목을

가리키는 용어는 이래서 항상 논쟁의 여지를 가지고 있다.

현장용어가 그토록 소중하다면 '풍물(風物)'도 원래 현장용어였다고 보기 어렵기 때문에 사용하지 말아야 한다. '풍물(風物)'은 어려운 한자어이고 상류층의 음악용어가 민간에 확산되어 사용된 용어일 뿐이다. '풍물(風物)'이 한자어가 아니라 순우리말이라는 주장은 근거가 없다. 그나마 일부 지역에서만 현장용어로 사용된 것이어서 보편성도 없다. '농악(農樂)'이 본시 현장용어가 아니듯이 '풍물(風物)'도 본시 현장용어가 아니다. '농악(農樂)'은 오래전부터 표준어로 인정되어 현장에서 사용되었고 전국 어디에서나 통용되는 용어지만 '풍물(風物)'은 제한적으로 통용되었고 현재에도 그렇다. '농악(農樂)'과 '풍물(風物)'이 현장용어가 아니라서 사용하지 말아야 한다면 매구, 매귀, 풍장, 두레, 굿, 걸궁, 걸립, 군물, 군고, 금고 중에서 선택해야 하지만 그러기는 매우 어렵다. 지역적으로 저마다 부르는 명칭이 달라서 보편적인 용어를 고를 수 없기 때문이다. 그렇다면 현재 가장 보편적으로 사용하고 있는 '농악(農樂)'이 합리적이고 현실적인 대안이 될 것이다. 상류층의 용어라도 대중화가 되어서 사용하고 있다면 이미 그것은 상류층의 용어가 아니라 민중들의 용어이다. 김매기 소리나 상여소리 등 현장에서 불리던 민요의 가사에 상류층의 어려운 한자말이 섞여 들어가 있는 것도 같은 맥락에서 이해할 수 있다.

④ '농악(農樂)'이라는 용어는 일제강점기에 강제로 지정된 것으로 일본의 가면극 능악(能樂)의 발음인 '노가꾸'를 농악이라 이름 붙여 버린 것이라는 주장.

이 주장은 그야말로 민간 어원설에 불과하다. 지금도 인터넷상에서는 풍물동호인들이 카페나 블로그에서 이 주장을 그대로 답습하고 있는 것을 본다. 일본의 능악(能樂)이라는 것은 노오(能)를 말한다. 노오(能)는 일본의 상류층이 즐기던 가면극(假面劇)으로, 우리나라의 판소리나 가면극과 비견되는 일본의 수준 높은 전통예술로 평가받고 있으며 현존하는 전 세계의 연극 중에서 최고의 하나로 손꼽힌다. 일본인들이 자신들의 자부심 가득한 전통예술의 호칭을 따다가 능악(能樂) 대신 '농악(農樂)'이라고 했다는 주장은 도무지 믿겨지지 않는다. 이것은 일본인들이 우리나라의 농악에 최고의 찬사를 보냈다는 이야기로 해석될 수 있다. 이런 주장이 오히려 친일혐의를 받기 쉽다.

⑤ 농사꾼이 하는 음악, 즉 농사일에만 쓰이는 음악으로 인식될 소지가 있다는 주장.

이 주장을 보면서 비로소 고개가 끄덕여졌다. 맞는 말이다. '농악(農樂)'은 농사꾼의 냄새가 나는 용어였던 것이다. '농악(農樂)'을 사용하지 말아야 한다고 주장했던 것은 바로 그런 이유에서였던 것이다. '풍물'을 사용해야 한다고 주장한 이면에는 자신들이 연구하고 공연하는 예술이 거름냄새 나는 농사꾼의 음악이라는 이미지로 느껴지는 게 싫었기 때문일 것이다. 고상하고 싶었을 것이다. 촌스럽게 농악이 뭔가? 풍물! 얼마나 뉘앙스가 좋은가?

농악은 농사꾼의 음악이었다. 승려, 무당, 유랑광대 등이 농악에 관여를 했다고 해도 농악의 큰 흐름은 농사꾼들이 중심이 된 것이었고 그들이 농악을 가꾸고 발전시켜 왔다. '농(農)'은 농경사회의 근간이었던 농업과 농민대중을 가리키는 말이다. 세월이 흘러 농경사회에서 산업사회로 변화했다고 해서 농악이 다른 무엇으로 변해야 한다면 우리는 전통농경사회에서 비롯된 언어들을 다 바꿔야 할 것이다. 무엇 때문에 그래야 하는지 모르겠다. 노동조합에서 '농악(農樂)'을 하면 안 되는가? 학생들은 '농악(農樂)'을 하면 안 되나? 그렇다면 농사꾼만이 농주(農酒)를 마시고 농약(農藥)을 뿌리고 농로(農路)를 밟고 농기구(農器具)를 사용하고 주말 농장(農場)도 가꾸고 농협(農協)에를 가고 농악(農樂)을 즐겨야 한다. 그러므로 세습무당도 아닌데 '단골굿' 하지 말고 기생도 아닌데 기생학교인 교방(敎坊)에서나 추는 '교방 굿거리춤'을 추지 말며, 천한 탈광대도 아닌데 '오광대놀이' 하지 말 것이다. 남색(男色)을 팔던 떠돌이 남사당패도 아닌데 '남사당놀이'는 왜 하는가?

⑥ '농악(農樂)'은 일제강점기 일본인 학자와 친일민속학자들의 통치적 의도에 의해 사용된 것이므로 사용하지 말아야 한다는 주장.

일제 강점 36년은 결코 짧은 세월이 아니었다. 이 시간 동안 우리는 자주적인 자본주의 발전의 경로를 밟지 못한 채 왜곡된 식민지 종속자본주의의 길을 걸었다. 문화의 식민성과 종속성도 이렇게 진행되었다. 우리의 언어가 일제 강점 36년 동안 얼마나 심하게 뒤틀렸겠는가? 현재 우리가 사용하고 있는 용어들 중 상당히 많은 부분이 일제강점기에 유입된 것이다. 만일 36년 동안 일제와 그 하수인들인 친일학자들에 의해 유입된 용어를 전부 사용하지 말자고 한다면 글을 쓸 수나 있겠는가? 일제가 사용했던 말이라는 이유로 그들이 식민통치를 위해 조사하고 연구하고 창작했던 조선의 '민속', '가면극', '창극', '인형극', '시', '소설', '영화'와 '연극'이라는 말을 사용하지 않아야 한다면 우리는 아무런 말도 사용할 수가 없을 것이다. 어떤 언어가 식민통치의 수단으로 사용되었으므로 그 언어를 버리고 새로운 언어를 만들어야 한다고 주장하는 것은 너무 극단적이다. 물론 일제 잔재가 강하게 남아 있는 언어들은 과감히 바꾸거나 없애야 한다. 그렇지만 '농악(農樂)'은 '국민학교(國民學校)'나 '황국신민(皇國臣民)'처럼 일제가 식민통치를 위해 의도적으로 만든 용어가 아니라 우리 선조들이 만든 말이다. 그것을 일제가 식민통치에 이용했다는 이유로 사용불가 선고를 내리는 것은 우리말 전체를 부정하는 결과가 될 일이다.

친일농악이 있었고 친일문학도 있었으며 친일창극과 친일무용이 있었다. 모든 분야의 예술이 다 친일을 했다. 변절하지 않은 자들은 죽거나 다치거나 산 채로 지하 감옥 깊숙이 갇혔다. 친일농악이 있었다는 것은 부끄러운 일이며 응분의 대가를 치를 일이다. 문학도 그렇다. 그러나 친일문학을 비판하는 어느 논자도 '문학'이 일제강점기에 친일로 얼룩졌기 때문에 '문학'이라는 용어를 사용하지 말자고 주장하지는 않는다. 만일 '농악(農樂)'이 일제 잔재라면 '판소리'도 일제의 잔재이다. 오광대, 야유, 지신밟기, 별신굿, 화전, 사자무, 놋다리밟기, 차전, 강강수월래 등도 일본학자와 친일 조선인 민속학자들이 식민통치를 원활히 할 목적으로 사용하던 용어들이다. 유명한 친일학자인 이능화(李能和)는 『조선무속고(朝鮮巫俗考)』를 지었다. 이능화가 적극적으로 사용한 '무속(巫俗)'이라는 단어는 아키바 타카시(秋葉隆)라는 일본학자가 『조선 무속(巫俗)의 연구』에서도 사용하였다. 그러므로 '무속(巫俗)'이라는 단어는 친일의 냄새가 굉장히 짙다. 어쩌면 '농악(農樂)'보다 더 심하다. 만일 어느 누가 이런 이유로 '무속(巫俗)'을 사용하지 말아야 한다고 주장한다면 어떤 현상이 벌어질까?

골수 친일파라도 식민지의 유산이 모두 소중한 것이라고 말하는 사람은 없을 것이다. 반대로 과거의 정신적 물질적 유산을 식민지의 잔재라고 모조리 폄훼하거나 배척하는 사람도 없을 것이다. 그것이 사람 사는 세상이기 때문이며 그것이 상식이기 때문이다. '농악(農樂)'을 사용하지 말자고 주장하는 이들의 생각 깊숙한 곳에는 엘리트의식이 있는 것으로 보인다. 그것도 상당히 뿌리가 깊어 보인다. 골수에 박힌 의식은 맹목적이 되기 쉽다. 예컨대 권위주의 정권이 심어 놓은 맹목적인 반공이데올로기나 지역감정처럼 엘리트주의는 이 사회 지식인들의 최고 난치병이다.

'농악(農樂)'은 조선 후기 농사꾼들이 중심이 되어 집대성한 조선 최고의 악(樂), 가(歌), 무(舞)이다. '농악(農樂)'이라는 용어는 최소한 100년 이상의 역사를 가진 용어이며 사전적인 뜻으로 보아서나 언어의 사회성이라는 측면에서 보았을 때도 사용하는 데 아무런 문제가 없는 용어이다. 우리 선조들은 악(樂)이라는 용어를 악기연주, 무용, 노래, 놀이, 제의 등을 총체적으로 가리키는 종합예술이라는 의미로 사용하였다. 따라서 '농악(農樂)'은 농경사회에서 절대다수를 차지했던 농민들 스스로가 창조하고 발전시킨 민중적 종합예술이라는 의미가 내포되어 있다. 모두들 이제라도 마음을 열고 '농악(農樂)'소리에 귀를 기울이기 바란다.

한국농악의 역사적 전개

1. 농악 발생의 요소들

　본 연구에서 시대구분에 관련된 용어는 국사편찬위원회의 한국역사 용어 시소러스에서 구분한 바를 사용하기로 한다. 서양사에 입각하여 설정된 3시대 구분론은 한국사에 적용되어 국가성립 이후 삼국시대와 통일신라까지를 고대, 고려시대를 중세, 조선시대를 근세, 개항 이후를 근대로 각각 설정하였다. 근대는 다시 개화기, 애국계몽기, 일제강점기 로 나뉘는데 개항기, 또는 개화기는 1876년 이후 서양 근대 문화를 도 입하여 정치적으로는 자유 민주주의, 경제 면에서는 자본주의, 산업 면 에서는 공업화를 지향하여 가는 시기를 말한다. 애국계몽기(1905～ 1910)는 을사보호조약 체결 이후 개화자강파(開化自强派)의 국권 회복 을 위한 실력 양성 운동을 하던 시기를 일컬으며 일제시기, 또는 일제 강점기(1910～1945)는 일본이 우리나라를 침략하여 다스리던 36년 동안의 시기를 지칭한다. 애국계몽기는 넓게 보아 개화기의 특정시기를 지칭하는 것으로, 농악과 관련하여서 특별히 사용할 필요가 없기 때문에 따로 지칭하지는 않고 개화기의 범주에 포함시켜 논의하기로 한다.

농악은 일반적인 전통연희와 마찬가지로 그 발생연원을 정확히 추정하기 어려우며 고대사회의 기록에서는 오늘날의 농악을 찾아볼 수 없다. 고대사회와 중세를 아우르는 고, 중세의 기록 전체를 통해서도 농악의 흔적을 찾아내기 어려운 실정이다. 고, 중세는 농악이 싹 트기 위한 제반 조건이 갖추어지는 시기라고 볼 수 있는데 크게 ① 제천의식(祭天儀式)과 구나의식(驅儺儀式), ② 산악(散樂), 백희(百戱) 등의 전통연희, ③ 불교의 전래와 불교행사의 수용, ④ 공동노동의 습속 등이 농악을 생겨나게 한 요소들이라 할 것이다.

1) 제천의식(祭天儀式)과 구나의식(驅儺儀式)

고대국가의 제천의식은 중국 역사서에 다음과 같이 소개되고 있다.

> 은력(殷曆) 정월에 지내는 제천행사는 국중대회(國中大會)로 날마다 마시고 먹고 노래하고 춤추는데, 그 이름을 '영고(迎鼓)'라 하였다. 이때에는 형옥(刑獄)을 중단하고 죄수를 풀어 주었다.[89]

부여에서는 영고(迎鼓)라는 명칭에서 보듯이 북(鼓)을 치면서 신(神)을 맞이하는 제사를 지냈다. 오늘날의 무당굿이 영신(迎神) − 오신(五辛)

---

89) 『三國志』 魏書 三十 東夷傳 夫餘: 以殷正月 國中大會 連日飲食歌舞 名曰迎鼓 於是時斷刑獄 解囚徒

- 송신(送神)의 절차로 되어 있는 것을 볼 때 부여의 영고(迎鼓)가 무
굿의 절차와 흡사한, 일종의 나라굿이었음을 추측할 수 있다.

> 귀신을 믿기 때문에 국읍(國邑)에 각각 한 사람씩을 세워서 천신(天神)의 제사를
> 주관하게 하는데, 이를 '천군(天君)'이라 부른다. 또 여러 나라에는 각각 별읍(別邑)
> 이 있으니 그것을 '소도(蘇塗)'라 한다. 그곳에 큰 나무를 세우고 방울과 북을 매달
> 아 놓고 귀신을 섬긴다.90)

위의 사료를 살펴보면 천군은 국읍에서 제천하였고 이들의 춤은 '수
십 명이 모두 일어나서 뒤를 따라가며 땅을 밟고 구부렸다 치켜들었다
하면서 손과 발로 서로 장단을 맞추는' 방식으로 진행되었는데 오늘날
의 농악무나 대동놀이 등을 연상케 한다. 한편, 소도(蘇塗)에서는 귀신
에게 제사를 지냈는데 소도(蘇塗)의 제사는 무당(巫堂)이 주재한 것으
로 보이며, 이는 시베리아 샤머니즘의 특징인 접신(接神) 현상이 이때
부터 존재한 것으로 해석해 볼 수 있다.

예(穢)의 풍습은 크게 두 가지로 나타난다. 하나는 하늘의 천신(天神)
에게 지내는 무천(舞天)이라는 제사와 또 하나는 호랑이신(虎神)에게
지내는 제사이다.

> 해마다 10월이면 하늘에 제사를 지내는데, 주야로 술 마시며 노래 부르고 춤추니
> 이를 '무천(舞天)'이라 한다. 또 호랑이를 신(神)으로 여겨 제사 지낸다.91)

무천(舞天)은 글자를 해석해 보면 '하늘과 더불어 춤을 춘다.', 혹은

---

90) 『三國志』 魏書 三十 東夷傳 韓: 信鬼神 國邑各立一人主祭天神 名之天君 又諸國各有別邑
　　名之爲蘇塗 立大木 縣鈴鼓 事鬼神
91) 『三國志』 魏書 三十 東夷傳 濊: 常用十月節祭天 晝夜飮酒歌舞 名之爲舞天 又祭虎以爲神

'하늘을 향해 춤을 춘다.'고 해석할 수 있다. 그리고 호랑이신(虎神)에게 제사를 지냈다는 것은 제천의식과는 별도로 호랑이신(虎神)을 숭배하는 토테미즘적 요소가 남아 있는 것으로 볼 수 있다.

〈그림 1〉 고구려 무용총 벽화

한편 고구려에서는 10월에 제천의식을 국중대회로 이름하여 거행하였는데 이름을 동맹(東盟)이라 하여 제천과 함께 국조신인 동명(東明)에 대한 제사가 함께 이루어진 것을 유추할 수 있다. 더구나 나라 동쪽에서 신을 맞이하여 온다고 하므로 지신(地神)에 대한 제사도 함께 이루어지고 있다. 이것은 고구려가 다른 사회에 비해 국가발달 단계가 훨씬 앞섰기 때문이다. 즉 제천의식과 함께 국조신인 동명을 제사하고 토착신인 지신에 대해서도 함께 제사를 지내고 있기 때문이다.[92]

> 그 백성들은 노래와 춤을 좋아하여, 나라 안의 촌락마다 밤이 되면 남녀가 떼 지어 모여서 서로 노래하며 유희를 즐긴다. (중략) 10월에 지내는 제천행사는 국중대회(國中大會)로 이름하여 '동맹(東盟)'이라 한다. (중략) 10월에 온 나라에서 크게 모여 수신(隧神)을 맞이하여 나라의 동쪽 강 위에 모시고 가 제사를 지내는데, 나무로 만든 수신(隧神)을 신(神)의 좌석에 모신다.[93]

---

92) 최광식(2000), 「동제의 기원 문제에 대한 일고찰」, 『역사민속학』, 역사민속학회, 11쪽 참조.

93) 『三國志』魏書 三十 東夷傳 高句麗 : 其民喜歌舞 國中邑落 暮夜男女羣聚 相就歌戲 以十月 祭天 國中大會 名曰東盟 十月國中大會 迎隧 神還于國東 上祭之 置木隧于神坐

또 고구려에는 신묘가 둘이 있어 부여신과 고등신을 모시는데 이것은 하백녀와 주몽이라 하였고[94] 이 밖에 태후묘(太后廟)에 대한 제사[95]도 이루어졌음을 알 수 있다. 백제는 천신과 오제신 및 구태묘에 대한 제사가 기록되었다.[96] 제사를 지내는 데 북과 피리를 사용하였다는 기록[97]을 보면 이미 백제에는 제례악이 존재하였음을 알 수 있다. '오제(五帝)의 신(神)'이라는 명칭을 보건대 중국의 영향을 받았을 것으로 보인다. 신라는 시조묘, 신궁, 오묘, 사직 등의 왕실제사와 농경제의인 팔사(八蜡: 옛날 중국에서 12월에 8신(神)에게 지내는 제사), 선농(先農), 중농(中農), 후농(後農), 풍백(風伯), 우사(雨師) 등을 중요시하였다.[98]

나례(儺禮)는 구나의식(驅儺儀式)의 하나로 고려 초에 등장하는데 나례가 등장하기 이전의 구나의식으로는 처용무(處容舞)를 들 수 있다. 이 처용무는 통일신라의 처용설화로부터 유래하였다.

제49대 헌강대왕시대에 서울로부터 해내(海內)에 이르기까지 집과 담이 이어지고 초가는 하나도 없었으며, 풍악과 노래가 길에서 끊이지 않고 풍우는 사철 순조로웠다. 이에 대왕이 개운포(開雲浦)에 나갔다가 돌아오는 길에 물가에서 쉬었는데 홀연히 구름과 안개가 자욱하여 길을 잃을 정도였다. 괴상히 여겨 좌우에 물으니 일관(日官)이 아뢰되 이것은 동해 용(龍)의 조화이므로 좋은 일을 행하여 풀 것이라 하였다. 이에 관원에게 명하여 용을 위하여 근처에 절을 세우도록 하였다. 왕명(王命)이 내리자 구름이 개이고 안개가 흩어졌다. 그래서 개운포(開雲浦)라 이름을 지었다.

---

94)『北史』列傳 高句麗: 有神廟二所 一曰夫餘神 刻木作婦人像 一曰高登神 云是其始祖夫餘神之子 並置官司 遣人守護 蓋河伯女·朱蒙云 及隋平陳後 湯大懼 陳兵積穀 爲守拒之策

95)『三國史記』卷十五 高句麗本紀 太祖大王: 冬十月 王幸扶餘 祀太后廟 存問百姓窮困者 賜物有差

96)『周書』異域列傳 百濟: 其王以四仲之月 祭天及五帝之神 又每歲四祠其始祖仇台之廟

97)『三國史記』卷二十四 百濟本紀二 古爾王年: 春正月祭天地用鼓吹

98)『北史』列傳 新羅: 每月旦相賀 王設宴會 班賚群官 其日 拜日月神主 八月十五日設樂 令官人射 賞以馬布

동해용이 기뻐하여 아들 일곱을 데리고 임금 앞에 나타나서 덕을 찬양하고 춤을 추며 음악을 연주하였다. 그중 한 아들이 임금을 따라 서울에 와서 정사(政事)를 보좌하였는데 이름을 처용(處容)이라 하였다. 왕이 미녀를 아내로 삼게 하여 그를 머물게 하고자 하고 급간(級干)이라는 직책을 주었다. 그의 아내가 매우 아름다웠으므로 역신(疫神)이 흠모하여 사람으로 변하여 밤에 그 집에 가서 몰래 동침하였다. 처용이 밖에서 집에 돌아와 자리에 두 사람이 누웠음을 보고 노래를 부르며 춤을 추고 물러 나갔다. 노래에 가로되 "서울 밝은 달에, 밤들어 노니다가, 들어와 자리를 보니, 가랑이가 넷일레라 둘은 내 것이고 둘은 뉘 것언고, 본디 내 것이다만은 뺏겼으니 어찌 하리꼬"라 하였다. 그때에 神(신)이 모습을 드러내고 앞에 꿇어앉아 가로되 "제가 공(公)의 아내를 사모하여 지금 과오를 범하였는데 공(公)이 노하지 아니하니 감격하여 칭송하는 바입니다. 금후로는 맹세코 공(公)의 형용을 그린 것만 보아도 그 문(門)에 들어가지 않겠습니다." 하였다. 이로 인하여 나라사람들은 처용(處容)의 형상을 문에 붙여서 사귀(邪鬼)를 물리치고 경사를 맞아들였다.[99]

처용설화와 처용무에 관해 많은 견해가 있었는데 특히 처용이 문신(門神)으로서 역신을 쫓고 역신의 침입을 막는 것은 바로 중국의 나례신(儺禮神)인 종규(鐘馗)와 통한다는 견해이다. 처용과 종규는 발생설화, 문신으로서의 성격, 가면무희로서의 특징, 나례에서 차지하는 구역신으로서의 위치 등 모든 면에서 공통점이 있다는 것이다.[100] 처용설화와 처용무는 구나의식의 기록에서 최초의 것으로 그 의의를 둘 수 있겠다.

고려의 대표적 구나의식인 나례(儺禮)는 민가와 궁중에서, 음력 선달

---

99) 『三國遺事』 卷二 處容郎 望海寺 : 第四十九憲康大王之代 自京師至於海內 比屋連墻無一草
屋 笙歌不絶道路 風雨調於四時 於是 大王遊開雲浦(在鶴城西南今蔚州) 王將還駕 晝歇於
汀邊 忽雲霧冥曀 迷失道路 怪問左右 日官奏云 此東海龍所變也 宜行勝事以解之 於是 勅
有司 爲龍刱佛寺近境 施令已出 雲開霧散 因名開雲浦 東海龍喜 乃率七子現於駕前 讚德
獻舞奏樂 其一子隨駕入京 輔佐王政 名曰處容 王以美女妻之 欲留其意 又賜級干職 其妻
甚美 疫神欽慕之 變爲人 夜至其家 竊與之宿 處容自外至其家 見寢有二人 乃唱歌作舞而
退 歌曰 東京明期月良 夜入伊遊行如可 入良沙寢矣見昆 脚烏伊四是良羅 二肹隱吾下於叱
古 二肹隱誰支下焉古 本矣吾下是如馬於隱 奪叱良乙何如爲理古 時 神現形 跪於前曰 吾
羨公之妻 今犯之矣 公不見怒 感而美之 誓今已後 見畫公之形容 不入其門矣 因此 國人門
帖處容之形 以僻邪進慶

100) 김학주(1965), 「종규의 변화발전과 처용」, 『아세아연구』 8권 9호, 고려대 아세아문제연구소, 참조.

그믐날에 묵은해의 마귀와 사신
을 쫓아내려고 베풀던 의식으로
본디 중국에서 시작한 것인데
『고려사』에 1040년에 행해졌다
는 기록이 있는 것으로 보아 이
미 그 이전에 전래되었을 것으로
추정된다. 대나(大儺), 구나(驅
儺), 나희(儺戱) 등으로도 불렀
다. 이는 연중 누적된 모든 재앙
과 병마의 근원인 잡귀를 쫓아내
고 새해의 복을 맞으려는 제화초
복(除禍招福) 의식이었다. 궁중
에서는 섣달그믐이 다가오면 궁

〈그림 2〉 김홍도 作. 처용무 18세기

중 안팎을 깨끗이 치우고 그믐에 나례를 행했다. 또 민간에서도 궁중
풍습의 영향으로 부엌이나 마구간 등 집안의 정(淨)하지 못한 곳을 치
운 후 그믐날 밤에 마당에 불을 피우고 폭죽을 터트리는 등 정한 상태
에서 새해를 맞으려는 풍습으로 형성되었다. 다음은 『고려사(高麗史)』
의 나례 기록이다.

큰 액막이 굿하는 날 담당 부서에서는 왕에게 주달하여 12세 이상～16세 이하
사람들 중에서 선발하여 진자(侲子)로 삼아 탈(假面)을 쓰고 붉은 베 바지를 입은
자 24명을 1대(隊)로 하되 이들을 다시 6명씩 한 패로 만들어 도합 2대로 편성한
다. 집사자(執事者) 12명은 붉은 수건에 붉은 창 옷(褕衣)을 입고 채찍을 잡는다.
악사(工人) 22명 중 1명은 방상씨(方相氏 － 귀신을 쫓는 사람)라 하여 네 눈이 달
린 황금빛 나는 탈을 쓰고 곰 가죽으로 만든 검정 옷에 붉은 치마를 입고 오른손에
는 창을, 왼손에는 방패를 든다. 또 다른 한 명은 창수(唱帥 － 먼저 외치는 사람)라

하여 탈을 쓰고 가죽옷을 입고 몽둥이를 든다. 고각군(鼓角軍－북을 두드리고 피리를 부는 사람) 20명을 1대로 하여 4명은 기를 잡고 4명은 피리를 불고 12명은 북을 치면서 궁중(禁中)의 악귀를 쫓기로 되어 있다. 해당 부서에서는 의봉(儀鳳), 광화(廣化), 주작(朱雀), 영추(迎秋), 장평(長平)의 각 문에 술, 과실 등 양물(禳物－귀신에게 대접하는 음식)을 미리 차려 놓고 또 각 문의 위 측에 구덩이를 적당한 너비와 깊이로 파 둔다. 굿하는 전날 굿할 사람들은 각각 집합소로 가서 의복과 도구를 갖추고 차례로 정렬하여 대기한다. 그날 새벽에 여러 경위대에서는 지정된 시각에 대원들을 단속하여 문간에 집결하였다가 궁중의 뜰 아래로 들어가 정렬하는 것은 평상시와 같이 한다. 굿하는 사람들이 대별로 궁문 밖에 집합하면 내시가 왕이 있는 내전 앞으로 가서 진자(侲子－큰 굿에 역귀를 쫓는다고 내세우던 동남동녀)가 다 모였으니 궁중의 역귀(疫鬼)를 쫓아낼 것을 아뢰고 돌아 나와서 굿하는 사람들에게 명령하여 궁중으로 들어가게 한다. 진자들은 북을 치고 왁작 지껄이면서 들어가는데 방상씨는 창을 들고 방패를 휘두르며 창수(唱帥)가 진자들을 인솔하고 따라 외치기를 "갑작(甲作)은 흉(凶)을 잡아먹고, 비위(脯胃)는 역신(疫神)을 잡아먹고, 웅백(雄伯)은 도깨비(魅)를 잡아먹고, 등간(騰簡)은 불상(不祥)을 잡아먹고, 남저(覽諸)는 구(咎)를 잡아먹고, 백기(伯奇)는 몽(夢)을 잡아먹고, 강량(强梁)과 조명(祖明)은 다 같이 책사(磔死)와 기생(寄生)을 잡아먹고, 위수(委隨)는 관(觀)을 잡아먹고, 착단(錯斷)은 거(巨)를 잡아먹고, 궁기(窮奇)와 등근(騰根)은 다 같이 고(蠱)를 잡아먹는다. 이상 열두 귀신으로 하여금 흉악한 악귀들을 내쫓을 것이며 너희들의 몸뚱이를 물어 뜯고 너희들의 허리뼈를 꺾으며 살을 찢고 내장을 뽑게 할 것이다. 너희들이 빨리 물러가지 않고 뒤떨어지는 놈은 열두 귀신들의 밥이 될 것이다."라고 외치고 앞뒤로 다니면서 북을 치고 떠들다가 궁성 밖으로 나간다. 진자의 여러 대들은 성문으로 가서도 이상과 같이 하다가 성 밖으로 나가서 그만둔다. 굿하는 사람들이 성문 밖으로 나갈 무렵에 태축(太祝)은 중문(中門) 앞에 남쪽을 향하여 귀신의 자리를 마련하였다가 그들이 아주 나간 후에 재랑은 그 위에 돗자리를 펴고 북쪽을 위로 하게 한다. 재랑이 술을 부으면 태축은 잔을 받아 신좌 앞에 드리고 축사는 축판을 가지고 와서 신좌의 오른편에서 꿇어앉아 축문을 읽는다. 축문을 읽은 다음 축사는 일어나 축판을 자리에 놓는다. 그리고 굿한 음식과 술은 구덩이에 파묻고 각각 물러간다.101)

---

101) 『高麗史』 卷六十四 志第十八 禮六 季冬大儺儀: 大儺之禮前一日所司奏聞選人年十二以上十六以下爲侲子着假面衣赤布袴褶二十四人爲一隊六人作一行凡二隊 執事者十二人着赤幘褠衣執鞭 工人二十二人其一方相氏著假面黃金四目蒙熊皮玄衣朱裳右執戈左執楯其一爲唱帥著假面皮衣執棒 鼓角軍二十爲一隊執旗四人吹角四人持鼓十二人以逐惡鬼于禁中 有司先於儀鳳廣化朱雀迎秋長平門備設酒果禳物又爲瘞坎各於門之右方深稱其事 前一日夕儺者各赴集所具其器服依次陳布以待事 其日未明諸衛依時刻勒所部屯門列仗入陳於階下如常儀 儺者各集於宮門外內侍詣王所御殿前奏侲子備請逐疫訖出命儺者以次入 鼓譟以進方相氏執戈揚楯唱率侲子和曰 甲作食凶 脯胃食疫 雄伯食魅 騰簡食不祥 覽諸食咎 伯奇食夢 强梁祖明共食磔死寄生 委隨食觀 錯斷食巨 窮奇騰根共食蠱 凡使十二神追惡鬼凶赫汝軀拉汝肝節

궁중의 나례는 중국 후한에서 행해진 나의(儺義)와 연출양식은 물론, 사용되는 가면과 주문, 가사까지 동일했으나 춘하추동 4계절에 행한 중국과 달리 섣달그믐의 대나만을 행했음을 알 수 있다. 대나를 거행할 때는 12~16세 사이의 소년을 뽑아 진자(侲子)로 삼았는데, 6명을 한 줄로 하고 24명을 1대(隊)로 하여 대개 2대로 편성했다고 한다. 또 12명의 집사자(執事者), 황금사목(黃金四目)의 방상씨(方上氏), 가면을 쓰는 22명의 공인(工人), 그 외에 악기를 든 악공 등을 동원하여 잡귀를 몰아냈다고 한다. 진자들은 악공의 반주에 맞춰 처용무를 추기도 했다. 또 닭을 희생으로 하여 역기(疫氣)를 쫓았다.

나례가 국가행사로 이행된 시기는 대략 고려 성종대로 추정하는데 출발은 중국의 나례를 그대로 수용하는 것이었으나 부분적으로는 우리 나라 고유의 나례를 결합하였다.

> 신라의 처용(處容)은 칠보를 몸에 장식하고
> 꽃가지 머리에 꽂아 향기 나는 이슬 떨어질 제
> 긴 소매 천천히 돌려 태평무를 추는데
> 발갛게 취한 뺨은 술이 아직 안 깬 듯하고
> 황견(黃犬)은 방아를 찧고, 용은 여의주 다퉈라
> 춤추는 온갖 짐승이 요임금 뜰 같고말고.
> 군왕은 팔각전에 장엄하게 임어하시고
> 신하들이 군왕 병풍 에워 시립한 가운데
> 시중이 술잔 들어서 만세를 축수하리니
> 다행하여라 신들이 천재지회 만났음이여.102)

解汝肌肉抽汝肺腸汝不急去後者爲粮　周呼訖前後鼓譟而出諸隊各趣門以出出郭而止儺者將
出大祝布神席當中門南向出訖齋郎陳神座籍以席北首　齋郎酌酒大祝受而奠之祝史持版於座
右跪讀祝文[祭以太陰之神祝版以大祝名]訖興奠版於席乃擧禳物并酒瘞於坎訖退

102) 李穡(1328~1396), 『牧隱藁』 卷之二十一　詩　驅儺行 : 新羅處容帶七寶　花枝壓頭香露零
　　低回長袖舞太平　醉臉爛赤猶未醒　黃犬踏碓龍爭珠　蹌蹌百獸如堯庭　君王端拱八角殿　群臣
　　侍立圍疎屛　侍中稱觴上萬歲　幸哉臣等逢千齡　海東天子古樂府　願繼一章傳汗靑　病餘無力
　　阻趨班　窓盡日風冷冷

목은(牧隱) 이색(李穡)의 「구나행(驅儺行)」에서 보듯이 신라시대 우리 고유의 구나무(驅儺舞)였던 처용무를 나례에 병연한 것은 대표적인 사례라 할 것이다. 이 시기 나례는 민가에서도 성행하였다.

> 해시(亥時)가 이미 끝나니 정묘년의 그믐이고
> 자시(子時) 처음 열리자마자 무진년 봄일세
> 시골에 북소리가 끊이지 않고 나례가 성행하여
> 악귀를 몰아내니 행복과 경사가 도래하네.103)

나례는 고려 말 조선 초에 이르러 귀신 쫓는 의식과 난장놀이인 잡희가 분리되어 후자가 공연오락행사로 독립하게 되는데, 이는 농악이 구나의식인 지신밟기와 오락 위주의 판굿으로 구별되는 것과 유사한 현상이라고 볼 수 있다.

2) 산악(散樂), 백희(百戱) 등의 전통연희

산악(散樂)은 중국고대의 악무(樂舞)를 지칭하는 용어로, 원래 주(周)나라의 민간악무를 일컫던 말이다. 남북조 시대를 거치면서 수당대(隨唐代)에는 주로 백희(百戱)와 동의어로 사용되었고, 송원대(宋元代) 이후에는 민간예인 또는 민간극단을 가리키는 용어로 사용되었다. 백희(百戱)는 고대의 악무잡기에 대한 통칭이다. 백희는 대략 진한대(秦漢代)부터 송원대(宋元代)까지 악무잡기의 총칭으로 사용되었으나 원대 이후에는 개별 연희종목을 가리키는 용어들이 주로 사용되면서 백희라

---

103) 元天錫(1330~?), 『耘谷行錄』卷之三 詩 除夜 : 亥末已終丁卯臘 子初方啓戊辰春 鼓聲不
　　　絶鄕儺盛 驅逐精邪福慶臻

는 말은 점차 사용되지 않게 되었다. 중국에서 산악 백희라고 부르던 연희들을 우리나라에서는 백희(百戱), 가무백희(歌舞百戱), 잡희(雜戱), 산대잡극(山臺雜劇), 산대희(山臺戱), 나례(儺禮) 등으로 불러 왔다.[104]

〈그림 3〉 아극돈 作. 봉사도 **1725**

중국의 전통적인 산악, 백희는 한대(漢代)에 무제(武帝)의 서역 경영 이후로 동서 교역의 길이 열리고 유명한 실크로드(silk road)인 천산남북로(天山南北路)의 개척을 통해 서방으로부터 유입된 '환술(幻術)'과 결합하였다. 중국 전래의 놀이와 서역으로부터 전래해 온 이들의 놀이가 융합하여 후한(後漢) 때에 이르러 다양한 연희종목이 기록되기에 이르렀다. 무거운 것을 들어 올리는 역기(力技)인 오획강정(烏獲扛鼎), 솟대타기의 일종인 도로심장(都盧尋橦), 칼이나 창이 꽂힌 굴렁쇠 같은 원형의 장애물을 통과하는 충협(衝狹), 가슴과 배에 칼을 꽂는 기공(氣功)인 흉돌섬봉(胸突銛鋒), 공중으로 공과 칼을 던져 받는 도환검(跳丸劒), 줄타기의 일종인 주삭(走索), 칼 삼키기인 탄도(呑刀), 불을 토해내는 토화(吐火), 그리고 각종 동물로 분장하는 희표무비(戱豹舞羆), 백호고슬(白虎鼓瑟), 창룡취지(蒼龍吹箎) 등이 있었고 칼춤인 무쌍검(舞雙劍), 일곱 개의 공을 던지고 받는 도칠환(跳七丸), 장대타기인 도장간(掉長竿) 등이 있었고 그 외 가면무와 희극, 마술 등의 다양한 놀이들이 있었다.[105]

---

104) 전경욱(2004), 『한국의 전통연희』, 학고재, 14쪽.

중궁의 산악 백희는 삼국에 전해졌는데 제일 먼저 고구려에 전해졌다. "한무제(漢武帝)는 조선(朝鮮)을 멸망시키고 고구려를 현(縣)으로 만들어서 현도(玄菟)에 속하게 하였으며, 북(鼓)과 관악기(管樂器)와 악공(樂工)을 하사하였다."106)는 기록이 이를 입증한다. 고구려는 북주 때 서역악을 채용하여 6세기 후반부터 7세기 후반까지는 고구려악의 전성시대였다. 오현(五絃, 오현금)과 필률(觱篥, 피리의 일종) 같은 발달한 서역 악기를 먼저 받아들였기 때문에 백제악이나 신라악보다 앞서 발전하여, 수(隨)의 구부기(九部伎)에 들 수 있었다.107) 또 고구려의 고분 벽화에는 산악, 백희에 해당하는 다양한 연희들이 있었는데 나무다리 걷기, 방울 받기, 말타기, 곤봉 받기, 칼재주, 씨름, 수박희 등과 가면희 등의 연극적 놀이와 북, 장구 등의 악기연주가 보인다. 그 밖에도 인형극과 상가에서 북을 치며 춤을 추는 등의 장례습속이 있었다고 하나 자세한 것은 알 수 없다.

백제의 연희는 『수서(隨書)』 동이열전(東夷列傳)에 다음과 같이 기록되어 있다.

> 고(鼓), 각(角), 공후(箜篌), 쟁(箏), 우(竽), 지(篪), 적(笛)의 악기가 있고, 투호(投壺 : 항아리 속에 화살 넣기), 위기(圍棊 : 바둑), 저포(樗蒲 : 윷놀이), 악삭(握槊 : 주사위놀이), 농주지희(弄珠之戲)가 있다.108)

---

105) 이두현(2005), 『한국연극사』 학연사 신수판, 23~27쪽 참조.

106) 『後漢書』 卷八十五 東夷列傳 第七十五 高句驪 : 武帝滅朝鮮 以高句驪爲縣 使屬玄菟 賜鼓吹伎人

107) 이혜구(1957), 『한국음악연구』, 국민음악연구회, 222~224쪽 참조.

108) 『隨書』 卷八十一 東夷列傳 第四十六 百濟 : 有鼓角箜篌箏竽篪笛之樂 投壺圍棊樗蒲握槊弄珠之戲

백제의 일곱 가지 악기 중 공후(箜篌), 쟁(箏), 우(竽), 지(篪), 적(笛)은 중국의 남조음악을 대표하는 청상악의 악기이다. 고구려 음악이 북조음악의 영향을 받았듯이 백제음악은 남조 음악의 영향을 받았다.[109] 여기서 농주지희(弄珠之戲)는 공 받기나 방울 받기 같은 놀이로 농환(弄丸)이라 불리던 산악 백희의 종목인데 이로써 백제에도 연희종목이 존재하였음을 알 수 있다. 이 밖에 『일본서기(日本書紀)』에 백제 무왕(武王) 13년(612)에 백제인 미마지(味摩之)가 기악(伎樂)을 남중국인 오국(吳國)에서 배워 일본에 전하였다고 기록되어 있다.[110] 미마지가 일본에 전한 이 기악은 600년이 지난 1233년 일본의 악서(樂書) 『교훈초(敎訓抄』에 기록되어 있는데 그 내용을 보면 길놀이, 피리 불기, 사자춤, 소극(笑劇) 등이 어우러진 가면묵극이라는 것을 알 수 있다.[111]

중국과 서역에서 산악 백희가 전래하기 전부터 우리나라에도 고유의 전통연희종목이 있었을 것이며 이 연희종목들과 외부의 산악 백희가 결합하여 새롭고 수준 높은 연희로 발전하였을 것이다. 이러한 전통연희는 통일신라시기 최치원의 「향악잡영(鄕樂雜詠)5수」[112]에서 자세히 묘사된다.

〈금환(金丸)〉
몸 돌리고 팔 흔들어 방울을 희롱하니
달 구르고 별이 뜬 듯 눈 가득히 보이네
의료(宜僚) 같은 재주인들 이보다 낫겠는가
넓은 바다에 파도 잔잔해짐을 알겠구나[113]

---

109) 송방송(2002), 「한국음악소사」, 『한국음악학의 현단계』, 민속원, 108쪽.

110) 『日本書紀』 推古天皇 二十年條: 百濟人味摩之歸化曰 學于得吳伎樂舞 則安置櫻井而集少年 令習伎樂舞 전경욱(2004), 앞의 책에서 재인용.

111) 이두현(2005), 앞의 책, 34~35쪽 참조.

112) 『三國史記』 卷三十二 雜誌一 樂

〈월전(月顚)〉
어깨 높고 목은 움칠 머리털은 꼿꼿한데
팔 걷어붙인 선비들 술잔을 다투누나
노랫소리 듣고서 사람들 모두 웃으니
저녁에 세운 깃발 새벽까지 재촉하네[114]

〈대면(大面)〉
황금빛 얼굴을 가진 바로 그 사람이
손에 구슬 채찍 잡고 귀신을 부리네
빨리 닫고 천천히 걷고 운치 있는 춤을 추니
요임금 시대에 봉황이 춤추는 듯[115]

〈속독(束毒)〉
봉두난발에 쪽빛 얼굴 사람과는 다른데
짝 데리고 뜰에 와서 원앙처럼 춤을 추네
둥둥둥 북을 치니 바람은 선들선들
남으로 북으로 요리 뛰고 저리 뛰누나[116]

〈산예(狻猊)〉
멀리 유사(流沙)를 건너 만 리 길 오느라고
털옷은 해어지고 흙먼지만 붙었어라
머리 흔들고 꼬리 치며 인덕에 길이 드니
웅장한 그 기운 어찌 뭇짐승과 같을쏜가?[117]

금환(金丸)은 중국 산악의 도칠환(跳七丸), 도환검(跳丸劒)과 같은 공
놀이의 일종이다. 월전(月顚)은 서역에서 전래한 가면무의 일종으로 예
인들 여럿이 등장하여 익살스러운 회화를 주고받는 골계희(滑稽戱)로
보인다. 대면(大面)은 처용무(處容舞)와 연관이 있는 일종의 구나무(驅

---

113) 回身掉臂弄金丸　月轉星浮滿眼看　縱有宜僚那勝此　定知鯨海息波瀾
114) 肩高項縮髮崔嵬　攘臂群儒鬪酒盃　聽得歌聲人盡笑　夜頭旗幟曉頭催
115) 黃金面色是其人　手抱珠鞭役鬼神　疾步徐趨呈雅舞　宛如丹鳳舞堯春
116) 蓬頭藍面異人間　押隊來庭學舞鸞　打鼓鼕鼕風瑟瑟　南奔北躍也無端
117) 遠涉流沙萬里來　毛衣破盡着塵埃　搖頭掉尾馴仁德　雄氣寧同百獸才

儺舞)로 생각된다. 속독(束毒)은 중앙아시아 여러 나라에서 전래한 건
무(健舞)의 일종으로 역시 가면무로 짐작된다. 산예(狻猊)는 사자춤으로
최치원이 본문에서 "멀리 유사(流沙)를 건너 만 리 길 오느라고 털옷은
해어지고 흙먼지만 붙었어라(遠涉流沙萬里來　毛衣破盡着塵埃)"라고
밝혔듯이 고비사막(流沙)을 건너온 서역 인도 특유의 동물 춤이다.

　이 다섯 가지 놀이(五伎)는 신라악의 가무백희의 내용을 가장 구체적
으로 보여 주는 것이다. 이 놀이들을 신라고유의 음악인 향악(鄕樂)이
라고 칭한 것은 서역과 중국의 영향을 받아 이루어졌음에도 독자적인
신라화(新羅化)한 연희로 상당히 변모된 성격과 형식을 갖추고 있었을
것으로 보인다.

　고려시대에는 이미 신라신대부터 전승되어 온 팔관회와 연등회를 비
롯하여 고려시대에 들어와 성행한 우란분재, 나례, 수희, 과거급제자
축하행사 및 여러 축하 환영 행사 등에서 연희를 베풀었다. 그 연희의
내용은 주로 곡예적 연희와 환술, 교방의 가무희인 궁중정재, 가면희,
골계적 우희 등이었다.[118]

> 정해일(丁亥日)에 왕이 간소한 연회를 배설하였다. 이날 최이(崔怡)가 탈 쓴 사람
> 과 온갖 광대를 바쳤다. 왕이 그들에게 은병(銀瓶) 한 개씩 주고 또 기생들에게는
> 능직을 각각 두 필씩 주었다.[119]

　위의 기록으로 보아 고려시대에 전문적으로 가면을 쓰고 노는 가면
희가 있었고, 그 공연이 상당히 활발했음을 알 수 있다.

---

118) 전경욱(2004), 앞의 책, 158~159쪽 참조.
119) 『高麗史』卷二十三 高宗 甲辰三十一年 : 丁亥 曲宴崔怡進假面人雜戲賜銀瓶人一口又賜妓
　　綾各二匹

고려시대에는 전문적 연희계층이 뚜렷해지기 시작한다. 조선시대 백정, 광대의 전신이라 할 수 있는 양수척(楊水尺)은 목축업, 도살, 유기업(柳器業) 등에 종사하던 무리인 화척(禾尺), 재인(才人)의 전신으로 이들의 기원에 대해서는 이설이 많으나 북방유목민족인 말갈, 거란, 타타르족(韃靼) 유민으로 추정하고 있다. 이들은 이미 삼국시대부터 우리나라에 간간이 유입했으며, 조선 초기까지도 국가의 부역을 지지 않고 일반농민과 통혼하지 않고 자신들의 풍습 아래 무리 지어 살았다. 따라서 이들의 생활상에 유목민적인 관습이 많아 농사를 짓지 않고 수렵, 목축을 영위하며 남녀 모두 기마와 궁술에 능했으며 산악, 백희 등의 연희에도 능했고 기생도 이들 가운데서 나왔다고 하니 고려시대의 대표적인 전문 연희계층이라 할 수 있을 것이다. 이들에 의해 고려시대의 연희가 이루어진 것으로 보이며 이들은 유랑광대 집단의 효시라 할 것이다.

〈그림 4〉 김준근 作 죽방울

3) 불교의 전래와 불교행사

삼국에 불교가 전래된 것은 고대국가로 발전하던 시기였다. 고구려에는 소수림왕 2년(372)에 전진에서 승 순도가 불상과 불경을 전하였고,

백제는 침류왕 원년(384)에 동진으로부터 고승 마라난타가 불교를 전하
였으며, 신라는 이보다 늦은 눌지왕(417~458) 때 고구려로부터 승 묵
호자가 일선(지금의 선산) 지방 모례의 집에 들어와 전도한 뒤 소지왕
(479~500) 때 다시 고구려에서 승 하도가 와서 전도하였으나, 법흥왕
14년(527)에 이차돈의 순교가 있은 후에야 비로소 공인되었다. 불교가
전래된 후 고유의 전통과 충돌하거나 때로는 화합하면서 새로운 문화
적 질서를 창조하기도 하였는데 그 대표적인 예가 팔관회와 연등회다.

> 진흥왕(眞興王) 때에 팔관회(八關會)를 베풀었는데, 그 법은 매년 중동(仲冬) 11
> 월에 승려들(僧徒)을 대궐 뜰에 모으고, 윤등(輪燈) 한 좌(座)를 놓고, 향등(香燈)을
> 사방에 벌여 놓으며, 또 두 채붕(綵棚)을 매고, 백희(百戱)와 가무(歌舞)를 올려서
> 복을 비는 것이었다.[120]

> 572년(진흥왕 33) 10월 20일 전사한 장병을 위하여 팔관회를 외사(外寺)에서 7
> 일 동안 베풀었다.[121]

> 899년(효공왕 3) 11월 궁예가 처음으로 팔관회를 개최하였다.[122]

신라의 팔관회는 호국적 성격을 지니는데 법흥왕이 불교를 국교로
하여 행정적 중앙집권의 강력화를 추진하였으나, 진흥왕은 부족 고유의
토속신앙을 통합하기 위하여 사찰에서 재래의 산천용신제(山川龍神祭)
와 시월제천(十月祭天: 東盟. 추수를 끝내고 하늘에 감사하는 제사) 등
을 불교의식과 합하여 신라 특유의 팔관회를 개최하였다. 고대 제천의

---

120) 『增補文獻備考』 卷百七 樂考十八: 眞興王時設八觀會 其法每歲仲冬會僧徒於闕廷 置輪燈
　　一座列香四旁 又結兩綵棚呈百戱歌舞以祈福
121) 『三國史記』 卷第四 新羅本紀 第四 眞興王 三十三年: 冬十月二十日 爲戰死士卒 設八關
　　筵會於外寺 七日罷
122) 『三國史記』 卷第五十 弓裔四列: 傳第十 冬十一月. 始作八關會

식의 불교적 수용인 팔관회는 가무가 반드시 수반되었는데 이러한 전
통은 고려에도 이어진다. 고려의 팔관회는 고려 건국의 해인 918년(태
조 1) 11월부터 시작되었다.

11월에 팔관회(八關會)를 베풀었다. 유사가 아뢰기를, "전대의 임금이 해마다 중
동(仲冬)에 팔관재(八關齋)를 크게 베풀어서 복을 빌었으니 그 제도를 따르소서."
하니, 왕이 이르기를, "짐이 덕이 없는 사람으로 왕업을 지키게 되었으니 어찌 불교
에 의지하여 국가를 편안하게 하지 않으리오." 하고, 드디어 구정(毬庭)의 한 곳에
윤등(輪燈)을 설치하고 향등(香燈)을 곁에 벌여 놓고 밤이 새도록 땅에 가득히 불빛
을 비추어 놓았다. 또 가설무대를 두 곳에 설치하였는데 각각 높이가 5장 남짓하고
모양은 연대(蓮臺)와 같아서 바라보면 아른아른하였다. 갖가지 유희(遊戲)와 노래,
춤을 그 앞에서 벌였는데 사선악부(四仙樂部)의 용(龍), 봉(鳳), 상(象), 마(馬), 차
(車), 선(船)은 모두 신라의 고사였다. 백관이 도포를 입고 홀(笏)을 들고 예를 행하
였으며, 구경하는 사람이 서울을 뒤덮어 밤낮으로 즐기었다. 왕이 위봉루(威鳳樓)에
나가서 이를 관람하고 그 명칭을 '부처를 공양하고 귀신을 즐겁게 하는 모임'이라
하였는데, 이 뒤로부터 해마다 상례(常例)로 삼았다.123)

고려 태조 왕건은 십훈요(十訓要) 중 제6조에서 연등회와 팔관회를
꼭 시행할 것을 당부한다.

여섯째로, 나의 지극한 관심은 연등(燃燈)과 팔관(八關)에 있다. 연등은 부처를
섬기는 것이요 팔관은 하늘의 신령과 5악(嶽), 명산, 대천, 용신(龍神)을 섬기는 것
이다. 함부로 증감하려는 후세 간신들의 건의를 절대로 금지할 것이다. 나도 당초에
이 모임을 국가 기일(忌日)과 상치되지 않게 하고 임금과 신하가 함께 즐기기로 굳
게 맹세하여 왔으니 마땅히 조심하여 이대로 시행할 것이다.124)

---

123) 『高麗史節要』 第一卷 太祖神聖大王 戊寅元年: 十一月 設八關會 有司言 前王每歲仲冬
　　大設八關齋 以祈福 乞遵其制 王曰 朕以不德 獲守大業 盍依佛敎 安輯邦家 遂於毬庭 置
　　輪燈一所 香燈旁列 滿地光明徹夜 又結綵棚兩所 各高五丈餘 狀若蓮臺 望之縹緲 呈百戲
　　歌舞於前 其四仙樂部 龍鳳象馬車船 皆新羅故事 百官 袍笏行禮 觀者傾都 晝夜樂焉 王
　　御威鳳樓 觀之 名爲供佛樂神之會 自後 歲以爲常

124) 『高麗史』 第二卷 世家 第二 太祖二 癸卯 二十六年: 其六日 朕所至願在於燃燈八關 燃燈
　　所以事佛 八關 所以事天靈及五嶽名山大川龍神也 後世姦臣建白加減者 切宜禁止 吾亦當

고려의 팔관회는 신라의 팔관회에 지리도참사상(地理圖懺思想)을 첨가하고 조상제(祖上祭)의 성격을 표면화시켜 천하태평·군신화합을 기원하는 민족적, 호국적 연중행사로 발전되었다. 특히, 고구려의 국호를 이은 고려가 고구려의 옛 풍습인 동맹을 팔관회로 전승한 것으로도 볼 수 있다. 팔관회는 고려 500년을 통하여 여러 번 변화와 성쇠가 있었는데, 대체로 초기에 성하였고 현종 이후에는 점점 쇠퇴하였으나, 고려 말까지 팔관회는 국가최고의 의식으로 계속되었으며, 조선 초기에는 잠시 보이다가 폐지되었다.

연등회는 신라 진흥왕대에 팔관회(八關會)와 더불어 국가적인 행사로 시작되어 주로 고려시대에 성행했다. 불교에서는 부처에게 바치는 공양 중에 등공양(燈供養)이 있는데, 이는 부처 앞에 등을 밝혀서 자신의 마음을 맑고 바르게 하여 부처의 덕을 찬양하고, 부처에게 귀의한다는 의미를 갖고 있다. 연등회의 종류에는 상원(上元) 연등과 초파일(初八日) 연등이 있었다. 상원연등은 매년 정월 보름날에 왕궁을 비롯하여 전국적으로 이틀 동안 등불을 밝혀 다과를 베풀고, 음악과 춤으로 임금과 신하가 함께 즐기며, 부처를 즐겁게 하여 국가와 왕실의 태평을 비는 행사였다.

> 다음에는 전중성(殿中省)의 6상국(六尙局)과 여러 후전관(後殿官)들이 전정으로 들어와 지정된 자리에 가서 재배하고 나서 전정의 서편으로 가서 북쪽을 위로 하고 동쪽을 향하여 선다. 다음에는 백희잡기(百戲雜伎)하는 사람들이 전정으로 들어와 연이어 연기한 후 물러 나가고 다음에는 교방의 악대가 주악하고 무용가들이 나가고 들어오는 동작은 보통 의식과 같다. …… 다음으로 임금을 모시고 선관원과 장령들에게 꽃과 술을 하사할 것을 전하고 다음에는 양부의 악관들과 산대(山臺)악사들에게도 꽃과 술을 하사할 것을 전하고 시위하는 군인들에게는 음식과 과실을 하사한다.125)

初誓心會日 不犯國忌君臣同樂 宜當敬依行之

기록을 보면 연등회에서는 백희잡기(百戲雜伎)가 연희되었음을 알수 있다. 또 산대악사(山臺樂士)는 산대희(山臺戲)를 하는 연희자를 가리키는 말인데 산대희는 앞에서 나온 백희잡기(百戲雜伎)와 같은 용어로서 전통연희를 가리키는 말이다. 결국 불교행사인 연등회에서도 산대희 등의 전통연희가 이루어졌음을 알 수 있는 것이다. 그 밖에 연등회나 팔관회 이외의 우란분재 등의 불교행사에도 전통연희가 행해졌다는것을 기록을 통해 확인할 수 있다.

4) 공동노동의 습속

공동노동은 고대사회에서 현대에 이르기까지 다양한 방법으로 존재해 왔으며 인류의 오랜 습속이기도 하다. 우리나라의 공동노동에서는단연 '두레'라는 공동노동 조직이 오래전부터 전래되어 왔다. 본시 엄밀한 의미에서의 두레조직은 조선 후기에 이르러 이앙법의 보급으로노동의 집약화가 이루어지고 강도 높은 집단 공동노동이 필요해짐에따라 생겨난 마을 단위의 공동노동조직이다.[126] 그러나 구태여 '두레'라는 명칭이 아니어도 인류가 원시시대부터 공동노동을 해 왔다는 것은 주지의 사실이며 따라서 일정한 공동노동조직이 있었을 것이라는것은 충분히 상정해 볼 수 있다.

두레의 첫 단계는 아득한 옛날 마을의 공동경작이 해체되고 가족별

---

125) 『高麗史』 第六十九卷 誌第二十三 禮十一 上元燃燈會儀 : 次殿中省六尙局諸後殿官入殿庭
就位再拜訖就庭西東向北上立　次百戲雜伎以次入殿庭連作訖出退次敎坊奏樂及舞隊進退具
如常儀. …… 次傳侍立員將宣賜花酒 次傳兩部樂官及山臺樂人宣賜花酒 侍奉軍人宣賜酒果
126) 주강현(1989), 「두레공동노동의 사적 검토」, 『노동과 굿』, 학민사, 28~29쪽 참조.

경작이 대두하던 촌락공동체 해체기에 발생하여, 마을에 사회신분, 계급의 분화가 거의 없던 사회적 조건에서 마을의 모든 성인 성원들이 의무적으로 참가하여 농업경작, 어로, 자연재해방비, 외적침입방비 등 모든 일에 공동 작업을 수행하는 형태로 삼국시대까지가 이 단계에 해당된다. 두레의 두 번째 단계는 마을에 사회신분, 계급의 분화가 진전되자 마을 내의 귀족과 지주는 두레에 참가하지 않고 오직 평민과 생산농민만이 참가하여 수전 농업의 수리관개작업, 모심기, 김매기, 수확 등의 작업을 두레의 공동노동으로 수행하는 단계로 고려왕조를 거쳐 조선시대 말까지가 이 시기라고 할 수 있다.[127]

『삼국지(三國志)』의 기록에 따르면 조선시대 농촌사회의 두레조직에서 흔히 행하던 '호미걸이'나 '호미씻이(洗鋤戱)'와 유사한 형태의 기록도 발견된다.

해마다 5월이면 씨뿌리기를 마치고 귀신에게 제사를 지낸다. 떼를 지어 모여서 노래와 춤을 즐기며 술 마시고 노는데 밤낮을 가리지 않는다. 그들의 춤은 수십 명이 모두 일어나서 뒤를 따라가며 땅을 밟고 구부렸다 치켜들었다 하면서 손과 발로 서로 장단을 맞추는데, 그 가락과 율동은 중국의 탁무(鐸舞)와 흡사하다. 10월에 농사일을 마치고 나서도 이렇게 한다.[128]

『삼국사기(三國史記)』에는 길쌈두레의 기원을 보여 주는 기록이 있다.

왕은 6부(部)를 정하고 나서 이를 두 편으로 나누고, 두 왕녀로 하여금 각각 부내의 여자들을 거느려 편을 짜게 하였다. 이들 두 편은 가을 7월 16일부터, 매일 새벽에 큰 부의 뜰에 모여 길쌈을 시작하여, 밤 열 시경에 끝났다. 그들은 8월 15일이

---

127) 신용하(1984), 「두레공동체와 농악의 사회사」, 『한국사회연구2』, 한길사, 16~18쪽 참조.
128) 『三國志』 魏書 三十 東夷傳 韓: 常以五月下種訖 祭鬼神 羣聚歌舞 飮酒晝夜無休 其舞數十人俱起相隨 踏地低昂 手足相應 節奏有似鐸舞 十月農功畢 亦復如之

되면 길쌈을 얼마나 했는지를 심사하였으며, 길쌈을 적게 한 편에서 술과 음식을 차려 길쌈을 많이 한 편에 사례하였다. 이때 노래와 춤과 여러 가지의 오락을 하였다. 이 행사를 가배라고 하였다. 이 행사를 할 때, 진 편에서 한 여자가 일어나 춤을 추면서 탄식하는 소리로 "회소(會蘇) 회소(會蘇)"라고 하였다. 그 소리가 슬프고도 우아하여, 뒷날 사람들이 이 곡에 노랫말을 붙이고, 회소곡(會蘇曲)이라고 하였다.129)

위의 기록에서 보듯이 공동노동에는 음악과 놀이가 결합되었다. 고, 중세의 자료에는 공동노동에서 노래를 부르거나 악기를 연주하는 기록이 드물게 남아 있다.

> 청명(淸明)이 벌써 지나 여름으로 바뀌니
> 더운 날씨에 끈적끈적한 땀방울이 등줄에 비 오듯이 흘러내린다.
> 높은 의자 위에서 자면서는 소슬한 바람 소리 듣고 싶어 했고
> 비바람 치는 밤을 몇 번이나 생각했노라.
> 그 후 장마는 10여 일이 지속되었으니
> 조물주의 뛰어난 솜씨를 어찌 생각이나 했으랴.
> 백성들이 밭두둑에서 날뛰며 부르는 노래 흥겹게 들리는데
> 비의 은택이 공전(公田)에 두루 하고 나에게도 미친 것이로다.130)

고려시대 패관문학작품 「국순전(麴醇傳)」의 저자 임춘(林椿)이 지은 고율시(古律詩) 일부인데 음력 6월 15일의 풍경을 읊은 것이다. 임춘의 생몰연대는 분명치 않으나 대략 12세기에 활동을 한 것으로 알려져 있으니 위의 시는 고려시대 농민들이 밭에서 공동노동을 하면서 일노래를 부르는 장면을 묘사한 것이다. 임춘과 동시대의 학자이자 문인으로

---

129) 『三國史記』 卷一 新羅本紀一 儒理尼師今 九年: 王旣定六部 中分爲二 使王女二人 各率部內女子 分朋造黨 自秋七月旣望 每日早集大部之庭績麻 乙夜而罷 至八月十五日 考其功之多小 負者置酒食. 以謝勝者 於是歌舞百戲皆作 謂之嘉俳 是時 負家一女子 起舞嘆曰 會蘇, 會蘇 其音哀雅 後人因其聲而作歌 名會蘇曲

130) 林春(고려 의종~명종), 『西河先生集』 卷之二 古律詩 六十三 六月十五夜雨靈 對月有懷: 淸明已過新槐火 暑天汗背飜漿瀉 對榻高眠聽蕭瑟 幾度空思風雨夜爾來成霖餘十日 此意豈能尤造化 喜聞民隴皆騰歌 澤遍公田遂及我

유명한 이규보(李奎報)도 역시 농민들이 공동노동의 과정에서 일노래를 부르는 장면을 한시로 묘사해 놓았다.

천천히 걸으면서 맑은 내를 바라보니
도랑물 출렁이고 가랑비 내리는데
흰 갈포 치마 아낙네와
푸른 삼베 적삼 사내들이
밭두둑 곳곳에서 노래 부르고
호미 쥔 채 구름처럼 모여 있네.[131]

이규보의 기록을 보면 당시에는 남녀의 구별 없이 공동노동에 참여하였으며 "호미 쥔 채 구름같이 모여 있네(荷鉏如雲圍)."라고 하였으니 두레노동의 김매기 과정에 많은 사람들이 참여하고 있음을 알 수가 있으며 흰옷을 입고 무리를 지었으니 '구름처럼'이라고 표현한 것으로 보인다. 이처럼 많은 사람들이 악기 반주 없이 노래를 부르기란 거의 불가능한 일일 것이다. 따라서 이 시기의 공동노동에서 불린 노래의 반주에 악기가 사용되었으리라는 것은 충분히 추측할 수 있는 것이다. 고려 후기 문신이자 유학자인 이달충(李達衷)의 「촌중사시가(村中四時歌)」에는 논농사의 김매기 과정이 나와 있다.

훈훈한 바람 남쪽에서 와 보리 이삭 누렇고
무논(水田) 일천 이랑에는 구름떼 창창하다.
김매느라 떼 지으니 기러기 대열인 듯 희고
높고 낮게 다투어 뽐내는 노래 소리도 길다.[132]

---

131) 李奎報(1168~1241), 『東國李相國集』 卷之二　古律詩　遊家君別業西郊草堂二首：徐行望
　　　淸川　決渠雨霏霏　田婦白葛裙　田夫綠麻衣　相携唱田隴　荷鉏如雲圍
132) 李達衷(?~1385), 『霽亭集』 卷之一　詩　金晦翁南歸作村中四時歌以贈：薰風南來麥穗黃
　　　水田千頃雲蒼蒼　耘鋤作隊雁陳白　低仰競進歌聲長

우리나라에서 수전농업(水田農業)은 멀리 삼국시대까지 올라간다. 변진(弁辰)에서는 "토지는 비옥하여 오곡(五穀)과 벼를 심기에 적합하다."[133]고 하였고 백제 다루왕(多婁王) 6년에는 처음으로 벼농사를 짓게 하였다.[134] 그러나 수전농업이 대대적으로 보급된 것은 조선 후기에 들어와서이다.[135] 그런데 이달충의 기록을 보면 고려 말에 수전농업은 어느 정도 보편화된 것으로 보인다. 일종의 과장법이겠지만 일천 이랑이나 되는 넓은 무논(水田)에 흰옷 입은 농민들이 가득 들어차서 호미를 들고 김을 매면서 노래를 부르는 모습은 두레농악이 태동하고 있음을 보여 주는 하나의 실례로 보아도 무방할 것이다. 두레농악에 대한 직접적이고 구체적인 기록은 이달충보다 수십 년 뒤에 두문동(杜門洞) 72현(賢) 중의 한 사람이었던 기우자(騎牛子) 이행(李行)이 기록한다.

> 내 고향은 곳곳마다 산수가 좋고
> 내 집의 소나무와 국화 또한 보기 좋네.
> 밭머리의 두레북(社鼓)은 두둥둥 울리고
> 밭두둑의 뽕 따는 이는 얌전도 해라.[136]

이행은 여말선초에 걸쳐 있는 인물로서 위의 시가 쓰인 시기가 정확히 언제인지 파악되지는 않으나 중요한 것은 '사고(社鼓)'라는 용어가 등장했다는 것이다. 대개 두레를 한자로 표기할 때 보편적으로 '사(社)'라고 표기하는데 조선시대에는 여기에 '농(農)'자를 붙여 '농사(農社)'

---

133) 『三國志』 魏書 三十 東夷傳 韓: 土地肥美, 宜種五穀及稻
134) 『三國史記』 卷二十三 百濟本紀一 多婁王六年: 下令國南州郡 始作稻田
135) 신용하(1984), 앞의 논문, 16쪽 참조.
136) 李行(1352~1432), 『騎牛集』 卷之二 附錄 諸賢唱酬 作京城樂鄕曲樂 二首: 吾鄕處處好
    湖山 吾廬松菊可怡顔 田頭社鼓聞坎坎 壟上桑者見間間

라고도 하였다. 이 두레에서 공동으로 노동하면서 악기를 연주하는 것을 일러 '사고(社鼓)', '사고악(社鼓樂)', '사악(社樂)' 등의 명칭으로 표기하였다. '사고(社鼓)'는 글자 그대로 해석하면 '두레북'이고 두레북은 결국 '두레농악'으로 해석되는 것이다. 따라서 오늘날 우리가 알고 있는 두레농악의 형태인지는 단언할 수 없지만 여말선초에 논, 밭에서 공동노동을 하면서 북을 두드렸다는 것을 확인할 수 있다.

2. 조선시대 농악의 갈래와 전개과정

조선왕조의 성립은 정치, 경제, 문화 등 사회의 전 분야에 걸쳐 새로운 변화를 가져왔다. 유교 성리학을 근본이념으로 설정하여 숭유억불 정책을 펼침으로써 팔관회, 연등회 등의 불교 행사가 쇠퇴하고 나례, 중국사신 영접행사, 문희연(聞喜宴), 수륙재(水陸齋), 동제, 사대부가의 잔치 등에서 연희를 공연했고 조선 후기 들어서는 다양한 유랑예인 집단들이 민간에서 연희를 공연하고 다녔다.[137]

조선시대 농악은 첫째, 농민들의 공동노동 공동체에서 작업의 수고를 덜고 능률을 높이기 위해 도입된 악기 연주와 노동요 등이 일정한 격식을 갖추어 공연물로 나타난 두레농악, 둘째, 조선 이전부터 전승되어 온 나례 등의 구나의식(驅儺儀式)이 민간으로 확산됨에 따라 지신밟기 등 민간고유의 구나의식으로 발전한 축원농악, 셋째, 조선 초기에 사원 혁파로 절에서 쫓겨난 승려들이 재승(才僧)이 되어 민간마을을 떠돌면

---

137) 전경욱(2004), 앞의 책 240~241쪽 참조.

서 비밀리에 불공행사를 하고 가무희(歌舞戲)를 팔아 연명하면서 연희하던 걸립농악, 넷째, 조선시대 재인청 소속의 세습무계 광대, 북방 유목민계통의 양수척, 그 밖에 다양한 형태로 존재하던 유랑광대들이 다른 전통연희 종목과 함께 공연하던 연예농악, 이렇게 네 가지 흐름으로 전개된다. 이 네 흐름은 독자적으로 전개되기도 하지만 서로 긴밀한 영향을 주고받으며 발전한다. 때로는 서로 영역이 중복되기도 하며 인적 교류도 발생한다. 이러한 끊임없는 상호작용을 통해 마침내 농악은 독립적인 전통연희로서의 면모를 확립해 나가게 되는 것이다.

1) 조선시대 두레농악의 확립

조선시대 이전의 기록들에서는 오늘날의 농악과 유사한 구체적 진술이 많지 않지만 조선시대에 이르면 왕조실록이나 각종 문집 등에 초기 형태의 농악에 관한 기록들이 많이 발견된다. 우선 가장 먼저 나타나는 것이 두레농악의 묘사이다. 두레농악이란 농민들의 노동조직인 두레에서 공동작업의 효율을 높이기 위해서 사용되는 농악과 두레조직의 공동행사에 사용되는 농악이라고 할 수 있다. 그러므로 두레농악은 단순히 농경작업 시 악기를 연주하는 행위뿐만 아니라 두레조직이 연관된 각종 행사와 민속놀이의 일부까지를 일컫는 넓은 의미의 개념이다.

세종~성종시대에 걸쳐 이름난 문장가이자 관리였던 삼탄(三灘) 이승소(李承召)가 충청도 관찰사를 지낼 무렵인 1465년 충청도 가을 들녘의 풍경을 노래한 시에는 '사고악(社鼓樂)'이라는 용어가 등장한다.

> 산 아래 외로운 성 한 띠처럼 비끼고
> 정자는 높이 솟고 채색 노을 밝으네.
> 뜬구름은 먼 산구멍에서 무심히 나오고
> 꽃다운 풀은 긴 둑에 제멋대로 난다.
> 해마다 가을 낟가리 높이 쌓이면
> 마을마다 두레음악(社鼓樂) 소리 드높이 퍼져 가네.
> 내가 와서 여러 사람의 칭송을 들으니
> 이 골 원님 어질어서 백성 사정을 살핀다네.138)

'사고악(社鼓樂)'은 앞서 이행(李行)의 기록에 나타난 '사고(社鼓)'라는 용어와 동일한 단어로 보인다. 다만 이행은 농민들의 공동노동에서 농악이 연주되는 상황을 기록하였고 이승소는 추수가 끝난 이후 풍년의 기쁨을 만끽하는 풍년축제의 농악을 표현한 것이 차이일 수 있겠다. 『용재총화(慵齋叢話)』와 『악학궤범(樂學軌範)』 등의 편저자인 허백당(虛白堂) 성현(成俔)은 풍년을 자축하는 장면을 다음과 같이 기록하였다.

> 마을마다 퉁소와 북소리(簫鼓樂)는 풍년을 즐기는데
> 나락 꽃은 밝고 하늘에는 이슬이 희다139)

'퉁소와 북소리(簫鼓樂)'라는 용어에서 보듯 선율악기인 퉁소가 사용되었다는 것을 알 수 있다. 선율악기가 농민들의 음악에서 사용된 다른 기록도 보인다. 조선 전기의 대표적인 지식인으로 『동국여지승람(東國興地勝覽)』, 『동문선(東文選)』 등을 편찬한 서거정(徐居正)은 두레농악에서 사용되는 선율악기를 '농적(農笛)'이라고 표현하였다.

---

138) 李承召(1422~1484), 『三灘先生集』 卷之四　次忠州板上韻 : 山下孤城一帶橫　靑樓蔚起綵
　　　霞明　浮雲遠岫無心出　芳草長堤滿意生　歲歲秋禾登大有　村村社鼓樂昇平　我來聽得輿人頌
　　　刺史仁明體下情
139) 成俔(1439－1504), 『續東文選』 卷之七　七言律詩　次江陵東軒韻 : 村村簫鼓樂豐年　穤稏
　　　花明白露天

사군(使君, 사또)이 아직 오지 않았을 적엔
농민들이 토착(土着)하지 못했더니
사군이 이미 수레에 내리매
풍년 들어 밥 짓는 연기 나오네.
왼쪽엔 밥이요, 오른편에는 죽
시골 노래는 농적(農笛)과 섞여서 들려오네.140)

‘농적(農笛)’이 피리인지 아니면 오늘날의 농악에서 사용되는 호적(胡笛: 태평소)인지는 확실하지 않지만 위와 같은 단편적 기록들을 통해 두레공동노동에 북(鼓)을 중심으로 한 일정한 타악기의 연주행위가 있었고 경우에 따라 퉁소(簫)나 피리(笛)가 동반되었음을 확인할 수 있다. 이 기록들은 15세기 두레농악에 타악기와 선율악기의 연주 음악이 사용되었음을 보여 주는 매우 중요한 증거자료라고 할 수 있는데 퇴계(退溪) 이황(李滉)과 더불어 사칠논변(四七論辯)으로 조선 유학사상에 깊은 영향을 끼친 유학자 고봉(高峯) 기대승(奇大升)의 시에도 ‘퉁소와 북(簫鼓)’에 대한 기록이 나온다.

해 저무니 집집마다 혼인 서두르고
풍년 들어 피리와 북(簫鼓)소리 곳곳에 들리네.141)

두레농악은 16세기에도 전해지고 있다. 두레노동은 주로 모내기, 김매기 등의 공동 작업에 이용되었다고 하지만 다음의 기록으로 보아 16세기 두레 공동노동의 시작이 음력 삼월부터였음을 알 수 있다. 또 두레조직을 직접 지칭하는 용어인 ‘농사(農社)’도 보인다.

---

140) 徐居正(1420~1488), 『四佳詩集』 補遺三 詩類 輿地勝覽 驪州八詠: 使君昔未來　田里不土着　使君旣下車　豐穰烟火夕　左右飧又粥　村謳雜農笛
141) 奇大升(1527~1572), 『高峯先生文集』 卷之一　立春: 昏姻歲暮家家競　簫皷年豐處處陳

해마다 삼월 되어 두레북(社鼓) 울리면
하늘 밖에서 날개 치며 사뿐하게 나는구나.142)

의암공(義菴公) 민회삼(閔懷參)이 향교(儒宮), 민고(民庫), 향약(鄕約), 두레(農社)
등과 같은 읍규(邑規)를 재정(裁定)하였다.143)

이 기록을 보면 16세기에는 두레조직이 보편화한 것을 알 수 있다.
두레가 보편화되면서 '호미씻이(洗鋤)'에 관한 기록들이 등장한다. 조선
중기의 이름난 대재상이었던 백사(白沙) 이항복(李恒福)은 김매기가 끝
난 농촌의 한가로운 풍경을 노래하면서 '호미씻이(洗鋤)'라는 용어를
사용하였다.

목마른 소는 물 마시고 주린 소는 울어 대며
자는 놈은 절로 자고 가는 놈은 절로 가네.
또는 먼지 일으키며 언덕에 올라 장난도 하고
둑 위에선 풀을 뜯고 둑 밑에선 울기도 하누나.
밭갈이 이미 끝내고 호미를 씻고 나니
십 리 벌판 다스운 풀에 석양빛이 밝구려.
태평성대가 본디 흔적이 없다 누가 말했나.
이 사이의 하나하나가 도화림의 정태로다.144)

이 '호미씻이(洗鋤)'에 관한 구체적인 기록도 있다. 석천(石川) 임억
령(林億齡)은 16세기 호남시단의 중심적인 인물로 호남지방을 널리 유
람하면서 인물을 사귀고 누정에서 시회를 열어 호남의 풍류와 낭만을

---

142) 金誠一(1538~1593), 『鶴峯集』 卷之二 次五山社燕行 : 年年三月社鼓鳴 天外差池翅輕擧

143) 梁彭孫(1488~1545), 『學圃先生文集』 卷之四 附錄 年譜 : 義菴閔公 懷參裁定邑規 如儒
宮 民庫 鄕約 農社等

144) 李恒福(1556~1618), 『白沙先生集』 卷之一 寄題龍潭快閣十景 : 渴牛飮磵飢牛吼 眠者自
眠行者行 又有羹塵上壠戲 堤上喫草隄下鳴 耕田已畢雨洗鋤 十里暖草斜陽明 誰言太平本
無痕 此間箇箇桃林情

진작시켜 호남시단을 흥기시킨 주축 인물이다. 중종 20년에 문과에 급제함으로써 벼슬길에 올랐으나 1545년 을사사화가 일어날 것을 내다보고 신병을 핑계로 고향인 전라도 해남으로 낙향하여 여생을 보냈다. 그가 지은 오언장편(五言長篇)의 시(詩) '호미씻이(洗鋤)'는 해남의 늙은 농부가 호미씻이에 대하여 설명한 것을 구체적으로 담고 있다.

어찌하여 호미씻이라고 하는가 내가 농부에게 물었네.
농부가 나를 향하여 말하였네 농사짓는 늙은이는 한 해의 수고가 끝났다고
칠월 칠석이 되면 비로소 김매기가 끝나네.
밭과 들의 일이 그치게 되니 호미자루의 흙을 씻네.
집집마다 들에서 술 마시고 북을 두드리며 춤을 춘다고 하네.
이에 나 역시 한마디를 거들었네 밤낮도 없이 열심히 일하니
위로 황분(皇墳)에 이르면 밭이 백무(百畝)일 뿐 아니라
그 힘씀이 오래되고 수확하는 것도 많다고 하니
십 년 동안 먹을 곡식이 큰 창고에 쌓여 몇 석인지 셀 수가 없다고 하네.
저 농부는 비록 부지런히 농사를 짓는다고 하나 얻는 것은 겨우 몇 되와 말에 불과하네.
그러나 마을의 서리가 문에서 재촉하여 관의 창고에 모두 바치네.
이로 인하여 호미씻이 시를 지어 백성의 부모를 생각하네.[145]

　문장이 매우 뛰어나 신흠(申欽), 이정구(李廷龜), 이식(李植)과 더불어 조선조 한문학의 4대가(大家)라 일컬어진 장유(張維)는 1612년(광해군 4년) 옥사(獄事)에 연루되어 파직된 후 12년간 모친을 모시고 고향인 경기도 안산에 은거하면서 세상과 교제를 끊고 독서와 글 짓는 일에 몰두하며 시련의 세월을 보냈다. 다음은 그 무렵의 기록을 담은 시다.

---

145) 林億齡(1496~1568),『石川先生詩集』卷之二　五言長篇　洗鋤：何以云洗鋤　我問於田父　田父向我云　田翁終歲苦　七月七夕時　始得畢鋤耨　田野役事休　以洗鋤柄土　家家野釀香　擊鼓而歌舞　嗟我亦舌耕　兀兀窮夜晝　上至于皇墳　不啻田百畝　以其用力久　所獲亦云富　十載食太倉　不可以石數　彼農雖云勤　所得只升斗　里胥臨門催　盡納官倉庾　因成洗鋤詩　以諗民父母

농가에서 김매는 일을 다 끝내고 나서 남녀노소가 한데 모여 먹고 마시는 것을
호미씻이(洗鋤)라고 하는데, 내가 시골에 살면서 그 일을 눈으로 확인했기에 이를
시로 기록하였다.
남정네는 하얀 죽립을 쓰고 여인네는 푸른 무명 치마
삶은 박에 오이 썰어 새우도 듬뿍 올려놓고
오래된 옹배기엔 막걸리가 찰랑찰랑
잔디 덮인 언덕의 뽕나무 그늘 아래 앉자마자
사방에서 꽃 피우는 농사 얘기
저쪽은 이쪽보다 김매기가 늦었다느니
아랫배미가 윗배미보단 벼가 더 잘됐다느니
잔 돌리는 청년들에 노인들 거나해져
짧은 옷소매 일어나서 춤도 절로 덩실덩실
일 년 내내 고된 농사 이날 하루 즐거움
농촌 들녘 오늘만은 모든 근심 잊으리라
알다시피 지난해 세금 독촉 아전이 들이닥치자
바삐 마련하랴 사흘 굶기도 하였었지
농부들 즐거운 일 어찌 쉽게 얻으리요
가지 말고 천천히 실컷 먹고 취하시라[146]

호미씻이에 관한 진술들은 조금씩 다른 양상을 보인 것도 있다. 조선
후기 실학자 성호(星湖) 이익(李瀷)은 앞서 나온 여러 진술과 달리 호
미씻이 잔치가 칠월 칠석이 아닌 연말에 치러지는 경우도 있음을 말하
였다. 농민들이 웃어른을 공경하고 서로 예의를 차리는 것을 보고는
"선비들의 모임에 비해 오히려 나은 점이 있다."고 평가하기도 하였다.

내가 젊었을 때 마을 사람들이 해마다 세말이 되면 세서연(洗鋤宴)을 벌였는데,
이는 농사가 끝났기 때문에 베푼 잔치였다. 나도 어려서 모인 대중 속에 가서 보았

---

146) 張維(1587~1638), 『谿谷集』 卷之二十六 洗鋤: 農家耘事已畢 老少男婦聚飲 謂之洗鋤
   余田居目擊其事而記以詩 田翁白竹笠 田婦靑布裙 烹匏斫瓜薦鰕魚 老瓦盆盛黍酒渾 靑莎
   原頭桑葉陰 坐來四座農談喧 東家耘較西家晚 低田禾比高田繁 少年行酒長老醉 短袖起舞
   何蹲蹲 一年作苦一日歡 田家此夕百憂寬 君不見去年吏到索租時 翁姥狂奔三日飢 田家樂
   事豈易得 勸君醉飽無遽歸

는데, 모두 연치에 따라 옷깃을 여미고 차례로 앉은 모습이 예의(禮儀)가 있어, 선비
들의 모임에 비해 오히려 나은 점이 있었다. 차례로 일어나 춤을 추는데, 노인이 앞
으로 나오면 그 일가의 젊은이들은 감히 그 자리에 끼어들지 않고 옆자리로 비켜
공손히 서 있는다. 혹 실례한 자가 있으면 공언(公言)을 맡은 사람이 문득 벌을 내
린다. 나중에 풍악이 울리면 피리를 불고 장고(杖鼓)를 치면서 한껏 즐긴 후에 그
놀이를 파한다. 시골 풍속도 오히려 이러한데, 더구나 국가에서 이 양로(養老)란 제
도를 시행한다면 민심을 감동시킴이 과연 어떠하겠는가? 50년이 지난 이후로는 백
성의 가난이 날로 심해져서 술도 안주도 장만할 여유가 없게 되자, 이런 세서연(洗
鋤宴) 놀이도 없어지고 말았으니, 또한 한스럽다.147)

이익은 호미씻이에 '시골피리와 장고(村篴杖鼓)'가 사용되었다고 하
였다. 조선시대에는 오늘날의 장고148)를 장고(杖鼓), 장고(長鼓), 장고
(張鼓) 등으로 표기했으며 사용빈도가 매우 높은 악기였다. 그러나『성
호사설(星湖僿說)』이전까지는 장고가 농악에 사용된 직접적인 기록은
보이지 않는다.

조선 중기까지 장고가 농악의 기록에 등장하지 않은 것은 두 가지로
해석할 수 있다. 첫째, 지식인들의 시각으로 보았을 때 북과 장고는 동
일하거나 유사한 악기이므로 구분하여 기록하지 않고 북(鼓)으로 기록
했기 때문이라고 볼 수 있고, 둘째, 장고는 일찍이 고구려 고분벽화에
도 나올 만큼 연원이 오래된 악기이지만 주로 궁중음악이나 기방의 풍
류음악에 쓰이고 민간음악에는 거의 쓰이지 않았다가 조선 후기에 와
서야 민간에 널리 사용되어 농악 악기로 편성되었을 것이라고 추측해

---

147) 李瀷(1681~1763),『성호사설(星湖僿說)』卷之十 人事門 養老 : 余少時 里中人 歲末爲洗
　　鋤宴 爲農已成也 余亦往觀 旣在衆聚之中 各自斂飭 秩秩有體 比士族之會 反有勝似者 至
　　以次起舞 老者就列 則其族黨子弟年小者 不敢居位 避席拱立 其失體者 有公言一員 輒咎
　　罰之 至樂作 村篴杖鼓 盡歡而罷 俗鄕尙然 況國家行此 有爲興動 爲如何哉 五十餘年以還
　　貧乏日甚 無暇於酒饌 廢而不擧 亦可恨
148) 이 악기의 명칭은 '장고', '장구' 둘 다를 표준어로 인정하고 있는데 여기서도 그와 같은 입장을
　　취하기로 한다. 단지, 편의상 중복되지 않도록 장고만을 쓴다.

볼 수 있다. 아무튼 이익의 기록은 지금까지 발견된 기록 중에서 장고가 농악에 사용되었다는 기록으로 가장 오래된 것이다. 또 이익은 실학자답게 조선 후기 농민들의 처지가 궁핍함을 말하면서 "백성의 가난이 날로 심해져서 술도 안주도 장만할 여유가 없게 되자, 이런 세서연(洗鋤宴) 놀이도 없어지고 말았으니 또한 한스럽다."고 안타까운 심정을 토로하고 있다.

18세기 기록에서는 호남지방에 두레농악이 크게 성행하였음을 알 수 있다. 1737년 9월에 호남어사 원경하(元景夏)가 전라도 일대를 암행하다가 부안에서 두레농악을 보게 되었다. 그는 농기와 농악기가 유사시에 민란의 도구로 쓰일 것을 염려하여 모조리 몰수해 버렸는데 이 몰수 물품을 부안현감 안복준(安復駿)이 착복해 사사로이 사용하였다.

이듬해인 1738년, 호남어사 남태량(南泰良)은 이 사건을 국왕에게 보고하여 비변사에서 회의를 열어 이 문제를 다루게 되었다.

> 임금이 대신과 비국 당상 및 호남 어사 남태량(南泰良)을 인견하였다. 남태량이 전 부안현감 안복준이 탐오(貪汚)하고 불법(不法)하여 속공(屬公)한 징(鉦釭)을 가져다 부수어 편철(片鐵)을 만들어 사사롭게 소득으로 했음을 논핵(論劾)하니, 임금이 놀라서 잡아다가 죄를 묻도록 명하였다. 남태량이 이어 말하기를, "전 어사 원경하(元景夏)가 속공(屬公)한 징, 북 및 기치(旗幟)는 마땅히 백성들에게 돌려주어야 합니다." 하였다.[149]

이 회의에서 임금인 영조가 "농사짓는 사람들이 징을 어디에 쓰는가?" 하자, 우의정 송인명(宋寅明)이 "밭이나 논에서 일을 하다가 피로해져 더러 게을리하며 힘써 일하지 않는 자가 있으면, 금고(金鼓)를 두

---

149) 『英祖實錄』 英祖 十四年 戊午(1738) 十一月 十七日乙丑,: 上引見大臣備堂及湖南御史南泰良　泰良論劾前扶安縣監安復駿貪饕不法　至取屬公之錚鉦　碎作片鐵歸私橐　上駭之　命逮問　泰良仍言　前御史元景夏所屬公錚鈸旗幟　宜還給民間

드려 기운을 북돋게 하는 것입니다.”라고 대답한다. 송인명은 기왕에 몰수한 농기와 악기를 돌려주지 말고 정부에서 필요한 물품을 만드는 데 사용하자고 임금에게 건의하는데 영조는 “그렇지 않다. 진실로 도적이 된다면 호미를 창으로 삼아 모두 팔뚝을 걷어붙이고 일어날 수 있을 것이다. 진승(陳勝)과 오광(吳廣)이 어찌 일찍이 무기가 있었던가? 당당한 국가에서 어찌 민간의 물건을 자료로 하여 주전(鑄錢)에 보충할 것인가?” 하고 지나친 경계에 대해 우려를 표시한다.[150]

영조가 두레농악에서 쓰는 깃발이 군대에서 쓰는 것과 같은 것인지를 질문하자 호남어사 남태량이 “모두 쓸모없는 물건이고, 또 이미 백년이 된 민속이어서 금지하기도 어렵습니다.”라고 답한다. 백년이 된 민속(百年民俗)이란 글자 그대로 백 년이 지난 민속으로만 해석할 수는 없다. 그것은 오래된 풍속이라는 관용적 표현으로 이해하면 될 것이다.

〈그림 5〉 이한철 作 농악. 19세기

---

150) 『英祖實錄』 英祖 十四年 戊午(1738)十一月 十七日乙丑,: 上問曰 農人之用鉦鉦何也 右議政宋寅明曰 田野之間 勞於擧趾 或有懶不力作者 則擊金皷以振其氣 然民間藏戎器 恐有意外之慮 故爾今旣屬官 還給亦顚倒 宜折直補賑資 否則宜用鑄錢也 上曰 不然 苟爲盜也 鋤耰棘矜 皆可奮臂 陳勝吳廣何嘗有兵 堂堂國家 豈資民間之物而補貨泉乎

그 이듬해인 1739년 2월에 다시 호남지방을 살피고 돌아온 호남 어
사(湖南御史) 남태량(南泰良)은 최종적인 보고를 하게 된다. 그것은 두
레에서 사용하는 깃발은 금지하고 악기는 백성에게 돌려주어야 한다는
요지를 담고 있었다.

위의 기록에서 18세기에는 이미 호남의 두레공동노동 풍속이 매우
오래된 것이었고 징·북(錚鼓)과 깃발을 사용하는 두레농악이 성행하
였음을 알 수 있다. 또 당시 지배층들은 이러한 두레공동체에 대해 일
종의 두려움을 가지고 있었으며 두레농악이 노동의 능률을 높이기 위
해서 사용된다는 것을 호남 어사나 우의정 등의 중앙관료들도 인지하
고 있었음을 알 수 있다.

19세기의 두레농악에 관한 기록에는 새로운 용어가 등장한다. 지금
까지 논의된 바에 의하면 '농악'이라는 용어는 1936년 일본인 학자 무

---

151) 『承政院日記』 英祖 十四年 戊午(1738)十一月 十七日乙丑.: 上曰 安復駿之作位爲片鐵歸
　　 家者 豈不駭然哉 其旗幟 能如軍門恒用者乎 泰良曰 皆是無用之物 而旣是百年民俗 亦難
　　 禁止矣

152) 『英祖實錄』 英祖 十五年 己未(1739)二月 二十八乙巳: 先是湖南御史南泰良歸言 湖俗之
　　 以錚鼓 旗幟 董勸鋤役 其來已久 旗幟則宜禁 而前御史元景夏并與錚鼓以奪之 使之輸官
　　 不免有民怨矣

라야마 지준(村山智順)의 저서 『부락제(部落祭)』에서 처음 사용된 것으로 되어 있다.[153] 그러나 연구자가 문헌을 검토한 결과 농악이라는 용어는 19세기 조선인의 저서에 처음 발견된다.

구한말 관리인 김윤식(金允植)은 1887부터 1894년까지 지금의 충남 당진군인 면천(沔川)에 유배되어 그곳의 생활에 관한 기록을 담은 『속음청사(續陰晴史)』를 집필하였는데 1891년 7월, 당진의 두레농악에 관한 기록을 남겼다.

7월 4일

병인일 바람이 개다. 입추절이다. 아침에 창밖에서 징과 북소리가 어지럽게 울렸다. 창 쪽으로 다가가 보니 마을 사람들이 농사북을 두드리고 있었다. 용 한 마리가 그려진 깃발을 세웠는데 장대가 삼장이나 되었다. 청령기 한 쌍과 징과 장고 등속이 섞여 시끄럽게 나아가고 있었다. 또 신촌(新村)패가 있어 깃발과 북과 복색을 곱고 아름답게 고쳤다. 본촌(本村)이 먼저 북을 두드리며 기를 세우는데 이것을 선생기라고 한다. 신촌(新村) 기가 두 번 넘어지면 본촌(本村)의 기는 한 번 넘어짐으로써 이에 답한다. 두 마을이 요란하게 하나가 되어 마당을 둘러싸고 북을 두드리다 파했다. 이렇게 마을마다 있는 풍속의 이름을 두레(頭耒)라 하는데 예로부터 오랜 마을의 풍속이다.

7월 27일

농가에서는 7월에 김매는 일을 끝내면 술과 음식을 차려 서로 노고를 위로하며 북을 두드리고 징을 울려 서로 오락을 즐기는데 이를 두레연(頭來宴)이라고 한다. 잔치가 끝나면 농기와 북을 갈무리하여 다음 해를 기다린다. 오늘 본촌은 두레연을 벌이고 술과 떡과 고기로 잘 먹었다.[154]

---

153) 정병호(1986), 앞의 책, 17쪽.

154) 金允植(1835~1922), 『續陰晴史』, 卷五 辛卯(1891) 七月 初四日: 早聞鉦鼓亂鳴於窓外 推窓視之 乃村民農鼓也 建畵龍旗一面 桿長三丈, 靑令旗一雙 鉦鼓·杖鼓等屬雜進聒耳 又有新村一牌 旗鼓服色更鮮好 以此村先建旗鼓 謂之先生旗 新村旗二偃 本村旗一偃以答之 兩村合鬧 繞場鼓擊而罷 此俗村村有之名頭耒 古之眉州之俗, 二十七日 頭耒宴 己丑雨終日 此亦望餘喜雨也 尤有益於菜圃,印雲擧來 農家七月 耘事旣畢 設酒食相勞苦 擊鼓鳴鉦 以相娛樂 謂之頭耒宴 宴罷藏旗與鼓 以待嗣歲 今日本村設頭耒宴 以酒餠及肉來饋 雲擧阻雨留宿

그는 저서에서 '두레'라는 명칭을 같이 사용하고 있는데 두레굿을 종전의 표기대로 '사고(社鼓)'나 '사고악(社鼓樂)'이라고 하지 않고 한자의 음을 따서 '두뢰(頭耒)', 혹은 '두래(頭來)'라고 표기하였다. 김윤식의 이 기록은 오늘날 호남의 익산, 옥구, 전주 등지에 전해지는 기세배, 기싸움, 기접놀이 등과 같은 농악의 지역적 대동놀이를 묘사한 것으로 보인다. 이렇게 마을들 간에 벌어지는 대동놀이는 오늘날 전해지는 모습과 매우 유사한 것이다. 보통 음력 2월 초하룻날을 '농군의 날'이라고 불렀으며 그해 두레가 시작되는 날이다. 김윤식은 이날이 농민들에게는 중요한 명절로 여겨졌다는 것을 증언하였다.

> 오늘은 농가 일꾼들의 가절(佳節)이다. 마을마다 농기를 세우고 징과 북을 울려 이날을 즐긴다.[155]

조선 말의 시인이자 <제국신문>을 간행한 언론인 최영년(崔永年)은 19세기 두레의 풍속에 대해서 국한문을 혼용해서 기록하였는데, 그 역시 두레농악을 '사고(社鼓)'로 표기하였다.

> 옛 풍속에 7월 중순이 되면 서울 교외에서부터 각 지방에 이르기까지 논매는 일이 다 끝난다. 이때에 술과 떡을 마련하여 함께 즐기니 이를 호미씨시라 한다.
> 붉은팥 꽃 더미에 장맛비가 개고
> 밭 가운데 도롱이에 서늘함 스며드네.
> 동쪽 집 탁주 빚고 서쪽 집 떡 만들어
> 둥둥 울리는 두레농악(社鼓) 소리에 취하여 춤추네.[156]

---

155) 金允植, 앞의 책, 卷七 甲午(1894) 二月 初一日 : 今日卽農家雇傭佳節也 村村建農旗 鳴鉦鼓以娛之

156) 崔永年, 앞의 책, 名節風俗 七月 洗鋤宴 : 舊俗 七月中旬 自郊外遍于各地 鋤禾已畢 酒餅相樂 名之日 호미씨시 紅荳花棚積雨晴 田中襏襫趁凉生 東家濁酒西家餠 醉舞鼕鼕社鼓聲

농악(農樂)이라는 용어는 매천(梅泉) 황현(黃玹)에 의해 처음 구체적으로 설명된다. 황현은 자신의 저서 『매천야록(梅泉野錄)』 중 1894년 이전의 기록에서 두레농악을 지칭하여 농악이라는 용어를 사용한다.

호남의 부호 중에 오영석(吳榮錫)이란 사람이 있었다. 그의 논밭에서 생산되는 벼는 1만 석쯤 되었다. 민영환은 그를 끌어들여 자신의 문하에 출입하게 하였다. 서울 사람들은 그를 오금(烏金)이라고 하였다. 오(吳)와 오(烏)가 동음이기 때문이다. 그는 음사(蔭仕)로 누차 군읍(郡邑)의 수령을 지냈다.
그가 임피(臨陂)의 수령으로 있을 때 대내에서 유기(鍮器)를 5그릇씩 500쌍을 바치라고 하였다. 그러나 갑자기 유기를 마련할 수 없으므로 가격을 배나 주면서 민가에서 구입하여 여러 마을의 징과 꽹과리가 모두 바닥이 났다. 대개 시골에서는 여름철에 농민들이 징과 꽹과리를 치면서 논을 맸다. 이것을 농악(農樂)이라고 한다. 징과 꽹과리는 놋쇠와 백철(白鐵)이 아니면 만들 수 없다.157)

황현의 기록에서 농악(農樂)이라는 용어는 두레농악을 지칭하는 용어였음을 알 수 있다. 수백 년 동안 두레공동노동 속에서 실제로 농민들은 어떤 명칭으로 자신들의 두레농악을 불렀는지 단언할 수 없지만 지식인들의 글에서는 사고(社鼓)나 사고악(社鼓樂)으로 표기되어 오다가 19세기 말에 와서 농악(農樂), 혹은 두레(頭末)라는 실음으로 표기하게 되었고 이것이 오늘날에 와서 두레농악을 비롯하여 축원농악인 마당밟이나 걸립농악의 판굿 등을 포괄적으로 지칭하는 용어로 변화하게 된 것으로 볼 수 있다.

---

157) 黃玹, 앞의 책, 一券下 甲午以前 : 湖南之富 有吳榮錫者 庄租亦稱萬石 閔泳煥引之出門下 京師目以烏金 以吳烏同音也 蔭仕屢典郡邑 其令臨陂也 內下別卜定鍮錫五盒五百事 倉卒 無以辦 倍價購貿于民間 數郡錚鐃之屬皆盡 盖野鄉夏月 農人擊錚鐃 以相鋤耘 謂之農樂 而錚鐃非鍮錫不能鑄也

2) 조선시대의 축원농악

축원농악은 농악을 이용하여 벽사진경(辟邪進慶)을 신에게 비는 굿의 일종이다. 삼국시대부터 이어 온 나례는 고려시대에 국가 행사로 공인되고 민간에 파급되면서 시대의 상황에 따라, 지역적 특성에 따라 여러 가지 굿의 형태로 분화되어 농악과 결합한 농악굿, 가면극과 결합한 탈굿, 무당과 결합한 무당굿 등으로 발전하게 되었다. 본고에서는 이렇게 다양한 굿의례 중에서 농악대의 연희와 결합하여 치르는 굿의례를 축원농악이라 한다. 고려시대의 나례는 조선 초기인 15세기에도 전승되는데 여기서 축원농악의 원초적인 모습이 나타난다.

구나(驅儺)의 일은 관상감(觀象監)이 주관하는 것인데, 섣달그믐 전날 밤에 창덕궁과 창경궁의 뜰에서 한다. 그 규제(規制)는 붉은 옷에 가면을 쓴 악공(樂工) 한 사람은 창사(唱師)가 되고, 황금빛 네 눈의 곰 껍질을 쓴 방상인(方相人) 네 사람은 창을 잡고 서로 친다. 지군(指軍) 5명은 붉은 옷과 가면에 화립(畫笠)을 쓰며 판관(判官) 5명은 푸른 옷과 가면에 화립을 쓴다. 조왕신(竈王神) 4명은 푸른 도포 · 박두(幞頭) · 목홀(木笏)에 가면을 쓰고, 소매(小梅) 몇 사람은 여삼(女衫)을 입고 가면을 쓰고 저고리 치마를 모두 홍록(紅綠)으로 하고, 손에 긴 장대(竿幢)를 잡는다. 12신(神)은 모두 귀신의 가면을 쓰는데, 예를 들면 자신(子神)은 쥐 모양의 가면을 쓰고, 축신(丑神)은 소 모양의 가면을 쓴다. 또 악공 10여 명은 복숭아나무 가지를 들고 이를 따른다. 아이들 수십 명을 뽑아서 붉은 옷과 붉은 두건(頭巾)으로 가면을 씌워 진자(侲子)로 삼는다. 창사가 큰 소리로, "갑작(甲作)은 흉을(凶) 먹고, 불주(佛胄)는 범을 먹으며, 웅백(雄伯)은 매(魅)를 먹고, 등간(騰簡)은 불상(不祥)을 먹고, 남제(攬諸)는 고백(姑伯)을 먹고, 기(奇)는 몽강양조(夢强梁祖)를 먹으며, 명공(明公)은 폐사기생(殪死寄生)을 먹고, 위함(委陷)은 츤(櫬)을 먹고, 착단(錯斷)은 거궁기등(拒窮奇騰)을 먹으며, 근공(根共)은 충(蠱)을 먹을지니, 오직 너희들 12신은 급히 가되 머무르지 마라. 만약 더 머무르면 네 몸을 으르대고 너의 간절(幹節)을 부글부글 끓여 너의 고기를 헤쳐서 너의 간장을 뽑아내리니 그때 후회함이 없도록 하라." 하면 진자(侲子)가 "예" 하고 머리를 조아리며 복죄(服罪)하는데, 여러 사람이 "북과 징을 쳐라." 하면서 이들을 쫓아낸다.158)

관상감(觀象監)은 조선시대 천문, 지리, 점산(占算), 측후(測候) 등에 관한 일을 맡아보던 관청이다. 고려의 서운관(書雲觀)이 그대로 이어져서 존치하다 1466년(세조 12년) 관제개정에 의해 관상감(觀象監)으로 개칭되고 구성 인원도 대폭 증가하여 나례의 일도 주관하게 되었다. 조선 초기의 나례는 고려시대와 마찬가지로 궁중에서 치러지는 궁중행사이자 국가행사였다. 이 무렵의 나례를 직접 농악이라고 부를 수는 없겠지만 ① 가면을 쓰고, ② 북과 징 등의 타악기를 시끄럽게 울리면서, ③ 입으로 축귀의 내용이 담긴 사설을 읊는 것 등이 농악의 지신밟기와 흡사한 측면이 보인다.

> 한 해의 명절에 거행하는 일이 한 가지뿐이 아니나, 섣달 그믐날에 어린애 수십 명을 모아 진자(侲子)로 삼아 붉은 옷에 붉은 두건을 씌워 궁중(宮中)으로 들여보내면 관상감(觀象監)이 북과 피리를 갖추어 소리를 내고 새벽이 되면 방상씨(方相氏)가 쫓아낸다. 민간에서도 또한 이 일을 모방하되 진자(侲子)는 없으나 녹색 죽엽(竹葉), 붉은 형지(荊枝), 익모초(益母草) 줄기, 도동지(桃東枝)를 한데 합하여 빗자루를 만들어 대문을 막 두드리고, 북과 방울을 울리면서 문밖으로 몰아내는 흉내를 내는데, 이를 방매귀(放枚鬼)라 한다.159)

아직도 일부 지역에서는 농악을 매귀, 또는 매구라고 부르는데 위의 기록은 이 용어가 조선 전기부터 사용되었음을 나타낸다. 방매귀(放枚

---

158) 成俔(1439～1504), 『慵齋叢話』 卷之一 : 驅儺之事 觀象監主之 除夕前夜 入昌德昌慶闕庭 其爲制也 樂工一人爲唱師朱衣着假面 方相氏四人黃金四目蒙熊皮執戈擊柝 指軍五人朱衣假面着畫笠 判官五人綠衣假面着畫笠 竈王神四人靑袍幞頭木笏着假面 小梅數人着女衫假面上衣下裳皆紅綠執長竿幢 十二神各着其神假面 如子神着鼠形 丑神着牛形也 又樂工十餘人 執桃苅從之 揀兒童數十 朱衣朱巾着假面爲侲子 唱師呼曰 甲作食凶 佛胄食虎 雄伯食魅 騰簡食不祥 攬諸食姑伯 奇食夢强梁祖 明共食殊死寄生 委陷食櫬 錯斷食拒窮奇騰 根共食蠱 惟爾十二神 急去莫留 如或留連 當嚇汝軀 泣汝幹節 解汝肉 抽汝肝腸 其無悔 侲子曰喻 叩頭服罪 諸人唱鼓羅時 驅逐出之

159) 『慵齋叢話』 卷之二 : 歲時名日所擧之事非一除夜前日 聚小童數十名爲侲子 被紅衣紅巾 納于宮中 觀象監備鼓笛 方相氏臨曉驅出之 民間亦倣此事 雖無侲子 以綠竹葉紫荊枝益母莖桃東枝 合而作帚 亂擊櫳戶 鳴鼓鈸而驅出門外 曰放枚鬼

鬼)를 하나의 명사로 볼 수도 있으나 '매귀를 쫓아낸다.'라는 서술형으로 해석할 수도 있을 것이다. 만일 후자의 해석을 택한다면 오늘날의 매귀, 또는 매구는 축원농악의 명칭이 일반화되어 농악 일반을 지칭하는 용어가 된 것으로 볼 수 있다. 그것은 마치 '두레'나 '걸궁' 등 농악의 일부 공연 형태를 지칭하는 용어가 농악 일반을 지칭하는 용어로 사용된 것과 마찬가지일 것이다.

조선 후기에는 벽사축원 의식에 승려와 무당 이외에도 마을공동체의 구성원들이 직접 사제자의 기능을 수행하는 기록이 나타난다. 이러한 마당밟이 계통의 농악을 지칭함에 있어 매귀희(魅鬼戲), 걸공(乞供), 화반(花盤) 등의 이름 이외에도 매귀놀이(埋鬼遊)라는 용어도 등장한다.

1799년 10월 18일부터 1800년 2월 18일까지 118일간 경상북도 삼가현(지금의 합천, 거창)에서 귀양살이를 하면서 그 지방의 풍속을 기록한 이옥(李鈺)은 자신의 저작 『봉성문여(鳳城文餘)』에서 농악에 대한 상세한 기록을 남겼다.

---

160) 『輿地圖書』 下卷 補遺篇 慶尙道(1757): 埋鬼遊每年正月望日 閭里之人建旗擊鼓 謂之埋鬼遊

이 모두 붉은색 쾌자를 입고 전립을 썼는데 전립에는 종이꽃을 꽂고 있다. 인가에
들어와서 떠들썩하게 놀면 그 집에서 소반에다 쌀을 들고 문밖으로 나와 바치는데
이것을 화반(花盤)이라 한다. 아마 나례의 유풍인 듯하다.[161]

위의 기록은 농악의 잡색에 관한 기록이다. 서생과 노파, 그리고 끔
찍한 귀신의 형상을 한 탈을 쓴 모습이 이채롭다. 이들이 매귀희를 하
면서 부르는 노래는 오늘날의 고사소리로 짐작된다.

이옥(李鈺)은 1800년 1월에도 오늘날과 같은 농악대의 행렬과 거의
같은 모습의 걸립농악대가 갖추어져 있음을 기록하고 있다. 행렬의 순
서가 기수-꽹과리-징-북 등의 순서인 점, 꽃을 단 전립을 쓴 모습
등이 그러하며 인가에 와서 떠들썩하게 노는 것은 마당밟이의 마당굿
을 연상시킨다. 주인이 소반에다 쌀을 받쳐 내오는 모습도 오늘날과 별
차이가 없다.

위의 글에서 장고가 없는 것은 농악에서 북을 장고보다 훨씬 중요하
게 여기는 영남농악의 특성 때문인 것으로 짐작된다. 실제로 영남농악
은 오늘날에도 농악대의 행렬에서 대규모의 북잽이들 뒤에 소수의 장
고잽이가 편성되고 있다.

매귀희(魅鬼戲)가 마을을 돌면서 쌀과 돈을 구걸하는 것을 걸공(乞供)이라 부른
다. 걸공이 정월 초열이튿날 큰 제방 아래에서 있었다.
　1인이 흑의에 전립을 쓰고 큰 청깃발을 들고 앞서고, 1인은 종이 갓에 해오라비
깃을 꽂고 종이꽃과 누런 도포, 그리고 부채를 들고, 1인은 갓에 공작의 깃을 꽂고
흰 도포를 입었으며, 5인은 전립에 검은 겹옷을 입고 춤을 추며, 2인 동자는 전립에
바라를 들고, 3인은 전립에 징을 들고 있으며 1인은 갓에 흰 도포를 입고 대죽 전

---

161) 李鈺(1760～1813), 『鳳城文餘』魅鬼戲: 十二月十九日夕　邑人設魅鬼戲于鳳城門外例也
　　童子觀而歸言 狂夫三人着假面　一措大二老婆　三鬼臉 金鼓迭作 謳謠竝唱以樂之　正月二日
　　喧而過窓外路者　窺之　執紙秏白拂先者一人　執銅小鈸者三人　執銅鉦者二人　執鼙鼓者七人
　　皆衣紅掛子　戴氈笠 笠上搜紙花　到人家噪戲 其家盤供米出門 名曰花盤 其亦儺之餘風歟

통을 들고, 1인은 개가죽모에 짧은 옷을 입고 조총을 매고 북, 꽹과리, 징을 든 사람들 머리에는 한 길 되는 흰 줄을 드리우고 상양(商羊)걸음을 하고 있다.

북을 치며 머리까지 흔들어 대니 머리 위에는 수레바퀴와 같은 하얀 갈무리가 생기는데, 중피라고 한다. 모두 마당을 돌며 뛰고 노래를 부르고 춤을 출수록 징이며 북이며 꽹과리는 잠시도 멈출 틈이 없다. 관로자가 어깨에 붉은 털을 단 동자를 태우고 달리면 동자는 어깨를 밟고 춤을 추는데 이를 동래무(東萊舞)라고 한다.

수일 후에 멀리서 온 자가 너무 많아 사람들이 놀이마당에 다 들어가지 못하였다. 포를 세 번 울리고 쌍각을 불며 큰 기를 두 개 세우고서 징과 북이 땅을 울리니 읍인이 모두 놀래었다. 태수가 두목 3인을 매질을 하여 장난을 못 하게 하고 조총과 발을 뺏어 병기고에 넣었다.[162)](162)

이옥(李鈺)은 매귀희(魅鬼戲)와 걸공(乞供)의 용어 차이를 다음과 같이 기록하였는데 매귀희는 제의행위 자체를 지칭하는 것이고 걸공은 그 제의행위의 대가로 쌀과 돈을 얻는 행위를 지칭하는 것으로 설명하고 있다. 또 오늘날과 같은 대규모 판굿이라고 확언할 수는 없지만, 위의 자료는 연예적 성격이 짙고 숙련된 기량이 요구되는 상모놀이와 발디딤새를 묘사하고 있다. 중국신화에서 상양(商羊)은 비를 부르는 새로 한쪽 다리밖에 없는데, 상양이 뛰어다니는 것을 보아서 곧 비가 올 것이라고 이야기하였다. 여기서 상양걸음은 농악공연을 할 때 한쪽 발을 번갈아들고 뛰는 모양을 나타낸 것으로 보인다.

지금까지 조선시대 농악에서 상모놀이에 관한 구체적인 기록은 발견되지 않았었는데 위의 기록에 '머리에는 한 길 되는 흰 줄'은 오늘날의 농악에서 소고잽이들이 주로 쓰는 채상모를 묘사한 것으로 보인다. '머

---

162) 『鳳城文餘』 乞供 : 魅鬼戲之流行村落 求索米錢者 亦名曰乞供 正月十二日 有乞供于大堤下者 一人黑衣氈笠執大靑旗先 一人紙笠揷鷺羽紙黃襖執扇 一人笠揷孔雀羽白襖 五人氈笠黑袂執鼓 二人童子氈笠垂紅毦黑袂而舞 二人童子氈笠執鑼 三人氈笠執鉦 一人笠而白襖執大竹箒 一人狗皮帽短衣執鳥鎗執鼓執鑼執鉦 皆頭垂一丈白行 作商羊步 鼓且搖其頭 則頭上暈白如車輪 曰衆皮 皆遶場而走 且歌且舞鉦鼓鑼 不敢少間須臾 冠鷺者 以肩承紅毦童子而走 童子踏肩而舞 名曰東萊舞 其後數日 又有自遠來者 又甚衆未入場 三響信砲 吹雙角 建大旗二 鉦鼓動地 邑人皆驚 太守苔其渠三人 使不得戲 沒入其鳥鎗喇叭於兵庫

리 위에는 수레바퀴와 같은 하얀 갈무리가 생기는데'라는 표현을 보면 이러한 추측이 사실임을 짐작할 수 있다. 18세기 말에 마을농악대가 채상모를 쓰고 돌렸다는 것은 매우 중요한 기록임에 틀림없다. 또 상모를 쓰고 돌렸다는 것으로 볼 때 위의 기록에 나오는 걸립패는 탈광대패가 아니라 농악대였음을 판단할 수 있는 것이다.

유랑광대, 승려와 무당들의 전유물이었던 걸립은 18세기에 들어와서 일반 백성들에게로 확산되기 시작했으며 19세기에는 이러한 마을농악의 마당밟이가 보편적인 것이 된 것으로 보인다. 다음은 함경도 지방에 관한 자료이다.

> 함경도 풍속에 빙등(氷燈)을 만들어 세워 놓았는데 마치 원주(圓柱) 안에 기름심지를 해 박은 것 같다. 그것을 켜 놓고 밤새워 징과 북을 치고 나발을 불면서 나희(儺戲)를 한다. 이것을 청단(靑檀)이라고 한다.[163]

조선 고종 때의 관리인 오횡묵(吳宖默: 1834~?)은 지방관에 부임될 때마다 부임일로부터 이배될 때까지의 일들을 항상 기록으로 남겼는데 고종 24년(1887)부터 고종 31년(1894)까지 정선, 함안, 고성 지방에 근무하면서 신변에 있었던 공사업무를 기록한 일기인 『총쇄록(叢鎖錄)』에서 마을 사람들이 주축이 된 마당밟이에 대해 다음과 같은 기록을 남겼다.

---

163) 『東國歲時記』(1849), 十二月 除夕, "關北俗 設氷燈 如圍柱中 安油炷 以達夜 鳴鉦鼓 吹喇叭 設儺戲"

서재걸공(書齋乞功) 마을 사람들이 징을 울리고 북을 치며 귀신을 쫓고 쌀과 돈을 빈다. 많은 사람들은 기꺼이 한 마당에서 어지럽게 어울리며 오직 새해가 영화롭기를 기원한다.[164]

한편, 황현은 두레굿을 농악(農樂)이라 표기하고 마당밟이는 역귀 쫓기(罷儺)로 표기하였다. 황현의 선조는 대대로 호남 지방의 남원에 살았고 황현은 구례에 거주한 것으로 되어 있다. 그는 정월 대보름 풍속을 기록한 「상원잡영(上元雜詠)」에 당시 구례 지역의 마당밟이를 묘사한 '역귀 쫓기(罷儺)'라는 시를 남겼는데 당시 호남지역 마을농악의 단면을 엿볼 수 있다.

북소리 둥둥둥 징소리 쾅쾅쾅 질장고 따당따당 피리소리 삐리삐리
깃발은 펄럭펄럭 춤은 너울너울 사나운 짐승탈에 높다란 범관이네
마당 우물 부엌을 우레처럼 울리며 조수처럼 밀려왔다 우르르 나가네
문호의 신령에게 새로이 공경 더하니 숲과 계곡의 도깨비들 급히 도망가네
종규(鍾馗)가 잡자마자 눈알을 파먹으니 피 뿜으며 불붙어 온몸이 타 버리네
귀신도 간담이 있다면 타 버리네 엉덩이 쳐들고 살려 달라 애원하네
엄하고 급하게 문밖으로 내쫓으니 세상이 말끔해지고 달과 별도 빛나네
쇳소리 한 번 울려 끊는 듯 멈춰지니 장수가 적진 친 뒤 징소리로 끝내는 듯
부엌 구석에서 삽살개 비로소 짖으니 텅 빈 듯한 울타리엔 쓸쓸함만 더하네
우스워라 다섯 궁귀 보내지 못하고 한퇴지(韓退之)는 잘못하여 문호가 되었네[165]

---

164) 吳宖默(1834~?), 『경상도자인현총쇄록(慶尙道慈仁縣叢鎖錄)』, 書齋乞功: 書齋乞功 鳴錚 打鼓鄉人儺乞米索錢不厭多許使一場成鬧熱只要新歲導迎和

165) 黃玹(1855~1910), 「上元雜詠」 "鼓淵淵錠洸洸 缶坎坎角嘈嘈 旗獵獵舞躩躩 獸面獰獰虎 冠嶢 園場井竈雷殷地 捲進擁退奔驚潮 門靈戶神增新敬 林魅澗俱忙遁逃 鐘馗手懽立啖睛 噴血作火全身燒 鬼也有膽亦應破 剡剡乞命高其尻 急急嚴嚴驅出門 天地遼廓月星昭 鳴金 一揮截然止 壯士破陣歌收鐃 廚深始出尨吠聲 曠然籬落增寥寥 却笑五窮送不得 退之枉作 文中豪", 국립민속박물관(2005), 『조선대세시기 Ⅱ』, 287~288쪽에서 재인용.

3) 재승(才僧)들의 걸립농악

〈그림 6〉 신윤복 作 법고. **18세기**

재승계통의 연희자들은 이미 삼국시대와 고려시대에도 존재하였다. 고려시대의 재승들은 사원에 소속되어 있었지만 조선조의 재승들은 사원에서 쫓겨나 호적도 없었고 부역도 하지 않으며, 조세도 부담하지 않는 유랑예인으로 전락했다. 조선 태종 6년에 사사혁파정책(寺社革罷政策)으로 사원이 혁파되면서 사전(寺田)이 삭감되었고, 승려의 강제 환속이 있었었으며, 사사노비(寺社奴婢)가 관아의 노비로 넘어갔고, 승려가 출가했을 때 국가가 허가증을 발급해 주는 제도인 도첩제(度牒制)가 강화되었다. 이에 따라 고려시대 불교사원 안에서 의식을 담당했던 하품잡승(下品雜僧)들이 우선적으로 사원에서 쫓겨나 사원 주변이나 시정 주변 그리고 민간 마을을 돌면서 걸식하게 되었다. 이러한 유리승려(遊離僧侶)들은 범패, 염불, 법고, 바라 등 가무희의 명수들이었다.[166] 재승들의 이러한 유랑공연의 과정들이 적층적으로 쌓이고 민간의 두레농악, 축원농악 등과 공연텍스트를 교환, 교류하면서 걸립농악이라는 농악의 한 유형이 생겨난 것으로 보인다.

---

166) 전경욱(2004). 앞의 책, 329~330 참조.

여기서 말하는 재승들의 걸립농악은 조선 후기 대규모 판굿을 갖추어 완성된 농민 주도형의 걸립농악을 일컫는 것이 아니라 '유랑공연을 통한 걸식'이라는 공연 유형을 강조하기 위하여 임의로 붙인 명칭이다.

> 스님들 당돌하게 성곽 길가에 자리 잡고
> 요란한 북소리로 사람들을 맞이하네
> 너도나도 염불하는 어리석은 행자들
> 늙은 할미들에게만 돈을 시주하라 하네[167]

> 중들이 북을 지고 시가로 들어 와서 북을 치면서 집집이 도는 것을 법고(法鼓)라 한다. 혹은 모연문(募緣文)을 펴 놓고 방울을 울리면서 염불을 하면 사람들은 다투어 돈을 던진다.[168]

재승들의 걸립농악은 법고(法鼓), 걸공희(乞供戲) 등의 명칭으로 불렸는데 소수의 인원일 때는 큰 법고를 세워 놓고 제자리에 서서 염불이나 간단한 승무 정도만을 하였던 것으로 보인다.

> 빠른 북소리 둥글게 돌며 춤추는 무리
> 금전과 쌀이 그 가운데 놓여 있네
> 아미타불 상좌스님 일이 많아도
> 속세에 내려와 권선의 도량을 여네[169]

'빠른 북소리 둥글게 돌며 춤추는 무리'라는 표현에서 보듯 이들은 농악의 기본 진법인 원진을 이루어 도는 것과 유사한 대형을 이루었다. 그들은 어쨌거나 종교인이라는 외피를 쓰고 있었기 때문에 부처에게

---

167) 柳晩恭(1793~1869), 『歲時風謠』, 五月五日: 唐突群僧郭路邊 迎人鐃鼓直喧天 聲聲念佛 痴行 偏向婆娘覓舍錢

168) 『東國歲時記』, 正月 元日: 僧徒負鼓 入街市撾動 謂之法鼓 或展募緣文 즉 鈸念佛 人爭擲錢

169) 權用正(1801~?), 『歲時雜詠』 法鼓僧: 舞隊回旋擊鼓忙 金錢玉粒在中央 彌陀上座偏多事 來與人家做道場

공양하는 등 일정하게 불교의 교리에 부합되어야 했다.

> 법고승은 마을의 거리에 모여 초립을 쓴 채 북과 징을 치고 푸른 깃과 종이로 만
> 든 꽃을 비녀 삼아 꽂고 노란 장삼을 걸치고 부절을 들고 배우나 광대처럼 둥글게
> 모여 춤을 추면서 돈이나 곡식을 얻어 부처님께 공양한다. 혹은 야간에 징을 치고
> 다니면서 재미(齋米)를 구하는 것도 같은 종류이다.[170]

재승들은 조선 초기부터 다른 유랑 광대집단과 밀접한 관계를 맺고 있었고 이런 교류에 따라 무동놀이나 줄타기 등도 연희종목에 포함시킨 것으로 보인다. 이렇게 범패나 법고춤 같은 불교연희 이외에도 농악, 무동놀이, 줄타기 등의 연희종목까지 다양하게 공연하던 무리들을 '굿중패'라고 불렀다. 이들은 무속의례인 고사(告祀)까지 지낸다.

〈그림 7〉 김준근 作 굿중패. 19세기

> 옛 풍속에 가을추수가 끝난 후에 여러 명의 중들이 변장하여 긴 장대를 앞세워
> 징을 울리고 북을 치며 마을 집 앞에서 고사반을 빈다. 흰쌀과 흰 실을 소반 위에
> 가득 올려놓으면 중들이 범패를 외면서 복을 빈다. 그것을 굿중패라고 한다.[171]

---

170) 權用正(1801~?), 『漢陽歲時記』 正月 十五日 : 法鼓僧者 緇徒聚街坊 擊鼓鐃戴草笠 簪翠
羽紙花 着黃衫赴節 環舞狀若優倡 乞得金穀 以供佛 或敲鉦夜行 叫化齊米 亦其類也

그림에서 보면 이들의 머리 위에 고깔을 쓰고 있는데 오늘날의 농악 복색에서 고깔을 쓰는 것은 아마 조선시대 재승들의 영향이 아닌가 사료된다.

승려들의 걸립은 식량 마련뿐만 아니라 사찰의 중건 등 그 목적이 다양했으며 한 번 걸립을 나가면 장기간의 외유를 해서 목표한 만큼의 식량이나 금품이 조달되어야 사찰로 돌아올 수 있었고 그 규모도 삼십여 명 정도의 대규모일 때도 있었다.

> 정오에 소를 타고 신풍진(新楓津)을 건너 대둔사(大芚寺)에 갔다. 해가 이미 저물어 하룻밤을 머물렀다. 이 절의 승려 삼십여 명이 풍물(風物)을 갖추고 십팔 일 동안 마을을 돌며 곡식을 얻어서 오늘 비로소 절로 돌아왔다.[172]

> 용흥사(龍興寺) 승려 경환(敬桓)과 덕종(德宗)이 찾아와 알현하였다. 절에 원래 방사(房舍)가 없어서 지금 대웅전에서 살고 있는데 바야흐로 새로이 방사(房舍)를 짓기 위하여 지난겨울 이백여 금을 모으려 걸공(乞供)을 하였다고 한다.[173]

승려들이 징이나 북 등의 악기를 공동 작업에도 사용한 기록이 보인다. 이러한 승려들의 농악기 사용이 못마땅한 관료들이 왕에게 상소를 올려 이를 금지시키기도 하였다.

> 오늘의 주강 때 특진관 이완이 아뢰기를 "전남도의 중들이 역사(役事)에 힘을 쓸 때 징·북·기치 등 물건을 멋대로 사사로이 만들어 승벽(勝癖)을 돋우며 허세를

---

171) 崔永年, 앞의 책, 俗樂遊戲 告祀盤: 舊俗秋成後 群僧 變裝建長竿於前擊鉦打鼓 乞告祀盤 於村家門前 以白米白絲 豊厚盛盤 群僧誦梵祈福 名之曰굿중패

172) 盧尙樞(1746~1829), 『盧尙樞日記』 純祖二年(1802) 壬戌日記 十一月 二十九日丙申: 午 余騎牛 渡新楓津 往大芚寺 日已暮止宿 寺僧三十餘名 具風物乞穀村閭十八日 而今日始還 寺云 夜風

173) 盧尙樞, 앞의 책, 純祖二十六年(1826) 丙戌日記 正月 十一日 癸巳: 龍興寺僧敬桓德宗來 現 寺無元房舍 故今居 爐殿 方營 新造房舍 昨冬乞供爲二百餘金云

과장한다 하니 일이 매우 부당합니다. 앞으로는 일체 금지시키라고 새 병사가 내려
갈 때 분부하는 것이 어떻겠습니까?" 하니 상(上)이 말하기를 "묘당에 말하여 분부
하여 보내는 것이 좋다." 하였다.174)

이 기록에서는 승려들의 공동노동에 북(鼓) 이외에도 징(鉦)과 깃발
(旗麾)이 사용되었다는 것을 확인할 수 있는데 공동노동에서 금속악기
가 사용되었다는 기록이 나타나기 시작한 것은 매우 흥미 있는 일이다.

4) 전문 광대층의 연예농악

재승계통의 승려를 제
외하고 조선시대에 전통
연희를 담당했던 전문
광대층은 세습무계 무부
(巫夫), 북방 유목민 계
통의 수척과 반인, 사당,
남사당, 기타 조선 후기
의 유랑광대 집단 등이

〈그림 8〉 운흥사 감로탱 1730

었다. 조선시대 재인청(才人廳)의 재인은 흔히 광대라고도 불렸는데 그
중 한강 이남의 세습무권(世襲巫圈)에서 활동한 재인은 대부분 무계(巫
系) 출신의 무부들이었다. 조선시대의 재인은 그 담당 영역에 따라 광
대, 재인, 무동, 공인으로 나눌 수 있다. 광대는 다시 소릿광대, 줄광대,

---

174)『備邊司謄錄』 壬辰十月二十六日 孝宗 三年(1652): 今月二十六日晝講時 特進官李浣所啓
　　全南道僧人輩 凡有役事運力之時 鉦鼓旗麾等物 任自私造 爭相誇張 以爲務勝之虛云 事涉
　　不當 今後一切禁斷事 新兵使下去時 分付何如 上曰 言于廟堂 分付以送可也

어릿광대, 고사광대, 선증애꾼(선굿창부)으로 나뉜다. 재인들은 궁중연
희뿐만 아니라 외국 사신 영접, 사월 초파일의 난장축제, 그 밖의 민간
의 크고 작은 연희에도 참가하여 각자 맡은 바의 전문적인 활동을 하
였다.175)

축원농악은 무당들의 일이기도 하였다. 승려와 무당은 벽사축원(辟邪
祝願)의 측면에서 그 임무가 일치하였다.

> 이날 저녁에 매귀지악(埋鬼之樂)을 연주하였다. 나는 외부인으로서 다섯 번이나
> 이곳에 왔지만 이처럼 귀신과 무당이 섞인 모양의 음악은 오늘 처음 들었다. 실로
> 정인군자가 들을 만한 소리는 아니다.176)
>
> 해마다 설날부터 보름날까지 무당이 신을 그린 기, 즉 신독(神纛)을 받들고 나와
> 서 잡귀를 물리치는 행사인 나희(儺戱)를 한다. 주민들이 징과 북을 치면서 신독을
> 인도하여 동리로 들어가면 사람들이 모두 다투어 재물과 돈을 내놓고 굿을 한다. 이
> 것을 화반(花盤)이라고 한다.177)
>
> 정초에 무부(巫夫) 최한주 등이 걸공(乞功)을 하였다. 예부터 연초에 화랭이(花
> 郞)들이 풍년을 기원하고 장인의 기예를 보존케 해 달라고 하소연하는 것이다.178)

조선시대 전문 광대들 중에서 농악을 직접적으로 공연한 집단은 사
당패였다. 사당(社黨)은 조선 전기에 사장(社長)이라 기록되었으며179) 여
자는 사당, 남자는 거사(居士)라고 구별하여 불렀다. 사당들은 가무희를

---

175) 전경욱(2004), 앞의 책, 321~322쪽 참조.
176) 盧尙樞(1746~1829), 『盧尙樞日記』 卷四 純祖十一年(1810) 辛未日記 十二月三十日甲
　　成: 是昏奏埋鬼之樂 余自外任五次以來 今始聞此樂鬼巫雜態也 實非正人君子之所可聞也
177) 『東國歲時記』, 正月 元日: 每自元日至上元 名巫覡神纛 作儺戱 錚鼓前導出入閭里 民人
　　爭 捐財錢 以賽神 曰花盤
178) 『叢鎖錄』17(1898): 歲初巫夫崔漢柱等乞功歲首花郞故託禳爭持工藝也 相當最中童子尤奇
　　絶簫弄身才盖一場
179) 『世祖實錄』, 世祖 十四年(1468) 五月 四日: 僧 守眉 在 全羅道 奉書以啓曰 僧人社長等
　　或稱募緣 圓覺寺 佛油 或稱營建 洛山寺 化主 貽弊於諸邑民間者頗多 上遣內瞻寺正 孫昭
　　往鞫之

앞세우고 매춘도 하였다 사당패의 공연종목은 사당버꾸춤(社黨法鼓舞),
소리판, 줄타기 등 세 가지였으며 매춘도 하였다. 사당패가 대중적인
인기를 끌자 여장한 남자가 활동하면서 남사당패가 생긴 것으로 보인
다. 남사당패는 사당패보다 많은 연희를 하였는데, 농악, 줄타기, 땅재
주, 탈놀이, 인형극, 버나돌리기 등의 종목을 보유하고 있었다. 특히 이
들의 연희종목 중에서 농악에서는 무동놀이가 즐겨 공연되었다.

〈그림 9〉 흥국사 감로탱 1868

3. 개화기와 일제강점기 농악의 변모

1) 근대적 연예농악의 형성

개화기에 이르러 한국농악은 근대적인 변신을 꾀하게 된다. 변화의 시초는 무동놀이로부터 시작된다. 무동놀이는 본래 남사당패 농악의 일부였는데 개화기에 이르러 독립적인 장르로 분화되기 시작한 것이다.

> 한잡유희(閒雜遊戲)
>
> 서강(西江) 한잡배(閒雜輩)가 아현(阿峴) 등지에서 무동연희장을 열었는데 관광하는 사람이 운집하였거늘 경무청에서 순검(巡檢)을 파송하여 금엄(禁嚴)한즉 방관하던 병정이 파흥됨을 분통이 여겨 순검(巡檢)을 무수 난타하여 기지사경(幾至死境)한지라 본청에서 그 한잡배(閒雜輩)들을 잡아들이고 모든 연희도구를 수입하여 불살랐다더라.[180]

이 무동놀이는 야외공연장에서 일정하게 대가를 받고 공연하는 상품으로 변화하였는데 신문에 수차례 광고를 내기도 하는 등 근대 자본주의적인 상업 활동을 표방하였다.

> 광고
>
> 양력 2월 29일 하오부터 용산 강안 전기회사 정거장 근처에서 무동유희를 질탕히 하오니 제군자(諸君子)는 내완(來玩)하시오. 무동연희장 고백(告白)[181]

---

180) 황성신문, 1899. 4. 3 기사: 閒雜遊戲, 西江閒雜輩가 阿峴等地에서 舞童演戲場을 設ᄒᆞ엿ᄂᆞᆫ듸 觀光ᄒᆞᄂᆞᆫ 人이 雲集ᄒᆞ얏거ᄂᆞᆯ 警務廳에셔 巡檢을 派送하야 禁嚴ᄒᆞᆫ즉 傍觀ᄒᆞ든 兵丁이 破興됨을 憤痛히 녁이어 該巡檢을 無數亂打ᄒᆞ야 幾至死境ᄒᆞᆫ지라 本廳에셔 其閒雜輩 幾許名을 捉致ᄒᆞ고 該演戲諸具를 收入ᄒᆞ야 燒火ᄒᆞ엿다더라

181) 황성신문, 1900. 2. 28 기사: 廣告 陽曆 二月 二十九日 下午부터 龍山 江岸 電氣會社 停車場 近處에서 舞童遊戲를 侄蕩이 하오니 諸君子는 來玩하시오. 舞童演戲場 告白

이렇게 신문에 광고를 낸 효과는 매우 커서 많은 수의 관객이 모여들었다. 이 무동연희를 보기 위해 모여든 관객 중에는 정부 관리나 외국의 대사(공령)들도 포함되어 있을 만큼 인기를 누렸다.

원래 전차(電車)는 1899년 5월 17일 개통되었으며 서대문 – 청량리를 잇는 종로선으로 시작되었다. 전차를 이용하는 사람이 많아지면서 그 다음 해인 1900년에는 용산 – 남대문 – 종로를 잇는 용산선이, 그 뒤 남대문 – 서대문을 잇는 의주선이 순차적으로 개통되었다. 무동놀이를 용산에서 자주 하였던 이유 중의 하나가 이곳이 전차의 종점이어서 교통이 편리하다는 점이었음을 짐작할 수 있다. 무동놀이가 인기를 누리면서 박람회의 식전행사 등 크고 작은 행사에 불려 나가 공연되었고 박람회장 앞에 모여든 '관광자가 인산인해(人山人海)를' 이룰 만큼 그 홍보효과가 컸음을 알 수 있다.

---

182) 뎨국신문, 1900. 3. 6 기사: 근일 룡산서 무동노름을 ㅎ는고로 구경군이 구름갓치 뎐거를 타가 나간다 나간다 ㅎ는대 작일 각국 공령들도 만이 나가 구경하엿다더라

183) 황성신문, 1900. 3. 6 기사: 舞童觀光, 昨日 下午三時에 內外國 紳士들이 龍山舞童演戲場에 前往ㅎ야 觀光者 ㅣ 如雲ㅎ더라

정작 한국 근대사에 있어서 농악을 위시한 전통 공연예술은 20세기 초 옥내무대의 등장과 함께 더욱더 큰 변화를 일으키기 시작했다. 1902년 관립극장인 협률사가 설립되면서 가면극이나, 인형극 등의 민속극이 야외 공연장에서 실내의 무대공연장으로 이전되었고, 농악도 마당의 놀음판이 아닌 무대와 관객의 구분이 확연한 극장식 공연장으로 장소 이동을 했다는 점은 공연장의 변모라는 측면에서 주목할 만한 사건이라 할 것이다.

출처: 『사진으로 보는 조선시대』서문당.

〈그림 10〉 무동놀이 1890년대

협률사의 등장으로 인하여 농악은 근대적 연예화라는 변화를 겪게 된다. 협률사의 농악공연은 주로 무동놀이였던 것으로 보인다.

論說 협률사 구경
　(전략)이 회샤에서는 통히 팔로에 광딕와 탈군과 소리군 춤군 소리패 남ᄉ당 쌍지조군 등류를 모하 합이 팔십여 명이 한 집에셔 슉식ᄒ고 논다는딕 (중략) 망칙 긔괴흔 춤도 만흔 즁 무동을 세층으로 타는거시 또흔 장관이라 ᄒ더라.185)

---

184) 황성신문, 1907. 10. 8 기사: 協贊會 舞童 京城商業會議所內 博覽會 協贊會에셔 博覽會를 協贊ᄒ기 爲ᄒ야 舞童演劇을 設흔다 홈은 前報에 已記ᄒ엿거니와 昨日에 該舞童等이 該會議所內에셔 一場 練習흔 후 鐘路街上으로 舞樂을 迭作ᄒ면셔 博覽會로 前往ᄒ얏ᄂ딕 觀光者가 人山人海를 成ᄒ얏더라

협률사의 무동놀이는 무동을 삼층으로 쌓았고 남사당패가 이를 담당한 것으로 보이는데 앞에서 살펴보았듯이 이 시기의 무동놀이는 실내와 야외에서 동시에 공연되었다. 협률사가 관리들과 식자들의 상소와 비판으로 인하여 1906년 4월 문을 닫자 1908년 7월, 그 자리에 원각사가 설치되었다. 원각사의 상연 프로그램은 첫째 과장이 관기춤, 둘째 과장이 걸립(농악), 셋째 과장에 들어가서 춘향전, 심청전 등 판소리를 하였다.[186] 원각사의 농악공연에 대해서는 구체적인 기록이 발견되지 않아 자세한 내용을 알 수 없지만 협률사의 무동놀이와 크게 다르지 않았을 것으로 보인다. 원각사는 1909년 11월까지 1년 반을 존속하고 막을 내린다.

이 무렵 협률사가 폐쇄되고 나자 '협률사'라는 명칭을 쓰는 단체들이 우후죽순 격으로 생겨나는데 이때의 협률사는 1902년 설립된 관립극장인 협률사가 아니라 창극을 위시하여 전통연희를 공연하는 유랑극단의 대명사로 쓰였다. 1907년 김창환 협률사, 1908년 남원 협률사, 광주 협률사(1세대), 1914년 송만갑 협률사, 1910년 김창룡 협률사, 1916년 화순 협률사, 1921년 광주 협률사(2세대), 1920년대 김천 협률사 등의 민간 협률사가 있었다. 이 민간 협률사는 불안정한 판소리 환경을 적극적으로 타개하기 위한 공연단체로 판소리 광대들이 현실에 적응하고 극복하기 위한 적극적인 시도의 결과물이었지만 지속적인 공연활동을 펴지 못하고 한시적인 활동 후에 해산과 재집합을 거듭했다.[187]

이러한 민간 협률사는 주로 호남인들에 의해 결성되었기 때문에 인

---

185) 뎨국신문, 1902. 12. 16. 기사.

186) 이두현(2005), 앞의 책, 258쪽 참조.

187) 성기련(2003), 「1930년대 판소리 음악문화 연구」, 서울대 박사논문, 45쪽.

맥의 영향을 받아 호남지
역의 농악인들이 창극단
의 일원으로 활동하면서
길놀이나 민요반주, 창극
공연 막간에 설장구놀이
공연을 하기도 하였다.
전북 김제출신 농악인 최
장원은 34세 때부터 임방
울 단체나 김연수 단체에

출처: 『사진으로 보는 조선시대』서문당.
<그림 11> 농악 1890년대

나가 설장구 놀이만을 따로 연주하였고[188] 전남 영광의 장구잽이 김오
채는 32세 때부터 35세 때까지 우리국악단의 김연수와 함께, 이어 임
방울과 함께 전국으로 다니면서 장구 개인놀이를 연주했다고 한다.[189]
또 전남 고흥군 도화면 황산리 상쇠 김광열은 30여 세 때에 상쇠로 이
름이 있어서 서울 '조선성악연구회'의 '농부가' 공연에 농악반주자로
참가하였고 이동백, 김창룡, 김연수, 박녹주, 김소희 일행의 일본 전국
순회공연에 참가한 바 있다고 한다.[190]

창극단에서는 반주나 개인놀이 이외에도 여러 명의 농악인들을 거느
린 판굿도 하였다. 전북 정읍 출신 장구의 명인으로 이름난 신기남은
1931년 이화중선이 조직한 남율회사[191]의 단원으로 1년간 유랑공연을
한 경험담을 상세하게 진술하고 있다.

---

188) 전라남도(1980), 『전라남도 국악실태조사』 광주시편.
189) 전라남도(1980), 앞의 책, 영광군편.
190) 전라남도(1980), 앞의 책, 고흥군편.
191) 협률사의 와전인 듯하다.

원각사의 공연이 첫째 과장이 관기춤, 둘째 과장이 걸립(농악), 셋째 과장이 판소리였던 것에 비해 민간 협률사는 공연 레퍼토리에서 무용을 없애고 대신에 농악 연주의 시간을 두 시간 가까이 할애했다. 신기남의 진술에서 취군(聚軍)이라는 독특한 용어가 나온다. 취군은 일본어로 이르꾸미라고 하는데, 근대 신파극단, 악극단, 창극단, 포장걸립농악단 등 유랑공연단체의 공연 전에 공연장 안팎에서 악기를 연주하거나 음악을 크게 틀어 놓고 관객을 불러 모으는 호객행위를 말한다. 이 취군에서 농악대는 매우 긴요한 존재였을 것으로 짐작된다. 호객행위가 어느 정도 성공하여 관객이 모이면 쉬고 있던 상쇠와 수장구가 합류하여 본격적인 판굿 공연을 시작하였다. 판굿은 창극이나 판소리와 마찬가지로 전 과정을 하루 저녁에 다 하는 것이 아니라 두세 번에 걸쳐서 나누어 하였다.

---

192) 신기남 구술, 김명곤 편집(1992), 『어떻게 허먼 똑똑헌 제자 한 놈 두고 죽을꼬?』, 뿌리 깊은 나무, 57~58쪽.

이러한 공연형태는 전통적인 걸립농악의 판굿과는 사뭇 다른 것이었
고 근대적인 실내공연에 맞게 농악의 판굿이 각색된 것이었다. 창극이
나 판소리의 특성상 무대가 필요했지만 농악은 너른 마당이 필요했기
때문에 창극과 농악 판굿을 동시에 만족하기 위해서는 포장을 친 가설
극장이 필요했다.

건물로 지어진 극장은 이러한 판굿 공연을 할 수 없었기 때문에 농악
대를 거느린 창극단은 포장을 친 가설극장만을 이용할 수밖에 없었다.

일제강점기 유랑극단의 농악은 대체적으로 호남우도지역의 농악인들
이 많이 참여했고 타 지역 농악인들의 유랑공연 활동에 대한 기록은
별반 발견되지 않는다. 어쨌든 일제강점기 가설극장 공연의 경험은 호
남우도농악 판굿의 과장을 3～4개로 압축하게 된 직접적인 동기가 되
었을 것으로 보인다. 이러한 경험은 해방 이후 호남좌도지역 농악인들
의 포장걸립농악 공연활동으로 이어지게 된다.

---

193) 신기남 구술(1992), 앞의 책, 58쪽.
194) 신기남 구술(1992), 앞의 책, 54쪽.
195) 신기남 구술(1992), 앞의 책, 56쪽.

2) 걸립농악의 전개

이 무렵 걸립농악의 목적은 야학경비 마련, 소방기구 구입, 불우이웃, 이재민 돕기, 교량건설 등의 명목이어서 공공의 성격을 띤 것들이 많았다. 이러한 걸립농악은 전통적인 정월풍속인 마당밟이를 빌어서 한 것이 많았고 전국적인 현상이기도 하였다.

> 전북 장수읍내는 주민 호수 불과 삼백육십여 호에 지나지 못한 소읍으로 소방조를 설치한 지는 이미 오래 되엿스나 소방기구가 충분히 완비되여 잇지 못함을 항상 유감으로 사하야 금반 음력 정초를 이용하야 장수면 전 삼십 동리 중 원방 삼 부락을 제한 외 십 개 동리에 대하야는 농악으로 가가호호에 걸립을 하야서 모집된 동정금으로 소방 기구를 구입하고 소방사업에 가일층 몰두하야 구체적으로 시행한다는 취지로 거월 십칠일부터 소방수 일동은 걸립에 활동과 노력을 가한 결과 육백 원이란 금액에 달하엿다더라.[196]

> 지난 구일부터 십삼 일까지 진영(進永)유지 제씨들이 음력설을 리용하여 걸궁(乞窮)놀음을 조직하여 엿새 동안 모흔 돈이 이백육십팔원인대 실비를 제하고 남은 일백사십 원으로 근처 교량(橋梁)을 수선하고 남어지는 동유재산(洞有財産)에 편입하엿다더라.[197]

> 충남 당진군 합덕면 점원리에서는 이문우, 박병두, 신현모, 서병원 제씨가 이번 남조선 지방의 수재이재 동포를 위하야 장마 끝에 폭염을 불구하고 농악(農樂)을 선두로 전동을 순회하엿는 바 동리 인사들은 쟁선출금하야 다액의 금품이 모집되엇음으로 본보 합덕지국을 통하야 재지에 전달을 의뢰하엿다.[198]

무라야마 지준(村山智順)이 조선총독부의 촉탁으로 1930년대 전국의 민속놀이를 조사하여 1941년 펴낸 『조선의 향토오락』 중에서 정월 축

---

196) 동아일보, 1926. 3. 5 기사.
197) 동아일보, 1927. 2. 26 기사. 乞窮노리로 集金, 농악을 선두로 炎熱 아래 맹활동
198) 동아일보 1934. 8. 29 기사.

원농악인 당산굿, 마당밟이 등에 대해서 기록한 내용을 보면 1930년대에도 많은 걸립농악대들이 활동하였음을 알 수 있다.

농악

옛날에는 양반 계급도 했지만 지금은 농민만 참가한다. 보통 가면을 쓰고 춤추며 논다. 농악을 치는 방법으로는 길을 가다가 마당에서 치는 법, 부엌에서 치는 법, 우물에서 치는 법 등 32종류가 있다(전북 남원지방).[199]

매구(埋鬼) 농악을 하면서 마을의 각 집을 찾아가서 집 주위를 돌며 잡귀를 쫓는다. 농악대는 색깔 있는 옷을 입고 머리에 커다란 꽃이 달린 고깔을 쓰고 악기를 울리면서 춤을 춘다. 이때 각 집의 주인은 이에 보답하는 뜻으로 음식이나 돈 혹은 곡식을 내어 준다(전남 구례지방).[200]

매귀(지신밟기)

정월 세배 다니기가 끝날 무렵(2일부터 4, 5일 사이), 마을의 농악대가 어울려 악기를 울리며 마을 안을 돌아 마을의 재앙을 쫓는다. 그 뒤에 각 집마다 찾아다니며 각 집의 재앙을 막고 복을 빈다(전남 여수지방).[201]

매귀

농악대가 농악기를 치면서 마을 전체를 돈 뒤, 각 집을 찾아다닌다. 각 집의 마당에서 우선 춤을 추며 빙글빙글 돈 뒤, 각 방, 부엌, 헛간, 누에 치는 방 등의 순서로 춤을 추며 돈다. 이때 익살스런 춤을 추기 때문에 마을 중요한 정월오락이 된다. 각 집에서 춤을 출 때 노래는 "매구야, 오오, 잡귀신은 물러가고 명과 복은 모여들어라, 와라, 오오"라고 한다(전남 고흥지방).[202]

위의 기록에는 질굿, 마당굿, 조왕굿, 샘굿, 곳간굿, 고사소리 등이 나타나 있다. 남원지방에서 "옛날에는 양반계급도 했지만 지금은 농민만 한다."고 한 것은 아마도 군악(軍樂)을 일컫는 것으로 보인다. 그리

---

199) 무라야마 지준(村山智順) 지음(1941), 『조선의 향토오락』, 조선총독부, 박전열 역(1992), 집문당, 175쪽.
200) 박전열 역(1992), 앞의 책, 199쪽.
201) 박전열 역(1992), 앞의 책, 202쪽.
202) 박전열 역(1992), 앞의 책, 205쪽.

고 당시 남원지방에서 마당밟이를 할 때 가면을 쓰기도 했다는 것을
알 수 있는데 농악의 마당밟이에서 가면이 사용되었다는 것은 전술한
황현의 「상원잡영」에도 기록된 것으로 보아 어느 정도 신빙성이 있을
것으로 보인다. 또 32종류의 농악 치는 방법이 있다는 기록은 곧 대규
모 판굿의 존재를 짐작케 하는 것이다.

출처: 「사진으로 보는 조선시대」 서문당.

〈그림 12〉 마당밟이 1910년대

3) 두레농악의 쇠퇴와 변질

　일제강점기의 두레는 화폐경제가 농촌사회에 가일층 침투하고 일제
식민지 정책의 영향으로 말미암아 현저한 변화를 겪게 되었다. 일제강
점기에 있어서 두레의 변화는 ① 두레의 쇠퇴와 소멸, ② 남은 두레의

공동체적 성격의 변질, ③ 농악의 쇠퇴와 소멸 등이 가장 큰 특징적인 것이었다. 그렇지만 다수의 두레가 쇠퇴하고 소멸되었음에도 불구하고, 두레는 그것이 갖고 있었던 긍정적인 사회적 기능으로 말미암아 일제의 식민지 정책의 압력 아래서도 일제 강점 후기에도 지배적 노동조직 제도의 하나로 존속하였다.[203]

다음은 두레농악에 관한 기록인데 공동노동과 장원례 등의 풍속이 이 지역에 남아 있음을 보여 준다.

농악
김매기를 처음 시작할 때 풍작을 기원하며 깃발을 세우고 그 아래에 모여 음악을 연주한다. 함께 탁주를 마시면서, 노래를 부르고 호미로 땅을 두드리며 춤을 춘다(전북 임실지방).[204]

장원례
마을에서 농사일에 장원한 사람을 뽑아 그 노고를 축하하며, 뽑힌 사람은 술과 음식을 내어 이웃을 대접한다. 축하하는 사람들은 저녁 무렵 대접받은 술의 취기가 오르면, 장원을 손가마에 태우고 농악을 울리며 노래를 부르면서 행렬을 지어 마을을 누빈다. 이때 마을의 소년들은 각자 손에 초롱불을 들고 행렬에 참가한다(전남 고흥지방).[205]

일제강점기의 두레는 변질되어 지주나 대농들이 자기 경작지의 모내기나 김매기 작업을 임금을 정하여 두레에게 도급을 주고, 그에 따라 두레는 청부임금노동제도의 성격을 갖는 것으로 전화되기도 하였다. 또 농촌공동체 내에 영세농과 농업노동자층이 체적되고 빈곤이 더욱 심화되자 영세농과 농업노동자층은 두레를 모방하여 노동단체를 조직하고

---

203) 신용하(1984), 앞의 논문, 44~45쪽 참조.
204) 박전열 역(1992), 앞의 책, 172쪽.
205) 박전열 역(1992), 앞의 책, 206쪽.

지주 또는 대농과 계약하여 작업을 청부 맡아서 가족의 생계를 유지하기도 하였다.[206] 다음은 이러한 현실을 보여 주는 서간문 형식의 신문기사인데 당시 전북 장수의 두레농악을 보고 개탄하는 어느 지식인의 현실인식이 드러나 있다.

> 아침이면 이슬을 터는 매암이 소리와 농악(農樂)이 아울립니다. 이제 이곳은 일직 심은 모(苗)는 두 벌 논을 매고 그 담은 초벌입니다. 아침, 점심, 저녁, 하로에 세네 차례씩 농악소리를 들을 때 즐거운 반면에 눈물이 없을 수 없습니다. 시절이야 풍년이 아닐 수 없읍니다. 그러나 그러나 농악을 울리며 노래하고 하로의 일을 마친 집으로 돌아가는 농부 그 자신을 생각해 볼 때는 눈자위가 따갑고 가슴은 터져 오는 것 같다우! 누구를 위한 풍년! 무엇을 위한 풍년! 목가적 기분으로 볼 때에는 어디까지든지 그림이며 시적이지요. 오막사리 움집 속에서 주린 창자를 움쳐쥐고 다시 오는 끼니를 앞둔 …… 빈 바가치만 들고 설래는 부인네도 저 울려오는 농악소리에는 눈물 구으는 눈과 입에 그래도 웃음이 물렷을 것입니다. 일반예술적 본능도 잇으려니와 저 소리가 잦아서 어서 벼가 자라고 이삭저서 가을이 되면 쫍으라진 창자를 이르켜 보려니 …… 하는 막연한 기대에! 아아, 그러나 오는 가을이 이네들 창자를 어느 정도까지 이르켜 주려는지 자못 의문입니다.[207]

4) 일제에 의한 친일농악의 육성

1919년 이후 일제당국은 이른바 문화정책을 펼치게 된다. 이러한 유화국면 속에서 1920년대에 이능화, 최남선 등에 의해 시작된 민속학 분야의 연구는 1930년대에도 지속되어 1932년에는 송석하, 손진태 등의 조선인 민속학자와 아키바 타카시(秋葉隆) 등의 일본인 학자들이 참여한 조선민속학회가 발족되었다. 민속자료의 수집과 정리 및 민속학

---

206) 신용하(1984), 앞의 논문, 50~51쪽 참조.
207) 이석순(李石純), 「농촌생활단상, 농악(農樂)소리 들릴 때」, 동아일보, 1933. 7. 3 기사.

의 대중적 보급을 목적으로 설립한 이 학회는 『조선민속』이라는 이름의 학회지를 3호까지 낸 바 있다.

민속학 분야의 활동은 가면극에 관한 연구로 시작되었다. 양주별산대 가면극은 1929년 조선총독부가 주관한 조선박람회의 초청공연을 통해 지상을 통해 널리 알려졌다. 1934년에는 경남 진주에서 오광대극이, 1935년에는 동래야유가 공연되었다.[208] 이외에도 각 지역의 가면극이 중앙에서 공연되었으며, 중앙공연이 끝난 후 좌담회를 열어 유지 방안을 모색하기도 한다.[209] 봉산 탈춤은 1936년 임석재, 송석하, 오청 등이 황해도 사리원에서 실제 공연하는 장면을 영사기로 촬영하고 대사를 채록하였다는 기록이 있으며[210] 1937년 5월 17일에는 조선민속학회 주최와 조선일보 후원으로 조선향토무용대회가 서울 부민관에서 개최되어 '봉산의 가면춤'과 '사자춤'이 공연됐다.[211]

한편, 1930년대 초에 발생한 농업공황으로 인해 농가 경제가 극도로 피폐해지고 그와 더불어 농민운동과 소작쟁의가 활발하게 전개되면서 식민통치도 적지 않은 영향을 받게 되자 총독부는 여러 가지 대책을 강구했는데 농촌진흥운동도 그중 하나였다. 농촌진흥운동은 1932년 시작되었는데, 물심일여의 정신생활, 자급자족, 농가 노동력의 완전 소화를 전면에 내세웠다. 총독부는 농촌진흥운동을 농민들에게 직접 지도하고 실행하는 실행조합을 부락에 설치하였는데 이것이 '농촌진흥회'라고 불리는 것으로 전통적인 부락조직을 활용하여 농촌의 조직화와 통제를

---

208) 송석하, 「민속극 동래야유 ─ 그 부활에 제하여 일언함」, 동아일보, 1935. 3. 13 기사.

209) 「봉산탈춤 좌담회」, 『조광』 21, 1937. 7

210) 임석재 구술, 임돈희 기록(1992), 「양주별산대놀이, 봉산탈춤, 강령탈춤 대사채록 과정에 대하여」, 『비교민속학』9, 비교민속학회, 참조.

211) 조선일보, 1937. 5. 18 기사.

한층 강화하기 위한 조치였다. 또 농촌진흥운동에 필요한 중견인물 양성을 지시하였다. 이에 각 지방에 농사훈련소, 농도 강습소, 농촌청년훈련소 등과 같은 중견인물양성시설이 설치되었다. 총독부는 농촌진흥운동을 통해 공황으로 인한 농촌의 위기를 기회로 삼아 농촌 통제를 강화하고, 또한 그것을 통해 식민통치질서의 위기를 조금이나마 완화시키려 하였던 것이다.

이러한 농촌진흥운동의 확산으로 1930년대 후반 들어서는 각종 농악경연대회가 개최된다.

> 농악대회(農桑契)
> 20여 명씩으로 조직된 각 농악대가 악기(호적, 장고, 북, 꽹과리 등)를 준비하여, 수시로 연습하다가 일 년에 한 번씩 농악대회를 개최한다. 각 농악대의 기량을 비교 심사하여 등급을 정한다. 심사원은 지방의 유지들로 하고 입선한 농악대는 농기구를 상으로 받는다(황해도 해주지방).212)

위의 기록은 일제강점기에 발견되는 지금까지의 자료 중 최초의 농악경연대회에 관한 기록이다. 이 대회는 대략 1930년대 중반에 개최된 것으로 보인다. 그런데 동아일보 기자가 1938년 1월 강릉농악의 룡림패 상쇠와 일문일답한 문답기에는 강릉 단오제 때 해마다 농악경연대회를 개최했다고 하였다.

> 나히 지긋해서 강능에 와 보니 팔도강산을 두루 편답하여도 이곳(강능)만큼 이런 놀이(특히 농악대)를 세우는(힘쓰는) 곳은 없소. 다른 데서 흔히 볼 수 잇는 그런 농악대가 아니고 이건 아주 굉장한데 의레 해마다 단오 때면 농악경연대회를 개최하여 상을 태우는 등 참 놀나웁소.213)

---

212) 박전열 역(1992), 앞의 책, 343쪽.
213) 동아일보, 1938. 1. 4 기사.

〈그림 13〉 농악

신문지면에 실린 농악대회는 완주군 삼례면에서 개최되기로 예정되었다는 기록이 최초의 것이다. 추석명절 기간을 이용하여 전 조선에 유명한 농악선수와 일류명창 명기 수십여 명을 초빙하여 농악, 가곡, 줄타기, 땅재주, 기타 여러 가지 종목을 마련하여 5일간 개최한다는 소식인데 농촌진흥회에서 주관하는 것으로 되어 있다.[214]

조선일보에서는 1938년 4월 25일부터 5월 4일까지 '전 조선 향토연예대회'를 개최하였는데 꼭두각시, 걸궁(농악), 산대도감, 박춘재의 발탈, 이정업의 줄타기, 이봉업의 땅재주, 판소리 등이 공연되었다. 이 대회는 조선일보사 주필 이훈구의 개회선언, 기미가요 합창, 편집국장 함

---

214) 동아일보. 1937. 9. 24 기사.

상훈의 인도로 황국신민서사 낭송, 특산품전람회 회장인 방응모의 일장기에 대한 경례 등의 순서로 개회식을 하였는데[215] 전 조선 향토연예대회에 대한 홍보 기사는 조선일보 1938년 3월 24일자부터 4월 29일자에 이르기까지 대대적으로 실렸다.

> 농악 전라도 걸궁패
> 　이 걸궁패는 전라도의 농민 이십여 명이 특별히 이번 대회를 위하야 연습하야 가지고 농번기임에도 불구하고 상경하야 열흘 동안 매일 두 번식 상연하게 되엿다. 이 중에서 제일 장관인 것은 무동(舞童) 타는 것과 머리 우에다 단 열두발상모를 돌리는 것일 것이다.[216]

그간 몇몇의 연구자들이 이 '전라도 걸궁패'가 실제로 전라도에서 농민이 상경한 것인지에 관한 의문을 제기하였다. 사진에 보이는 복장이나 판굿의 내용 등이 경기 지방의 것으로 판단되기 때문이다. 이 의문에 대한 해결의 실마리는 '전라도 걸궁패'의 명단에서 드러난다.

> 걸궁패: 김재선, 박운선, 방천녀, 이상 경북, 오필선, 김오성, 한일성, 송창봉 이상 전남, 김재홍, 최만영, 조희범, 이상 경기, 김영빈 외 수인 각지의 정수를 뽑아서 일단을 구성[217]

명단에서 보는 바와 같이 신문에서 홍보한 '전라도 걸궁패'는 전라도 농민으로만 구성된 걸궁패가 아니라 전국 각지에서 선발된 인원들로 구성되어 있으며 명단에 있는 전남의 5인도 실제 농악인인지 구체적 신상을 확인할 길이 없다. 조선일보의 기사는 일부가 과장되었는데 이

---

215) 조선일보, 1938. 4. 26 기사.
216) 조선일보, 1938. 4. 25 기사.
217) 조선일보, 1938. 4. 22 기사.

것이 의도적인 것인지 실수인지는 알 수 없지만 '전라도 걸궁패'가 실제로 전라도의 농악인으로 구성된 단체가 아니었음을 확인할 수 있다.

조선일보의 전 조선 향토연예대회가 성황리에 끝나자 이번에는 동아일보에서 대대적인 농악경연대회를 개최하게 된다. 동아일보 강릉지국 주최로 강릉지역 30여 단체를 대상으로 하는 '제1회 강릉농악경연대회'를 개최한다. 농악대의 규모도 매우 커서 한 팀당 백 명으로 하고 그중 30명은 청소년으로 구성하도록 하였다.[218]

이 대회는 동아일보 본사 사장이 명예회장, 강릉군수와 강릉읍장이 고문, 동아일보 강릉지국장이 대회장을 맡아서 성대하게 진행된다. 이 대회는 아침 아홉 시 삼십 분에 강릉 시내를 전 농악대가 시가행진한 뒤 대회장에 모여서 황궁요배(皇宮遙拜), 전역장사(戰役壯士)를 위한 묵념, 황국신민서사 낭독 등으로 개회식을 하고 본 경연이 끝나고 나서는 강릉군수의 발성으로 천황폐하 만세삼창, 강원도 경찰서장의 발성으로 동아일보 만세삼창을 한 뒤 폐회한다.[219] 이 대회에서는 강릉의 '이랠 농악대'가 우승을 하였다. 동아일보는 이러한 분위기를 계속 유지하기 위해 음력 7월 5일 '이랠 농악대'가 소속된 마을에서 호미씻이를 하는 현장을 찾아가 취재를 하고 그것을 기사화한다.

다시 한 번 눈을 돌리매 마당 한복판에 호화찬란한 농악 우승기가 찬연히 빛나고 있다. 이것은 금년 단오 본보 강능지국이 강능군(江陵郡)의 열렬한 후원을 받아 주최하엿든 농악경연대회(農樂競演)에서 영예의 우승을 타 온 본사 기증의 우승기이다. "하하, 우승기를 내여 걸엇군요." 하고 말을 부치니 "네 운동력을 만히 써주세서 즈이가 금년에 꼭 七년 만에 먹엇습니다." 하며 령좌의 말이 "어떠튼지 증(鉦) 여덜 개를 깨틀엇으니 돈도 숫태(만히) 들엇죠." 한다. 즉 련습하기에 七년 동안 八개의

______

218) 동아일보, 1938. 5. 24 기사.
219) 동아일보, 1938. 5. 30 기사.

증을 깨틀엿다는 것이다. 나는 독자 하나 없는 이 산중에서 호올로 농군들에게 "선
량한 백성이 되시오. 노름이나 튀전이나 싸홈 같은 못된 짓을 하지 말고 농사를 잘
－지어서 잘들 사시오." 하는 듯한 우승기에 대해서 만공의 감사를 표하엿다. 과연
그들도 이와 같이 생각함인가. 우승기를 마당 한복판에 위해 노코 에워싸고 돌아가
면서 춤을 추는 양에는 감사 감격하엿다.220)

　대회에 출전하기 위해 7년을 연습하고 징을 8개나 깨뜨렸다는 데에서 알 수 있듯이 이런 성격의 농악경연대회는 이전부터 여러 해 동안 지속되어 왔다. 신문을 읽을 줄도 모르는 산중의 농민들이 해야 할 일은 오직 묵묵히 농사를 짓는 일이기에 "선량한 백성이 되시오. 노름이나 튀전이나 싸홈 같은 못된 짓을 하지 말고 농사를 잘－지어서 잘들 사시오."라고 경연대회 우승 깃발에 감정을 이입하는 동아일보의 기사는 조선 민중이 체제에 순응하면서 침묵하기를 바라는 일제 당국의 의도가 엿보이며 일제 당국이 주최한 농악경연대회의 성격을 나타내 주고 있다고 할 것이다.

　조선총독부는 1930년대 후반부터 농촌향토오락 진흥을 실시한다. 중일 전쟁 발발 이후 전쟁 시국에 대한 협력과 조선 민중에 대한 강력한 통제, 후방 활동의 여러 문제를 처리하기 위해 조선총독부는 1940년 10월에 '국민정신총동원조선연맹'을 개편하여 '국민총력조선연맹(이하 연맹)'을 발족시키고 조선총독부 총독이 총재를 맡았다. 여기에는 조선의 모든 단체와 개인이 지역과 직장별로 '연맹' 산하에 조직되는 형태로 구성되었으며 지도조직과 중앙조직, 지방조직으로 나뉘었다. '연맹'은 조선인의 황국신민화에 중점을 두었다. 신도실천(臣道實踐)과 직역봉공(職域奉公) 등 국민실천 운동을 벌였다. 기존 '국민정신총동원연맹'

---

220) 동아일보 1938. 8. 7 기사: 洗鋤宴에 四隣動員 二月農夫가 八月仙, 막걸리 한 잔에 어깨춤
　　　절로 나, 江陵農家의 머슴날(上) 江陵 一記者

의 역할과 농산어촌 진흥 운
동을 포함하여, 경제와 산업,
문화 부문의 여러 운동을 통
합하여 일원적 운동 체계를
구축하였다. 이 '연맹' 소속의
기구는 지방행정 기구와 일
체를 이루어 조선총독부의 보
조기관으로 기능했다. 이를 위
해 기관지 『국민총력』과 출
판물인 『총력총서』를 발간하
면서 강연회와 좌담회, 방송
프로그램을 통해 황민사상

출처: 『사진으로 보는 조선시대』서문당.

〈그림 14〉 열두발상모

을 고취하였다. 산하에는 문화부를 설치하여 여러 장르에서 황민화 문
화 운동을 벌였다. 직장이나 지역 단위의 조직을 동원하여 황민사상을
전파하고, 공출이나 징병, 징용 등을 독려하였다. 이 밖에도 전쟁 분위
기를 고조시키는 각종 행사를 개최하였다.[221] 1941년 '연맹'의 문화부
장인 야나베 에이자부로(矢鍋永三郎)가 조선의 향토오락예술을 진흥할
것을 명하자 조선의 친일민속학자들은 이에 대한 구체적 의견들을 내
놓는다.

손진태(孫晉泰)는 "총력연맹의 야나베(矢鍋) 문화부장이 조선의 향토
오락예술에 대하여 그 진흥을 도(圖)하신다는 것은 매우 시의에 적(適)
한 탁견이라고 생각한다."면서 그 이유로는 첫째, 농민의 생활을 애중
한다는 것은 그들의 인격을 애중한다는 결과가 되어 여기서 위정자 또

---

221) 『위키백과 사전』, http://enc.daum.net/dic100

는 지도자와 농민 사이의 정의적(情誼的) 융합을 보게 될 것이고, 둘째, 향토오락을 통하여 농민들의 생활에 명랑을 주고, 유쾌를 주게 되어 그들의 생활에 활기를 넣게 되는 것이며, 또 이것은 저절로 그들의 체건운동(體健運動)도 될 것이며, 셋째, 이러한 결과로서 농민들은 애향심 애토심을 갖게 하여 농민의 이촌(離村)을 완화할 수 있기 때문이라는 것이다. 그는 농민들이 제국주의의 식민통치에 피폐해진 농촌을 떠나는 것을 막아 보기 위해 향토오락예술을 진흥한다는 뜻을 피력하면서 "향토예술이나 전통오락이라고 해서 모두가 필요한 것은 아닐지니, 무동이니, 광대니, 석전(石戰), 거전(炬戰) 등류는 그 필요를 느끼지 않는다." 고 하고 그 이유로는 물자가 많이 들고 여러 날의 노력을 요하기 때문이라고 하였다. 특히 장려하고 싶은 것은 파종 전과 수확 후의 농악, 정초의 연날리기, 상원(上元)의 답교(踏橋), 단오(端午)의 씨름과 추천(鞦韆) 등을 예로 들었다. 농사철에 행하는 향토오락은 노동시간을 할애해야 하기 때문에 배격하고 농한기를 이용해서 할 수 있는 것들을 장려하겠다고 한 것이다.222)

송석하(宋錫夏)는 "오락은 본성적 쾌락욕구라야 되고 사치적 쾌락욕구는 배격한다."면서 이것은 오늘의 안위가 되는 동시에 내일의 참된 활동을 위한 새로운 정력(精力)을 만들 양식이라고 하였다. 또 "오락은 단순하여야 되며 정답고 친하고 심심한 보약 같아야 하며 값비싼 보양재는 못 쓴다고 생각한다."고 하면서 단순한 오락은 모든 불평을 제거해 주며 해결해 주지만 고급스러운 오락은 공연한 역효과를 초래하여 반대현상을 일으키기 때문이라고 역설하였다. 그가 장려한 오락으로는 남부지방의 오광대, 야유, 지신밟기, 별신굿, 화전, 사자무, 놋다리밟기,

---

222) 손진태(孫晉泰), 「전통오락진흥문제」, 『삼천리』 제13권 제4호 1941. 4. 1.

차전, 강강수월래, 색전(索戰), 각희, 농악 등이며 중부지방의 오락으로
는 산대, 추천, 도판 각희, 서북지방의 가면무용, 연극, 사자무, 관원노
리, 각희, 도판, 추천 등을 들었다. 요컨대 그가 말하는 요지는 농민들
은 단순한 오락을 즐기면서 내일 노동할 힘을 비축하여 힘써 일하면
되는 것이고 공연한 '반대현상'은 사전에 예방해야 한다는 것이다.[223]

총독부 조선역사편수관이었던 이능화(李能和)는 우리 조선에도 고래
로부터 전래하는 향토오락의 예술을 볼 때에 흥미진진한 것이 많이 있
었는데 고려 중엽 이후로부터 조선 500년간 지도적 지위에 있는 선비들
이 유학에만 몰두하여 고유의 제반 예술이 발생한 이래 그냥 그 모양대
로 제멋대로 행해져 있었고 개량하거나 향상케 하는 지도자가 하나도
없었다고 평가하였다. 그는 가무(歌舞), 산제(山祭), 윷놀이, 씨름, 줄다
리기, 광대 등을 예로 들어 설명하였는데 가무의 경우, 대원군이 경복궁
의 중건을 시작하여 3~4년간 계속 공사 중에 무동패를 짜 가지고 공
사장에 들어가서 흥행하고 한편으로 육자배기, 개구리타령, 매화타령 등
잡가를 불러 일하는 인부 등으로 하여금 노동의 고통을 잊어버리게 한
일을 거론하면서 농민들에게 노래는 가수(歌手), 춤은 무수(舞手)가 지
도하도록 하는데 농촌진흥회 등 기관을 통하여 장려할 것을 제안한다.

그는 조선의 산제(山祭)는 일명은 천제(天際)라고도 하여 부락 거주
민의 복리를 위하여 행하는 것이므로 민속신앙의 일종이며 당시 일제
의 신사참배와 유사한 것이라고 보고 조선의 산제(山祭)가 '현하 신(神)
을 숭봉(崇奉)하는 이때에는 가장 적합한 것이니 그 진흥책은 당국자가
강구할 것'을 당부하였다.[224]

---

223) 송석하(宋錫夏), 「농촌오락」, 『삼천리』 제13권 제4호 1941. 4. 1.
224) 이능화(李能和), 「조선 향토예술론」, 『삼천리』 제13권 제4호 1941. 4. 1.

이러한 일련의 정책의 이면에는 일제의 음모가 도사리고 있었다. 일제는 문화정치로 정책을 전환한 후 보다 정교한 통치제도와 효과적인 통치요령을 얻어 내기 위해 조선의 제도와 풍속 조사를 실시하고 민속극의 연구를 활발하게 전개하였던 것이다. 일제강점기 농악의 진흥은 총독부 및 당시 일간지들이 제창한 향토예술 및 농촌오락의 진흥 모색과 맞물려 이루어졌으며 전통연희의 활발한 공연은 이런 문화적 흐름 속에서 가능했던 것이다. 또 일본인 학자들과 조선의 친일학자들은 일선동조론과 같은 식민지배 이데올로기를 조직적으로 실행하는 데 목적을 두고 민속학 연구를 수행했다. 조선과 일본의 인종적 동질성과 고대 문화적 교류를 증거하는 자료로서, 피식민지인 한국의 문화적 열등성을 논증하기 위한 자료로서 민속학 자료를 이용한 것이다.[225]

4. 해방 이후 근대적 농악단의 활동

해방이 되면서 미군정이 실시되는데 미군정하에서 국악원은 1946년 5월 10일부터 13일까지 4일간에 걸쳐 '제1회 전국농악경연대회'를 개최한다. 이 대회는 각 도에서 지역 예선을 거쳐 도 대표를 선발한 뒤 서울 창경원에서 본선을 치르는 방식으로 진행되었다. 이 대회 예선을 치르기 위해 전라북도에서는 도내의 각 시, 군에서 이름난 농악인들을 전주에 집결시켰다. 이 자리에 결집된 인물들은 호남좌도지역과 우도지역의 전문 농악인들이었다. 흥미로운 것은 최종 선발 과정에서 남원, 진안, 장수

<hr>

225) 임돈희, 로저 제널리(1989), 「한국 민속학사의 재조명」, 『비교민속학』 5, 3~42쪽 참조.

등의 동부지역을 주축으로 한 농악대와 정읍, 김제, 고창 등 서부지역을 주축으로 한 농악대, 두 패가 결성되었다는 점이다. 이것은 동, 서부지역 상호 간의 인맥이나 텍스트 등의 차이 때문에 두 패로 갈릴 수밖에 없었다는 것을 짐작케 한다. 지역예선을 거쳐 호남좌도지역이 A팀이 되고 호남우도지역이 B팀이 되어 A팀이 도 대표로 선발되었다.

전라북도 대표로 선발된 A팀은 좌도농악의 전문인들을 두루 포함하고 있었는데 편의상 당시에는 전주팀이라고 불렀다. 이 전북 A팀에 참가했던 홍유봉도 "그때 전북에는 정읍팀과 전주팀, 이렇게 두 팀의 굿패가 있었다."[226]고 증언하고 있다. 정읍농악의 유남영이 '전주서 A팀으로' 갔다고 한 증언[227]과 일치한다. 이 전북 A팀의 상쇠는 남원의 류한준이었고 남원, 진안, 장수 등지의 전문 농악인들이 망라되었고 전주 출신은 많지 않았다. 1946년 5월에 결성된 호남좌도지역의 전북 A팀의 명단은 다음과 같다.

　　　상쇠: 류한준[228](남원 금지),
　　　부쇠: 강태문[229](남원 금지), 김수동[230](진안 용담), 박오복[231](장수)

---

226) 김익두 외(1994), 앞의 책, 230~231쪽 참조.

227) 굿연구소(1991), 「우도풍물굿의 산 증인 유남영 선생」, 『굿』 4호, 4쪽.

228) 류한준(1900~1952): 1900년 남원 금지면 상귀리에서 출생. 결혼 후 금지면 옹정리로 이사하여 농악활동 시작. 남원시 송동면 세전리에 살던 전판이로부터 농악의 기예를 전수받음. 1946년 제1회 전국농악경연대회에 강태문, 장두만, 최상근, 정오동 등과 함께 상쇠로 참가하여 1위 입상. 이후 전국을 순회하며 포장걸립을 하다 6·25로 인해 단체 해산. 1951년 전북 순창군 팔덕면 월곡리에서 밤에 농악을 했다는 이유로 지서에 끌려가 고문을 당한 뒤 그 후유증으로 사망.

229) 강태문(1903~1965): 전북 남원시 금지면 옹정리 출생. 1946년 제1회 전국농악경연대회에 류한준과 함께 부쇠로 참가. 이후 '류한준 패'의 부쇠로 활동하다 1952년 류한준의 사망 이후 '독우물농악단'을 조직하여 상쇠를 함. 1957년 음력 정월 초사흗날 전남 담양읍 천변리에서 마당밟이를 하면서 류명철에게 처음으로 농악을 가르쳤다. 1958년 남원시 조산동으로 이주, 조산농악단을 창단하여 상쇠를 맡음.

230) 김수동(1906~?): 좌도농악 꽹과리의 명인. 진안군 용담면 출생. '류한준 패'의 삼쇠였으며 1959년부터 1963년까지 '최상근 일행'의 포장걸립에서 상쇠로 활동. 가락의 연주 기교가 뛰어

징: 장희덕(남원 금지), 임병전(남원 금지)

장구: 장두만232)(진안), 김상원233)(진안), 이채봉(전주), 최상근234)(금산), 손판
　　　돌235)(완주)

소고: 정오동236)(익산), 한판옥237)(장수), 양국원(남원 금지), 장용덕(남원 금지),
　　　강막동(남원 금지), 주기환238)(금산), 김방현(익산), 홍유봉(전주)

대포수: 임병삼(남원 금지)

태평소: 장택근(남원 금지)

낳으며 류명철에게 가락의 기교를 전수하였다.

231) 박오복(1907~?): 좌도농악 꽹과리의 명인. 1907년 장수군 천천면 춘송리 출생. 15세 때부터
　　　한규동(1897~1987: 장수군 천천면 봉덕리 출신의 상쇠. 같은 마을의 윤계봉에게 농악을 배
　　　웠으며 50세 때 진안읍으로 이주하여 활동하다 타계)에게 쇠를 배웠으며 '류한준 패'의 끝쇠,
　　　'최상근 일행'의 부쇠로 활동. 전주로 이주하여 홍유봉, 이길봉, 손판돌 등과 함께 활동.

232) 장두만(?~?): 좌도농악 최고의 장구잽이로 알려짐. 전북 진안 출신으로 '류한준 패'에서 수장
　　　구로 활동. 세간에 '장두만의 장구'라는 말이 나돌 정도로 장구에 능했다고 전해진다.

233) 김상원(?~?): 좌도농악 장구의 명인. 전북 진안 출신으로 '류한준 패'에서 부장구로 활동. 홍유
　　　봉 옹의 증언에 따르면 가락의 기교에서는 타의 추종을 불허할 정도로 무척 뛰어났다고 한다.

234) 최상근(1906~?): 좌도농악 장구의 명인. 전북 금산군(현 충남 금산군) 출생. 장두만, 김상원 등
　　　과 함께 '류한준 패'에서 장구잽이로 활동. 1959년 자신의 이름을 딴 '최상근 일행'이라는 포장
　　　걸립 단체를 조직하여 5년간 순회공연에 나섰다. 본래 채상 소고잽이였다가 장구잽이로 전환하
　　　여 가락보다는 발림과, 윗놀음이 뛰어났으며 그의 연풍대는 장구와 사람을 분간하지 못할 정도
　　　로 빠르고 정교했던 것으로 농악인들 사이에 회자되고 있다.

235) 손판돌(1906~?): 좌도농악 장구의 명인. 장두만의 제자. 전북 완주군 소양면 대흥리에서
　　　1906년 6월 12일 출생. 21세 때부터 장두만에게 장구를 배워 8년간 활동. 김달마(전북 진안의
　　　유명한 소고잽이)와 5년, 류한준과 7년, 곡성의 기창수와 4년, 한규동과 5년 동안 활동하였다고
　　　한다. 1959년부터 '최상근 일행'의 부장구로 활동. 1980년대 초 전북대 국문과 김익두 교수가
　　　주최한 좌도농악인들의 초청공연에서 류명철, 김봉열(진안군 성수면 중평마을의 마을굿 상쇠), 홍
　　　유봉 등과 공연을 한 것이 비디오 자료로 남아 있다.

236) 정오동(1905~?): 좌도농악 채상소고의 전설적인 명인. 1905년 12월 9일 전북 익산군 왕궁면
　　　온수리에서 출생. 스승 전창선에게서 소고 기능을 익혔고 '류한준 패'에서 수소고로 활약. 초창
　　　기 여성농악단의 채상소고는 모두 그에게서 비롯된 것이라고 하는데 연풍대와 두루걸이, 자반뒤
　　　집기에 아주 능하였으며 열두 발 상모놀음에 뛰어난 재주를 가지고 있었다. 좌도농악의 쇠퇴 후
　　　에는 우도와 서울지역까지 활동영역을 넓혔으며 해외공연도 자주 나갔던 것으로 알려짐.

237) 한판옥(1909~?): 좌도농악 소고의 명인. 전북 장수군 계남면 침곡리 출신으로 '류한준 패'에
　　　서 활동하였고 1959년 '최상근 일행'에서 부소고로 활동. 두루걸이가 뛰어나 거의 땅에 붙을
　　　정도였다고 한다.

238) 주기환(?~?): 좌도농악 채상소고의 명인. 전북 금산 출신으로 '류한준 패'에서 활동하였고 '최
　　　상근 일행'에 셋째 소고로 참가. 자반뒤집기가 일품으로 알려져 있다.

이 대회에 참가한 치배들은 절반 가까이가 남원 출신이며 특히 농악대의 핵심인 상쇠와 부쇠가 남원 출신이었다. 이 남원 출신들은 모두 금지면 옹정리 거주자들이었다.[239] 호남좌도지역의 전문 농악인 집단에서 이 마을 출신들이 절반가량 되었다는 것은 류한준이 이 마을 출신이라는 점을 감안하고라도 이 마을 구성원들의 농악 기량이 상당히 뛰어났던 것으로 이것은 유랑예인이었던 전판이의 영향으로 집작된다. 이 '제1회 전국농악경연대회'에서는 전북 A팀이 최고상을 수상하게 된다.

> 지난 五월 十, 十一, 十二, 十三 四일간에 창경원에서 개최되었던 전국농악경연대회는 다대한 성과를 거두었었는데 그 성적은 각 지방의 특색이 달라서 어느 것이 우열하다고 순차를 정하기는 곤란한 일이다. 그러나 대체로 보아 이 대회가 경연대회였던 취지에 의하여 특등에는 두레 기술이 우수한 전북팀, 一등에는 음악적으로 우수한 충남팀, 二등에는 진법으로 우수한 강원도팀이 각 당선되었다. 우리의 농악도 앞으로 각 지방의 특색을 조화 발전시킨다면 훌륭히 세계무대 위에서 자랑할 수 있을 것이다.[240]

또 이 대회에서는 전북 좌도농악과 전남의 영광우도농악에서 꽹과리와 장구부문 개인상을 휩쓸었다. 호남우도지역 영광농악의 대상쇠로 이름난 최화집과 부쇠 나덕봉이 꽹과리부문 개인상을 받았고 역시 영광농악의 이름난 장구잽이 김만석이 장구부문 개인상을 받았다. 호남좌도농악에서는 전북 A팀의 장구잽이인 최상근이 장구부문 개인상을 받았다.

> 제1회 농악경연대회가 창경원에서 개최
> 우리나라 유사 이래 처음인 국악원 본사 공동주최 군정청에 술과 후원의 전국농악경연대회는 10일부터 창경원 금잔디 위에서 배열적인 열연을 베풀어 다대한 성과

---

239) 홍유봉 구술(2001년 10월 9일 필자와 면담)
　　류명철 구술(2001년 5월 15일 필자와 면담)
240) 농민주보, 1946. 5. 22 기사.

를 거두고 13일 대단원을 지었는데 이번에 각 도별 입상부대와 개인별 입상자는 다음과 같다.

도별상 …… 특등 전북, 1등 충남, 2등 강원,
연기상 …… 꽹과리 전남, 장고 전북, 법고 충북, 무등 경기
개인상 …… 꽹과리 최화집, 나덕봉, 장고 김만석, 최상근, 법고 한판석, 김영환,
잡색(량반) 최법룡[241]

1947년에는 '제2회 전국농악경연대회'가 열린다. 전년도 우승팀인 '류한준 패'는 자동으로 출전하고 정읍농악의 B팀도 주최 측과 담판을 하여 타도에서는 1팀만 출전하는 데 비해 전북 팀만 2팀이 출전하게 되어 총 아홉 개의 팀이 출전한다.

국악원에서는 문교부의 정식허가로 오는 13일부터 5일간 제2회 전국농악경연대회를 개최하기로 되었는데 참가단체는 작(昨) 1946년도 우승단체인 전북팀과 각 도 팔 단체, 합계 구 단체라는데 (후략)[242]

이 대회는 1946년도 1회 대회와 마찬가지로 서울 창경원에서 개최되었다. 이에 대해서는 정읍농악 유남영의 증언도 일치하고 있다.

그래 가지고 서울 창경원엘 올라갔어. 말하자면 주최 측에 갔어. 그래서 봉문이가 "어떻게 대회를 합니까?" 하니까 "팔도에서 하나씩 올라오기로 했다." 하니까 그 봉문이가 인자 (중략) "전라도에서 B팀으로 오겠어요." 한 게 - 전주서 A팀으로 간 게, 지정한 팀이 A팀이거든. 그러니까 과외로 간 놈이 B팀이란 말이여. (중략) 그래서 정읍까지 해서 팔도에서 아홉 팀이 되었단 말이여, B팀까지 세워서.[243]

---

241) 중앙신문, 1946. 5. 15 기사.
242) 문화일보, 1947. 5. 7 기사.
243) 굿연구소(1991), 앞의 책, 4쪽.

154

이 대회의 결과는 신문에서 찾을 수가 없는데 홍유봉은 '류한준 패'가 "여기에도 나가 다시 일등을 했다."고 증언하고 있다. 이 두 차례의 전국농악경연대회로 인하여 여러 가지 변화가 일어났다.

첫째, 류한준을 상쇠로 한 '류한준 패'가 결성되어 호남좌도농악을 공연텍스트로 하는 남성 농악인 중심의 포장걸립농악이 시작된다. 창극단의 보조적인 수단이었던 농악을 독립적인 공연 장르로 발전시킨 농악전문 유랑공연단이 최초로 결성되는 것이다.

둘째, 호남좌도지역 내에서 전남과 전북의 차이가 벌어지기 시작한다. 행정구역상 남북으로 분리되었어도 농악의 내용상 동질성을 유지하고 있던 호남의 좌도농악이 전북 A팀, 즉 '류한준 패'의 출현으로 인하여 인맥이나 공연텍스트에 차이가 발생하기 시작하는 것이다. 예컨대 전남 곡성의 이름난 상쇠 기창수의 경우 '류한준 패' 이후로 전북 지역의 좌도농악인들과의 교류가 뜸해진 것으로 보인다.

셋째, 이 대회에서 최고상을 수상함으로써 류한준은 타 지역의 농악공연자들에게 자신의 기량을 인정받았고 좌도 지역의 모든 전문 농악인들이 류한준을 대상쇠로 인정하게 되었다. 그 결과 좌도 지역의 전문 농악인들 상호 간의 공연텍스트가 류한준을 중심으로 통일되었던 것을 짐작할 수 있다.

'류한준 패'는 전국을 활동무대로 삼아 포장걸립을 시작한다. 이들의 방식은 일제강점기 유랑 창극단의 활동과 유사한 방식을 취했을 것으로 짐작된다. 다음의 증언은 당시 '류한준 패' 포장걸립의 일단을 보여주고 있다.

> 포장걸립에서는 대개 농악, 줄타기 등을 곁들여 정통의 판소리를 한두 대문씩 부
> 르는 것을 위주로 하였었다. (중략) 해방된 그 이듬해 추석이었던 것으로 기억되는데
> (중략) 당대의 제일인자라는 남원의 윤 상쇠, 정읍의 박 장고, 그리고 이제는 그 성
> 도 잊었지만 구례 사는 아무개의 열두 발 상모 등의 묘기에는 이런데 무슨 안목 같
> 은 것이 도시 있을 리 없던 어린 나로서도 완전히 매료되지 않을 수 없었다. 지금에
> 생각하면 그 전립이며 상모의 형태부터가 요즈음의 그것과는 사뭇 다른 것으로 기억
> 되는 상쇠잡이 윤 노인의 묘기는 잊을 수가 없다.[244]

위의 기록에 나오는 '당대의 제일인자라는 남원의 윤 상쇠'라는 류 상쇠, 즉 류한준 상쇠인 것으로 확인되었다. 위의 내용을 기록한 천이두 교수는 1997년 5월 류한준 상쇠의 아들인 류명철과의 사적인 대담을 통해 위의 증언에 나오는 윤 상쇠가 류명철의 부친인 류한준 상쇠를 본인이 잘못 기억한 것이라고 말하였다. 위의 기록은 '류한준 패'의 포장걸립을 구체적으로 묘사한 유일한 기록으로 그 역사적 가치를 찾을 수 있다.

'류한준 패'의 활동 방식은 경기, 충청 지역의 유랑예인집단인 남사당패와는 차이가 있었다. 남사당패는 일정한 주거지가 없이 순회공연을 다니다가 야외 공연이 어려워지는 겨울철 비수기가 되면 뿔뿔이 흩어지거나 사찰 등에서 집단으로 기거하며 기예를 연마하여 이듬해 봄이면 다시 패거리가 구성되는 순환양식을 가졌던 반면에 호남 지역의 전문 농악인들은 집을 떠나 장기간을 타지에서 체류하더라도 순회공연이 끝나면 반드시 귀향하였다. '류한준 패' 당시 호남좌도지역, 특히 남원 인근을 중심으로 한 전문 농악인들은 포장걸립 이외에도 여러 형태의 활동을 하였다.

첫째, 다른 마을로 출장공연을 가는 걸립이다. 걸립은 다른 마을의 가가호호를 방문하여 집안의 안녕과 마을의 번영을 비는 농악 공연방

---

244) 천이두(1986), 『판소리 명창 임방울』, 현대문학, 75~76쪽.

식의 하나로 전문 농악인들의 주요 수입원이었는데 보통 상쇠는 일당으로 쌀 두 말, 장구는 한 말 반 정도 받았고 상쇠 혼자서 가는 경우는 거의 없고 상쇠, 부쇠, 징, 수장구 등을 동반하여 갔다. 당시에는 어느 마을이나 농악기를 조금이라도 다룰 줄 알았기 때문에 전문인들 약간 명과 해당 마을 구성원들이 함께 공연하는 독특한 형태의 농악을 할 수 있었고 때때로 여러 시간 걸리는 큰 판굿도 하였다. 이런 형태는 전문농악과 마을농악의 상호 교류로 볼 수 있다. 전문 농악인들은 마을농악과의 결합을 통해 농악의 대중성을 확장하는 동시에 경제적 소득을 얻는 것이고 마을 주민들은 전문 농악인들과 공연을 함으로써 농악을 즐기는 한편, 마을농악의 기량을 높이는 기회로 삼는 것이다.

둘째, 각종 대회 참가를 들 수 있다. 해방 이후 수많은 농악경연대회가 열렸는데 이 시기의 대회참가의 목적은 경제적 이득 이외에도 농악인들 상호 간의 결속력을 높이고 타 지역의 농악인들과 유대를 형성하는 계기로 삼았다고 한다.

셋째, 각종 지역 축제 등의 행사에 일당을 받고 참가하는 방식이 있었다. 어느 지역에 축제나 난장이 열리면 농악 공연 등이 열리는데 이러한 행사에 일당을 받고 참가하였다.

해방 이후 전국 최초의 전문 농악인 단체였던 '류한준 패'는 류한준의 사망으로 그 활동을 중단하고 해산되었다. 류한준의 사망은 우리 근현대사의 비극을 극명하게 드러내는 사건이다. 그는 1951년 전북 순창군 팔덕면 월곡리로 걸립을 나간다. 밤에는 빨치산이 출몰하므로 농악 공연을 금한다는 치안당국의 금지령에도 류한준은 동네 주민들의 간곡한 공연 부탁을 뿌리치지 못하고 쇠를 잡고 야간공연을 강행하였다. 결국 이날 공연자들은 모두 지서에 끌려가 빨치산과 내통했다는 누명을 쓰고 갖은 고초를 겪은 뒤 풀려났는데 장독의 후유증에는 아편 주사가 제일이라고 해서 다들 아편 주사를 맞고 회복되었지만 류한준은 집안 망치는 물건이라고 아편 주사를 거부하고 장독의 후유증으로 병상에 누워 신음하다 그 이듬해 세상을 떠났다.

'류한준 패'의 장구잽이였던 금산의 최상근은 1958년 전주, 금산, 남원, 진안, 장수 등지의 전문 농악인들을 규합하여 '최상근 일행'이라는 이름의 포장걸립농악 단체를 만든다. 이 '최상근 일행'의 치배 중 젊은 단원을 제외하고는 대부분 '류한준 패'에서 활동하던 이들이었다. 특기할 일은 류한준의 아들인 류명철이 이 일행에 꽹과리잽이로 참가하게 되었다는 것이다. '최상근 일행'은 1961년 서울 덕수궁에서 열린 '제2회 전국민속예술 경연대회'에 참가한다.

전국민속예술경연대회
　　전북의 농악은 남녀 두 '팀'이 등장하여 단연 이채 – 남성'팀'은 금산읍 농악만으로 예선 때 7'팀' 가운데서 선발된 50대의 능란한 '팀'이고 여성'팀'은 남원읍 '춘향국악원' 원생들로 구성된 순여성농악단이다. 금산농악단(단원 16명)의 연출은 13종목에 걸쳐 '버라이어티'를 얻어 성공적으로 음의 조화를 이룬 독특한 명인예라 하겠다.[245]

1961년 민속예술경연대회가 열리던 당시는 5·16으로 집권한 박정희가 국가재건최고회의 의장을 할 때였는데 '최상근 일행'은 이 대회에서 금상을 수상하고 부상으로 특별흥행 허가권을 얻어서 엄혹한 군사정부 아래에서도 비교적 합법적인 포장걸립을 하게 된다. 이때부터 활동영역이 전국으로 확장된다. 이 '최상근 일행'의 주요 치배들은 '류한준 패'에 소속되었던 치배들이 대부분이어서 '류한준 패'의 포장걸립 방식을 그대로 따랐다.

---

245) 동아일보. 1961. 9. 29 기사.

이 무렵 호남을 중심으로 각 지역에 확산되던 여성농악단은 '최상근 일행'의 강력한 경쟁 대상이 된다. 호남동부 지역의 좌도농악만을 공연 레퍼토리로 삼았던 '최상근 일행'은 여성농악단의 활동으로 흥행에 지장을 받을 수밖에 없었다. 결국 '최상근 일행'은 1963년 상반기에 대전 공연을 끝으로 해산함으로써 호남지역 남성 포장걸립농악단의 활동은 여기서 종결된다.

여성농악단은 1950년대 말 남원국악원에서 '남원여성농악단'이 구성된 것이 최초로 알려져 있다. 기존에는 존재하지 않았던 여성공연자만으로 구성된 농악단이 탄생하게 된 것이다. 여성농악단의 등장은 농악의 역사에서 여성공연자들이 처음으로 출연한 것이면서, 동시에 농악공연의 중심축이 남성에서 여성으로 이행하였다는 점에서 매우 획기적인 일이었다. 여성공연자들은 전통적으로 마을굿형 농악에서 배제되었기 때문에 농악에서 제의적인 요소는 배제하고 연예적인 요소만을 집중적으로 공연할 수 있었다.[246] 남성 포장걸립농악단이 활동을 중단한 1960년대 중반 이후 여성농악단은 최고의 전성기를 맞았다. 여성농악단은 농악 이외에도 민요, 판소리, 창극, 무용 등 다양한 공연 레퍼토리를 구성하여 성공적인 흥행을 이끌어 내었다.

포장걸립을 하던 남성 농악인들은 1970년대까지 여성농악단의 강사나 단원으로 활동하였다. 1970년대 중반 이후는 전문 농악인 집단이 해체되는 시기라고 할 수 있다. 서구적 사고와 생활방식을 모델로 한 '근대화'는 전통적 가치를 용납지 않았고 마당밟이는 금지되었으며 TV를 비롯한 매스미디어의 대량 보급으로 포장걸립이 외면당하면서 농악의 공연자나 청관중이 급격하게 감소되었다. 결국 1979년 여성농악단

---

246) 권은영(2004), 『여성농악단 연구』, 신아출판사, 9~11쪽 참조.

의 활동이 전면 중단되면서 포장걸립농악단의 존재는 역사 속으로 사라진다. 한 시대를 풍미하던 전문 농악인들 중 일부는 상경하여 개인학원을 운영하거나 후진들을 양성하는 활동을 하였고 지방에 잔류했던 이들은 다른 생계 수단을 찾아야 했으니 남성 공연자들은 농업이나 상업에 종사하였고 여성 공연자들은 결혼을 하거나 상업, 유흥업 등에 종사하는 경우도 있었다.

여성농악단의 소멸과 함께 농악 기량의 고도화는 사물놀이라는 또다른 흐름에 의해 이룩된다. 1978년도에 '사물놀이'라는 단체가 창립되면서 후일 일반명사로 바뀌게 되는 사물놀이는, 마을농악과 별개로 농악을 연희하던 전문적인 유랑공연집단의 후예들이 이룩한 크나큰 성과였다. 사물놀이의 등장으로 그동안 정리되지 않았던 다양한 농악 명인들의 가락이 체계적으로 정리되어 예술성 높은 작품으로 탈바꿈하게 되었고 농악의 음악적인 아름다움이 최대한으로 발휘되어 여러 개의 악곡으로 대중 앞에 나타났다. 또 사물놀이 창시자들이 선반 판굿 분야에서 정리한 상모놀이와 진법, 그리고 연풍대,[247] 두루걸이[248] 등이 농악의 시각적 아름다움을 한층 돋보이게 하였다. 사물놀이에 대한 여러 가지 다른 극단적 평가에도 아랑곳하지 않고 사물놀이의 전문성, 예술성, 대중성은 전체 전통예술의 보급과 확산에도 기여하였고 해외에까지 널리 소개되었으니 가히 그 위력은 대단한 것이었다.

한편 1970년대부터 일기 시작한 민중문화운동의 흐름은 1980년대에 이르러 과학적 사회주의 이데올로기로 전화하였다. 진보적 지식인들은 호남지역의 마을농악에 천착하여 호남좌도농악을 민중문화운동의 중심수단으로 채택하게 되었다. 그 결과 전국의 대학생 풍물패, 노동현장,

---

247) 치배들이 제자리에 서서, 혹은 전, 후진하면서 몸을 회전하는 동작.
248) 농악대 치배 중 소고잽이들이 몸을 비스듬히 땅 쪽으로 눕혀서 회전하는 동작.

재야문화운동단체 등을 중심으로 호남좌도지역의 마을농악이 급속도로 확산되었다. 이데올로기와 조직력을 기반으로 한 목적의식적인 민중문화운동 세력의 활동은 호남좌도농악을 짧은 순간에 전국적으로 파급시켰고 그 결과 수십만 명에 이르는 농악인구를 양성해 내었으며 열정적인 마니아층도 생겨났다.

민중문화운동 세력이 호남좌도지역의 마을농악에서 주목한 것은 예술적 기량의 고도화가 아니었다. 그들은 농악을 통해서 농촌의 마을공동체가 가지는 단결의 정신인 대동성(大同性)을 배웠으며, 농악의 강습과 공연을 통해서 이 단결의 사상을 조직적으로 확산시킴으로써 운동세력의 결속을 꾀하였다. 마을농악은 소박하고 변주가 거의 없는 단순한 가락으로 구성되었으며 진법의 변화도 복잡하지 않아서 비교적 익히기에 용이하였고 또 윗놀음을 구태여 하지 않아도 농악공연이 가능했기 때문에 대중적으로 보급하기에는 최적의 조건을 가지고 있었다.

민중문화운동 세력은 농악을 익히고 보급하며 공연하는 일련의 과정에서 자신들의 정당성을 이론적으로 모색하고 정립해 나갔다. 이러한 현상이 지속되면서 운동세력과 무관한 농악의 동호인들도 생겨났다. 이 시기를 통해서 호남좌도농악은 한국의 전통 공연예술 중에서 유일하게 대중화에 성공하게 된 것이다.

1990년대 이후 구소련을 중심으로 한 동구 사회주의가 붕괴하고 문민정부가 들어서면서 탈냉전, 탈이데올로기의 움직임이 확산되었다. 농악 연구도 이데올로기적 편향에서 벗어나 전문적이고 깊이 있는 논의를 하게 되었다. 전국 각 지역에 순차적으로 농악 전수관이 개관되어 대중강습과 공연에 매진하게 되었고 이러한 전수관 중심의 농악 교육과 보급 활동은 현재까지 지속되고 있다.

한국농악의 공연텍스트 분석

-호남좌도농악을 중심으로-

1. 농악공연의 유형과 절차

1) 농악공연의 유형과 단위

(1) 공연의 유형

호남좌도농악은 ① 공연의 목적, 장소, 시기 등을 포함한 컨텍스트, ② 판굿, 마당밟이 등의 공연텍스트, ③ 공연자, ④ 청관중 등의 구성에 따라 크게 마을농악, 걸립농악, 포장걸립농악 등 세 개의 유형으로 나눌 수 있다.

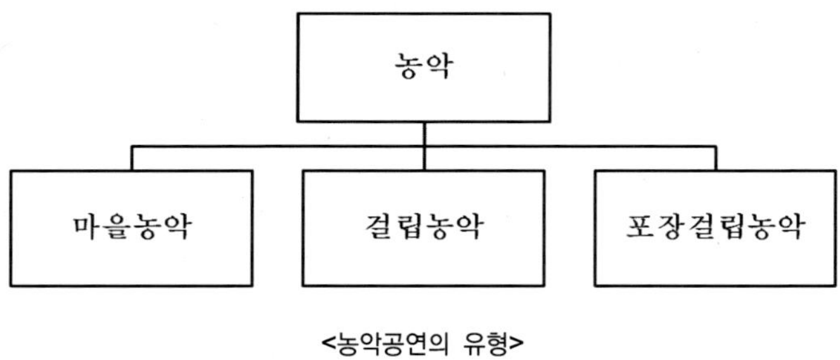

<농악공연의 유형>

첫째, 마을농악은 마을굿의 일부로서 행해지는 농악이다. 마을굿의 사제 집단을 직업적이고 전문적인 무당과, 비직업적이고 비전문적인 민간인으로 양분하여 후자는 다시 농악이 주도적 역할을 하고 탈꾼이 부수적 존재가 되는 농악대와, 탈꾼이 주도권을 행사하고 농악대가 반주자로서 보조적 역할을 하는 광대 패로 나눌 수 있다. 또한 우리나라 굿에서는, 무당이 대내림을 하고 집집마다 돌면서 축귀초복을 하는 마당밟이 형태에서, 무당이 대내림을 하고 농악대가 마당밟이를 하는 중간 형태를 거쳐, 농악대가 전적으로 대내림과 마당밟이를 하는 형태로 점차 이행했다고 할 수 있다. 즉 일차적으로 사제 기능이 무당한테서 농악대에게로 양도되고, 이차적으로 악사와 탈광대의 역할 분담 과정에서 악사 중심의 농악대 굿과 탈광대 중심의 탈놀이 굿으로 다시 분화되었다고 추정할 수 있다.[249]

그런데 호남 지역 마을 공동의 대동굿에서는 대내림이 분명하게 드러나지 않는다. 서해 도서 일부 지역에서 마을굿의 제관을 뽑을 때 신내림 절차가 나타나기도 하고 신내림 현상이 나타나기도 하지만 이것을 일반적인 현상으로 볼 수는 없다. 물론 과거의 어느 시기에 무당이

---

249) 박진태(1998), 『한국 민속극 연구』, 새문사, 10~21쪽 참조.

전적으로 제사의 주도권을 가졌을 가능성을 배제할 수는 없지만, 호남 지역은 무당의 제사 단위와 농악의 공연 단위가 결합하여 대동굿을 공연하더라도, 각각 독립적인 단위로 통합되어 전개되는 양상을 보인다. 이러한 점은 무당굿에서 농악이 분화되어 나온 과정을 보여 주기보다는, 마을굿에서 무당굿·농악이 분화되어 나온 과정을 보여 주는 표지로 보인다.250) 마을농악은 마을 구성원 스스로, 혹은 제한된 외부의 인원을 충당하여 치르는 농악이므로 농악, 제관, 무당굿 등이 혼재되거나 보조적, 중심적 지위를 어느 하나의 장르가 차지한다. 마을농악은 제의, 노동, 놀이 등을 포함하여 크게 두레농악과 축원농악으로 나눌 수 있다.

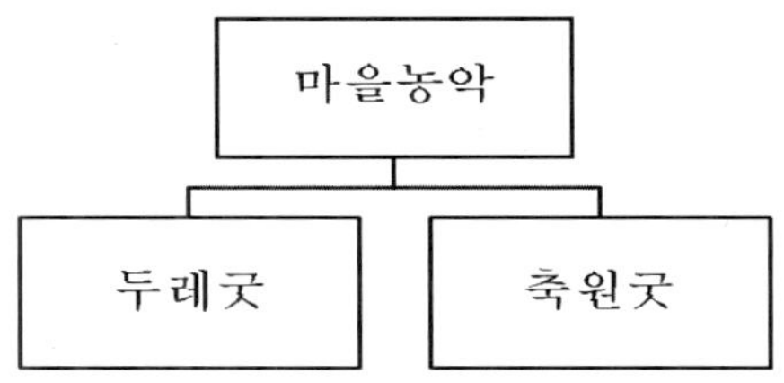

둘째, 걸립농악은 더 발전한 전문굿패가 마을 단위를 벗어나 인근의 다른 마을, 혹은 그 지역을 벗어나 다른 지역으로 공연을 나가서 사제자와 연예인의 역할을 동시에 하면서 일정하게 약속된 대가를 받는 공연형태로서 공연자가 여러 마을에서 규합되고 공연텍스트도 대규모로 구성되는 농악이다. 걸립(乞粒), 걸량(乞糧), 걸공(乞供), 걸궁(乞窮) 등은 민가를 순회하며 곡식이나 재물을 걷는 행위를 지칭하는 말이다. 걸립은 무당, 승려, 유랑 광대 등이 가가호호를 방문하는 집돌이굿에서

---

250) 이영배(2006), 「호남지역 풍물굿의 잡색놀음 연구」, 전북대 박사논문, 6~7쪽 참조.

유래된 것으로 짐작된다. 농악이 발전하여 농악을 통한 걸립이 가능해지면서 걸립농악이 형성되는데, 이때 공연텍스트에는 많은 변이가 일어나게 된다. 걸립농악의 공연텍스트는 마을농악과 중복되는 것도 있고 새로이 첨가되는 것도 있다. 두레굿을 제외한 마을농악의 모든 공연텍스트와 함께 마을 문굿, 대규모 판굿과 재능기 등이 첨가된다. 이러한 변이는 일종의 상품화이기는 하지만 이 단계까지는 전근대적 예술 유통방식이기도 하다.

본 연구에서 말하는 걸립농악이란 단지 가가호호 마당밟이를 함으로써 대가를 얻어 내는 농악 형태에 국한하지 않고, 연예화된 농악 형태인 대규모의 판굿과 개인놀이를 확보한 농악대의 공연 유형을 지칭하는 것이다. 마을농악과 걸립농악은 실제로 둘 사이의 경계가 확실히 구분되는 것은 아니다. 마을농악 층위에서도 돈이나 쌀을 걷는 걸립행위가 존재하고 집돌이굿 역시 존재하며 대규모 판굿의 초기 형태인 소규모의 판굿, 곧 마당굿이 존재한다.

그렇다면 걸립농악과 마을농악을 구분하는 기준은 무엇인가? 그것은 공연장소, 공연목적, 공연텍스트, 공연자, 청관중 등의 차이라고 볼 수 있다. 자신의 마을을 벗어나서(공연장소), 경제적 이익을 염두에 두고(공연목적), 여러 마을에서 기량이 출중한 인원을 규합하여(공연자), 여

러 마을의 사람들(청관중)이 관람할 수 있는 농악이 걸립농악인 것이다.

걸립농악을 하기 위해서는 농악의 공연텍스트가 풍부해야 하고 이를 공연으로 소화해 낼 수 있는 기량이 있어야 한다. 특히 농악대의 수장인 상쇠의 기량이 중요한 관건이라고 할 수 있다. 걸립농악의 공연텍스트 중에서 가장 중요한 것은 마을 문굿과 판굿이다. 마을 문굿은 사전에 허가받지 않은 공연자들이 마을로 들어 공연하는 것을 허가받는 과정이므로, 일정한 법도와 격식이 갖추어져 있어야 하며 절차가 복잡하다. 판굿의 경우 문굿보다 훨씬 복잡하고 장시간이 소요되는 과정이므로 문굿보다 난이도가 높다. 걸립농악에 대한 선호도가 높은 지역일수록 심사기준이 엄격하고 까다롭기 때문에, 숙련된 기량을 가지고 공연텍스트를 소화할 수 있는 개개인이나 단체만이 이 걸립농악을 할 수 있었다. 마을 주민들은 외부공연자를 초빙하였을 때 당산굿이나 마당밟이를 잘하는 사제자로서뿐만이 아니라 판굿에 숙달된 기량을 가진 연예인으로서의 역할도 동시에 기대한다. 이로부터 '상쇠대접' 같은 관습이 생겨난다.

이러한 주민들의 요구에 순응하면서 공연자는 공연텍스트를 변화시킨다. 사제자로서의 기능을 강화하기 위해서 '고사소리'와 같은 무가종류를 농악에 도입하여 사제자로서의 권위를 높이거나, 대규모 판굿에서 농악으로 할 수 있는 다양한 기악(태평소와 타악기 연주), 성악(노래굿), 놀이(등지기, 수박치기), 무용(진법, 발림, 윗놀음), 연극(잡색놀음)을 결합하여 장시간의 공연텍스트를 갖추어 농악의 연예적 성격을 강화하기도 한다. 공연자의 기량이 뛰어나고 명성이 높을수록 경제적 소득도 많아지는 것이다.

근대화시기의 걸립농악은 이농으로 인한 치배 확보의 어려움, 대규모

걸립의 쇠퇴 등의 이유로 중간 층위의 형태, 즉 소규모 2 – 3인의 외부 전문 공연자와 마을농악 공연자와의 결합이 진행되기도 하였다.

셋째, 포장걸립농악은 20세기 이후 전문 농악인들의 활동이 활발해지면서 상업적 흥행을 목적으로 포장을 치거나 실내극장을 빌려서 입구에 매표소를 차려 놓고 돈을 받고 공연하는 형태의 농악을 말한다. 포장걸립농악단은 일정한 단체를 조직해 거주 지역을 떠나 몇 달 이상 심지어 수년 동안 순회공연을 하며 단장, 총무, 재무, 사업부, 경비원 등의 실무자들과 전문 기량을 인정받은 공연자들로 구성되었다.

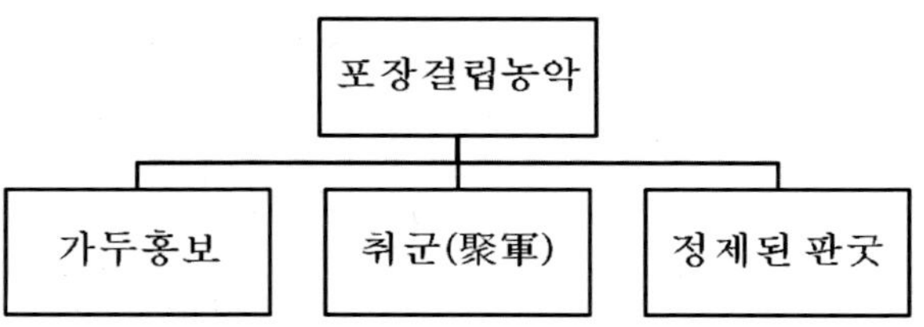

걸립농악의 대규모 판굿을 연예농악이라고 일컫기도 하지만, 근대적인 의미의 연예농악은 자본주의 경제 방식의 흥행을 목적으로 상품화한 포장걸립농악이라고 할 수 있다. 포장걸립농악의 공연텍스트에는 가두 홍보,251) 공연장 주위에서 악기를 연주하면서 관객을 불러 모으는 취군(聚群),252) 정제된 판굿, 막간 재담, 민요, 판소리, 재능기(개인놀이), 기악반주 등이 첨가된다.

걸립농악의 대규모 판굿에는 여전히 마을농악의 두레굿적 요소나 노래굿, 등지기, 수박치기 등과 같은 놀이적 요소, 도둑잽이 등과 같은

---

251) '동네를 돈다'는 뜻을 가진 일본어 마찌마와리(町廻)라고 불렀다.
252) '군중을 모은다'는 뜻을 가진 일본어 이르꾸미(聚群)라고 불렀다.

전근대적 연극요소 등이 존재하지만 포장걸립농악의 판굿은 매우 정제되어서 노래굿, 등지기, 수박치기, 도둑잽이, 문굿 등 흥행성의 측면에서 적합하지 않은 것들은 공연에서 제외시키고 다양한 변주를 동반한 악기연주와 윗놀음, 진법, 몸동작 등의 무용적 요소의 기량을 고도로 발전시켜 상품성을 높였다.

호남좌도지역에서는 남원의 '류한준 패', 금산의 '최상근 일행' 등이 두드러진 포장걸립농악 활동을 하였으며, 1960년대~1970년대에 활발한 활동을 보였던 여성농악단의 농악도 포장걸립농악이었다.

(2) 공연의 단위

농악을 공연 유형에 따라 마을농악, 걸립농악, 포장걸립농악 등으로 구별할 때 각각의 공연 유형은 다소간에 제각기 다른 형태로 구조화되지만, 그 구조를 형성하는 단위는 크게 대단위, 중단위, 소단위로 구분할 수 있다.[253] 대단위는 농악을 구성하는 가장 큰 단위를 말하며 걸립농악을 예로 들 때 축원농악, 마을문굿, 판굿 등이 대단위라고 할 수 있다. 중단위는 대단위를 다시 세분하여 여러 단위로 구분하는 단위로 축원농악을 예로 들면 들당산, 마을샘굿, 마당밟이, 날당산 등의 단위가 중단위라고 할 수 있다. 소단위는 중단위를 구성하는 단위로 중단위 중 마당밟이를 예로 들면 질굿, 개인 문굿, 곳간굿, 성주굿 등의 단위가 소단위라고 할 수 있다.

---

253) 김익두(1995), 앞의 논문, 108쪽 참조.

공연단위 \ 공연 유형	걸립농악							
대단위	축원농악							
중단위	들당산	마을샘굿	마당밟이					날당산
소단위			질굿	개인문굿	마당굿	샘굿	조왕굿	성주굿	기타

<축원농악의 공연단위>

각 단위들이 공연에서 차지하는 비중의 차이는 매우 크다. 대단위인 축원농악을 구성하는 각 중단위들 중에서 마당밟이의 비중이 매우 크고 마을샘굿의 비중이 가장 작다고 할 수 있다. 여기서 비중은 공연텍스트의 분량, 소요시간의 길이, 절차의 복잡성 등을 기준하여 중요도를 정한 결과를 말한다.

또한, 대단위를 이루는 하위 단위가 명확히 구분되는 경우와 그렇지 않은 경우도 있다. 마을농악이라는 공연 유형은 크게 두레굿과 축원농악이라는 두 개의 대단위로 이루어져 있는데, 축원농악은 중, 소단위까지 명확히 구분되며 심지어 마당밟이의 경우에는 소단위를 여러 개의 미세단위로 구분할 수 있을 만큼 정교하게 구조화되어 있다. 반면, 두레굿은 중단위의 경계가 모호하고 명칭이 명확하지 않아서 소단위까지 구분하기 곤란하다. 마을샘굿의 경우에는 소단위를 구분하기 어려운데, 이 경우에는 중단위와 소단위를 동일한 절차굿으로 볼 수 있다.

농악은 공연 유형에 따라 대단위들 상호 간의 결합양상이 다양하게 나타난다. 예컨대 마을농악에서는 두레굿과 축원농악 등이 쓰이고 걸립농악에서는 마을문굿, 판굿, 축원농악이, 그리고 포장걸립농악에서는 가두홍보, 취군, 판굿 등이 대단위를 이룬다. 공연 유형에 따라 중단위의 구성이 달라지기도 하는데 특히 판굿에서 그러한 현상이 두드러진다.

걸립농악의 판굿에서는 대개 모든 중단위들이 결합되지만 포장걸립농악의 판굿에서는 어울림굿과 질굿, 그리고 판굿의 소단위 일부가 가두홍보와 취군에 쓰이고 본공연에서는 역시 걸립농악 판굿 중의 소단위 일부(전굿과 재능기)가 공연된다.

한편 어떤 절차굿은 동일한 명칭이지만 중단위에 속하기도 하고 때로는 소단위에 속하는 등, 범주를 넘나들기도 한다. 예컨대, 질굿은 ① 치배들이 악기를 연주하면서 행진하는 행위를 지칭하는 말, ② 여러 개의 상이한 장단들로 이루어진 장단의 집합체, ③ 12/8박자로 이루어진 굿거리 종류의 장단을 지칭하는 용어, 이렇게 세 가지 의미로 사용된다. ①은 마을농악 축원농악의 중단위 질굿, 축원농악의 중단위인 마당밟이에서 소단위로 구성되는 질굿을 지칭하는 용어이며, ②는 걸립농악의 대단위인 판굿의 중단위 질굿을 지칭하는 용어이다. ③의 용어는 단위의 구별 없이 장단을 지칭하는 음악용어로 사용된다.

걸립농악의 대단위인 판굿은 16개의 중단위로 구분되어 가장 많은 구성요소를 가지고 있는데 이 중단위들을 다시 세 개의 묶음으로 엮어 '전굿→후굿→재능기'로 구분하기도 한다. 남원농악 판굿에서는 어울림굿, 입장굿, 풍류굿, 채굿, 진풀이, 호호굿, 영산, 노래굿, 춤굿, 등지기, 미지기굿까지의 과정을 전굿이라 한다. 남원농악이 연예농악이라고 하는 것은 이 전굿을 고도로 전문화하였다는 점에 있다. 전굿에서는 다양한 변주장단과 몸놀림, 그리고 좌도농악 특유의 상모놀이가 중점적으로 부각된다. 전굿 중에서 화려한 기량이 돋보이지 않는 노래굿, 춤굿, 등지기 등은 연예농악에서는 사용하지 않았다. 후굿은 도둑잽이, 문굿, 점호굿, 헤침굿 등이 있는데 주로 춤, 재담, 연희, 의식(ceremony) 등으로 구성되어 있다. 이 후굿은 실제 포장걸립에서 전혀 공연되지 않았다. 판굿의 전 과정을 마치고 공연되는 재능기는 꽹과리, 소고, 장고, 열두 발 상모의 개인놀이인데 포장걸립농악에서 자주 공연되었다.

2) 공연유형별 농악단의 편성 양상

기구, 복색, 치배 구성은 공연의 유형에 따라 제각기 변화한다. 마을농악 중 공동노동에 사용되는 두레굿에서의 기구, 복색, 치배 구성은 매우 간소하고 단출한 편이고 마당밟이 등의 축원농악에서는 제 요소들이 확장된다. 전술한 바와 같이 마을농악과 걸립농악의 경계가 분명하지 않으므로 기구, 복색, 치배 구성에서 마을농악의 축원농악과 걸립농악은 같은 수준을 유지한다. 포장걸립농악에서는 걸립농악에서 다양하게 확장되었던 기구, 복색, 치배 구성을 간소화한다. 이러한 일련의 변화는 공연텍스트의 변화에 따라서 달라진다. 각각의 변화 양상을 살펴보면 다음과 같다.

(1) 기구

일반적으로 마을농악에서는 깃발과 악기 이외의 도구는 사용되지 않는다. 이것이 대규모의 판굿을 공연텍스트로 확보한 걸립농악으로 진화하면서 문굿과 판굿에 사용되는 각종 소품들이 추가되는 것이다.

호남좌도농악에서 사용되는 기구는 크게 악기와 깃발, 그리고 기타 소품 등으로 나눌 수 있다. 악기는 타악기와 선율악기로 구분할 수 있는데 타악기는 꽹과리를 필두로 하여 징, 장구, 북, 소고 등이 있고 선율악기에는 태평소와 나발이 있는데 여기서 나발은 일정하게 정하여진 선율을 연주한다고 하기보다는 치배 소집과 공연의 시작을 알리는 신호의 도구로 쓰이고 있다.

호남좌도농악에서 공통적으로 사용되는 기는 농기1, 단체기1, 영기2 등이 있다. 권역에 따라 용기, 오방기, 설명기 등이 사용되지만 전반적으로 보아서 비교적 단출하다. 남원농악의 경우처럼 포장걸립의 경험을 가진 농악에서는 경우에 따라서 깃발 자체를 사용하지 않기도 한다. 이 것은 연예화 과정을 거치면서 전근대적 마을굿으로부터 상당 부분 벗어났기 때문이라고 할 수 있다.

농기와 단기는 각각 깃발의 가장자리에 지네발을 달고 깃대 위에는 용의 모양이 그려진 용두(龍頭)를 매달고 용두 위에는 꿩 깃털을 모아서 만든 꿩 장목을 단다. 깃발의 색상은 달리 정해 놓지 않았다. 농기에는 '農者天下之大本'이라는 글씨를 크게 써 놓는다. 영기에는 '令'자를 써 놓고 깃대 끝에 뾰족한 삼지창을 단다. 영기는 상쇠가 명령을 내릴 때 사령관의 위엄을 보좌하는 역할을 하는데 영기 끝에 삼지창에는 문굿에 쓰이는 화관을 각각 하나씩 걸어 놓는다. 좌도농악의 깃발 중에서 특기할 만한 것으로는 진안 중평농악의 설명기가 있는데 이 깃발에는 아무런 그림을 그리지 않으며 기폭에다 그 기를 만든 년, 월, 일만 기록해 둔다.

기타 기구로는 잡색놀음에 사용되는 소품인 요령, 들것, 투전, 지전(화관) 등이 있는데 특기할 만한 것은 무당굿에서 무구로 사용되는 지전이 좌도농악에서는 판굿의 후반부에 편성되는 잡색놀음에서 상쇠가 꽹과리 대신 신호의 도구로 사용한다. 이 지전을 남원농악에서는 화관(花冠)이라고 한다. 이 화관은 도둑잽이굿 이후에 이어지는 문굿의 결미 부분에서 잡색 중 각시 두 명을 영기 앞으로 불러내어 노는 장면에서는 각시들의 머리에 씌우는 장식물의 기능을 하기도 한다.

이것이 다시 포장걸립농악으로 상승하게 되면 악기 이외의 모든 전통적 기구들이 제외된다. 농악대의 소속을 알리는 각종 깃발 대신에 소전단과 현수막 등이 등장하고, 공연장은 포장으로 둘러쳐지고 무대, 조명, 마이크 등이 추가된다.

(2) 복색 및 치배 구성

두레굿은 보통 일상복을 입는다. 전근대 사회의 일상복은 상하 흰색 한복이었으므로 이것이 두레굿의 공연복이었다. 이러한 일상성이 신성성으로 전화하는 축원농악에서는 다양한 의미와 상징성을 지닌 형형색색의 복색을 입은 치배들이 등장한다. 축원농악에 이르러서 잡색이 편성되고 상모나 고깔 등 머리를 장식하는 장식물 등이 등장한다. 또 어깨와 허리를 두르는 삼색 띠(드림)가 첨가된다.

이 축원농악의 복색과 치배 구성은 걸립농악과 질적인 차이를 보이지는 않지만 걸립농악이 규모 면에서 좀 더 크다고 볼 수 있다. 걸립농악의 판굿에 소용되는 악기연주자와 도둑잼이 등의 연희에 등장하는 잡색들이 고정적으로 편성되어야 공연이 가능하므로 걸립농악의 치배는 일정한 인원이 항상 일정 수 이상 편성되어야 한다. 다음은 마을농악 중 축원농악과 걸립농악에 공통적으로 사용되는 복색과 치배 구성이다.

구분 치배	진안농악	화순농악	임실농악	남원농악	곡성농악
설명기1	검정 저고리				
용 기1	검정 저고리		남색 조끼		
농 기1	검정 저고리	검정 저고리, 고깔이나 전립	남색 조끼	남색 조끼	남색 조끼
영 기2	검정 저고리	검정 저고리, 부포 없는 전립	남색 조끼	남색 조끼	남색 조끼
오방기5	검정 저고리				
단 기				남색 조끼	
나발수	상쇠가 대신함	평복	남색 조끼, 고깔	남색 조끼, 고깔	검정 쇠옷, 상모
호적수		평복	남색 조끼, 고깔	남색 조끼, 고깔	검정 쇠옷, 상모
상 쇠	붉은(흰) 저고리, 부들상모	붉은 색동저고리, 부들상모	검정 색동저고리, 부들상모	남색 조끼, 삼색 띠, 부들상모	검정 쇠옷, 부들상모
부 쇠	상쇠와 같음	상쇠와 같음	상쇠와 같음	상쇠와 같음	상쇠와 같음
징	상쇠와 같음	흰 두루마기, 머리에 패랭이	남색 조끼, 삼색 띠, 고깔	상쇠와 같음	상쇠와 같음
장 구	상쇠와 같음	남색 조끼, 고깔	징과 같음	상쇠와 같음	상쇠와 같음
북	상쇠와 같음	남색 조끼, 고깔	징과 같음	상쇠와 같음	붉은 쇠옷, 채상
소 고	붉은 저고리, 채상	남색 조끼, 채상	징과 같음	상쇠와 같음	붉은 쇠옷, 채상

<앞치배의 구성과 복색>

기수의 복장은 다른 치배들과 같지만 머리에 상모를 쓰지 않고 고깔을 쓴다. 판굿의 전반부에서는 기수의 역할이 별로 드러나지 않지만 후반부인 도둑잽이 등의 연희 부분에서는 대열의 선두에서 치배들의 진법을 주도하는 역할을 맡으며 특히 문굿과 점호굿에서 영기수는 대열전체의 선두에서 사령관인 상쇠를 호위하는 군사의 배역으로 드러난다.

앞치배는 새납, 쇠, 징, 장구, 북, 소고 등을 담당한다. 좌도농악에서 치배의 치복은 정형화한 표준이 존재하지는 않는다. 치복의 색상과 디자인이 고정적이지 않으며, 특히 앞치배의 경우는 지역에 따른 차이도 있지만 동일 지역에서도 시대에 따라 여러 모습으로 변화해 온 것으로 알려져 있다. 곡성농악의 경우 과거에는 흰 저고리를 입었던 것이 오늘날에는 검정 쇠옷을 입게 되었고 남원농악은 흰색 한복 상하의에 삼색 띠를 매던 것이 포장걸립을 할 때에는 신라복을 입게 되었다. 현재 남원농악은 남색 조끼를 입는다. 진안농악의 경우는 붉은색 저고리와 흰색 저고리, 둘 다를 사용한다. 이와 같이 복색에 있어서 정형화를 고집하지 않고 변화가 상대적으로 자유로운 것은 걸립농악의 경험 때문으로 보인다.

뒤치배는 흔히 잡색이라는 이름으로 불리는데 대포수, 창부, 조리중, 양반, 할멈, 한량, 각시 등이 있다.

대포수는 머리에 챙이 없는 검은색 상모를 쓰는데 진자와 연결된 물채 끝에 닭털이나 꿩 깃을 달아 이것을 돌리기도 한다. 대포수의 손에는 총이나 채찍을 든다. 조리중은 승복을 입고 바랑을 등에 진다. 손에는 목탁을 들고 때때로 농악 가락에 맞추어 목탁을 두드리기도 한다. 조리중은 머리에 삿갓을 쓴다. 창부는 현란한 색상의 무복을 갖추어 입고 손에는 울긋불긋한 부채를 쥐며 머리에는 무당이 쓰는 붉은색 모자를 쓰는데 모자 양쪽으로 꿩 깃털을 단다.

구분 치배	진안농악	화순농악	임실농악	남원농악	곡성농악
대포수	중의적삼, 전립이나 탈모자, 등에는 망태기, 손에는 화승총	청색 도포, 소매에 색동, 머리에 大將軍 관, 망태, 목총.	녹의(綠衣)를 입고 머리에 大將軍관, 등에는 망태, 손에 목총.	검정 더그레, 머리에 꿩 장목과 진자가 달린 검정 모자, 손에 채찍.	빨강 저고리, 머리에 대포수관, 손에 채찍.
창부			푸른 창옷 머릿수건 위에 초립, 소매에 끝동.	무복을 입고 손에 부채, 머리에 꿩 깃털을 단 붉은 모자.	두루마기에 깃 꽂은 패랭이를 쓴다.
조리중	중의적삼에 광대탈을 쓰고 우측 청색 띠, 목탁과 바랑	회색 상하의에 빨간 드림, 등에 바랑, 머리에 흰 띠를 매단 송낙.	장삼에 송낙을 쓰고 등에 바랑, 목에 색 띠.	장삼에 진자 달린 갓을 쓰고 등에 바랑, 손에 목탁, 목에 염주.	장삼에 송낙을 쓰고 등에 바랑, 손에 목탁
양반	흰 도포, 머리에 정자관, 손에 담뱃대, 흰 수염.	청색 두루마기, 머리에 정자관, 손에 담뱃대.	양반도포, 머리에 정자관, 손에 담뱃대, 부채, 흰 수염.	흰색 두루마기 정자관, 손에 부채, 담뱃대.	
농구			상쇠와 같은 복장	상쇠와 같은 복장	상쇠와 같은 복장
각시	머리에 비녀 꽂고 수건, 한복 치마저고리		붉은 치마에 노랑 저고리, 머리에 수건, 손에는 손수건.	한복 치마저고리, 머리에 비녀, 손에 손수건	
화동			푸른 창옷, 머리에 꿩 장목을 단 초립.		
무동받이			남색 조끼, 색 띠, 맨머리.		
한량				두루마기, 머리에 갓	
무동		노랑 저고리, 남색 쾌자, 허리에 붉은 띠, 손에는 한삼, 머리에 전립.	남색 쾌자에 색 띠, 머리에 고깔.		쾌자를 입는다.
비리쇠		흰색 바지저고리, 괴나리봇짐, 머리에 수건.			
할미광대		흰 치마저고리, 얼굴에 광대탈, 등은 꼽추, 손에 부지깽이.			

<뒤치배의 구성과 복색>

한량과 양반은 한복 두루마기를 입는데 한량은 보통 갓을 쓰고 양반은 망건을 쓴다. 양반의 손에는 긴 장죽대가 들린다. 각시는 두 명으로 편성하는데 판굿 후반부에 있는 문굿에서 각시놀음을 하기 위해서는 두 명의 각시가 소요되기 때문이다.

호남좌도농악의 잡색 중에서 '농구'는 독특한 존재이다. 농구란 여러 가지를 고려하여 장차 상쇠가 될 만한 젊은 인재를 양성하기 위해 빈 손에 채만 들고 상쇠 옆을 따라다니며 상쇠의 일거수일투족을 흉내 낸다. 일종의 상쇠 수업인 셈이다. 그러므로 농구는 완전한 잡색도 아니고 악기를 연주하는 앞치배도 아닌 이중적인 존재로서 공연에 참여하는 것이다. 다음은 축원농악과 걸립농악에서 사용되는 복색과 치배 구성을 도표로 정리한 것이다.

포장걸립농악에서의 복색은 '신라복'이라고 했으며, 흰 상하의에 끝에다가 청색의 굵은 선을 두른 것이었다. 어깨에는 띠를 두르지 않거나 한쪽만 두르고 허리에도 띠를 두른다.

포장걸립농악에서 인원구성은 공연단과 실무진으로 나뉜다. 먼저 공연단을 살펴보면 포장걸립농악의 치배 중에서 대포수를 제외한 모든 잡색이 편성에서 제외된다. 이는 고도로 판굿 기량을 발전시킨 포장걸립농악의 판굿에 잡색들의 존재는 오히려 공연에 방해가 되기 때문이다. 단지 대포수는 공연의 막간에 공연자들의 휴식을 위해 청관중을 웃게 할 재담꾼의 역할을 할 뿐이다. 또 악기를 연주하는 앞치배의 인원도 20명 미만으로 편성한다. 소규모의 편성이 이동에 편리한 까닭이기도 하지만 결정적인 문제는 수익의 배분이 적어지기 때문에 인원의 규모를 축소할 수밖에 없는 것이다. 포장걸립농악의 실무진은 대개 다음과 같이 편성된다.[254]

직 책	역 할
단 장	포장걸립농악단의 총지휘자
부단장	단장과 더불어 공연단의 지휘부
사업부	사전에 공연단이 공연할 만한 장소를 물색하여 행정관청의 공연 허가를 받고 단원들의 숙박 장소, 식사 예약 등을 담당. 항상 공연단보다 먼저 출발하였고 공연단이 도착하기 전에 다른 지역을 찾아 떠남.
총 무	공연에 필요한 행정절차를 진행. 각종 서류작성, 사고처리, 경비와 기도 등의 관리.
재 무	공연단의 재정을 총괄. 예산 집행과 매표 담당.
경 비	경비는 공연 시작 전과 공연 도중에 포장 주위를 순찰하며 구경꾼들이 표를 구입하지 않고 몰래 잠입하지 못하도록 방비하는 임무를 맡았다.
기 도 (木 戶)	기도는 일본어에서 따온 말로 우리말로는 문지기라고 표현할 수 있다. 기도는 포장걸립을 하는 공연단이 들어오면 자릿세를 요구거나 행패를 부리는 지역 건달 등의 횡포로부터 공연단을 방어하는 임무를 맡았는데 보통 공연단을 계속 따라서 기도 역할을 하는 사람 1인과 공연이 열리는 해당 지역 토박이 건달 중에서 한 명을 고용하여 2인이 기도의 역할을 수행했다.

<포장걸립농악단의 실무진>

3) 농악공연의 단위별 절차

(1) 마을농악의 공연 절차

마을농악에는 마을의 공동노동을 할 때 노동의 능률을 높이고 휴식 참의 여가에 오락을 제공하는 농악인 두레굿, 마을의 가가호호를 방문하여 집안의 나쁜 기운을 몰아내고 명(命)과 복(福)을 빌어 주는 무속적 성격이 강한 마당밟이굿, 마을에서 가장 신성하게 여기는 수호신인 당산에 마을공동체의 무사태평을 기원하는 당산굿, 마을의 우물이 일년 내내 마르지 않도록 우물신(井神), 혹은 용왕에게 기원하는 마을샘굿 등이 있다.

---

254) 여기서는 '최상근 일행'의 실무진을 기술한다.

(가) 두레굿

진안 중평마을에서는 두레굿을 치려면, 먼저 두레가 시작되자마자 마을 앞에 커다란 마을기(용기)를 '기확'에 박아 세워 놓는다. 두레노동을 하는 날 아침에 마을 광장에서 나발을 불어서 굿패가 모이게 한 다음 치배들이 다 모이면 상쇠가 질굿가락을 내어 치배들을 이끌고 마을의 당산으로 가서 당산굿을 한다. 당산굿을 마치고 나서 두레노동을 하고자 하는 논에 도착하면 기를 근처의 한 장소에 세워 놓고, 두레노동을 시작하게 되는데 전체 과정은 '나발신호→치배소집→질굿→당산굿→공동노동(농악과 민요)→질굿→귀환'의 순서로 진행된다. 두레굿의 세부 방법을 간략히 기술하면 다음과 같다.

① **두레굿 1:** 가락을 치면서 두레패의 일꾼들이 논에 한 줄로 늘어선다.
② **두레굿 2:** 상쇠가 "어서어서 들어서"라는 불림을 외치고 나면 다음 두레굿 2 가락을 치면 일꾼들이 논 안으로 들어간다. 이후 어룸굿→외마치→두마치 순으로 치고 맺는다.
③ **두레굿 3:** 두레꾼들이 치배꾼들 뒤를 따르면서 김매기를 시작한다. 반잔지래기나 춤굿, 늦은 삼채 종류를 친다. 도중에 민요를 하는데 '방개소리', '쌈 싸는 소리' 등을 한다.

광양읍(光陽邑) 오산리(午山里)에서는 김맬 때 아침 8시에 당산에 덕석기와 영기(令旗)를 세우고 나발을 불고 북을 치면 일꾼들이 모인다. 일꾼들이 다 모이면 기를 들고 농악을 치며 논으로 간다. 들에 나갈 때에 질굿이나 삼채를 치며 간다. 김맬 논에 이르면 논둑에서 판굿과 같이 한바탕 농악을 치고 나서 농기 영기를 논둑에 꽂고 잠깐 쉬며 담배를 피우고 나서 농군들은 일제히 논에 들어 김을 맨다. 논에 들어 김맬 때에는 농악을 치지 않는다. 김을 매고 마을에 들어올 때도 질굿을 치고 들어오는데 어느 경우에는 마을에 들어서서 판굿을 치고 헤어지기도 한다.

임실 필봉마을에서는 김매기를 모두 마치고 백중 무렵이 되면 음식을 장만하여 농악을 하며 김맬 때 쓰던 호미를 모두 모아 '호미씻이'를 한다. 호미씻이 날은 머슴날이라고도 하여 농악과 노래와 춤으로 여름에 힘들었던 피로를 풀어낸다. 이때 마을에서 농사가 가장 잘된 집의 머슴을 골라 1년의 수고를 치하하고 삿갓을 씌워 소등에 태워 풍장을 울리며 마을을 돌아다니며 그 집 주인은 마을사람들에게 술과 음식을 푸지게 대접한다.

진안 중평마을에서는 '망우리굿(망월굿)'을 하는데 정월 대보름날 생솔나무로 마을 높은 언덕에 '달집'을 만들어 세우고 달이 떠오를 무렵에 거기에 불을 지르고, 동쪽을 향해 절을 하고, "망우리야"를 외치며, 굿패가 달집을 시계 반대 방향으로 돌면서 굿을 친다. 이때의 굿 가락은 일정한 것이 없고, 질굿, 반잔지래기, 춤굿, 늦은 삼채 등을 친다. 달집에다 '연(鳶)'과 종이로 만든 '등거리'를 태우기도 하는데, 이는 액막이를 위한 것이라 하며, 다리미에다 콩을 볶아 먹기도 하는데, 이것은 부스럼이 나는 것을 막기 위한 것이라 한다.

(나) 축원농악

① 어울림굿

공연장소	공연순서
집결지	어울림가락→휘모리 내는 가락→휘모리 본가락→맺음가락→된삼채 내는 가락→된삼채 본가락→넘는 가락→휘모리→맺음가락

모든 농악공연의 시작은 어울림굿을 치면서 이루어진다. 가락은 보통 평이하게 휘모리와 된삼채를 치는데 공연을 시작하면서 치배들의 상태를 점검하고 호흡을 가다듬는 과정이다. 일정한 대오가 없이 제자리에 서서 친다.

② 질굿

공연장소	공연순서
치배들이 이동하면서	질굿 내는 가락→질굿 본가락→삼채 내는 가락→잦은 삼채 내는 가락→잦은 삼채 본가락→잦은 삼채 맺는 가락→휘모리→맺음가락→된삼채 내는 가락→된삼채 본가락→넘는 가락→휘모리→맺음가락

농악대가 이동할 때 치는 굿가락은 질굿과 일채굿, 두 가지가 있다. 질굿은 주로 거리나 골목 등원거리를 이동할 때 사용되고 일채굿은 집 안에서 이동할 때 사용한다. 질굿 뒤에 개인 집 문굿이 이어지면 질굿 본가락에서 바로 문굿가락으로 넘기고 질굿 뒤에 개인 집 문굿을 치는 경우가 아니면 위의 순서에 따른다.

③ 당산굿

공연장소	공연순서
마을 당산	질굿→갠지갱→휘모리 질굿→어룸굿 덕담 "당전에 문안이요" 된삼채→삼채→풍류가락 등

마을의 축원농악을 시작하려면 당산굿을 쳐야 한다. 당산은 마을의 수호신이며 당산나무가 있는 곳은 대개 넓은 공터가 있어 마을 사람들의 휴식과 놀이공간의 역할을 한다. 당산굿은 마을에서 가장 신성하게 여기는 수호신에게 굿패가 할 수 있는 최대한의 경의를 표하는 것이다. 마을 자체 농악대의 당산굿은 걸립농악대의 들당산굿보다 일반적으로 간소한 절차로 진행된다. 여기서는 필봉농악의 당산굿의 절차를 기술하였다.

④ 마을샘굿

공연장소	공연순서
공동 우물	일체→잦은 삼채 내는 가락→잦은 삼채 본가락→잦은 삼채 맺는 가락→휘모리→맺음가락1 →샘굿 사설→샘굿가락→넘는 가락1→휘모리→맺음가락1→어울림가락(두 번 절하기)

당산굿을 마치고 나서 마을의 공동우물에 가서 마을의 우물이 일 년 내내 마르지 않고 그 물을 마시고 무병장수하기를 기원하는 마을 샘굿을 친다. 우물에는 우물신(井神), 혹은 용왕이 있어 물이 마르지 않게 한다고 여긴다. 마을에 공동 우물은 빠짐없이 찾아가서 샘굿을 친다.

샘굿은 대개 개인 우물과 마을 공동우물 두 군데에서 치는데 농악대가 마을에 들어가 당산굿을 친 공동우물에서 하는 마을샘굿과 집안에 있는 우물에서 치는 집안샘굿으로 나눌 수 있으며 방법과 절차는 동일하다.

⑤ 문굿

공연장소	공연순서
개인집 문 앞	질굿 본가락→문굿 가락→넘는 가락1→휘모리→맺음가락1→일채가락

굿패가 질굿을 치며 행진을 하다 집 앞에 도착하면 문 앞에 서서 문굿을 친다. 주인이 나와 문을 열면 가락을 맺고 일채가락을 치며 안으로 들어간다.

⑥ 마당굿

공연장소	공연순서
개인집 마당	영산굿, 풍류굿, 미지기굿, 삼채 짝두름굿 등

집안으로 들어가 마당에서 치고 노는 굿이다. 마당으로 들어온 굿패는 삼채, 미지기, 영산 등 놀기 좋고 흥겨운 가락을 친다. 소고잽이는 소고춤을 추며 잡색들은 원진 안에서 제각기 익살스런 행동을 취한다. 마당굿은 짧은 시간에 이루어지는 소규모의 판굿으로 연예적 성격이 강하다.

⑦ 술굿

공연장소	공연순서
개인집 마당	일체 – 잦은 삼채 내는 가락 – 잦은 삼채 본가락 – 잦은 삼채 맺는 가락 – 휘모리 – 맺음가락1 – 술굿사설("어서 치고 술 먹세. 두붓국에 짐 나네.") – 술굿가락 – 넘는 가락1 – 휘모리 – 맺음가락1 – 어울림가락(두 번 절하기)

마당굿을 치고 나면 집주인이 술을 한 상 내온다. 보통 마당 한가운데 술상을 차려 주는데 상쇠는 치배들을 술상 주위에 빙 둘러서게 한 다음 술굿 사설을 외치고 가락을 순서대로 친다. 가락을 맺은 다음에는 어울

림가락을 치면서 술상에 절을 두 번 하고 차려 온 술과 음식을 먹는다.

⑧ 조왕굿(정지굿)

공연장소	공연순서
부엌	일체 – 잦은 삼채 내는 가락 – 잦은 삼채 본가락 – 잦은 삼채 맺는 가락 – 휘모리 – 맺음가락1 – 조왕굿사설 – 조왕굿가락 – 반삼채 – 잦은 삼채 본가락 – 잦은 삼채 맺는 가락 – 휘모리 – 맺음가락1 – 어울림가락(두 번 절하기)

조왕굿은 부엌을 지키는 조왕신에게 명과 복을 비는 굿이다. 조왕신은 부엌을 관장하는 가신(家神), 화신(火神)으로서 조왕각시, 조왕대신, 부뚜막신이라고도 한다. 치배가 일채가락을 치면서 부엌으로 이동하면 대포수는 상을 들고 솥뚜껑을 거꾸로 뒤집어 놓고 그 위에 상을 놓는다. 휘모리로 가락을 맺고 상쇠가 재담을 한다.

〈조왕굿 재담〉
상쇠: 여봐라, 대포수야!
대포수: 예이!
상쇠: 마당에서는 쌀도 나오고 술도 나오고 돈도 나오고 하는데 부엌에서는 아무
　　　것도 안 나온다고 조왕님께서 매우 꾸중하신다. 가서 주인 아낙을 데려오
　　　너라.
대포수: 예이!

대포수를 따라온 안주인이 돈을 꺼내 솥뚜껑 위에 있는 밥그릇 위에 올려놓고 연신 고개 숙여 인사하며 치성을 드리면 상쇠는 "오방신장 합다리굿 잡귀잡신은 쳐내고 명과 복만 쳐 들이세" 하면서 조왕굿 사설을 외친다. 그리고 나서 정해진 가락을 순서대로 친다. 가락을 맺고 어울림가락을 치면서 솥뚜껑 위에 차려 놓은 상에 절을 두 번 한다. 정지굿이 다 끝나면 일채가락을 치면서 다른 곳으로 이동한다.

⑨ 장독굿/철륭굿

공연장소	공연순서
장독대	일체 – 잦은 삼채 내는 가락 – 잦은 삼채 본가락 – 잦은 삼채 맺는 가락 – 휘모리 – 맺음가락1 – 장독굿사설 – 장독굿가락 – 넘는 가락1 – 휘모리 – 맺음가락1 – 어울림 가락(두 번 절하기)

먼저 집을 한 바퀴 도는 철륭굿을 친 다음 장독대로 간다. 전통사회에서 장맛은 그 집의 음식 맛을 좌우한다. 치배들은 안주인이 고사상을 앞에 놓고 비는 동안 장맛이 변치 않기를 비는 장독굿을 친다. 철륭은 집 뒤에 있는 터주신을 말하는데 보통 장독대가 집 뒤에 있기 때문에 장독굿과 철륭굿을 같은 범주로 본다.

철륭굿은 일채가락을 치면서 집 뒤를 한 바퀴 도는 일종의 집돌이굿이다. 따로 정해진 절차나 가락은 없다. 집 뒤를 한 바퀴 돌고 나서 장독대 앞에 도착하면 이열횡대로 늘어서서 잦은 삼채→휘모리순으로 치고 맺는다. 상쇠가 "쥐 들어간다 쥐 들어간다 장독대에 쥐 들어간다" 하며 사설을 외친다. 사설을 외치고 나면 정해진 순서에 따라 가락을 치고 어울림가락으로 두 번 절한 후 일채가락을 내면서 장독대를 떠난다.

⑩ 집안샘굿

마을샘굿과 방법과 절차는 동일하다.

⑪ 곳간굿/노적굿

공연장소	공연순서
곳간	일체→잦은 삼채 내는 가락→잦은 삼채 본가락→잦은 삼채 맺는 가락→휘모리→맺음가락1→곳간굿 사설→곳간굿가락→넘는 가락1→휘모리→맺음가락1→어울림 가락(두 번 절하기)

곳간은 온갖 곡식을 쌓아 두는 곳이니만큼 곳간굿은 그 집의 물질적인 풍요를 빌어 주는 굿이다. 일채를 치면서 곳간 앞에 이열횡대로 늘어서서 가락을 마무리하면 상쇠가 "노적이야 노적이야 삼천 석만 불러 들이세" 하고 사설을 외친다. 사설을 외치고 나면 정해진 순서대로 가락을 치고 어울림가락으로 두 번 절한 뒤 일채를 치며 이동한다.

⑫ 성주굿/고사소리

공연장소	공연순서
마루 위	'집터내력'→'성주풀이'→'비단타령'→'패물타령'→'액막이타령'→'업타령'→'노적타령'

집안을 한 바퀴 돌고 나면 상쇠나 고사소리를 할 줄 아는 치배가 마루에 올라서서 고사소리를 한다. 고사소리는 순서를 바꾸거나 경우에 따라 생략하기도 한다. 한 곡의 고사소리가 끝날 때마다 삼채를 치는데 삼채에서 가락을 난타로 마무리한다.

(2) 걸립농악의 공연 절차

원정 나간 걸립패가 마을 어귀에서 주민들 앞에서 농악기량을 선보이고 공연허가를 받는 절차인 문굿, 걸립패가 공연을 허락받고 마을에 들어서 마을의 수호신인 당산에 인사를 올리는 들당산굿, 일정한 장소에 모인 청관중들을 상대로 하여 농악대가 가지고 있는 모든 농악예능 실력을 다 보여 주는 판굿, 걸립패가 마을의 공연을 다 마치고 마을 떠나기 전에 마을 구성원들을 향한 작별인사의 성격을 띠는 날당산굿 등이 있다.

(가) 마을문굿

공연장소	공연순서
마을 입구	1. 두 줄 가르기: 반풍류→휘모리 2. 삼채굿: 삼채→잦은 삼채→휘모리→미지기가락→휘모리 3. 대포수놀음: 반풍류→휘모리 4. 탐모리: 줄 바꾸기(반풍류→휘모리)→전, 후, 좌, 우 일곱 걸음 5. 짝두름: 삼채 짝두름→휘모리 짝두름 6. 미지기굿: 어울림가락→미지기가락→미지기진법→휘모리→맺음가락3 7. 삼채굿→나발 삼초→질굿(당산이 가까우면 벙어리 삼채)

문굿은 원정 나간 걸립패가 마을 주민들 앞에서 농악기량을 선보이고 공연허가를 받는 절차이다. 걸립패가 마을의 입구에 반풍류 가락에 맞추어 대열을 상쇠 줄과 부쇠 줄로 가르고 각 대열의 선두에 영기가 앞장선다. 영기 끝의 삼지창 부분을 서로 교차시켜 놓고 제자리 세운 다음 상쇠 줄과 부쇠 줄이 각기 독자적으로 원진을 쌓고 삼채굿과 미지기굿으로 한 바탕 논 후에 세워 놓은 영기 앞에 다시 두 줄로 선다. 이어서 상쇠와 잡색의 놀음이 시작된다. 상쇠는 쇠를 치지 않고 쇠채를 거꾸로 잡고 발림으로 신호를 하고 부쇠는 상쇠 신호를 받아서 반풍류와 휘모리를 친다.

상쇠는 먼저 대포수를 데리고 안에서 놀다가 치배 사이사이로 돌아다니다 대포수를 제자리 세워 두고 상쇠 줄과 부쇠 줄의 자리 바꾸기를 두 번 한다. 자리 바꾸기를 마치면 탐모리를 한다. 탐모리는 이열종대로 도열한 치배가 전, 후, 좌, 우 일곱 걸음씩 옮기는 것을 말한다.

탐모리를 마치면 상쇠 줄과 부쇠 줄이 교대로 상대방의 대열을 한 바퀴 돌고 제자리로 와 원래의 이열종대로 도열하여 휘모리로 맺는다. 상쇠는 이열로 선 대열 안쪽으로 꽹과리들을 데리고 들어가 삼채 짝두름과 미지기를 하며 논다. 한참 동안 미지기가락으로 놀다가 전 치배가 미지기 진을 펼친다. 미지기를 휘모리로 맺으면서 삼채굿으로 연결하면서 전 치배가 원진을 형성한다.

잦은 삼채→휘모리→된삼채→휘모리로 끝내고 나서 마을을 향해 나발을 세 번 분다. 마을에서 나발을 세 번 불어 화답하면 공연이 허락된 것이므로 치배들은 이열횡대로 늘어서서 마을을 향해 인사를 하고 질굿을 치며 들어간다. 당산이 가까운 곳에 있으면 질굿을 생략하고 바로 벙어리 삼채를 치면서 들당산을 시작한다.

(나) 축원농악

① 들당산굿

공연장소	공연순서
마을 당산	1. 당산입장(벙어리삼채 본가락→넘는 가락1→휘모리) 2. 오방진→삼채굿 3. 미지기(어울림가락→미지기가락→미지기진법→휘모리→맺음가락) 4. 삼채굿→어울림가락(두 번 절하기) 5. 반삼채→잦은 삼채 본가락→휘모리→어울림가락(두 번 절하기) 6. 된삼채 본가락→휘모리→맺음가락1→어울림가락(두 번 절하기)

걸립굿패가 공연을 허락받고 마을에 들어서면 제일 먼저 들당산굿을 쳐야 한다. 당산은 마을의 수호신이며 당산나무가 있는 곳은 대개 넓은 공터가 있어 마을 사람들의 휴식과 놀이공간의 역할을 한다. 당산굿은 마을에서 가장 신성하게 여기는 수호신에게 굿패가 할 수 있는 최대한의 경의를 표하는 것이다.

당산굿에는 굿패가 마을에 들어서 제일 먼저 치는 '들당산'과 마을을 떠날 때 치는 '날당산'이 있다. 마을 자체에서 조직된 마을굿의 당산제와 마찬가지로 간소한 상을 보아 당산 앞에 차려 놓기도 한다. 마을 어귀에서 기수←잡색←소고←북←장구←징←꽹과리의 순서로 거꾸로 당산을 향해 가며 벙어리삼채를 친다. 당산에 도착하면 시계 방향으로 원을 만들어 돈 뒤 상쇠가 넘는 가락1을 치면 시계 반대방향으로 돌면서 휘모리로 맺는다. 오방진을 하는데 동, 서, 남, 북, 중앙, 다섯 방향에 멍석말이 진을 감고 푼다. 경우에 따라 두세 번으로 생략하기도 한다. 마지막 멍석말이를 풀 때는 삼채를 치며 원진으로 복귀한다.

멍석말이를 마치고 미지기굿을 한다. 이 미지기굿의 절차는 판굿의 미지기굿과 동일하다. 미지기를 마치면 삼채를 치면서 당산 앞으로 이동하여 이열 횡대로 늘어서서 잦은 삼채→휘모리로 맺은 후 어울림가락을 치면서 절을 두 번 한다. 다시 반삼채→잦은 삼채→휘모리의 순서로 치고 맺은 후 어울림가락을 치면서 절을 두 번. 된삼채→휘모리의 순서로 치고 맺은 후 마지막으로 어울림가락을 치면서 절을 두 번 한다. 이로써 들당산을 마치고 질굿을 치며 당산을 물러나와 마을로 들어간다.

② 날당산굿

공연장소	공연순서
마을 공터	1. 질굿: 질굿 내는 가락→질굿 본가락→삼채 내는 가락→잦은 삼채 내는 가락1 →잦은 삼채 본가락→잦은 삼채 맺는 가락→휘모리→맺음가락 2. 된삼채: 된삼채 내는 가락→된삼채 본가락→넘는 가락→휘모리→맺음가락

걸립패가 마을의 공연을 다 마치고 마을 떠나기 바로 전에 날당산굿을 친다. 날당산의 가장 큰 특징은 상쇠가 쇠를 전혀 치지 않고 오로지 상모짓과 발림으로만 신호를 한다는 것이다. 부쇠는 상쇠의 상모짓과 발림을 보고 굿을 진행시킨다.

날당산은 상쇠의 재능과 치배들 상호 간의 호흡을 시험하는 마지막 관문이라고 할 수 있다. 날당산은 당산에서 하지 않고 걸립패가 마을을 들어올 때 문굿을 치던 마을 어귀 빈터에서 진행한다.

치배가 질굿을 치고 빈터에 도착하여 원진을 이루어 삼채를 내면 이때부터 상쇠는 쇠를 치지 않고 대포수를 데리고 원진의 안과 밖을 누비며 돌아다닌다. 상쇠는 꽹과리를 높이 치켜들고 채를 거꾸로 잡은 다음 채 끝에 달린 너설을 공중에 휘젓는 발림을 하며 상모는 외사를 돌린다.

부쇠가 가락을 잦은 삼채로 넘기면 상쇠와 대포수는 원진 밖에 자리를 잡고 서서 마주 보며 발림을 한다. 부쇠가 휘모리 가락으로 넘겨 연주를 하다 상쇠가 상모를 세우면 휘모리 가락을 맺는다. 이어서 된삼채를 내는 데 상쇠는 대포수와 마주 보며 전조시, 퍼넘기기, 양사(사사) 등을 한다. 상쇠가 다시 상모를 세우면 부쇠는 휘모리로 넘기는 가락을 친다. 휘모리를 끝맺는 맺음가락이 끝나면 상쇠는 쇠채를 높이 공중에 던진다.

가락이 다 끝나면 상쇠와 대포수는 먼저 마을을 떠나고 남은 치배들이 이열횡대로 서서 마을 주민들에게 인사를 한다. 인사를 하고 나서는 악기 소리를 내지 않고 조용히 마을을 떠난다.

(다) 판굿

판굿이란 어떤 굿판에서 벌이는 굿/농악이란 뜻으로서 굿을 보기 위해 일정한 장소에 모인 청관중들을 상대로 하여 굿패가 가지고 있는 모든 농악예능 실력을 다 보여 주는 본격적인 연예농악이라 할 수 있다.[255]

일반적으로 원정 나간 걸립패가 마을돌기를 다 끝내면 마을의 큰 광장이나 대갓집 마당에서 판굿 공연을 한다. 마을 자체의 농악대가 조직되어 판굿을 할 수도 있지만 이런 경우에는 판굿의 절차와 진법을 아는 상쇠를 초빙해 온다. 또 이 판굿의 앞부분만을 기량적으로 고도화하여

---

255) 김익두(2005), 앞의 책, 85쪽.

상업적 흥행을 목적으로 순회공연을 하는 포장걸립을 하기도 하였다.

판굿에는 농악의 모든 기예가 총동원되어 장시간에 걸쳐 진행되는데 어울림굿, 풍류굿, 채굿, 진풀이, 호호굿, 영산, 노래굿, 춤굿, 등지기, 미지기 등의 전굿과, 도둑잽이, 탐모리, 문굿, 점호굿, 헤침굿까지의 후굿, 그리고 각 악기별 개인놀이인 재능기까지 공연된다.

유형＼구분	진안농악	화순농악	임실농악	남원농악	곡성농악
어울림굿	어름굿	판어울림굿	어름굿	어울림굿	어울림굿
입장굿	풍년질굿	질굿	외마치질굿	오방진	오방진
오채질굿	×	×	○	×	×
풍류굿	늦은 삼채	풍년굿	○	○	○
갖은 열두마치	○	×	×	×	×
채굿	마치굿	○	○	○	○
진풀이굿	×	×	×	○	태백굿
호호굿	○	○	호허굿	○	○
각정굿	○	삼채	자진호허굿	잦은호호굿	잦은호호굿
영산	○	○	○	○	○
미지기굿	품앗이굿	영산다드래기	미지기영산	○	○
노래굿	○	○	○	○	○
춤굿	○	×	○	○	○
등지기	×	등밀이	○	○	등맞추기
돌굿	○	×	○	×	×
수박치기	×	×	○	춤굿 후반에 포함	춤굿에 포함
반잔지래기	○	×	×	반풍류	반풍류
일광놀이	○	×	×	×	×
도둑잽이	○	○	○	○	○
탈머리	○	×	○	문굿	○
점호굿	×	×	도둑잽이 후반과 유사	○	×
헤침굿	파장굿	등밀이	파장굿	○	해산굿
재능기	왼잔지래기	구정놀이	군영놀이	○	재넘기
인사굿	○	○	○	○	○

<판굿의 구성 대조표>

구 분	판 굿 의 절 차
진안농악	어름굿 – 마치굿 – 품앗이굿 – 늦은 삼채 – 호호굿 – 노래굿 – 영산 – 춤굿 – 반잔지래기 – 왼잔지래기 – 돌굿 – 일광놀이 – 도둑잽이
화순농악	판어울림굿 – 일채 – 영산다드래기 – 이채 – 풍년굿 – 삼채 – 호호굿 – 사채 – 구정놀이 – 오채 – 노래굿 – 육채 – 도둑잽이 – 칠채 – 등밀이굿
임실농악	어름굿 – 외마치질굿 – 오채질굿 – 채굿 – 호허굿 – 풍류굿 – 방울진굿 – 미지기영산 – 노래굿 – 돌굿 – 영산굿 – 수박치기 – 등지기 – 군영놀이 – 도둑잽이 – 탈머리굿
남원농악	어울림굿 – 입장굿 – 풍류굿 – 채굿 – 진풀이굿 – 호호굿 – 영산 – 노래굿 – 춤굿 – 등지기 – 미지기 – 도둑잽이 – 탐모리 – 문굿 – 점호굿 – 헤침굿 – 재능기
곡성농악	어울림굿 – 채굿 – 호호굿 – 태백굿 – 노래굿 – 미지기 – 영산 – 춤굿 – 연풍대 – 등맞추기 – 진풀이 – 도둑잽이 – 탈머리 – 해산굿

여기서 서술된 판굿의 절차와 공연방법은 남원농악을 중심으로 기술하기로 한다.

① 어울림굿

공연순서
어울림가락→휘모리 내는 가락→휘모리 본가락→맺음가락1→된삼채 내는 가락→된삼채 본가락→넘는 가락1→휘모리→맺음가락1

모든 농악공연의 시작은 어울림굿을 치면서 이루어진다. 가락은 보통 평이하게 휘모리와 된삼채를 치는데 공연을 시작하면서 치배들의 상태를 점검하고 호흡을 가다듬는 과정이다. 일정한 대오가 없이 제자리에서서 친다.

② 입장굿

공연순서
1. 질굿 내는 가락→질굿 본가락→굿거리 내는 가락→굿거리 본가락→재능기 삼채 내는 가락→재능기 삼채 본가락→잦은 삼채 내는 가락1→잦은 삼채 본가락→잦은 삼채 맺는 가락→휘모리→맺음가락1→인사굿
2. 오방진 가락→휘모리 내는 가락→휘모리→맺음가락1→삼채 내는 가락→삼채 본가락→잦은 삼채 내는 가락1→잦은 삼채 본가락→잦은 삼채 맺는 가락→휘모리→맺음가락1→인사굿

판굿을 하기 위해 치배들이 판에 입장할 때 질굿을 치며 입장하는 방법과 멍석말이로 입장하는 방법 두 가지가 있다.

질굿을 치며 입장하는 것은 굿패가 원거리에서 이동하여 도착한 다음 휴식을 취하지 않고 곧장 판굿을 시작할 때 많이 사용하는데 이 경우에는 어울림굿을 따로 치지 않는다.

멍석말이 입장굿은 굿패가 휴식을 취하고 난 다음이나 준비된 판에 처음으로 판굿을 시작할 때 사용한다. 이 두 방법이 절대적인 것은 아니며 공연의 제반 조건에 따라 상쇠의 재량으로 입장 방법을 결정한다.

질굿을 치며 입장할 때는 판 안에 들어서서 원진을 이루고 나서 질굿가락을 굿거리로 바꾸어 연주한다. 이후의 순서는 풍류굿과 같으며 가락을 맺은 후에는 인사굿을 치며 인사를 한다.

멍석말이로 입장하는 경우에는 들당산굿의 오방진 가락을 치며 입장한다. 판의 중앙에서 가락을 휘모리로 바꾸면서 멍석말이를 하면서 모든 치배가 연풍대를 한다. 휘모리가 끝나면 삼채를 내어 멍석말이를 풀고 시계 반대 방향 원진을 만들어서 잦은 삼채→휘모리의 순으로 가락을 치고 맺은 후에 인사굿으로 관객들을 향해 인사를 한다.

③ 풍류굿

공연순서
굿거리 내는 가락→굿거리 본가락→재능기 삼채 내는 가락→재능기 삼채 본가락→잦은 삼채 내는 가락1→잦은 삼채 본가락→잦은 삼채 맺는 가락→휘모리→맺음가락1

풍류굿은 판굿 초반에 편성되어 있어 느린 굿거리 가락으로부터 시작하여 다양한 변주를 선보인다. 판굿에 굿거리 가락이 정식절차로 편성되어 있는 농악이 다른 지역에는 거의 없으며 남원농악에서 특징적

으로 나타난다. 일반 마을굿은 같은 굿거리류인 질굿을 치는 게 보통인데 질굿은 굿거리와 리듬형이 사뭇 달라서 호흡이 단조롭지만 남원농악의 굿거리는 수십 가지의 변주가 수반된다. 진은 시계 반대 방향 역겹원진으로 꽹과리잽이들이 안쪽 원을 이루고 징 이후의 치배들은 바깥쪽 원을 이룬다.

일반 마을굿은 질굿을 치는 게 보통인데 질굿은 굿거리와 리듬형이 사뭇 달라서 호흡이 단조롭지만 남원농악의 굿거리는 수십 가지의 변주가 수반된다. 판굿에서 굿거리에 이어지는 삼채는 고정된 형식을 가지지 않는 변주 위주의 재능기 삼채를 친다. 마지막의 휘모리 초반에는 상쇠와 부쇠가 이열로 마주 보고 상모놀음을 한다. 이때의 상모놀이는 어려운 기량보다는 전조시, 사사, 퍼넘기기 등에 한한다. 판굿의 다른 거리에서도 휘모리 초반은 이런 식으로 꽹과리잽이들이 마주 보고 서서 윗놀음을 한다.

가락이 빨라지면서 상쇠 줄이 방향을 바꾸어 전 치배가 시계 반대 방향 동일 겹원진으로 바뀌면 상쇠 줄이 먼저 연풍대를 수차례 돌고 나서 장구 줄을 바라보며 옆걸음으로 진행한다. 이 상쇠 줄의 옆걸음을 신호로 나머지 치배들이 연풍대를 돌면 소고잽이는 연풍대를 두루걸이→자반뒤집기로 연결한다. 소고가 자반뒤집기를 수차례 하면 상쇠의 신호로 가락을 끝낸다.

④ 채굿

공연순서
1. 일채: 일채 본가락→잦은 삼채→맺는 가락→휘모리→맺음가락
2. 사채: 사채 본가락→넘는 가락→휘모리→맺음가락
3. 오채: 오채 본가락→넘는 가락→휘모리→맺음가락
4. 육채: 육채 본가락→넘는 가락→휘모리→맺음가락
5. 칠채: 칠채 본가락→채굿 다드래기→넘는 가락→휘모리→맺음가락

채굿은 일채부터 칠채까지 있는데 여기서 채는 한 장단에 치는 징의 타수를 말한다. 즉, 일채는 한 장단에 징을 한 번, 칠채는 한 장단에 징을 일곱 번 친다. 그런데 이채(휘모리)와 삼채의 경우 예전에는 징을 한 장단에 각각 두 번과 세 번씩 쳤는데 요즈음에 와서 징의 타수가 변했다고 한다.

채굿은 판굿의 기본 틀을 잡는 굿이므로 비슷하고 평이한 가락을 맺었다. 새로 내는 과정을 반복하며 서서히 흥을 올려 시선을 굿판에 집중하게 만든다. 채굿에서는 굿패들이 상쇠 줄과 장구 줄로 나뉘어 서로 반대로 도는 겹원진을 펼친다. 바깥쪽의 장구 줄은 시계 반대 방향, 안쪽의 상쇠 줄은 시계 방향으로 돌며 잡색들은 원진 안에서 허튼춤을 춘다. 칠채는 채굿의 맨 마지막으로서 일채부터 고조되기 시작한 신명을 최고로 높여 채굿 전체를 마무리하는 역할을 한다.

칠채 본가락과 칠채 다드래기가 끝나고 넘는 가락1을 치면서 채굿 내내 반대로 돌던 상쇠 줄이 장구 줄과 같은 방향으로 행진한다. 휘모리를 빠르게 몰아 상쇠 줄 먼저 연풍대를 한 바퀴 돌아 설장구 옆에 서서 뒷걸음질을 치면 모든 치배가 연풍대를 돌고 소고는 자반뒤집기를 하며 한 바퀴 돌아 끊어 맺는다.

⑤ **진풀이굿**

공연순서
진풀이 내는 가락→진풀이 본가락→맺음가락2→잦은 진풀이1→잦은 진풀이2→맺음가락

타 지역에서 오방진, 동살풀이 등의 명칭으로 불리는 진풀이 가락은 쇠가 첫 박자를 쉬어 주로 엇박으로 치는데 우도굿의 오방진과 한배가 같지만 첫 박에 강세가 붙는 오방진에 비해 엇박 중심으로 진행되며

오방진이 고정된 리듬형을 갖는데 비해 특별히 정해진 순서 없이 긴장의 고조와 이완을 반복하며 연주하는 게 특징이다.

느린 진풀이와 가락이 빠르고 경쾌한 두 종류의 잦은 진풀이가 있다. 진풀이굿은 갖가지 진을 감았다 푸는 활동적인 굿으로 바깥 원에 장구 줄이 시계 반대 방향으로 돌고 안쪽 원의 상쇠 줄에는 징과 잡색이 가세하여 시계 방향으로 돈다. 소고잽이들은 한편으로 빠져나가 원진을 만들어 돌다 다시 장구 줄에 합류한다.

느린 진풀이를 맺을 때는 맺음가락2를 치는데 상쇠 줄과 장구 줄이 마주치면 잦은 진풀이1을 치면서 갈라져 바깥 원의 장구 줄이 시계 방향, 안쪽의 상쇠 줄이 시계 반대 방향으로 돌게 된다. 잦은 진풀이2에서도 상쇠 줄과 장구 줄이 마주치며 갈라지기를 반복한다. 상쇠 줄은 장구 줄이 시계 방향으로 올 때 다시 맺음가락2를 치며 갈라져 시계 반대 방향으로 진행한 장구 줄을 태극진으로 쫓아가 원 안쪽에서 장구 줄과 나란히 서서 시계 반대 방향 동일 겹원진을 이룬다.

⑥ 호호굿

<table>
<tr><td align="center">공연순서</td></tr>
<tr><td>열두마치→맺음가락2→호호굿 본가락→호호굿 넘는 가락→잦은 호호굿 내는 가락→잦은 호호굿 본가락→호호굿 도드래미→맺음가락2→휘모리 내는 가락→휘모리 본가락→미지기가락→휘모리→맺음가락3→진풀이 내는 가락→진풀이 본가락→맺음가락2→잦은 진풀이1→잦은 진풀이2→맺음가락2</td></tr>
</table>

호호굿은 군사훈련에서 점호를 하는 것과 같은 굿으로 가락과 진, 외치는 소리를 통해 대동단결의 모습을 보인다. 호호굿은 진을 치고 흩어져 있는 군사들을 불러들여 점호를 하는 것과 같은 굿이다. 호호굿을 칠 때는 맨 먼저 불러들인 군사를 정리하기 위해서 열두마치를 치면서 전열을 가다듬는다. 열두마치는 징을 열두 번 치기 때문에 붙인 이름이다.

열두마치가 끝나고 치배들이 호호굿 본가락을 치면서 바깥 원에 장구 줄이 시계 반대 방향으로 돌고 안쪽 원의 상쇠 줄에는 징과 잡색이 가세하여 시계 방향으로 돈다. "호호" 하고 부르는 소리를 하면 소고잽이는 소고의 테를 치면서 빙글 돌고 잡색도 제자리에서 돈다. 호호굿 본가락을 몇 차례 반복하고 나서 호호굿 넘는 가락을 치며 상쇠 줄이 원 안쪽에서 장구 줄과 나란히 서서 시계 반대 방향 동일 겹원진을 이룬 다음 후 '호호' 소리에 모두 제자리 돌기를 두 번 반복하는데 도는 방향은 시계 반대 방향과 시계 방향 순으로 돈다. 잦은 호호굿 내는 가락을 치면서 상쇠 줄과 장구 줄이 마주 보며 옆걸음질을 하다가 상쇠 줄이 그 자리에 앉으면 잦은 호호굿이 시작되어 장구 줄이 밖으로 뒤집어져 돈다.

장구 줄이 원을 한 바퀴 돌아 상쇠 줄 앞으로 오면 상쇠 줄의 치배들은 일어나서 장구 줄과 갈라지기를 한다. 여기서의 진법은 앞서 했던 진풀이굿의 잦은 진풀이와 같다. 다시 호호굿 도드래미를 치며 몇 번 갈라지기를 한 다음 장구 줄이 시계 방향으로 진행하다 상쇠 줄과 마주칠 때 맺음가락2를 치며 반대로 갈라지면서 시계 반대 방향으로 방향을 바꾸어 진행하면 상쇠 줄은 태극진을 펼쳐 장구 줄을 쫓아가 원 안쪽에서 장구 줄과 나란히 서서 시계 반대 방향 동일 겹원진을 이룬다. 바로 휘모리를 내어 상쇠 줄은 상모를 외사로 돌리며 연풍대를 돌고 너설을 젓는다.

꽹과리끼리 원 안에서 마주 보고 미지기를 하면서 다양한 상모놀이를 한다. 미지기를 마치면 휘모리를 급속하게 몰아 상쇠 줄이 먼저 연풍대를 수차례 돌고 나서 장구 줄을 바라보며 옆걸음으로 진행한다. 이 상쇠 줄의 옆걸음을 신호로 나머지 치배들이 연풍대를 돌면 소고잽이는 연풍대를 두루걸이→자반뒤집기로 연결한다. 소고가 자반뒤집기를 수차례 하면 상쇠의 신호로 가락을 끝낸다. 모두 연풍대를 한 바퀴 돈

다음 맺는 가락을 치고 상쇠 줄은 제자리에 앉는다.

⑦ 영산

공연순서
늦은 영산→잦은 영산→영산다드래기1→영산다드래기2→휘모리→미지기가락→휘모리→맺음가락

영산굿은 다양한 상모놀음과 세련된 가락이 조화를 이루는 굿으로 좌도농악의 꽃이라고 한다. 늦은 영산, 잦은 영산, 영산다드래기가 있다. 영산에는 늦은 영산, 잦은 영산, 영산다드래기가 있으며 상쇠가 일정한 순서의 가락을 치고 나면 그 가락을 부쇠가 받아치는 식으로 진행한다. 영산굿에서는 징을 치지 않으며 부포놀음을 하는데 외사, 사사, 전조시, 개꼬리, 연봉놀이, 부포새림 등이 있다.

늦은 영산은 처음에 앉아서 한 번씩 치고 상쇠가 일어나서 부포놀음을 하며 가락을 치면 나머지 쇠잽이들도 일어나서 뒷짐을 지고 부포놀음을 한다. 대열은 시계 반대 방향 동일 겹원진인데 꽹과리를 치는 잽이 1인이 장구 줄 옆에 붙어 서서 진행하며 나머지 꽹과리잽이들은 원 중앙에서 상모놀이를 한다. 징은 영산굿 내내 징을 어깨에 멘다. 잦은 영산에서도 같은 방법으로 진행하다가 꽹과리들끼리 원 중앙에서 마주 보며 영산다드래기를 친다. 휘모리→미지기가락→휘모리순으로 진행하며 역시 전 치배의 연풍대로 끝을 맺는다.

⑧ 노래굿

공연순서
어울림가락→열두마치→맺음가락2→상쇠소리1→어울림가락→상쇠소리2→휘모리 내는 가락→맺음가락1→노래굿가락→선창 및 후렴→노래굿 맺음가락→일채→잦은 삼채 내는 가락→잦은 삼채 본가락→잦은 삼채 맺는 가락→휘모리→맺음가락3

농악에 포함된 다양한 예술적 구성요소 중에서 소리, 즉 성악의 요소가 두드러지는 굿이다. 남원농악의 노래굿 사설과 유사한 노래굿이 호남 지방 전역에 존재한다. 원진 상태에서 어울림가락을 치면서 쇠잽이들은 원 안으로 들어가 장구와 두 줄로 선다.

열두마치를 치고 나서 다시 어울린 다음 쇠와 징은 안쪽, 장구 이하는 바깥쪽에 서서 두 줄, 혹은 세 줄로 걸어가며 노래굿 가락을 친다. 상쇠의 선소리, 나머지 치배들의 받는 소리로 노래한다. 상쇠의 선소리에는 쇠와 징을 치지 않는다. 노래가 다 끝나면 일채가락을 새로 내어서 잦은 삼채→휘모리순으로 끝맺는다.

⑨ 춤굿

공연순서
어울림가락→굿거리→삼채→휘모리→수박치기→휘모리→맺음가락3

농악에 포함된 다양한 예술적 구성요소 중에서 몸짓, 즉 무용의 요소가 강조되는 굿으로 드림(삼색 띠)을 붙잡고 추는 민속무용과 수박치기 등의 민속놀이가 드러나는 굿이다. 춤을 추며 갖가지 동작을 한다. 춤굿을 시작하기 위해 북, 장구를 제외한 모든 치배들은 악기를 제자리에 내려놓는다. 장구와 북이 굿거리를 연주하면 태평소는 이에 맞는 선율을 낸다. 치배들은 삼색 띠를 양손에 잡고 꽹과리, 징, 소고, 잡색끼리 각각 원진을 이루어 시계 반대 방향으로 춤을 추며 돈다. 추다가 쇠는 쇠끼리 장구는 장구끼리 원을 그리며 춤을 춘다.

상쇠가 신호를 하면 장구와 북 가락이 삼채로 바뀌고 이 장단에 맞춰 전체가 하나의 원을 이루어 한 바퀴 돌고 제자리에 왔을 때 다시 상쇠의 신호에 따라 휘모리로 넘기면 모든 치배가 외사를 돌린다. 휘모리에서는 상쇠의 움직임에 따라 두 사람씩 짝을 지어 마주 보며 앉고 일어서기를 두 번 한 뒤 수박치기를 한다. 수박치기를 마치고 모든 치배는 땅바닥에 내려놓았던 악기를 다시 들고 원진 안쪽을 향한다. 장구와 북을 제외한 악기들은 연주를 하지 않고 악기만 든 채로 상모를 돌리고 너설을 휘두르는 발림을 하며 앉고 일어서기를 두 번 한다.

상쇠가 꽹과리를 들고 울음을 막은 채 딱딱딱 신호를 보내면 모두 악기를 잡는다. 장구, 북을 제외한 모든 치배들은 상모를 돌리고 너설을 휘두르며 두 번 앉고 일어선다. 상쇠가 휘모리 연주를 시작하면 일제히 연주를 시작한다. 꽹과리 치배들만 원진 안으로 들어가면 전원이 시계 반대 방향 동일 겹원진으로 돌고 휘모리를 한바탕 몰아치고 끝낸다.

⑩ 등지기굿

공연순서
일채 주고받기→등지기→일채합주→잦은 삼채 내는 가락→잦은 삼채 본가락→잦은 삼채 맺는 가락→휘모리→맺음가락

농악의 예술적 구성요소 중 민속놀이가 드러나는 대목으로 두 사람이 등을 맞대고 노는 굿이다. 원진의 상태에서 상쇠부터 시작하여 잡색까지 둘씩 짝을 정하여 앉는다. 상쇠와 나머지 부쇠들이 일채가락을 번갈아 치면서 상쇠의 움직임에 따라 장구를 제외한 모든 치배들은 서로 등과 엉덩이를 대고 밀었다 당겼다 한다.

이때 잡색들은 원 안에서 짝을 이루어 등지기를 하는데 상대가 기댈 때 갑자기 몸을 빼내 상대를 넘어뜨리는 등 웃음을 자아낸다. 일채가락을 계속 치면서 상쇠가 먼저 일어서면 다음 가락에 모두 일어선다. 일채를 빨리 몰면서 쇠잽이들은 원안에서 시계 반대 방향으로 돌면서 잦은 삼채→휘모리의 순서로 치고 맺는다.

⑪ 미지기굿

<table>
<tr><td align="center">공연순서</td></tr>
<tr><td>어울림가락→느린 미지기가락→휘모리→빠른 미지기가락→미지기진법→휘모리→맺음가락3→휘모리 끝에 삼채 내는 가락→삼채 본가락→잦은 삼채 내는 가락1→잦은 삼채 본가락→잦은 삼채 맺는 가락→휘모리→맺음가락3</td></tr>
</table>

영산과 함께 쇠잽이들의 상모놀이가 최대한 발휘되는 대목이며 이열 횡대로 밀고 당기며 전원이 상모를 돌리는 시각적 화려함이 돋보인다. 어울림가락을 치면서 모든 치배들이 원진으로 정렬하여 원진 안쪽을 바라본다. 원을 만든 후 상쇠는 부쇠들만 원 가운데로 불러와 어울림가락을 치면서 제자리 돌기와 부포놀음 등을 한다. 미지기가락은 상쇠와 부쇠가 번갈아 쇠가락을 주고받는데 처음에는 매우 느려서 삼채 가락에 맞추어 친다.

미지기가락이 점점 빨라져 휘모리로 넘어가면 미지기가락을 주고받은 다음 꽹과리잽이들은 다시 원진으로 복귀한다. 쇠가락만 멈춘 상태에서 상쇠는 신호를 하여 원을 반으로 나누어 두 줄을 만들고 맞은편 줄이 다가와 서로 마주 보는 두 줄을 만들며 다시 상쇠의 신호에 따라 처음 왔던 줄이 뒤돌아선 다음 두 줄이 같이 앞으로 행진한다. 이때 모두 부포를 돌리고 너설을 젓는다.

밀고 당기기를 수차례 반복하다가 상쇠가 신호를 하면 맞은편 줄이 제자리로 돌아가서 원진을 만들어 다시 휘모리로 넘겨 맺은 다음 삼채→잦은 삼채→휘모리 등의 순서로 진행한다. 이로써 판굿의 전반부인

전굿이 모두 끝난다. 전굿이 끝나면 잠시의 휴식 시간을 가진 후 후굿
으로 이어진다.

⑫ 도둑잽이

공연순서
반풍류→각종 진법→상쇠와 대포수놀음→잡색 재담극→대포수 처형→상여소리

판굿 중에서 잡색들의 재담, 사설, 연희 등이 많아 가장 극적인 굿으
로 쌍방울진, 가새치기진, 이열종대 이자진 등 다채로운 진법이 연출되
며 성악인 상여소리 등이 포함되어 있다. 반풍류 가락에 맞추어 대열을
상쇠 줄과 부쇠 줄로 가르고 각 대열의 선두에 영기가 앞장선다. 상쇠
줄과 부쇠 줄이 각기 독자적으로 원진을 쌓고 삼채굿과 미지기굿으로
한바탕 논 후에 다시 상쇠 줄과 부쇠 줄이 이열종대로 선다. 이어서 상
쇠와 대포수의 놀음이 시작된다. 상쇠는 쇠를 치지 않고 쇠채를 거꾸로
잡고 발림으로 신호를 하고 부쇠는 상쇠 신호를 받아서 반풍류와 휘모
리를 친다.

반풍류 가락에 맞추어 대열 안쪽에는 상쇠가, 바깥쪽에는 대포수가
서로 마주 보며 춤을 춘다. 상쇠는 가락을 치지 않고 부포를 돌리고 너
설을 저으며 가락은 부쇠가 이끌어 간다. 부쇠는 상쇠와 대포수가 대열
의 끝에 위치할 때마다 휘모리를 한 번씩 몰아준 다음 다시 반풍류를
낸다. 그런 후에 반풍류를 치며 두 줄이 교차하여 상쇠 줄은 안으로,
부쇠 줄은 밖으로 돌아와서 만나면 원진형태에서 휘모리를 몰아 맺고
굿패들이 제자리에 앉으면 잡색들이 안으로 들어와 노름판을 벌인다.

노름이 한참일 때 징(또는 나발)이 울리면 잡색들이 놀라 자리를 옮

겨 놀기를 반복한다. 상쇠 줄과 부쇠 줄이 원을 한 바퀴 도는데 상쇠는
잡색들이 모여 있는 곳을 지나가면서 대포수의 관을 쳐서 벗겨 놓는데
이것은 대포수의 목을 베는 것이다. 땅바닥에 나자빠진 대포수를 보고
잡색들이 통곡을 하며 살리려 하나 죽은 것을 확인하고는 대포수를 메
고 세 줄로 대열을 만들어 상여소리를 하며 판을 한 바퀴 돌아 한쪽으
로 낸다. 이 대포수는 문굿이 끝날 때까지 판에 들어오지 않는다.

⑬ 문굿

공연순서
반풍류→탐모리(전후좌우 일곱 걸음→휘모리)→놀음굿(짝두름→미지기→각시화관놀음)→상쇠 화관 던지기

문굿은 탐(探)모리로 시작한다. 탐모리는 도둑잽이굿에서 적장을 사
살한 후 잔존세력들을 샅샅이 수색하여 소탕하는 장면을 연출한다. 이
탐모리를 마친 뒤에는 놀음굿이 이어진다. 원진 상태에서 시작하여 반
풍류 가락을 치며 영기를 앞세우고 상쇠 줄과 부쇠 줄이 이열종대로
선다. 상쇠는 너설을 저으며 대열 안에서 놀고 부쇠가 쇠를 친다. 상쇠
는 한참 동안 너설을 저으며 놀다가 자리바꿈진을 펼친다. 자리 바꾸기
는 휘모리로 끝을 맺는다.

다시 부쇠가 반풍류 가락을 내고 상쇠가 발림을 하며 대열 안을 한
바퀴 돌아 영기 앞에 서면 휘모리로 맺고 탐모리로 들어간다. 탐모리에
서는 두 줄이 영기를 제자리에 두고 전 치배가 고개를 숙이고 전, 후,
좌, 우 일곱 걸음씩을 한다. 탐모리를 마치면 부쇠들을 데리고 들어가
삼채 짝두름, 미지기가락을 친다. 꽹과리잽이들의 놀이가 끝나면 상쇠
는 영기에 걸려 있던 화관을 내려 춤을 추면서 잡색들에게 다가가 각

시에게 머리에 화관을 씌운 다음 영기 앞으로 데려온 다음 화관을 벗긴다. 각시가 두 명이므로 한 명씩 차례로 데려온다.

영기 앞에 두 명의 각시를 세운 다음 휘모리 가락으로 넘겨서 화관을 상하로 저으며 발림을 한다. 상쇠는 각시들을 제자리로 데려간 다음에 다시 휘모리 가락에 맞추어 춤을 춘다. 다시 반풍류가락이 연주되면 상쇠는 화관을 모닥불을 향해 던지는데 이때는 모닥불을 등지고 서서 몸 뒤로 던지게 된다. 화관을 태우면 문굿의 전 과정이 끝나게 된다.

⑭ 점호굿

공연순서
각 치배 점고(나발→대포수→소고→북→장구→징순)→풍류→삼채 내는 가락→삼채 본가락→잦은 삼채 내는 가락1→잦은 삼채 본가락→잦은 삼채 맺는 가락→휘모리→맺음가락

점호굿은 도둑잽이, 문굿의 연장이 아니라 치배들이 연극을 종료하고 다시 농악의 치배로 돌아가는 과정이다. 점호굿은 상쇠가 영기를 잡고 교차시켜 문을 만든 다음 각 치배들의 점호를 취하는 굿이다. 취타 상쇠 앞으로 나와서 나발 3번 분 다음 인사하고 들어간다. 소고, 대고, 북, 장구, 징의 순으로 계속한다. 마지막으로 징이 나와 3번 친 후 상쇠가 쇠채로 징의 테두리 안쪽을 두드리며 풍류가락으로 한 번 두드리면 전 치배가 가락을 받는다. 풍류굿을 치면서 가새치기로 풀어 원진을 만든 다음 삼채굿을 치면서 모닥불을 한 사람씩 차례로 넘는데 액을 막는 의미를 담고 있다.

공연순서
헤침굿 구음→헤침굿 가락 반복→넘는 가락1→휘모리→맺음가락1→된삼채 내는 가락→된삼채 본가락→ 넘는 가락1→휘모리→맺음가락

헤침굿은 굿이 끝났음을 알리는 굿이며 구경꾼과 치배들의 1년 액을 물리치는 의미도 담고 있다. "별 따세 별 따세 하늘 잡고 별 따세/콩 볶세 콩 볶세 번갯불에 콩 볶세/헤치쇼 갈립시다 구경꾼도 갈립시다" 사설을 다 함께 외치고 헤침굿 가락을 치는 순서를 반복하고 나서 휘모리로 맺는다.

⑯ 재능기

공연순서
1. 채상소고놀이: 입장→굿거리→삼채→나비상→좌우치기→앉을상→양사→연풍대→두루걸이→자반뒤집기
2. 설장구놀이: 다스름→어울림가락→굿거리→삼채→휘모리→연풍대
3. 상쇠놀이: 어울림가락→삼채→삼채 맺음→휘모리→맺음가락
4. 열두 발 상모놀이: 삼채→한손 짚고 돌기→누워서 좌, 우 몸 뒤집기→발 바꾸기→게걸음→가부좌 틀기 　　→사사→팔사→사사→양사

소고놀이는 혼자서 하는 개인 소고놀이와 소고잽이 전원이 같이하는 합동소고놀이가 있는데 방법은 같다. 현전 남원농악의 소고놀이는 류한준 패의 수소고였던 정오동의 법제가 홍유봉을 통해 전해진 것이다. 굿거리 춤과 나비상 등의 동작은 좌도농악 채상소고놀이의 특성을 보여준다. 여기서는 합동소고놀이의 방법을 기술하기로 한다. 먼저 소고잽이들이 삼채가락에 맞추어 입장한다. 원진을 이루어 시계 반대 방향으로 진행하다 삼채 맺음가락에 맞추어 제자리에서 원진 안쪽을 향해 서서 소고를 돌린다. 굿거리가 시작되면 뒷걸음질로 원을 크게 넓히고 시

계 반대 방향으로 진행하며 다양한 춤동작을 한다. 삼채가 시작되면 몸을 공중에서 한 바퀴 회전하여 떨어지는 나비상과 좌우치기, 앉을상 등을 하고 양사로 마무리한다. 마지막에 연풍대로 시작하여 두루걸이를 거쳐 자반뒤집기로 연결한 뒤 앉을상과 양사로 마무리한다.

현전 남원농악의 설장구놀이는 최상근의 법제가 류명철을 통해 전해진 것과 김병섭의 설장구놀이가 류명철을 통해 전해진 것이 있다. 최상근의 설장구놀이는 가락의 다채로운 변주보다는 부들상모놀이를 특장으로 삼아 구성된 것이다. 최상근제는 합동설장구가 아니라 혼자서 하는 개인 설장구놀이이다. 장구잽이는 다스름으로 입장하여 어울림가락을 치며 다양한 상모놀이를 한다. 이때 꽹과리 반주를 동반한다. 굿거리가 시작되면 윗놀음과 꽹과리 반주를 중단하고 장구만 독주를 한다. 삼채와 휘모리에서는 다시 꽹과리 반주에 맞추어 윗놀음을 한다. 마지막은 연풍대로 마무리하고 맺음가락3을 치며 가락의 끝에서 상모를 세운다.

상쇠놀이는 전판이, 류한준, 강태문을 거쳐 현재의 류명철에게 전해졌다. 현전 좌도농악에서 유일하게 남원농악만이 보유하고 있으며 부들상모로 표현할 수 있는 모든 동작들을 망라하여 구성된 것이다. 상쇠놀이는 어울림, 삼채, 휘모리로 구성되어 비교적 단순한 틀거리를 가지고 있지만 정해진 동작의 순서 없이 시종일관 즉흥적인 동작으로 이루어져 있어 세부적인 측면에서는 매우 다양하다. 상쇠가 어울림가락을 치며 장구 앞으로 다가간다. 뒷걸음을 치며 상모를 돌려 부포가 얼굴 전면에 위치하도록 한다. 어울림가락에서 부들상모놀이의 모든 기능을 선보인 다음 삼채, 휘모리에서도 동일한 방법으로 공연한다. 어울림에서 삼채, 삼채에서 휘모리로 넘길 때마다 상쇠는 장구 앞으로 다가가 180°회전하면서 퍼넘기기를 한다. 마지막은 연풍대로 마무리하고 맺음가락3

을 치며 상모를 세운다.

현전 남원농악의 열두 발 상모놀이는 정오동의 법제가 류명철을 거쳐 전해진 것이다. 류명철이 쇠잽이였음에도 '최상근 일행'의 포장걸립에서 정오동에게서 열두 발 상모를 배워 공연하기도 했다. 삼채가락에 맞추어 오른손으로 물채와 피지(종이)를 말아 쥐고 등장한다. 잰걸음으로 한 바퀴 원을 그리고 나서 자반뒤집기를 수회 한다. 물채 끝의 피지를 허공에 던져 펼친다. 제자리에 서서 피지로 똬리를 만들어 건너뛰기를 수차례 한다. 가락을 잦은 삼채로 넘기면 한 손을 땅에 짚고 360° 회전한 다음 반대 방향으로도 동일한 동작을 한다. 몸 좌, 우로 굴리기, 누워서 상체만 들고 발 바꾸기, 손과 발을 땅에 짚고 게걸음 하기, 땅바닥에 엎드려 고만 들고 턱에 손 받치기, 옆으로 모로 누워 머리를 들고 손으로 지탱하기 등을 한다. 바닥에 앉아서 가부좌 튼 상태로 엎드리기, 상체 들고 뒤로 눕기, 정자세로 앉아 박수 치기 등을 한다. 일어서면 휘모리로 가락을 넘겨 외사, 사사, 양사를 하고 옆걸음질을 하며 상모를 좌우로 네 번씩 돌리는 팔사, 사사를 한다. 마지막에 제자리에서 양사를 하면서 맺음가락으로 끝낸다.

(3) 포장걸립농악의 공연 절차

포장걸립농악에는 공연 시작 전에 공연단이 도착했음을 알리고 공연 장소와 일시 등이 적힌 '찌라시(전단)'를 뿌리며 거리를 돌아다니는 가두 홍보활동, 청관중을 불러 모으기 위해 공연장 안팎에서 악기연주를 하는 취군(聚群), 정제된 판굿, 개인놀이, 민요, 판소리 등의 공연이 있다. 여기서는 1958년~1963년 사이에 활동했던 포장걸립패 '최상근 일행'의 경우를 중심으로 살펴보기로 한다.

(가) 가두홍보

공연홍보활동인데 공연 장소와 일시 등이 적힌 전단을 뿌리며 거리를 돌아다니는 가두 홍보활동이다. 트럭을 타고 돌아다닐 때도 있었는데 이 경우에는 트럭 짐칸에 7~8명 정도가 악기를 가지고 탑승하여 동네마다 샅샅이 홍보를 하였다. 확성기 등은 사용하지 않았고 오직 전단지만 배포하였다.

(나) 취군

공연 시간 1시간 전부터 단원들이 포장 안에서 악기를 연주하며 관객을 모으는데 관객이 덜 차면 포장 밖으로 나와서 악기 소리로 군중을 불러 모으다가 군중이 어느 정도 모이면 다시 포장 안으로 들어와 본공연으로 이어지는데 이러한 행위를 취군이라고 한다.

(다) 본공연

본공연의 소요 시간은 2시간 정도로 판굿 1시간과 개인놀이 1시간으로 구성되었다. 판굿은 풍류굿, 채굿,[256] 진풀이, 호호굿, 영산, 미지기 등 총 6개의 작은 굿으로 이루어졌다.[257] 포장걸립 초기에는 판굿에 이어 바로 개인놀이가 시작되던 것이 남녀 혼성 농악단으로 개편된 뒤에는 개인놀이를 시작하기 전에 민요와 판소리 등을 약 20여 분 공연하였다. 이때 대금, 아쟁 등의 수성반주를 동반하였고 이 공연이 끝나고

---

256) 채굿은 보통 상쇠와 부쇠들은 안쪽에서 시계 방향으로 걸어가고 징, 장구와 소고들은 외곽에서 시계 반대 방향으로 걸어가는데 최상근 일행에서의 채굿은 쇠잽이들이 모두 장구 줄에 포함되어 채굿의 한 거리마다 소고잽이가 한 명씩 나와서 소고놀음을 펼쳤다.

257) 전굿에서 등지기와 춤굿, 노래굿을 제외하였고 후굿은 전혀 공연내용에 포함시키지 않았다.

나면 바로 개인놀이가 이어진다.

개인놀이는 여성농악단이나 다른 공연단체들과 구별되는데, 먼저 끝소고부터 한 사람씩 공연장 중앙에 나와 2분 정도 어울림가락 연주에 따라 갖가지 개인기를 선보였다. 장구와 징, 꽹과리도 뒤치배부터 차례로 나와 개인기량을 선보였다. 이렇게 한 사람도 빠짐없이 개인기를 선보이고 나면 소고잽이들이 모두 나와서 합동소고놀이를 하게 된다. 소고놀이가 끝나면 설장구 놀이가 이어지는데 우도농악 설장구처럼 여럿이 나와서 합동 설장구놀이를 하지 않고 한 사람씩 나와서 개인설장구놀이를 하였다. 이렇게 개인놀이까지 하고 나면 관객들에게 인사를 하고 공연을 마무리한다.

가두홍보는 오전 중 1회 하였고 취군과 본공연은 2회 하였다. 비가 오면 공연은 취소되는데 이들이 친 포장은 지붕이 없어서 비 가림을 할 수 없었기 때문이다.

시간	활동	비고
오전	가두홍보	생략 가능
13:00～14:00	취군	
14:00～16:00	본공연	
18:00～19:00	취군	
19:00～21:00	본공연	전기조명사용

<최상근 일행 포장걸립 공연 일과표>

포장이 가설되는 장소는 시나 군 소재지 등의 넓은 공터나 우시장 등으로 정하였고 면 단위는 최소한 장이 서는 곳에서만 공연을 하였다. 간혹 흥행업자가 공연료를 선불로 지급하고 공연단을 임대하는 경우도 있었는데 이런 경우에는 장소 선택은 흥행업자가 하였다.

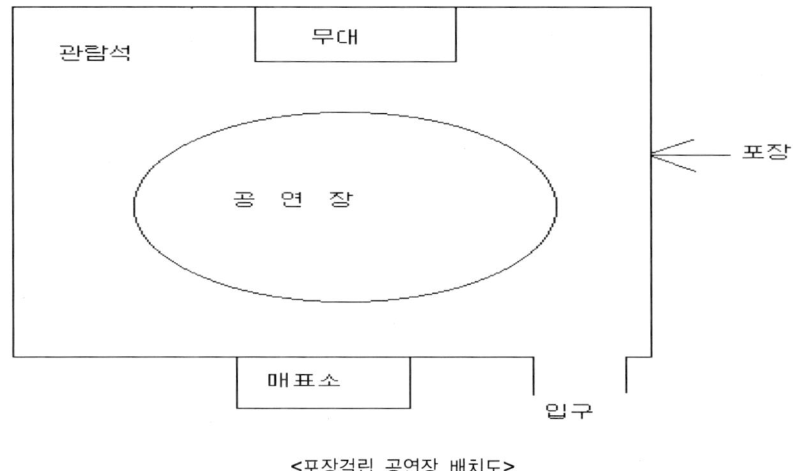

<포장걸립 공연장 배치도>

초기에는 음향시설이 없었고 안내방송 등은 하지 않았다. 관람석은 신문지나 깔판 등을 깔아 놓았으며 관람객과 공연장의 경계는 주로 말뚝을 땅에 박고 밧줄을 둘러쳐서 구별해 놓았다. 1961년 이후 여성단원 7~8명이 증원되고 소리꾼과 악사가 고용되면서 무대와 음향시설이 설치되었다. 농악단원들의 복장도 파란 조끼에 삼색 띠를 매던 것이 후기에는 신라복으로 바뀐다.258)

---

258) 당시 최상근 일행의 이동 수단은 전적으로 대중교통에 의지했고 많은 사람들이 단체로 숙식했기 때문에 생활의 불편함은 이루 말할 수 없었다. 흰 옷에 파란 조끼를 입고 삼색 띠를 두르고 하루에 2회 공연을 하고서는 세탁을 하지 않을 수 없기 때문에 아무래도 간편한 복장인 신라복이 세탁하기에 더 간편했다고 한다.

<table>
<tr><td colspan="4">구 분
공연유형 / 공연단위</td><td>진안농악</td><td>화순농악</td><td>임실농악</td><td>남원농악</td><td>곡성농악</td></tr>
<tr><td rowspan="17">마
을
농
악</td><td colspan="3">두레굿</td><td>○</td><td>×</td><td>○</td><td>×</td><td>×</td></tr>
<tr><td rowspan="16">축
원
굿</td><td colspan="2">어울림굿</td><td>어름굿</td><td>판어울림굿</td><td>어름굿</td><td>어울림굿</td><td>어울림굿</td></tr>
<tr><td colspan="2">질굿</td><td>○</td><td>○</td><td>○</td><td>○</td><td>○</td></tr>
<tr><td colspan="2">당산굿</td><td>○</td><td>○</td><td>○</td><td>○</td><td>○</td></tr>
<tr><td colspan="2">마을샘굿</td><td>○</td><td>○</td><td>○</td><td>○</td><td>○</td></tr>
<tr><td rowspan="11">마
당
밟
이</td><td>개인문굿</td><td>○</td><td>○</td><td>○</td><td>○</td><td>○</td></tr>
<tr><td>마당굿</td><td>×</td><td>삼채굿, 늦은
삼채굿,
구정놀이</td><td>호허굿
방울진굿
풍류굿
가진영산굿</td><td>풍류굿
미지기굿
영산굿
진풀이굿
재능기</td><td>풍류굿
미지기
영산</td></tr>
<tr><td>집안샘굿</td><td>○</td><td>○</td><td>○</td><td>○</td><td>○</td></tr>
<tr><td>성주굿
고사소리</td><td>고사소리
성주풀이
성주굿</td><td>고사소리
성주굿</td><td>성주풀이
성주굿</td><td>고사소리
성주풀이</td><td>×</td></tr>
<tr><td>곳간굿</td><td>○</td><td>○</td><td>○</td><td>○</td><td>○</td></tr>
<tr><td>조왕굿</td><td>○</td><td>○</td><td>○</td><td>○</td><td>○</td></tr>
<tr><td>노적굿</td><td>○</td><td colspan="4">곳간굿과 동일시함</td></tr>
<tr><td>장독굿</td><td rowspan="2">구분이 없음</td><td>장꼬방굿</td><td rowspan="2">구분이 없음</td><td>○</td><td rowspan="2">구분이 없음</td></tr>
<tr><td>철룡굿</td><td>×</td><td>집을 돈다</td></tr>
<tr><td>술굿</td><td>○</td><td>×</td><td>○</td><td>○</td><td>○</td></tr>
<tr><td>인사굿</td><td>○</td><td>○</td><td>○</td><td>○</td><td>○</td></tr>
<tr><td colspan="2">기타 축원농악</td><td>망월굿</td><td>×</td><td>기굿, 매굿,
찰밥 걷기 굿,
노디고사굿</td><td>×</td><td>×</td></tr>
<tr><td rowspan="6">걸립농
악</td><td colspan="3">마을문굿</td><td rowspan="2">들당산굿에
포함</td><td>○</td><td>○</td><td>○</td><td>○</td></tr>
<tr><td rowspan="4">축원
농악</td><td colspan="2">들당산굿</td><td>○</td><td>○</td><td>○</td><td>○</td></tr>
<tr><td colspan="2">마을샘굿</td><td>○</td><td>○</td><td>○</td><td>○</td><td>○</td></tr>
<tr><td colspan="2">마당밟이</td><td colspan="5">마을농악과 동일</td></tr>
<tr><td colspan="2">날당산굿</td><td>○</td><td>○</td><td>○</td><td>○</td><td>○</td></tr>
<tr><td colspan="3">판굿</td><td>○</td><td>○</td><td>○</td><td>○</td><td>○</td></tr>
<tr><td rowspan="3">포장
걸립
농악</td><td colspan="3">가두홍보</td><td>×</td><td>×</td><td>×</td><td>○</td><td>×</td></tr>
<tr><td colspan="3">취군</td><td>×</td><td>×</td><td>×</td><td>○</td><td>×</td></tr>
<tr><td colspan="3">정제된 판굿</td><td>×</td><td>×</td><td>×</td><td>○</td><td>×</td></tr>
</table>

<호남좌도농악의 공연 유형별 절차>

214

2. 호남좌도농악의 지역적 특성과 비교

1) 권역별 조망

　한국농악의 지역적 분포유형을 보면 크게 영동농악, 경기 충청 농악, 영남농악, 호남우도농악, 호남좌도농악으로 구분되고 있다.[259] 호남농악의 경우 지형 지리적으로 말하자면 북쪽에서 남쪽을 향해서 볼 때 평야가 많은 오른쪽 지역인 전라도 서부지역(전북의 익산, 옥구, 김제, 부안, 정읍, 고창, 전남의 영광, 장성, 나주, 함평, 무안, 장흥, 해남, 영암, 강진, 진도, 완도 등지)에서 이루어진 농악을 호남우도농악이라 하고,[260] 산간이 많은 왼쪽 지역인 전라도 동부지역(충남의 금산, 전북의 무주, 장수, 진안, 완주, 전주, 임실, 순창, 남원, 전남의 곡성, 구례, 순천, 보성, 화순, 광양, 여천, 여수 등지)에서 이루어진 농악을 호남좌도농악이라 한다.[261]

　지금까지 정리된 현황을 통해 호남좌도농악은 지역적 인접성과 공연텍스트의 유사성, 계보의 공통성 등을 기준으로 몇 가지 권역을 설정할 수 있다. 금산, 무주, 진안, 장수 등의 북동부 산간지역과 남원, 구례, 곡성 등의 중동부 내륙지역, 임실, 순창, 담양, 화순 등의 남서부 중간지역, 광양, 여수, 순천, 고흥 등의 남부 해안지역 등으로 나누어 그 권역별 특징을 논하고자 한다.

---

259) 정병호(1986), 앞의 책, 19쪽 참조.
260) 정병호(1986), 앞의 책, 207쪽 참조.
261) 정병호(1986), 앞의 책, 237쪽 참조.

(1) 북동부 산간지역

금산, 무주, 진안, 장수 등의 북동부 산간지역은 현재 진안 중평마을 농악과 장수굿 보존회의 농악이 대표적으로 전승되고 있는 곳으로 해방 이후 장두만, 김달마, 한귀동, 최상근, 한판옥 등의 전업적 농악인들의 활동이 활발하게 이루어진 곳이며, 소위 '난장'이라 불리는 놀이판이 자주 열린 지역이기도 하다.

전업적 농악인들의 영향을 받아서 이 지역은 치배들 전원이 전립을 쓰며 잡색놀음 중에서 무동놀이가 발달되어 있다. 무동놀이는 보통 경기, 충청 지방에서 발달된 것인바 북부지역이 충청지역과 가까운 지역이어서 그 영향관계를 짐작할 수 있다. 무주읍 오산리 마을의 농악에서 보이는, 무동들이 '꽃나부'를 세우고 부채춤을 추는 '사당놀이'는 경기, 충청권의 남사당패의 영향을 짐작케 한다.

한편, 이 지역은 동쪽으로 경상남북도와 인접해 있어 김천 농악 등 영남농악과의 영향 관계도 있어 보인다. 특히 진안군 정천면 월평리 마을농악에서처럼 잡색들 전원이 얼굴에 탈을 쓴 것은 영남농악, 혹은 영남 가면극의 영향을 받은 것으로 볼 수 있다.

이 지역의 농악은 빠르고 역동적이며 남성적인 데 비해 진법은 대개 원진 중심의 단순한 대형을 유지하고 있다. 치배들 전원이 전립을 쓰고 있지만 현재는 윗놀음의 기량이 많이 약화된 실정이다.

(2) 중동부 내륙지역

이 지역은 남원, 구례, 곡성, 순천 등의 중동부 내륙지역으로 지리산을 중심으로 한 산간지역의 특성과 섬진강을 중심으로 평야가 발달한 곡창지대의 특성이 공존하는 곳이다. 남원 금지농악과 곡성 죽동농악이 대표적으로 전승되고 있으며 전판이라고 하는 유랑예인의 계보를 잇고 있는 지역이다. 특히 남원과 곡성의 농악은 매우 유사하여 동일 계보임을 짐작할 수 있다.

이 지역은 꽹과리의 부들상모놀이의 기교가 발달해 있는데 현재 좌도 지역 전체를 망라해서 부들상모놀이와 채상소고놀이 등의 윗놀음이 가장 다양하며 기량적으로도 매우 우수한 수준을 유지하고 있다. 장단은 느리고 빠른 리듬이 혼재되어 있으며 변주가 발달해 있다.

동편제 판소리의 발상지라는 특성이 농악에 반영되어 농악의 성악이 발달해 있다. 남원농악의 고사소리는 중모리에 맞추어 부르는 판소리 단가풍의 '산세내력'이 독특한 음악적 면모를 보인다. 이 지역의 고사소리는 호남 단골굿의 성주굿과 비교하여 볼 때 구성 순서와 사설 면에서 여러모로 유사성이 보이는데 이것은 이 지역의 축원농악이 호남 단골굿의 영향을 받았음을 추측케 한다.

이 지역의 잡색놀음은 군사적 모티프의 일관된 전개로 이어진다. '도둑잽이 – 문굿 – 점호굿'으로 이어지는 모의 군사놀음은 적군에 대한 적대적이고 비타협적인 태도를 매우 뚜렷이 드러내고 있다. 구례 하위마을의 농악에는 농악 판굿을 마친 후에 동네 넓은 마당에서 농악대의 잡색에 속해 있는 탈꾼만으로 가면극을 하는 '안놀음'이 존재한다. 이는 가면극과 매우 유사한 성격을 지니고 있다.

(3) 남서부 중간지역

임실, 순창, 담양, 화순 등의 남서부 중간지역은 호남우도지역과 인접해 있는 중간지역의 특징을 가진다. 이 지역은 우도농악의 영향을 받아 꽹과리잽이들을 제외하고는 치배들이 주로 고깔을 많이 쓰며 소고놀음도 고깔소고놀음이 주를 이룬다. 장단은 소박하고 고졸한 편이나 임실 필봉농악의 '오채질굿'의 경우 호남우도농악의 '오채질굿'처럼 혼합박자로 구성된 장단이 존재하는데 이 역시 우도농악 인접지역의 특성으로 보인다.

담양의 경우는 좌·우도의 접경지답게 서부에는 너른 평야가 있고 동부, 북부에는 대체로 산이 많은 편이다. 농지가 발달한 대전면, 봉간면, 고서면 등지의 농악은 우도굿다운 모습을 띠고 있고 산지가 많은 용면, 무정면, 금성면, 대덕면 등지는 좌도적인 특징을 지니고 있다.

순창의 경우도 서부 지역의 복흥면이나 쌍치면 등은 순창읍보다 정읍이 가깝기 때문에 지금도 우도농악의 영향권 아래 있다.

이들 지역의 농악은 인맥에 의해 좌도와 우도가 교차하는 특징을 가지고 있다. 화순 한천 마을농악의 경우는 본디 좌도농악을 하였으나 이 마을 6대 상쇠인 박천한이 장성의 전재성이라는 상쇠를 초빙하여 우도농악을 전수받아 한동안 이 마을 농악이 한때 우도농악을 하기도 하였다.

(4) 남부 해안지역

광양, 여수, 고흥 등의 남부 해안지역은 북놀이가 발달해 있고 잡색들의 탈놀이가 눈에 띄는 특징이다. 광양읍 읍내리 양향진의 광양 버꾸놀이는 북을 소고처럼 왼손에 감고 북놀이를 하는 것을 말하는데 영남의 '밀양오북춤'이나 '날뫼북춤' 등과 형태상으로 유사한 점이 많다.

이 지역은 도서 해안굿이 발달하였는데 여수 삼산면 초도리의 농악은 섬의 농악으로 이곳 당제와의 밀접한 관계를 맺고 있어서 당의 제사를 지낼 때는 반드시 농악을 울리며 출어할 때나 풍어하여 귀향하였을 때 또는 신조된 배를 처음 진수할 때는 꼭 농악을 했다. 인근 삼산면 거문리의 농악의 마당밟이 중에는 선왕굿(용왕굿)이 있는데 이것은 다른 곳에서 찾아보기 어려운 드문 종류의 굿거리이다. 고흥 월포 농악도 당제와 관련하여 종교성이 강한 것이 특징이다.

여수 화양면 백초리의 농악은 다른 지방에서는 볼 수 없는 특이한 가장농악(假裝農樂)이 있다. 이 마을의 농악에는 대포수, 각시 등 일반적인 잡색 이외에도 동물 가장꾼과 줄 인형이 등장하여 노는 무동가장놀이가 있다. 이 마을의 농악은 가장놀이가 중심이 되어 있으므로 꽹과리, 징, 장구, 북 등은 반주역할을 하는 것이 특징이다.

2) 전승현황

호남좌도농악 중에서 현재까지 그 계보가 어느 정도 전승되는 주요 농악은 진안 중평농악 김봉열 계보, 임실 필봉농악 양순용 계보, 남원 농악 류명철 계보, 곡성 죽동농악 박대업 계보, 화순 한천농악 노승대 계보 등으로 구분할 수 있다. 진안농악은 전라 좌도 북동부 산간지역인 무주, 진안, 장수 등지의 농악을 대표하는 농악이며 임실농악은 전라 좌도 남서부 중간지역인 임실, 순창지역의 농악을 대표하는 농악이다. 남원농악은 남원, 구례, 곡성지역의 농악을 대표하는 농악으로서 곡성 죽동농악과 비교적 가장 유사하다. 지금까지 조사, 보고된 호남좌도지역의 농악은 다음과 같다.

(1) 금산군

지 명	제보자	종 류
남일면신정1리	석갑진 외	들당산, 날당산, 문굿, 정지굿, 뒤안굿, 뒤주굿, 노적굿, 시암굿, 성주굿, 마당굿(느진 마치 – 버꾸제비 놀리는 굿 – 자즌 마치 – 다드래기 호허굿 – 느진 마춤 – 영산가락 – 노래굿)

남일면 신정리 농악은 이 마을 구성원들로만 농악대를 이루어 왔으며 주로 이 마을 내부의 공연에 치중하였고 마을을 벗어나 멀리까지 공연하러 원정을 나간 경험이 거의 없는 농악이다. 이 마을 농악대의 꽹과리잽이와 소고잽이는 모두 상모를 쓰고 장구와 징잽이는 고깔을 쓴다. 과거 금산에는 최상근, 주기환 등의 이름난 농악인들이 있었다.[262]

(2) 무주군

무주의 농악은 인근 지역 충남 금산과 진안 중평 농악의 영향 속에서 전승되어 온 것으로 보이며, 무충면이 경상북도 김천과 인접해 있어, 김천 농악과의 영향 관계도 있어 보인다. 무주 농악은 이와 같이 호남 좌도 북동부 산간지역의 농악으로 전원이 전립을 쓰고 간소한 복색으로 연희하는 특성을 지니고 있다. 전반적으로 볼 때 역동적이며 집단적인 활기가 강하고 남성적인 느낌을 주며 밑놀음보다는 윗놀음이 발달해 있고 가락은 단순하다.

이 지역의 농악은 이보형(1982)에 의해서 무주읍 오산리와 안성면 사전리의 농악이 조사된 바 있으며, 김익두 등(1994)에 의해 설천면 삼공리와 소천리, 공정리의 농악이 조사된 바 있다. 그러나 이 중 오산리의

---

262) 김익두 외(1994), 앞의 책, 210~211쪽 참조.

농악은 오래전에 전승이 끊겼으며, 과거 소고잽이를 하던 강경섭(무주읍 오산리)만이 생존해 있으며, 사전리는 상쇠 김용진(안성면 사전리 상촌)과 수장고 안복렬(안성면 사전리 평촌)이 작고하여 완전히 전승이 끊기고, 소고잽이를 하던 이재근(안성면 사전리 양촌)만이 생존해 있다.

또한 안성면 공정리의 사탄 마을의 농악은 상쇠 이귀종의 별세 이후에 그 전승이 끊기고 말았다. 그러나 사탄마을의 농악은 상쇠 이귀종과 같이 패를 이루어 공연하던 수장고 박만서와 수버꾸 이휘조가 생존해 있고 당시 농악의 공연하던 내용이 영상물로 기록되어 있어서 복원할 수 있는 가능성이 많다. 현재는 설천면 삼공리 삼공마을의 농악과 설천면 소천리의 상하평지 마을의 농악이 무주 지역 농악의 맥을 잇고 있으며, 이외에 적상면 사산리의 마산농악, 무풍면 철목리의 철목마을 농악이 무주 농악의 면목을 간직하고 있다. 또한 부남면 대소리 방앗거리놀이의 농악패도 무주 농악의 옛 특성을 전승하고 있다.

지 명	제보자	종 류
설천면 삼공리	김기선	질굿 마당굿(주로 삼채가락), 성주, 조왕굿, 청룡굿, 곳간굿(두지굿), 외양굿, 성주굿, 인사굿
설천면 소천리 상하평지	이기재 외	어울림굿, 들당산굿, 정지굿, 철룡 , 두지굿, 샘굿, 마당굿, 인사굿
안성면 공정리 사탄	이기종 외	어울림, 당산굿, 질굿, 문굿, 마당굿, 조왕굿, 장꽝굿, 시암굿, 두지굿, 인사굿, 파장굿
무주읍 오산리	김창성	노다라지굿, 망월굿, 논매기굿, 사당놀이
안성면 사전리	김용진	마당밟이 풍물굿, 김매기 농악, 물들어가기 농악
부남면 대소리	유재두	거리굿, 창거리굿, 짓거리굿, 방앗거리제, 합거리굿
적상면 사산리 마산	유근순	마을샘굿, 마당굿, 두지굿, 조왕굿, 장꽝굿, 인사굿

설천면 삼공리 농악은 주로 음력 정월에 많이 하는데 당산제를 지낸 후 농악을 시작해서 정월 보름까지 한다. 복색은 징잽이를 제외한 모든

치배들이 다 전립을 쓰고 '돌무(상모)'를 돌린다.[263]

설천면 소천리 상하평지 마을에서 굿을 치는 때는 음력 정월 보름날이다. 이때 '깃고사'(마을의 농기를 세워 놓고 거기에 고사를 지내는 일)를 지내고 이어서 마을 집집을 돌면서 집돌이굿을 하는데 이때 하는 농악을 '마당밟이'라 한다. 마당밟이는 주로 '정지굿', '장꽝굿', '시암굿' 등을 치며, 춤은 주로 버꾸(소고)잽이와 대포수가 춘다. 버꾸잽이들의 춤으로는 빙빙 도는 연풍대 춤과 펄쩍펄쩍 뛰는 자반뒤지기가 있으며, 대포수의 춤은 일정한 것이 없이 즉흥적으로 흥을 돋우면서 논다.[264]

안성면 공정리 사탄마을은 정월 초사흗날부터 보름까지 농악을 하는데 주로 마당밟이를 한다. 이 마을에서 소고잽이는 모두 여자가 맡는 것이 특색이다.[265]

무주읍 오산리 마을에서는 정월 14일 밤에 '노다라기굿'을 치며 보름밤에는 '망월굿'을 친다. 정월 걸립은 정월 3일부터 2~3일간 한다. 여름철 김맬 때 '논매기굿'을 하며 백중에도 농악을 했다. 김매러 나갈 때에는 '사당놀이'라 하여 무동들이 '꽃나부'를 세우고 부채춤을 추는 것이 특색이다.[266]

안성면 사전리는 마당밟이나 김매기 농악 이외에도 '물 들어가기 농악'이라는 독특한 민속놀이가 있다. 마을 뒷산의 '찬샘'이라는 샘에서 농악을 하며 물을 길어 올려 물병에 담고 다시 물병을 거꾸로 샘에다 걸어 놓고 물이 쏟아지게 하는 것이다. 물병은 그대로 샘에 걸어 놓고 농악을 치고 술을 마시며 놀다 마을로 내려온다.[267]

---

263) 김익두 외(1994), 앞의 책, 212~213쪽 참조.
264) 김익두 외(1994), 앞의 책, 1994, 215쪽 참조.
265) 김익두 외(1994), 앞의 책, 216~217쪽 참조.
266) 김익두 외(1994), 앞의 책, 212쪽 참조.

무주군 부남면 대소리 마을의 농악은 민속놀이인, 방앗거리놀이를 할 때 많이 공연된다. 300여 년 전 마을 전역에 전염병이 나돌아 마을 사람들이 많은 피해를 겪었는데, 그 후 마을 사람들은 한 해의 무병장수와 풍년을 기원하기 위하여 신에게 제사를 지내고, 마을의 안녕을 기원하는 거리제로 시작한 것이 현재까지 이어지고 있다. 방앗거리놀이는 마을의 무병장수와 풍년을 기원하기 위한 엄숙한 의식을 포함하며 놀이와 음주가무로 연결되고 있다. 또 마을의 재앙을 몰아내기 위해 온 마을 사람들이 합심하여 공동체를 유지시키기 위해 행하는 제의, 놀이, 춤, 농악 등이 어우러지는 공동체 놀이이다.[268]

적산면 사산리 마산마을의 농악은 80~90년 전에 융성했다고 한다. 농악을 매굿이라고 하였는데, 정월 초사흗날 산신제를 지내고 4일부터 매굿을 하였다고 한다. 산신제는 10년 전부터 김광배라는 법사에게 일임하여 지낸다고 한다. 현재는 반딧불 축제와 적상면에서 개최하는 10월 단풍놀이에 참가하여 농악을 한다. 매굿은 마을의 공동샘굿을 한 다음 개인집으로 이동하여 마당굿, 두지굿, 조왕굿, 장꽝굿, 인사굿순으로 한다. 또한 김맬 때 치는 두레풍장도 있다. 두레풍장의 치배는 꽹과리 1명, 징 1명, 장구 1명으로 간단하게 구성하여 1주일 정도 치는데, 풀이 적으면 빨리 몰아쳐서 작업을 빨리하게 하고, 풀이 많으면 가락을 천천히 내어 두레노동의 효율을 높였다. 가락은 주로 질굿, 자즌 마치, 영산을 치고 판굿에서 개인놀이도 한다. 복색은 치복에 파란색 조끼를 입고 삼색 띠를 두른다. 예전에는 상쇠만 전립을 쓰고 나머지는 고깔만 썼다고 하나, 현재는 꽹과리잽이와 버꾸잽이가 전립을 쓰고 상모를 돌

---

267) 전라북도(2004), 『전라북도 농악·민요·만가』, 92쪽 참조.
268) 전라북도(2004), 앞의 책, 94~95쪽 참조.

린다고 하며, 다른 잽이들은 고깔을 쓴다고 한다.[269]

(3)장수군

1967년의 조사자료[270]에 장수군 출신 농악인은 장두만과 한판옥 2인의 이름이 조사되어 있는데 장두만의 출신지는 나와 있지 않다. 1994년의 조사자료[271]에는 장수군 장계면 장계리 서동부락의 양길순 씨와 장계면 대곡리 성곡마을 박광수 씨 등에 대한 조사가 이루어졌음을 확인할 수 있다.

이미 세간에 알려진 장두만, 김달마, 한판옥 등이 장수군 출신인데 장두만의 고향은 장계면 북실이고 장계면 원명덕리에 묘가 있다. 김달마의 고향은 천천면 춘송리 고금마을로 알려져 있는데 중년 이후에 장계면 장계리 서동부락(현재 장계 시외버스터미널 뒤 시장골목)에 정착하여 마을 사람들에게 농악을 가르친 것이 이 지역에서 농악이 번성하게 된 계기가 되었다. 한판옥은 소고잽이로 유명한데 장수군을 벗어나서 전국적인 포장걸립에 나섰던 인물로 해방 이후 남원 금지면 독우물마을의 '류한준 패'에 합류하여 활동하였고 1950년대와 1960년대 초반에는 좌도농악 포장걸립패인 '최상근 일행'에서 활동했다. 그의 생가와 묘가 현재 계남면 침곡리에 있다. 장두만, 김달마, 한판옥 등 3인에 의해 장계 서동마을을 중심으로 한 이 지역의 농악이 마을굿의 테두리를 벗어나 걸립패와 포장걸립패의 연예농악으로 상승된 것으로 추정할 수 있으나 현재는 그 기량의 전승이 단절되어 있는 실정이다.[272]

---

269) 전라북도(2004), 앞의 책, 95~96쪽 참조.
270) 홍현식 외(1967), 앞의 책.
271) 김익두 외(1994), 앞의 책, 219~220쪽 참조.

지 명	제보자	내 용
장계면 장계리 서동	양길순 외	시작하는 굿, 질굿, 문굿, 조왕굿, 청룡굿, 곳간굿, 영산, 소고놀음굿, 노래굿, 두레굿, 외마치, 두마치, 삼채, 잔지래기
장계면 대곡리 성곡	박광수	질굿, 자진 영산, 느진 영산, 호허굿, 기타

　장수면 장계리 서동마을은 예로부터 농악이 성한 곳이었다. 제일 유명한 사람은 소고잽이였던 한판옥으로, 이승만 대통령 집권 시 전국농악경연대회에서 개인상을 받았다. 장수군 계남면 침곡리 방아재라는 마을에 한판옥의 생가와 묘가 있다. 한판옥은 밀양 쪽에서 소고를 배웠다고 하고 현재 그의 자손들은 마산 쪽에서 산다. 장두만은 뜬쇠로 돌아다니다가 장계 서동마을에 정착한 사람으로 원래 서동마을 출신은 아니다. 장두만의 묘는 장계면 원명덕리에 있다. 김달마 역시 떠돌이로 돌아다니다가 서동마을에 정착하여 머슴 생활을 했다. 김달마가 서동마을 사람들에게 농악을 가르친 것이 서동농악이 발전하게 된 계기가 되었다. 장두만과 김달마는 주로 장구잽이로 활동했지만 쇠도 잘 쳤다. 옛날 한판옥 등과 농악을 하던 이들이 아직도 몇몇이 생존해 있다. 복장은 흰옷에 삼색 띠를 매고 고깔은 전혀 쓰지 않고 부들상모를 쓴다. 지금 서동마을에 옛날 쓰던 악기로는 쇠와 징이 하나씩 있고 1960년대에 쓰던 깃발이 하나 있다. 서동마을은 서동마을의 사람들과 외부에서 온 뜬쇠들이 어울려서 굿을 쳤다.[273]

　장계면 대곡리 성곡마을의 농악은 마당밟이를 중심으로 이루어진다. 질굿, 자진영산 등의 가락이 전해진다.[274]

---

272) 전라북도(2004), 앞의 책, 98쪽 참조.

273) 전라북도(2004), 앞의 책, 100~101쪽 참조.

274) 김익두 외(1994), 앞의 책, 219쪽 참조.

(4) 진안군

지 명	제보자	내 용
안천면 신괴리 괴정	엄석순	외마치, 두마치, 삼마치, 사마치, 질굿, 인사굿, 마당굿(이마치 – 삼마치 – 사마치 – 영산 – 소리굿 – 도둑잽이 – 정지굿 – 철룡굿 – 시암굿 – 두 지굿)
백운면 번암리	조병호	마치굿, 풍류, 반풍류, 채굿
정천면 월평리	장길동	매굿, 늦은 풍류굿, 일채, 이채, 삼채 벅구놀음, 도둑굿, 호랭이 쫓는 굿, 호호굿, 영산, 품앗이굿, 잔지래기
성수면 도통리 중평마을	김봉렬	마당밟이굿(어룸굿 – 질굿 – 당산굿 – 마을샘굿 – 문굿 – 마당굿 – 성주굿 – 조왕굿 – 샘굿 – 철룡굿 – 노적굿), 판굿(어름굿 – 마치굿 – 품앗이굿 – 늦은삼채 – 호호굿 – 노래굿 – 영산 – 춤굿 – 반잔지래기 – 왼잔지래기 – 돌굿 – 일광놀이 – 도둑잽이), 두레굿, 망월굿

안천면 신괴리 괴정 엄석순은 진안군 용담면 월계리가 고향인데, 3살 때 이 마을로 이사하여 지금까지 줄곧 이 마을에 살고 있다. 제보자 엄석순은 장두만, 김달마 같은 농악의 명인들에게서 농악을 배운 신괴리 마을 치배 김순필, 안길용, 황영환 등에게서 농악을 배웠고 엄석순과 한패였던 사람들로는 상쇠 임계록, 중쇠 천태철 등이었다. 안천면 면내에서는 이들을 능가하는 패가 없었다 한다. 엄석순과 한패였던 수장구 장복만은 장두만과 서로 '집안 간'이었다. 걸립은 주로 '난장을 틀 적에' 하는데 '난장 튼다'는 것은 장을 세운다든가 장이 안 되어서 씨름도 붙이고 하는 등의 판을 벌이는 것을 말하는데 난장에서 농악을 하기 시작하면 보름도 가고 한 달도 간다. 이 마을 농악대는 고깔을 쓰지 않고 부들상모(꽹과리, 징, 장구)와 채상(북, 소고)을 쓴다.[275]

백운면 번암리 조병호의 농악은 '전라좌도굿 뜬쇠가락'이라 부르고 있다. 진안지역에서는 중평굿이 마을 풍물을 대표하는 격이라면 이 풍

---

275) 김익두 외(1994), 앞의 책, 221∼222쪽 참조.

물은 진안지역에서 활동하였던 전업적인 전문 풍물인들의 굿이라는 뜻에서 유래한다. 조병호는 부친인 조남주(진안 백운면)의 영향을 받아 농악을 일찍 접하였다. 진안, 장수 지역의 유명한 노문길, 김달마, 정오동 등 당시 전국을 휩쓸었던 명인들과 같이 활동하던 굿의 정통성을 이어받아 전승하고 있음을 강조한다. 1993년 전국민속예술경연대회참가 및 각종 공연과 1978년부터 전수활동을 시작하여 진안공고 풍물패 등 꾸준하게 진안좌도굿 전수활동을 해 왔다. 1998년 전북 무형문화재 제7－5호 좌도굿 예능보유자로 지정받았다. 백제예술대 지도강사와 진안공고 강사로 활동했고 백운면 원반월 마을 전수관을 통해 전수활동을 왕성하게 하던 중 2003년 지병으로 사망하였다. 전수자들의 연령이 낮아 전수활동이 활발하지 못하여 전수활동은 적은 편이나 최근 보존회를 활성화시키고자 노력하고 있다.[276]

정천면 월평리 마을에서는 농악하는 것을 '굿 헌다', '굿 친다', '풍물굿 친다' 또는 '풍장굿 친다'라고 부른다. 악기는 '풍물'이라 하고 농악을 하는 사람들은 '치배군'이라 한다. 농악대 모두 전립을 쓴다. 잡색에는 광대 둘과 무동 여럿이 따르는데 광대는 모두 얼굴에 바가지로 화상을 그려 탈을 썼고, 무동은 치마저고리를 입고 수건을 쓴다. 섣달 그믐날 밤에 하는 농악을 '매굿'이라 하는데 이것은 집집마다 한다. 정월 보름날 밤에는 산신당에서 농악을 하고 음식을 차려 놓고 절을 하고 축을 읽는다. 여름철 지심을 맬 때도 농악을 하는데 농군들과 함께 치배들이 논에 들어가 '늦은 풍류굿'을 친다. 걸립굿과 같은 큰 공연을 할 때는 마당에서 '판굿'을 친다.[277]

---

276) 전라북도(2004), 앞의 책, 87～88쪽 참조.
277) 김익두 외(1994), 앞의 책, 225～226쪽 참조.

성수면 도통리 중평마을 김봉렬(1914~1995)은 중평농악의 상쇠다. 10세 때부터 경 읽는 북을 쳤고 어른들의 뒤를 따라다니며 마을농악을 하기 시작했다. 꽹과리 흉내를 잘 내어 동네 유지들이 그에게 농악을 가르치자고 공론하여 진안군 백운면 술무지(酒川)에 살던 유명한 상쇠 김인철을 초빙하여 농악을 배우게 된다. 김봉렬은 마을농악을 어깨너머로 배우다가 처음으로 전문적인 상쇠에게 농악을 배웠고 그보다 먼저 김인철에게 농악을 배웠던 진안군 백운면 내동리에 사는 상쇠 하바우(하정수) 밑에서 상모놀이를 배우며 기능을 익혔다. 김봉렬은 25세 때 중평마을 상쇠를 맡았다. 군 대회는 물론 도내 대회에서 1등도 하고 개인상을 받았다고 한다. 1995년 김봉렬 사후 젊은이들이 진안 중평농악 전수관을 중심으로 전국에서 찾아오는 일반인 및 학생들을 가르치며 중평농악을 이어 가고 있다.[278]

(5) 임실군

지 명	제보자	내 용
지사면 안하리	이덕근	당산굿, 마당굿, 정지굿, 장꽝굿, 시암굿, 곳간굿, 마당굿, 인사굿
강진면 필봉리	양순용	마당밟이(기굿 – 당산굿 – 문굿 – 마당굿 – 술굿 – 조왕굿 – 성주풀이 – 철룡굿 – 샘굿 – 곳간굿), 매굿, 당산제, 찰밥걷기굿, 두레굿, 판굿(어름굿 – 외마치질굿 – 오채질굿 – 채굿 – 호허굿 – 풍류굿 – 방울진굿 – 미지기영산 – 노래굿 – 돌굿 – 영산굿 – 수박치기 – 등지기 – 군영놀이 – 도둑잽이 – 탈머리굿)

지사면 안하리 마을 상쇠 이덕근은 이 마을의 상쇠였던 신재면에게서 꽹과리를 배웠다. 원래 이 마을은 '반촌'이라 어른들이 '전립질(상모놀이)'을 못 하게 해서 이 마을의 농악에는 상모놀이를 하는 사람이 없

---

278) 전라북도(2004), 앞의 책, 84~85쪽.

다고 한다.[279)]

전북 임실군 강진면 필봉리는 산간 농촌마을로 본디 당산굿, 마당밟이 정도가 예로부터 전승되어 왔는데 오늘날과 같이 높은 수준의 농악으로 발전하기 시작한 것은 일제강점기 유명한 상쇠 박학삼을 이 마을로 초청하면서부터라고 한다. 박학삼은 강진면 출생으로 유명한 상쇠였다. 박학삼이 타계한 뒤에 송주호가 상쇠를 이었고, 송주호가 연로한 뒤에는 양순용이 상쇠가 되었다. 양순용은 필봉리 출신으로 어려서부터 쇠를 배워 14세 때 박학삼 상쇠 밑에서 끝쇠를 쳤고 박학삼 상쇠가 타계한 뒤 송주호 상쇠 밑에서 중쇠를 쳤으며, 송주호가 연로하자 18세 때부터 상쇠를 쳤다. 23세 때에는 순창 동계에 살던 김문숙에게 부포놀이를 배웠다. 박학삼의 스승은 임실 청웅면 이화춘이고 이화춘의 스승은 남원의 전판이라고 한다. 예로부터 필봉마을에서는 매년 정초에 치는 마당밟이, 섣달 그믐날에 치는 매굿, 정월 아흐렛날에 치는 당산제, 보름날에 치는 찰밥 걷기 굿, 이웃마을이나 다른 마을의 초빙을 받아 가서 치는 걸궁굿, 여름철 김매기 때의 두레굿, 큰굿을 치기 전에 치는 기굿, 큰 마당에서 모닥불을 피워 놓고 장시간 하는 판굿 등이 있다.[280)]

(6) 순창군

지 명	제보자	내 용
팔덕면 월곡리	장귀주 외	어울림굿, 삼채, 질굿, 재냉기(버꾸놀리는 가락), 영산, 일곱마치굿, 호호굿

---

279) 김익두 외(1994), 앞의 책, 234쪽.
280) 이보형, 정병호 외(1982), 앞의 책, 41~42쪽.

팔덕면 월곡리는 예전에는 '달실'이라 불렸으며 내월곡과 외월곡으로 나뉘어 있다. 이 마을에는 남원의 이름난 류한준 상쇠나 그 아들 류명철 등이 자주 와서 공연을 하곤 했다. 특히, 한국전쟁 당시에는 류한준 상쇠가 이끄는 농악대가 이 마을에서 밤굿을 하다가 경찰서에 끌려가 고문을 당하여 그 후유증으로 사망한 적이 있다.[281]

(7) 담양군

지 명	제보자	내 용
무정면 영천리 죽산 매구	정사동	마을문굿, 마당밟이(문굿 – 마당굿 – 조왕굿 – 지신밟기소리 – 노적굿 – 액막이 – 장광굿 – 샘굿 – 곳간굿), 도둑잽이, 주장맥이, 노래굿
무정면 덕곡리	김공배	굿 내는 가락, 길가굿, 마당굿, 정재굿, 호호굿, 노래굿, 도둑잽이
용면 분통리	권석기	잡색놀이, 노름놀이, 할미 애 낳는 놀이, 주장맥이

무정면 영천리 죽산 마을은 예로부터 마당밟이와 걸궁이 성했던 곳이다. 이 마을 사람들은 담양 관내는 물론이고 광주, 순창 등지까지 팔려 다니며 걸궁을 할 만큼 대외적인 활동을 활발히 한 것으로 전해진다. 현재 이 마을의 '집돌이굿'에는 지신밟기 소리와 액막이타령이 전해 오고 있으며, 귀신 들린 사람에게서 귀신을 몰아내는 주장맥이가 특기할 만한 것이다. 주장맥이에서는 병자 주위를 돌면서 농악가락을 치며 노래도 하고 동네 무당을 불러 칼을 물리는데, 굿은 농악대가 하고 무당은 주장맥이 끝 대목에 칼을 던지고 물리는 역할만 하였다. 죽산 마을의 매구는 우도굿의 요소가 섞여 있어 상쇠는 뺏상모를 쓴다.[282]

무정면 덕곡리 김공배는 장구를 잘 치는 연희자로 인근에 이름을 날

---

281) 김정헌 외(2006), 앞의 책, 28쪽.
282) 이경엽(2004), 『담양농악』, 담양문화원, 201~231쪽 참조.

린 사람이다. 그가 보유한 농악은 마당밟이와 판굿, 논두렁에서 치는 풍장장구 등이 있다.[283]

용면 분통마을의 장구잽이 권석기는 젊은 시절부터 여러 지역을 다니며 걸궁을 쳤으며, 작고 직전까지는 담양 민속예술보존회에서 활동하기도 했다. 그는 과거에 남원이나 순창 등지를 다니며 유명한 잽이들과 농악을 많이 쳤다고 한다. 남원의 류한준, 강태문, 류명철 등과 같은 이들과 함께 활동을 했다. 그의 말에 의하면 류한준은 나발을 잘 불어서 한 번 불면 한 시간 동안을 불었다. 마을에 들어가면 나발로 기선을 제압했다. 류한준과 같이 굿을 여러 번 쳐 봤다고 한다. 예전에 담양의 굿은 느리게 쳤는데 한량들이 많아서 춤을 추게 쳐야 했기 때문이라고 한다. 전라북도는 잔가락이 많고 되게 쳤다. 담양은 좌도굿이다. 어렸을 때는 좌도굿 우도굿의 개념이 없고 남원이나 담양하고 같았다. 담양에서는 굿을 칠 때 '매굿 친다'고 했다. 전에는 마당밟이라고 했는데 지금은 '매굿'이라고 한다.[284]

(8) 화순군

지 명	제보자	내 용
동복면 한천리	노승대	질굿, 가새짐, 짝드름, 이십팔수, 일채, 이채, 삼채, 호호굿, 사채, 구정놀이(버꾸놀이, 북놀이, 장구놀이), 오채, 노래굿, 육채, 도둑잽이, 칠채

화순군 동복면에는 예전부터 한천리와 독산리의 두 마을에서 농악이 성행하였으나 독산리의 농악은 전승이 끊어졌고 한천리의 농악만이 지

---

283) 이경엽(2004), 앞의 책, 252쪽.
284) 이경엽(2004), 앞의 책, 263~265쪽 참조.

금까지 전해 오고 있다. 한천리의 농악은 약 200여 년 전부터 있어 왔다고 전하는데 그에 따른 역사는 한천농악을 이끌어 온 상쇠들의 계보를 통하여 쉽게 알 수 있다. 한천농악의 상쇠 전승계보는 1대 강병서 - 2대 전치언 - 3대 장동지 - 4대 정서익 - 5대 이선일 - 6대 박천한 - 7대 노판순 - 8대 전전박 - 9대 노승대로 이어진다. 이 중에서 6대 상쇠인 박천한이 장성의 전재성이라는 상쇠를 초빙하여 우도농악을 전수받았으나, 7대 노판순 상쇠에 의해 원래의 좌도농악으로 바로잡아졌다고 한다. 8대 상쇠 전전박은 박천한과 노판순에게 쇠를 배웠다고 하며, 현재 9대 상쇠인 노승대는 노판순의 셋째 동생으로 노판순에게서 쇠를 배웠다. 한천농악에서는 전립을 주로 쓰며 음악적으로는 빠른 가락과 동작이 주가 되는 특성을 지닌다. 1979년 남도문화재에 출전하여 1등상을 수상하였고 1979년 전남무형문화재로 지정되었다.[285]

(9) 남원시

남원지역의 농악에 대한 최초의 조사보고서는 1967년에 홍현식 등에 의해 작성되었는데[286] 전판이, 류한준, 강태문, 류명철 등의 이름이 기록되어 있으며 1987년에는 산내면 중황리의 윤한길의 농악, 동면 인월리 박화수의 농악, 산동면 대상리 한재마을 농악, 금지면 상귀리 류명철의 농악 등이 남원의 대표적인 전승 농악으로 조사된 바 있다.[287]

---

285) 전라남도(1988), 앞의 책, 348쪽 참조.
286) 홍현식 외(1967), 앞의 책.
287) 김익두 외(1987), 앞의 책, 159~167쪽 참조.

지 명	제보자	내 용
산내면 중황리	윤한길	어울림굿 – 질굿 – 덕석몰이 – 도둑잽이 – 진싸기 – 버꾸놀이 – 영산 – 잦은 영산 – 갖은 영산 – 호호굿 – 노래굿
인월면 인월리	박화수	어우르는 가락 – 질굿 – 자진질굿 – 갠므갠가락 – 두마치 – 문굿가락 – 마당에서 노는 굿 – 삼채가락
산동면 대상리 한재마을	미상	질굿 – 삼채 – 갠므갠가락 – 두마치 – 술굿 – 영산 – 가진영산 – 호호굿 – 파장굿
보절면 괴양리	미상	뜰밟이, 달맞이굿, 술멕이굿, 두레굿, 삼동굿
금지면 상귀리	류명철	마당밟이(마을문굿, 들당산, 마을샘굿, 개인문굿마당굿, 샘굿, 조왕굿, 곳간굿, 고사소리, 철룡굿, 날당산), 판굿(어울림굿 – 입장굿 – 풍류굿 – 채굿 – 진풀이굿 – 호호굿 – 영산 – 노래굿 – 춤굿 – 등지기 – 미지기 – 도둑잽이 – 탐모리 – 문굿 – 점호굿 – 헤침굿 – 재능기)

산내면 중황리의 상쇠 윤한길에 의하면, 이 마을 농악의 계보는 문상쇠(경남 마천 사람)→배명식(경남 마천 사람)→윤한길(남원시 산내면 중황리)로 이어져 왔다고 한다. 복색은 쇠잽이들과 소구잽이 들은 머리에 전립을 쓰고 상모를 돌리며, 징수와 장구잽이 들은 고깔을 쓴다. 옷은 보통의 흰색 한복이었으나, 지금의 상쇠 윤한길의 부인이 구례 화엄사에 놀러 갔다가 구례의 농악을 보고 와서 그대로 만들어 썼는데, 그 복색을 '신라복'이라고 했으며, 흰 상하의에 끝에다가 청색의 굵은 선을 두른 것이었다. 어깨와 허리에는 초록색, 남색, 빨간색, 노란색 띠를 두른다.[288]

보절면 괴양리에서는 농악이 성하였는데 농악을 하는 것을 '굿 친다'고 하고 정월 5일부터 보름까지 날을 받아 며칠 동안 뜰밟이를 한다. 정월 대보름에는 달집을 태우며 하는 달맞이굿을 하고, 삼월 삼짓날, 사월 초파일, 유월유두에 각각 술멕이굿을 한다. 여름철 김맬 때 두레를 짜서 농악을 하고 김매기가 끝나면 '파접례'라 하여 백중날 농악을

---

288) 김익두 외(1994), 앞의 책, 241쪽 참조.

하며 노는데 이것을 '삼동굿놀이'라 한다. 삼동굿놀이는 1982년 전국민속예술경연대회에서 대통령상을 받음으로써 세상에 알려지게 되었다.[289]

금지면 상귀리 류명철의 농악은 남원시 금지면 옹정리(甕井里, 독우물)의 농악을 중심으로 한 남원 '독우물굿'의 계보이다. 이 '독우물굿'은 일제강점기와 해방을 전후한 시기에 이 마을의 상쇠인 류한준(1900~1952)이 남원시 송동면 세전리에 거주했던 전판이(1869~?)라는 상쇠로부터 발전된 전문적인 농악 예능을 전수받아 좌도의 여러 지역으로 걸립농악을 하고 다니게 되면서 전국적인 연예농악으로 발전하게 되었다. 이 상쇠 류한준의 농악은 같은 마을의 강태문(1903~1965)에게 이어졌으며, 강태문은 류한준의 사망 후 류한준 패에서 활동하던 금지면 옹정리 출신의 농악인들을 규합하여 '독우물농악단'을 조직하여 상쇠를 맡았다. '독우물농악단'은 류한준이 사망한 1952년도부터 활동을 시작하였다. 1958년 강태문이 남원시 조산동으로 이주하여 '조산농악단'을 창단함에 따라 '독우물농악단'은 거의 활동을 중단하게 된다. 강태문의 노환으로 '조산농악단'이 활동을 중단하게 되면서 상쇠의 계보는 상쇠 류한준의 친자인 류명철에게 계승되었다. '조산농악단'에서 활동하던 류명철은 김홍수, 정점식, 김광수 등과 '천거리농악단'을 결성하여 활동하다 포장걸립농악단인 '최상근 일행'에 합류하여 전국 순회공연에 나섰고 군에 입대하면서 '천거리농악단'의 활동이 중단된다. 그 후 남원지역의 농악인들이 세력을 규합하여 1970년대 초반에 '남원농악단'이 창단된다. 이 '남원농악단'의 구성원들 중 김홍수, 정점식, 김광수 등 3인은 당시까지 활동하던 여성농악단의 소고잽이로 전속출연

---

289) 남원문화원(2003), 『삼동굿놀이』, 43~83쪽 참조.

을 하는 등의 활동을 하였고, 류명철은 여성농악단에서 강사와 찬조출연 등으로 활동하였다. '남원농악단'은 전반적으로 농악이 쇠퇴하던 무렵이어서 뚜렷한 활동은 하지 못하였다. 농악활동의 위축은 1970년대 중반에 들어와서 더더욱 가속화되어서 결국 류명철은 1970년대 말 농악계에서 은퇴를 결심하고 가사에 전념한다.

1980년대에는 류명철이 농악계를 은퇴하고 공백기에 들어가게 되었다. 1994년에 류명철이 활동을 재개하여 1997년 남원농악 보존회를 창립하고 1998년 류명철이 전라북도 무형문화재 예능보유자로 지정되면서, 독우물굿의 계보가 남원의 주도적인 농악으로 되었다. 1999년에는 '남원시립농악단'이 창단되고 동시에 남원농악전수관이 개관을 하여 류명철은 '남원시립농악단'의 부단장과 남원농악전수관장을 맡는다. 남원시 23개 읍, 면, 동에 농악단이 창단되면서 류명철의 굿가락과 판제가 남원 전 지역으로 확산되었고, '독우물굿'은 남원농악 전체를 대표하는 명칭으로 불리게 되었다.[290]

(10) 구례군

지 명	제보자	내 용
산동면 좌사리	구길동	당산굿, 마당밟이
산동면 위안리 하위마을	구삼암	질굿, 판굿, 놀음놀이, 삼자굿, 영산나드래기
구례읍 신월리 신촌	김용현	당산굿, 마당밟이(문굿, 마당굿, 정지굿, 액막이굿, 장꼬방굿, 샘굿), 판굿(질굿, 삼채굿, 사채굿, 영산굿, 오채굿, 육채굿, 칠채굿, 허허굿, 액막이굿, 덕석몰이, 도둑잽이굿, 파제굿, 문굿, 헤침굿, 재능기)

산동면 좌사리 농악은 정초의 당산제 때 하는 당산굿과 마당밟이, 장

승을 세운 후에 하는 장승농악 등이 있다.[291]

산동면 하위마을의 농악은 봄에 농사를 시작할 때나 김매기 할 때 질굿→판굿→놀음놀이 등의 순으로 농악을 한다. 특히 안놀음은 농악을 마친 후에 동네 넓은 마당에서 농악대의 잡색에 속해 있는 탈꾼만으로 가면극을 하는 것이다. 안놀음은 산대도감계통의 가면극과 흡사하나 총을 든 대포수가 등장하며 완결적인 대본이 정립된 것이 아니라 일정한 줄거리에 즉흥성을 가미한 것으로 볼 수 있다.[292]

구례읍 신월리 신촌 마을의 잔수농악은 앞 굿이나 뒤 굿의 경계를 정하지 않고, 전체적으로 1채굿부터 12채굿까지 전부 연행하는 판굿을 가지고 있다. 판굿의 허허굿, 덕석몰이, 도둑잽이굿, 파제굿, 문굿 등은 좌도농악의 판굿 구성과 유사하다. 특히 도둑잽이굿에서 파제굿으로 끝나는 구성방식은 좌도지역의 전형적인 판굿 구조라고 할 수 있다. 이 마을 농악의 가락을 보면 두둥갱이, 지지갱이, 돌이뱅뱅, 중중모리 등의 가락명이 독특한데 두둥갱이, 지지갱이 등은 구음을 통해 얻은 가락명으로 토속성이 엿보인다.[293]

(11) 곡성군

지 명	제보자	내 용
곡성읍 죽동리	기창수	문굿, 들당산, 날당산, 판굿(어울림굿 – 채굿 – 호호굿 – 노래굿 – 미지기 – 가진영산 – 춤굿 – 연풍대 – 등맞추기 – 진풀이 – 도둑잽이 – 탈머리 – 해산굿)

---

291) 문화재관리국(1969), 『한국민속종합조사보고서』 전남편, 577쪽 참조.
292) 문화재관리국(1969), 앞의 책, 584~585쪽 참조.
293) 이경엽(2007), 「구례 잔수농악 조사보고서」, 구례군, 20~23쪽 참조.

곡성 죽동농악의 기창수는 당대의 최고라는 찬사를 들었던 상쇠였다고 하는데 그의 영향이 근방의 좌도권에 모두 미칠 정도였다고 한다. 기창수의 가락은 강순동을 거쳐 지금의 보유자 박대업 상쇠에게 전하고 있다. 박대업은 기창수와 강순동의 대를 잇는 기능보유자로 죽동 농악을 이끄는 상쇠 역할을 담당하고 있다. 이 마을의 농악은 마당밟이나 당산굿과 같은 마을굿에서 시작하여 인근마을에 걸궁을 하는 들당산굿과 날당산굿 그리고 판굿까지 한바탕 전체를 전승하고 있다. 곡성 죽동농악은 2002년 전남무형문화재 35호로 지정되었다.[294]

(12) 순천시

지 명	제보자	내 용
월등면 대평리 월평마을	유명환 외	어울림굿 – 인사굿(당산굿) – 문굿 – 마당굿 – 정지굿 – 장독굿 – 우물굿 – 곳간굿 – 파장굿
낙안면 평사마을	미상	당산굿, 샘굿, 지신달래기, 성주풀이, 장독장신굿, 평사군악
황전면 용림리	문영근	어우리굿, 질굿, 당산굿(제만굿), 공동샘굿, 집돌이(문굿 – 마당굿 – 정지굿 – 장구방굿 – 천룡굿 – 샘굿 – 고사소리), 판굿(채굿 – 허허굿 – 오방진굿 – 노래굿 – 문굿 – 도둑잽이)

월등면 대평리 월평마을은 농악이 성한 마을이었다. 옛날부터 내려오는 굿을 12마당이라고 하나 현재 완전한 형태로 남아 있지는 않다.[295]

낙안면 평사마을에서 하는 농악은 낙안읍성군악(樂安邑城軍樂)으로 조선조 중엽부터 전해 오는 것으로 알려져 있다. 마을 주변과 집안에 관계되는 모든 농악의 거리들을 12마당으로 구분하고 있으며 특히 마을굿 외에도 임경업 장군 비각에 제사를 지낼 때 제향으로 농악을 하

---

294) 전라남도, 『곡성죽동농악 조사보고서』 참조. 문화재 정보센터(http://info.cha.go.kr)에서 재인용.
295) 김익두 외(1994), 앞의 책, 254쪽 참조.

는데 이를 '평사군악'이라 한다.[296]

황전면 용림리 판굿은 구례, 곡성, 남원 농악에 가깝다. 이 마을 상쇠가 곡성에 사는 유명한 상쇠 기창수에게 농악을 배웠기 때문이다. 용림리는 정월 5일~14일까지 마당밟이를 하고 정월 15일 새벽에 당산굿을 한다. 여름철 김맬 때 농악을 하는데 '두레풍장 친다'고 한다. 이 마을에서는 농악을 '매구' 또는 '굿'이라 하며 농악기는 '풍물' 또는 '굿물'이라 하며 농악하는 것을 '풍물 친다', '매구 친다'고 한다.[297]

(13) 여수시

지 명	제보자	내 용
화양면 백초리	정양수	마당밟기(문굿 – 성주풀이 – 샘굿 – 조왕굿 – 철용굿) 판굿(고동진 – 십자진 – 오방진 – 일자진 – 가장놀이)
삼산면 초도리 대동	강도수	마당볼기(밟기)
소라면 현천리		두레놀이, 소동패놀이
삼산면 거문리거문도	김창옥	팟삭굿, 된삼채, 중삼채, 늦은삼채, 영산나드래기(홑나드래기, 겹나드래기), 샘굿, 근앙굿, 당산굿, 선왕굿, 질굿

화양면 백초리의 농악은 다른 지방에서는 볼 수 없는 특이한 가장농악(假裝農樂)이 있다. 이 마을의 농악에는 대포수나 각시 등의 보편적인 잡색 이외에도 장군, 말, 소, 호랑이, 사자 등의 동물 가장꾼과 줄인형을 조작하면서 노는 무동 가장놀이가 있다. 이 마을의 농악은 가장놀이가 중심이 되어 있으므로 꽹과리, 징, 장구, 북 등의 악기들은 주로 가장꾼들을 도와주는 반주역할을 하는 것이 특징이다.[298]

---

296) 전라남도(1988), 『전남의 세시풍속』, 363쪽 참조.
297) 전라남도(1980), 『전라남도 국악실태조사』, 승주군편 참조.
298) 정병호(1986), 앞의 책, 258~259쪽 참조.

삼산면 초도리의 농악은 섬의 농악으로 당제와 밀접한 관계를 맺고 있어서 당의 제사를 지낼 때는 반드시 농악을 하는데 이것을 '호포'라 한다. 처음 제사가 시작될 때부터 농악을 하여 의식이 끝날 때까지 격식에 의하여 악기를 연주하다가 제사가 완전히 끝난 후에는 마당밟이를 한다. 출어할 때, 풍어하여 귀향할 때 또는 배를 처음 진수할 때는 꼭 농악을 한다.[299]

삼산면 거문리 역시 섬의 농악으로 배 위에서 농악을 하며 노는 과정이 특징이다. 또한 마당밟이의 과장 중에는 선왕굿(용왕굿)이라는 독특한 종류의 굿거리가 존재한다.[300]

소라면 현천리의 농악은 '소동패놀이'로 불리는 두레패놀이이다. 두레패는 16세 이상 19세 미만의 소동패와 20세 이상의 대동패로 되어 있는데 현천리의 소동패놀이는 성년층의 대동패와 더불어 노래와 춤, 힘으로 대결하여 승부를 가르는 것으로 청소년층의 소동패가 같이 일하고 어울려 일체감을 형성시키는 기능을 한다. 1983년 전남무형문화재 7호로 지정되었다.[301]

(14) 광양시

지 명	제보자	내 용
광양시 교촌리	박순기	당굿, 마당밟이굿
광양시 읍내리	양향진	판굿, 마당밟이, 북놀이

---

299) 전라남도(1988), 앞의 책, 361쪽 참조.
300) 전라남도(1988), 앞의 책, 361쪽 참조.
301) 전라남도(1988), 앞의 책, 361~363쪽 참조.

광양시 교촌리 마을에서는 농악 '매귀'라 부르고 농악기는 '굿물'이라 부른다. 이 마을은 광양읍의 변두리 마을로 50여 호가 되며 예로부터 치던 농악기가 전해지며 특히 백여 년이 넘는다는 오래된 '덕석기'라 부르는 농기가 전해지고 있다. 동제에 '당굿'을 쳤고 이 마을이나 다른 마을에 마당밟이 농악을 했다. 또 특별한 공금이 필요할 때에는 걸립굿을 치는데 읍내 소방서 소방장비를 구입할 때 '소방걸립'에 나가 걸립굿을 치는 등 다른 마을의 걸립굿도 쳐 주었다 한다. 또 여름철 김 맬 때에는 김매기 농악을 한다.302)

광양시 읍내리 양향진의 광양 버꾸놀이는 크게 판굿과 마당밟이의 두 가지로 구분된다. 주요 특징의 하나는 개인놀이에서 북놀이의 비중이 크다는 점이다. 광양의 '버꾸놀이'는 소고를 지칭하는 게 아니라 큰 북을 소고처럼 왼손에 감고 북놀이를 하는 것을 말하는데, 북 테두리를 올리고 내려치는 기법은 다른 지역에 없는 독특한 가락으로 광양 농악의 대표적인 특징이다.303)

(15) 고흥군

지 명	제보자	내 용
도양읍 신양리	미상	문굿놀이, 오방신장굿, 꽃놀이
도화면 황산리	김광열	문굿(질굿 – 두줄백이 – 진쌓기 – 들어오기 – 문잡기 – 정문삼채 – 창영산 – 접영산 – 니리리굿 – 쥔쥔여쇼굿 – 인사굿 – 진풀고 나오기) 판굿(질굿 – 마상굿 – 북놀이 – 노래굿(소리굿) – 허허굿 – 등마침 – 동굿 – 오방신장 각심굿 – 도둑잡이 – 오방진 – 대포수 놀이 – 광대놀이)
금산면 신평리	최병태	문굿, 영산, 벅구놀이

---

302) 문화재관리국(1980), 앞의 책, 광양시편 참조.
303) 양향진(2003), 「광양 풍물굿 연구」, 우석대 석사논문, 4쪽 참조.

고흥 신양리 농악은 문굿놀이 농악이라고 하는데 전쟁에서 적진을 함락하고 군문에 들어가는 장면을 형상화한 것이다. 좌도농악 중에서 북놀이가 발달해 있다.[304]

도화면 황산리 상쇠 김광열은 16세 때부터 고흥군 봉래면 나로도 출신 상쇠 박군선 문하에서 상쇠 학습을 했다. 30여 세 때에 상쇠로 이름이 나서 서울 조선성악연구회에서 농부가 공연에 반주로 참가하였고, 이동백, 김창룡, 김연수, 박녹주, 김소희 일행의 일본 전국 순회공연에 참가한 바 있다고 한다. 이 마을에서는 부들상모 즉 개꼬리상모를 쓴다고 한다. 부포놀음에는 방애걸이, 이슬털이, 개꼬리, 양상모, 우렁찍기, 연꽃놀이, 잉어걸이, 돛대걸이, 사래엮기 등이 있다.[305]

금산면 신평리 월포 농악은 도서해안굿의 일종으로 1994년 전남무형문화재 제27호로 지정되었다. 농악의 구성은 덕석기, 농기, 농악기, 영기, 쇠, 농부, 징, 장구, 북, 벅구, 소고, 대포수, 양반 등으로 되어 있다. 문굿을 온전히 보존하여 치고 있고 당제와 관련하여 종교성이 강한 것이 특징이며, 춤과 기예가 활기차고 다른 지역에서는 볼 수 없는 '농부'라는 소년의 역할이 돋보인다. 현재 고흥 월포농악은 최병태 씨가 예능보유자로 인정되어 있다. 그는 진야무와 박홍기에게서 쇠가락을 배웠으며 이웃 마을 상쇠인 김응선과 박홍기의 영향도 받았는데 이들에게서 문굿을 전수받았다. 꽹과리잽이는 흰 바지저고리를 입고 황색, 청색 띠가 둘러져 있는 빨간색 쾌자를 입는다. 징, 장고, 북, 벅구, 소고 잽이들의 복색은 흰 바지저고리를 입으며 청색 조끼를 입고 삼색 띠를 두르고 쇠잽이와 달리 고깔을 쓴다. 월포 농악에는 호남좌도농악에서

---

304) 전라남도(1988), 앞의 책, 359쪽 참조.
305) 전라남도(1980), 앞의 책, 고흥군편 참조.

보이는 영산가락이 보인다.[306]

3) 호남우도농악과의 비교

호남우도농악은 호남좌도농악과 함께 호남농악의 양대 흐름을 형성하고 있다. 같은 호남농악이라는 점에서 좌도농악과 우도농악은 유사성이 많지만 일제강점기 이후 각기 독자적이고 전문적인 발전과정을 겪으면서 차이가 커졌다고 볼 수 있다.

호남우도농악 중에서 정읍농악은 호남좌도농악의 남원농악과 여러 면에서 비교할 만한 점이 있다.

첫째, 두 지역의 농악은 마을농악, 걸립농악, 포장걸립농악의 요소를 고루 갖추고 있다. 둘째, 두 지역이 모두 평야를 낀 경제적 요충지여서 이름난 전문 예술인들의 집결지였다. 셋째, 두 지역의 농악인들을 중심으로 하여 각기 근대적 연예농악인 포장걸립농악이 시작되었다.

이러한 점들을 전제로 하여 남원농악과 정읍농악을 비교하기로 한다.[307]

(1) 전승 현황의 비교

(가) 남원농악

현재 전승되는 남원농악은 남원시 금지면 옹정리 '독우물'의 농악을

---

306) 문화재 정보센터(http://info.cha.go.kr) '고흥 월포 농악' 참조.

307) 정읍농악에 관련된 전반적인 설명은 다음의 자료를 참고하였다.
　　김익두(2005), 『정읍농악』, 정읍시, 전북대 인문과학 연구소.
　　김익두(1992), 『정읍지역민속예능』, 전북대 박물관.
　　김익두 외(1994), 『호남우도풍물굿』, 전북대 전라문화연구소.

중심으로 한 이른바 남원 '독우물굿'의 계보이다. 그러므로 현재의 남원농악은 이 독우물굿을 중심으로 하여 그 가장 분명한 남원농악의 계보를 형성하고 있다고 보는 것이 합당하겠다. 남원농악이 마을농악의 모습으로 존재한 시기는 대략 일제강점기 중반까지로 볼 수 있다. 남원시 금지면 옹정리는 평야지대에 있는 비교적 큰 마을이었고 대대로 농업을 주업으로 삼던 곳이었다. 농악이 성하여 두레굿이나 화전놀이 등의 마을농악이 이루어지고 있었다. 이때까지가 남원농악이 '독우물굿'이라는 마을농악으로 존재하던 시기라고 할 수 있다.

'독우물굿'이 마을농악에서 걸립농악으로 변모하는 과정에는 전판이라는 외부인물이 개입한다. 전판이는 일제강점기 때 매우 이름난 상쇠였다고 하는데 그는 전북 진안 출신의 유랑예인이었으며 남원시 송동면 세전리에 거주하면서 농악의 기예를 가르치고 공연활동을 한 전문농악인이었다. 일제강점기에 류한준은 전판이로부터 전문적인 농악의 기량을 전수받는다. 류한준과 전판이의 만남은 '독우물굿'이 걸립농악으로 상승하는 직접적인 계기였다. 전판이로 인하여 류한준을 위시한 옹정리 농악 치배들은 마을굿보다 기량적으로 우위에 있는 전문 농악을 전수받게 되었고 마을농악이었던 '독우물굿'은 걸립농악으로 탈바꿈하게 되는 것이다. 이때부터 류한준은 농악인으로서의 명성을 얻기 시작한다. '독우물굿' 패는 해방 이후 남원을 벗어나 타 지역의 농악인들과 교류를 갖게 되는데 그 대표적인 계기가 제1회 전국농악경연대회였다. 제1회 전국농악경연대회는 1946년 5월 10일부터 5월 13일까지 4일간 서울 창경원(현 창경궁)에서 개최되었는데 해방 이후 최초의 대회였고 주최 측이 '유사 이래 처음' 열리는 대회라는 표현을 쓸 만큼 의미가 있는 대회였다. 이를 준비하기 위해 전라북도에서는 도내의 각 시,

군에서 이름난 농악인들을 전주에 집결시켰다. 이 대회에 참가한 치배들은 농악대의 핵심인 상쇠와 부쇠를 포함하여 절반 가까이가 남원 금지면 옹정리 거주자들이었다. 류한준 패에서 옹정리 출신들이 절반가량 되었다는 것은 류한준이 이 마을 출신이라는 점을 감안하고라도 이 마을 구성원들의 농악 기량이 상당히 뛰어났던 것으로 이것은 유랑예인이었던 전판이의 영향이었다. 이 대회에서 최고상을 수상함으로써 류한준은 타 지역의 농악 공연자들에게 자신의 기량을 인정받았고 호남좌도지역의 모든 전문 농악인들이 류한준을 자신들의 상쇠로 인정하게 되었다.

1946년 대회를 계기로 규합된 호남 동부지역 전문 농악인들은 류한준을 상쇠로 하여 본격적인 포장걸립을 시작한다. 1952년 호남 동부지역의 전문 농악인 패였던 '류한준 패'는 류한준의 사망으로 그 활동을 중단하고 해산되었다. 강태문은 '류한준 패'에서 활동하던 금지면 옹정리 출신의 농악인들을 규합하여 '독우물농악단'을 조직하여 상쇠를 맡았다. 이 '독우물농악단'은 포장걸립을 할 만한 치배 구성이 되지 못했고 걸립농악 수준에 머물렀는데 1958년 강태문이 남원시 조산동으로 이주하여 '조산농악단'을 창단함에 따라 '독우물농악단'은 거의 활동을 중단하게 된다. 이로써 연예농악으로까지 상승되었던 독우물굿은 류한준의 사망, 강태문의 이주 등으로 사실상 옹정리라는 마을을 완전히 벗어나게 되었다. '조산농악단'은 강태문이 노환으로 활동을 중단하게 되자 '천거리농악단'으로 재창단된다.

류한준의 아들인 류명철은 나이 16세인 1957년 '독우물농악단'의 강태문을 따라 전남 담양으로 걸립을 나가면서 농악에 입문하였다. 두 해 동안 강태문의 공연을 따라다니면서 기량을 익힌 류명철은 당시 장구잽이로 이름나 있던 최상근의 눈에 들게 된다. 한때 류한준 패의 장구 잽이였던 최상근은 1959년 류한준 패와 같은 포장걸립패를 결성하기 위해 인원을 규합하고 있었다. 최상근은 류명철을 비롯하여 김홍수, 정점식, 김광수 등 남원출신 농악인 네 명을 '최상근 일행'이라는 이름의 포장걸립패 치배로 발탁한다. 이 최상근 일행의 치배 중에서 젊은 단원을 제외하고는 대부분 류한준 패에서 활동하던 이들이었다. 이 '최상근 일행'의 주요 치배들은 류한준 패에 소속되었던 치배들이 대부분이어서 류한준 패의 포장걸립 방식을 그대로 따랐다. '최상근 일행'은 1963년 상반기에 대전공연을 끝으로 해산한다. '최상근 일행'이 해산되면서 류명철을 포함하여 '최상근 일행'에서 활동했던 남원출신 농악인들과 '독우물농악단', '조산농악단', '천거리농악단' 등에서 활동하던 남원지역의 농악인들 중 잔여 인원들이 세력을 규합하여 1970년대 초반에 '남원농악단'을 창단하였다. '남원농악단'은 전반적으로 농악이 쇠퇴하던 무렵이어서 뚜렷한 활동을 하지 못하였다.

1980년대에는 류명철이 농악계를 은퇴하였다가 1994년에 다시 본격적인 농악 활동을 시작하여 1997년 '남원농악 보존회'가 창립되고 1998년 류명철이 전라북도 무형문화재 기능보유자로 지정되면서 다시 독우물굿의 계보가 남원의 주도적인 농악으로 되었다. 1999년에는 '남원시립농악단'이 창단되고 동시에 '남원농악전수관'이 개관을 하여 류명철은 '남원시립농악단'의 부단장과 남원농악전수관장을 맡는다. 남원시의 재정지원과 '남원시립농악단'의 강습지원에 힘입어 남원시 23개 읍, 면, 동에 농악단이 창단되기 시작하여 2001년에 이르러 전 지역에 창단이 완료되었다.

(나) 정읍농악

정읍농악은 근대 이전 일반적인 마을농악과 걸립농악의 형태로 존재
하였다가 일제강점기에 들어와 근대적인 연예농악에로의 커다란 발전
을 보게 되었는데, 가장 중요한 계기는 1910년대에 정읍시 입암면 대
흥리에서 크게 일어난 신흥종교 보천교의 농악수용이었다. 보천교는 농
악을 종교의례 양식으로 채용하고 각종 행사에서 대대적으로 공연토록
하였고 이를 이 종교의 교서에 올려 강조하기까지 하였다. 이에 따라
각지의 농악 명인들이 정읍으로 몰려들게 되었고 이 농악 명인들이 보
천교의 의례 행사에서 농악을 대대적으로 공연하게 되었다. 이러한 영
향을 받아 1927년도에 이미 근대적인 의미의 '정읍농악단'이 존재하게
되었다. 이 시기를 전후로 하여 정읍농악은 마을농악이나 걸립농악의
차원에서, 수많은 군중들 앞에서 자신들의 초상의 기량을 자랑하는 근
대적인 연예농악으로 크게 발전되었다. 이러한 과정에서 정읍농악은 그
공연 내용상에 많은 변화와 발전을 이룩하여, 연예농악으로서 판굿의
기본이 이 당시에 이미 어느 정도 분명하게 이루어졌을 것으로 보인다.

해방 이후에는 '제1회 전국농악경연대회'에 정읍농악단이 '가인접목
단무(佳人剪牧丹舞)'라는 명칭의 농악을 가지고 참가하게 된다. 당시
정읍농악의 출연작품의 구성은 일종의 농군악(農軍樂) 형태를 취하였다
고 한다. 이것은 연예농악 중에서도 경연대회 출전용으로 창작된 최초
의 본격적인 '창작농악'으로서의 의미를 가진다.

1960년대에 들어와 정읍농악의 전문인들이 정읍을 떠나 서울 등지에
서 전문적인 농악인들로 활동하게 되면서 전국적인 농악으로 상승, 확
장해 나아가면서도 정읍지역 자체 내에서는 상대적으로 크게 약화되는
경향을 보여 준다. 1970~1980년대에는 정읍농악을 국가 지정 중요 무

형문화재로 지정하려는 사계의 움직임들이 있었으나 이미 그동안 정읍
농악을 담당해 오던 주요 전문 농악인들이 거의 다 정읍을 떠나 경향
각지로 흩어져 버렸고, 정작 정읍지역에는 정읍농악을 예전처럼 맡아
할 전문 예인들이 거의 남아 있지 않게 되어 정읍농악을 호남우도농악
의 대표 농악인 국가지정 무형문화재로 지정하려는 노력은 결국 수포
로 돌아가게 되었다.

  1990년대에 정읍농악은 중흥의 기틀을 마련하는 시기로 접어든다.
이 시기에 들어와서는 정읍시와 정읍지역의 농악 관계자들을 중심으로
하여, 상쇠 유지화를 정읍으로 초빙하여, 이 당시까지 고향을 지키고
있던 정읍농악의 소고잽이 김종수, 김진철 등과 함께 정읍농악단을 새
로 정비하기 시작하였다. 이때부터 정읍농악은 다시 전통을 부흥시키려
는 노력을 경주하게 되었고 이러한 노력의 결과 1996년에는 정읍농악
의 상쇠를 맡은 유지화가 전라북도 무형문화재로 예능보유자로 지정되
었고, 1999년에는 정읍농악의 수법고 김종수가 전라북도 무형문화재로
지정되어, 이들을 중심으로 정읍농악의 새로운 기틀이 마련되기에 이르
렀다. 이와 아울러, 정읍시에서는 1995년에 ‘시립 정읍사 예술회관’을
설립하고, 여기에 농악부를 두어 상쇠 유지화의 수법고 김종수를 중심
으로 정읍농악의 정리와 전수 교육을 실시하게 되었으며, 이후 2000년
에는 정읍시가 ‘정읍 우도농악 전수관’을 따로 건립하여 정읍농악을 좀
더 본격적으로 교육하고 연구하도록 함으로써 부흥을 위한 토대를 마
련하게 되었다.

(2) 공연 유형과 판굿의 비교

(가) 공연의 유형

종 류			구 분	남원농악	정읍농악
마을농악	축원굿		어울림굿	○	내드림굿
			질굿	○	○
			당산굿	○	○
			마을샘굿	○	○
		마당밟이	개인문굿	○	○
			마당굿	○	○
			집안샘굿	○	○
			성주굿 고사소리	○	○
			곳간굿	○	○
			조왕굿	○	○
			노적굿		
			장독굿	○	구분이 없음
			철룡굿	집을 돈다	
			술굿	○	○
			인사굿	○	○
걸립농악			마을문굿	○	○
	축원농악		들당산굿	○	○
			마을샘굿	○	○
			마당밟이	○	○
			날당산굿	○	○
			판굿	○	○

남원농악에서 마을농악의 요소가 남아 있는 것은 주로 축원농악 형
태의 것이다. 두레굿은 마을의 공동노동을 할 때 노동의 능률을 높이고
휴식참의 여가에 오락을 제공하는 농악으로 주로 논매기를 할 때 한다.
현전 남원농악이 걸립굿으로 발전하기 이전의 단계, 즉 '독우물굿'에서

는 이러한 두레굿이 성했다고 하나 오래전에 전승이 끊긴 상태이므로 자세한 사항은 알 길이 없고 다만 논에서 김매기 도중에 악기를 치는 경우와 다른 논으로 작업장을 옮길 때 치는 경우가 있다고 한다. 축원 농악은 당산굿과 마을샘굿, 마당밟이 등으로 구분할 수 있는데 보통 마당밟이는 주로 정월에 마을의 가가호호를 방문하여 집안의 나쁜 기운을 몰아내고 명(命)과 복(福)을 빌어 주는 무속적 성격이 강한 굿으로 문굿, 마당굿, 정지굿, 곳간굿, 장독굿, 철륭굿, 술굿 등으로 세분된다.

정읍농악에서 마을농악은 당산굿, 줄굿, 망월굿, 마당밟이, 보맥이굿, 풀베기굿, 기우제굿, 두레굿, 씨름판굿, 술멕이굿, 기굿, 노적굿, 주당맥이굿, 다리굿, 사당굿, 배굿 등이 있었다고 하지만[308] 현재 대부분 전승이 끊겨 있고 당산굿과 마당밟이굿 정도만 남아 있다. 현재 정읍농악의 상쇠 유지화는 옛 스승들에게서 얘기만 들었을 뿐 그 실연과정과 쓰이는 가락들에 대해서는 알지 못한다고 하였다.

(나) 판굿의 구성

남원과 정읍은 양자 모두 포장걸립농악의 경험을 가지고 있다. 남원이 좌도농악을 공연텍스트로 하여 중년의 남성농악인 중심의 포장걸립활동을 하였던 반면, 정읍농악은 우도농악을 공연텍스트로 하여 젊은 여성농악인 중심의 활동을 하였다. 이 두 지역의 포장걸립농악은 각기 독자적인 판굿을 발전시켰다. 그 결과 마을굿 형태에서는 호남지역이라는 지역적 유사성을 많이 가지고 있었지만 포장걸립농악의 판굿에서는 전혀 다른 농악이 되어 버린 것이다.

먼저 걸립농악의 판굿을 기준으로 보았을 때 남원농악의 판굿은 어

---

308) 정병호(1986), 앞의 책, 210~216쪽 참조.

울림굿, 풍류굿, 채굿, 진풀이, 호호굿, 영산, 노래굿, 춤굿, 등지기, 미지기 등의 앞 굿과, 도둑잽이, 탐모리, 문굿, 점호굿, 헤침굿까지의 뒤굿, 그리고 각 악기별 개인놀이인 재능기까지 총 16개의 절차굿으로 구성되어 있다.

정읍농악의 판굿은 7마당의 마당굿으로 이루어져 있다. 정읍농악의 판굿은 마당을 단위로 하여 장단을 구성하였는데 각각의 마당은 독자적인 완결성을 가지고 있다. 마당이라는 용어가 사용된 것은 그리 오래되지 않은 것으로 보인다. 1967년의 『호남농악』에서는 좌도농악과 마찬가지로 중단위 절차굿의 용어가 사용되고 있다. 다음은 걸립농악 층위의 판굿을 비교한 것이다.

남원농악	정읍농악
전굿: ① 어울림굿→② 입장굿→③ 풍류굿→④ 채굿→⑤ 진풀이굿→⑥ 호호굿→⑦ 영산→⑧ 노래굿→⑨ 춤굿→⑩ 등지기굿→⑪ 미지기굿 후굿: ⑫ 도둑잽이굿→⑬ 문굿→⑭ 점호굿→⑮ 헤침굿 재능기: ⑯ 재능기(채상소고놀이→설장구놀이→상쇠놀이→열두 발 상모놀이)	① 내드림굿→② 인사굿 ③ 첫째마당(질굿→풍년굿→양산도→삼채→빠른 삼채→매도지) ④ 둘째마당(오방진→진오방진→삼채→빠른 삼채→매도지) ⑤ 셋째마당(노래굿→풍년굿→빠른 삼채→매도지) ⑥ 넷째마당(두마치굿→매도지) ⑦ 다섯째마당(호호굿→자진호호굿→빠른 삼채→벙어리삼채→매도지) ⑧ 여섯째마당(일광놀이→도둑잽이→매도지) ⑨ 일곱째마당(쇠놀이→장구놀이→소고놀이→열두 발 상모놀이)

농악 판굿에 마당이라는 용어가 사용된 것은 포장걸립농악이 성행하면서부터인 것으로 보인다. 개화기 협률사와 원각사의 공연 순서가 과장으로 구분되었고 이후 민간협률사와 창극단, 포장걸립농악단에서도 이러한 과장별 구성이 사용되었다. 이러한 판굿 구성상의 변화는 우도

농악에서 두드러지는데 우도농악은 포장걸립농악단인 여성농악단의 공연텍스트로 채택되어 수십 년 동안 공연되었고 이 공연에는 대체적으로 민요, 기악, 창극 등이 공존하고 있었기 때문에 마당 개념이 확실하게 정착된 것으로 보인다. 그리고 이 정착된 판굿의 구성은 다시 걸립농악에 영향을 끼쳐 호남우도지역의 걸립농악 판굿이 마당을 단위로 재구성된 것으로 보인다.

이에 반해 호남좌도농악은 '류한준 패'나 '최상근 일행'의 활동 기간이 짧았고 민요, 판소리, 기악의 결합이 활발하지 않았기 때문에 판굿이 마당을 기준으로 구성되기는 했으나 포장걸립농악단의 해산과 함께 이전의 판굿으로 회귀하게 되었다.

포장걸립농악의 판굿은 다음과 같이 변화하였다.

남원농악	정읍농악
1부: 어울림굿→입장굿→풍류굿→채굿→진풀이굿 →호호굿→영산→미지기굿 막간: 대포수 재담, 민요, 판소리 2부: 재능기(채상소고놀이→설장구놀이→상쇠놀이 →열두 발 상모놀이)	1부: 민요 2부: ① 입장굿 ② 첫째마당(질굿→풍년굿→양산도→삼채→빠른 삼채→매도지) ③ 둘째마당(오방진→진오방진→삼채→빠른 삼채→매도지) 막간: ④ 농부가 3부: ⑤ 셋째마당(두마치굿→매도지) ⑥ 넷째마당(쇠놀이→장구놀이→소고놀이→열두 발 상모놀이) 4부: ⑦ 창극

(3) 복색·치배 구성의 비교

(가) 남원농악

남원농악의 복색의 특징을 살펴보면 첫째, 대부분의 치배가 전립을 쓴다. 쇠, 징, 장구, 북 등은 일명 '개꼬리상모'라고 일컬어지는 부들상모를 쓰며 소고 치배는 상모 윗부분의 구슬 끝에 긴 끈을 달아 돌리는 채상모를 쓴다. 그 밖에 기수와 새납은 고깔을, 잡색은 저마다 정해진 복장과 머리장식을 한다.

둘째, 앞치배의 복장은 흰색 한복에 파란 저고리를 입고 삼색 띠를 두른다. 포장걸립을 나갈 때에는 장기간의 공연에 편리하도록 신라복을 착용하기도 했지만 일반적으로는 파란 저고리에 삼색 띠를 두르는 것이 보통이다.

셋째, 잡색 중 대포수는 타 지역과 달리 손에 총을 들지 않고 채찍을 쥐며 머리에는 꿩 깃을 단 상모를 쓴다. 각시가 두 명인데 이는 문굿에서 각시놀음을 할 때 두 명이 필요하기 때문으로 역시 타 지역과 비교되는 특기할 만한 점이다.

남원농악에 사용되는 기는 농기1, 단체기1, 영기2 등으로 비교적 단출하다고 할 수 있다. 이는 연예화 과정을 거치면서 마을굿으로부터 상당 부분 벗어났기 때문이라고 할 수 있다. 기수의 복장은 다른 치배들과 같지만 머리에 상모를 쓰지 않고 고깔을 쓴다. 판굿의 전반부에서는 기수의 역할이 별로 드러나지 않지만 후반부인 도둑잽이 등의 연희 부분에서는 대열의 선두에서 치배들의 진법을 주도하는 역할을 맡으며 특히 영기는 상쇠가 명령을 내릴 때 사령관의 위엄을 보좌하는 역할을 하는데 영기 끝에 삼지창을 달고 삼지창에는 문굿에 쓰이는 화관을 각각 하나씩 걸어 놓는다. 농기와 단기는 각각 깃발의 가장자리에 지네발을 달고 깃대 위에는 용의 모양이 그려진 용두(龍頭)를 매달고 용두 위에는 꿩 깃털을 모아서 만든 꿩 장목을 단다. 깃발의 색상은 달리 정해 놓지 않았다.

앞치배는 새납, 쇠, 징, 장구, 북, 소고 등을 담당하며 뒤치배는 대포수, 창부, 조리중, 양반, 할멈, 한량, 각시 등이 있다. 대포수는 머리에 챙이 없는 검은색 상모를 쓰는데 진자와 연결된 물채 끝에 닭털이나 꿩 깃을 달아 이것을 돌리기도 한다. 대포수의 손에는 채찍을 든다. 조리중은 승복을 입고 바랑을 등에 진다. 손에는 목탁을 들고 때대로 농악 가락에 맞추어 목탁을 두드리기도 한다. 조리중은 머리에 삿갓을 쓴다. 창부는 현란한 색상의 무복을 갖추어 입고 손에는 울긋불긋한 부채를 쥐며 머리에는 무당이 쓰는 붉은색 모자를 쓰는데 모자 양쪽으로 꿩 깃털을 단다. 한량과 양반은 한복 두루마기를 입는데 한량은 보통 갓을 쓰고 양반은 망건을 쓴다. 양반의 손에는 긴 장죽대가 들린다. 각시는 두 명으로 편성하는데 판굿 후반부에 있는 문굿에서 각시놀음을 하기 위해서는 두 명의 각시가 소요되기 때문이다.

(나) 정읍농악

정읍농악의 복색의 특징을 살펴보면 첫째, 쇠를 제외하고는 대부분의 치배들이 고깔을 쓴다. 쇠는 일명 '뻣상모'라고 일컬어지는 부포상모를 쓰며 징, 장구, 북, 소고 등은 고깔을 쓴다. 소고의 경우는 근래 들어 좌도농악의 영향을 받아 채상을 쓰기 시작하였다. 기수와 새납은 고깔을, 잡색은 저마다 정해진 복장과 머리장식을 한다.

둘째, 상쇠는 흰색 한복에 빨간색 저고리를 입고 삼색 띠를 두른다. 부쇠들은 이색 띠를 한다. 쇠잽이들을 제외한 나머지 치배들은 흰색 한복에 파란 조끼를 입고 이색 띠, 혹은 일색 띠를 두른다. 남원농악의 경우와 마찬가지로 포장걸립을 나갈 때에는 장기간의 공연에 편리하도록 신라복을 착용하기도 했다.

셋째, 잡색 중 사대부와 양반광대가 각각 구분되어 있으며 중과 조리중이 따로 존재하는 것이 특징이다. 이는 잡색놀음에 많은 의미를 부여하고 있음을 보여 주는 것이라 할 것이다.

정읍농악에 사용되는 기는 용당기1, 농기1, 단체기1, 영기2 등으로 역시 단출하다고 할 수 있다. 역시 남원농악과 마찬가지로 연예화 과정을 거치면서 마을굿으로부터 상당 부분 벗어났기 때문이라고 할 수 있다. 기수의 복장은 다른 치배들과 같지만 머리에 상모를 쓰지 않고 고깔을 쓴다. 용당기의 깃대 끝에는 '꿩 장목' 달고, 기폭에는 용을 그리고, 기폭 가장자리에는 '지네발'을 단다. 용당 기수는 용당기를 들고 치복을 입는다. 영기의 깃대 끝에는 '삼지창'을 꽂고, 기폭에는 '분' 자를 새기고, 기폭의 가장자리에는 '지네발'을 붙인다. 영기 기수는 손에 영기를 들고 몸에 치복을 착용한다. 농기의 깃대 끝에는 '꿩 장목'을 달고, 기폭에는 세로로 '農者天下之大本'이라 새긴다. 농기 기수도 농기를 들고 치복을 입는다.

상쇠는 꽹과리를 들고 치복을 입고 머리에 뻣상모를 단 전립을 쓰고 몸에 삼색 띠를 두른다. 부쇠는 몸에 이색 띠를 두른다. 징, 장고는 머리에 고깔을 쓰고 몸에 2색 띠를 두른다. 북잽이는 고깔을 쓰고 몸에 일색 띠를 두른다. 소고는 머리에 고깔을 쓰고 몸에 일색 띠를 두르거나, 고깔 대신에 물채를 단 채상을 쓴다. 원래는 고깔을 썼으나 점차 채상을 많이 쓰게 되었다 한다.

구분 치배	남원농악	정읍농악
용 기		1명, 파란 조끼, 고깔
농 기	1명, 파란 조끼, 삼색 띠, 고깔	1명, 파란 조끼, 고깔
영 기	2명, 파란 조끼, 삼색 띠, 고깔	2명, 파란 조끼, 고깔
나발수	파란 조끼, 삼색 띠, 고깔	빨간 저고리, 이색 띠, 고깔
호적수	파란 조끼, 삼색 띠, 고깔	빨간 저고리, 이색 띠, 고깔
상 쇠	파란 조끼, 삼색 띠, 부들상모	빨간 저고리, 삼색 띠, 뻣상모
부 쇠	3명 상쇠와 같음	3명, 상쇠와 같으나 이색 띠
징	2명, 상쇠와 같음	4명, 파란 조끼, 이색 띠, 고깔
장 구	10명, 상쇠와 같음	10명, 징과 같음
북	4명, 상쇠와 같음	4명, 징과 같으나 일색 띠
소 고	10명, 파란 조끼, 채상	8명, 파란 조끼, 일색 띠, 원래 고깔을 썼으나 후에 채상을 씀
대포수	검정 더그레, 머리에 꿩 장목과 진자가 달린 검정 모자, 손에 채찍	등지기를 입고 총, 털모자
창 부	무복을 입고 손에 부채, 머리에 꿩 깃털을 단 붉은 모자	청장옷, 패랭이
조리중	장삼에 진자 달린 갓을 쓰고 등에 바랑, 손에 목탁, 목에 염주	송낙을 쓰고 등에 바랑
중		장삼을 입고 머리에 고깔
양 반	두루마기, 정자관, 손에 부채, 담뱃대	양반도포, 정자관, 담뱃대
사대부		도포, 등에다가 '九代進士', '三代勸農' 등의 글자를 붙인다.
농 구	상쇠와 같은 복장	상쇠와 같은 복장
각 시	한복 치마저고리, 머리에 비녀, 손에 손수건	붉은 치마, 노랑저고리, 머릿수건, 손에는 손수건
할 미		여복, 머리에 '할미 가면'을 쓴다.
무 동		남색 쾌자에 색 띠, 머리에 고깔

(4) 장단의 비교

(가) 명칭과 성격이 유사한 장단

남원농악	정읍농악
풍류, 삼채, 휘모리, 호호굿, 잦은 호호굿, 반삼채, 잦은 삼채, 된삼채, 인사굿	풍류, 삼채, 휘모리, 호호굿, 자진호호굿, 반삼채, 빠른 삼채, 인사굿

좌도농악과 우도농악은 같은 호남권의 농악이기 때문에 명칭이 같고 음악적 성격이 유사한 장단이 많다. 두 지역의 농악장단 중, 절반 이상이 명칭과 음악적 성격이 같다. 풍류, 삼채, 휘모리 등 기본적이면서 출현이 빈번한 장단뿐만 아니라 호호굿이나 잦은 호호굿 등 혼합박자로 이루어진 장단까지 명칭과 음악적 성격이 거의 같다는 것은 두 지역의 농악이 호남농악이라는 큰 범주 안에 포함될 수 있다는 것을 반증하는 것이라 하겠다.

(나) 명칭은 같지만 성격이 다른 장단

남원농악	정읍농악
질굿	질굿(오채질굿, 좌질굿, 우질굿)
일채	일채

좌도농악과 우도농악에는 명칭은 같지만 성격이 다른 장단들이 더러 존재한다. 질굿이 대표적인 예인데 좌도농악의 질굿은 굿거리형의 규칙장단이지만 우도농악의 질굿들(오채질굿, 좌질굿, 우질굿)은 복잡한 리듬 패턴을 지닌 혼합장단이나 불규칙장단이다. 일채는 남원농악에서 10/8박자의 불규칙장단이지만 정읍농악에서는 공연의 시작을 알리는 내두름 가락을 지칭하므로 이 둘의 음악적 성격은 전혀 다르다.

(다) 명칭은 다르지만 성격이 유사한 장단

남원농악	정읍농악
느린 진풀이	오방진
잦은 진풀이	진오방진

좌도농악과 우도농악에는 명칭은 다르지만 음악적 성격이 유사한 장단이 존재한다. 남원농악의 진풀이 장단은 2분박 4박자로 정읍농악에서는 오방진 장단과 매우 유사하다. 남원농악의 진풀이 장단은 정해진 리듬 패턴이 없이 처음부터 즉흥연주로만 일관하는데 정읍농악의 오방진은 패턴이 네 가지로 정형화되어 있다. 잦은 진풀이와 진오방진은 둘 다 정형화된 장단이다.

(라) 자기 지역에만 존재하는 장단

남원농악	정읍농악
채굿(일채, 사채, 오채, 육채, 칠채), 영산, 미지기	오채질굿, 좌질굿, 우질굿, 양산도

좌도농악과 우도농악의 음악적 차이가 가장 선명하게 드러나는 경우 중의 하나가 상대의 지역에는 없는 장단을 독자적으로 가지고 있다는 점이다. 이 장단들은 자기 지역 농악의 음악을 대표하는 장단들이라는 점이 특징적이다. 예를 들어 좌도농악에서 채굿, 영산, 미지기는 시, 군을 막론하고 어김없이 판굿에 포함되어 있다. 만일 이 세 종류의 장단군(群)이 포함되지 않는다면 좌도농악이라고 말할 수 없을 정도이다. 마찬가지로 우도농악에서 판굿에서 질굿들(오채질굿, 좌질굿, 우질굿)이 제외된다면 우도농악이라 할 수 없는 것이다. 이처럼 위에서 설명한 장단들은 좌·우도의 음악적 차이를 드러내 주며 해당 지역 농악의 음악적 지향을 보여 준다.

(5) 우도농악과 비교한 좌도농악의 특성

호남좌도농악과 호남우도농악을 비교해 본 결과 몇 가지 특성을 발견할 수 있었다.

첫째, 좌도농악의 판굿에는 채굿(마치굿), 미지기굿(품앗이굿), 영산이 존재한다. 우도농악에도 '채', 혹은 '마치'라는 명칭을 붙인 장단이 있는데 예를 들어 '삼채', '오채질굿' 등이 그것이다. 그렇지만 그것은 개별 장단의 명칭일 뿐 일채부터 칠채까지(남원, 임실, 화순, 곡성), 혹은 외마치부터 아홉마치까지(진안) 순서대로 쌓아 가는 적층구조를 가진 과장의 개념이 아니다. 또 '미지기'처럼 상쇠와 부쇠가 꽹과리 가락을 번갈아 가면서 연주하는 형태는 호남좌도농악에서만 존재한다. 호남좌도농악에서 '영산'은 삼채의 리듬 패턴을 구조화시켜 일정한 순서를 갖추어 연주하며 윗놀음을 결부시키는 공연방식을 갖추고 있다. '영산'도 '미지기'의 경우처럼 상쇠와 부쇠가 교대로 연주한다.

둘째, 좌도농악은 판굿의 과장(科場)이 독립적이고 세분화되어 있다. 대개 판굿의 과장이 최소한 열 개 이상, 많게는 이십 개 가까이 존재하며 하나의 과장들은 독자적인 구성으로 되어 있어서 각 과장들을 임의대로 재편성하여 판굿 이외의 공연, 즉 소규모 마당굿이나 축원농악, 두레굿 등에 사용될 수 있으며 실제로 그렇게 편성된다. 예를 들어 남원농악의 들당산굿은 판굿에 쓰이는 미지기굿 과장과 삼채굿 과장 등을 재편하여 만든 것이다. 진안농악 판굿의 반잔지래기 과장은 두레굿의 장원례에 쓰이는 과장이기도 하다. 우도농악의 판굿은 3~4개, 많아야 5~6개의 과장으로 구성되어 있으며 복잡한 짜임새로 인하여 임의대로 재편하기가 매우 곤란하다. 순서를 바꾼다거나 판굿의 한 과장을 마당밟이 등 다른 유형의 공연에 사용하기가 어려우며 실제 그렇게 사용하지도 않는다.

셋째, 좌도농악은 장단의 구성이 산조형식으로 짜여 있다. 산조형식은 느린 장단으로 시작하여 점점 속도가 빠른 장단으로 이행하여 마무리는 급격한 휘모리로 종결하는 형식이다. 좌도농악의 장단구성은 느린 장단에서 빠른 장단으로 이행하는 방식으로 구성되어 있으며 모든 연주는 반드시 휘모리로 종결한다. 반면에 우도농악은 대개의 경우 삼채로 종지한다. 우도농악의 오방진굿을 보면 느린 오방진 장단에서 빠른 진오방진 장단으로 이행하다가 다시 느린 삼채를 연주하여 삼채 맺음가락으로 종지한다.

넷째, 좌도농악은 윗놀음의 지배를 받는다. 우도농악은 꽹과리를 제외하고 치배 전원이 고깔을 쓰지만 좌도농악은 대부분의 지역에서 전원이 상모를 쓰는데 대개 꽹과리, 징, 장구, 북 치배가 부들상모를 쓰고 소고잽이는 채상모를 쓴다. 이 부들상모는 호남좌도지역에서만 찾아볼 수 있으며 연주 도중에 자유롭게 돌리거나 혹은 상쇠의 지휘에 따라 일사분란하게 단일동작을 표현하기도 한다. 이러한 윗놀음의 영향 하에 악기를 연주하기 때문에 장단의 속도가 빠르다. 윗놀음과 장단의 속도는 정비례의 관계로서 윗놀음이 발달한 지역일수록 장단의 속도가 빠르다. 이것은 연주속도가 빨라야 윗놀음이 수월하기 때문이다. 기존의 조사에서 좌도농악의 장단이 빠르다고 한 것은 윗놀음 때문이다. 윗놀음은 장단의 속도뿐만 아니라 신체 동작 전체에 영향을 미친다. 윗놀음에서 발동작은 필수요소이다. 발동작이 거세된 상반신의 윗놀음은 존재하지 않는다. 발동작은 윗놀음의 토대인 셈이다. 이러한 윗놀음의 토대로 작용하는 좌도농악의 발동작은 무겁고 소박한 편이다. 고깔을 쓰고 하는 우도농악의 발놀림이 가볍고 현란한 것과는 대조적이다. 좌도농악의 모든 장단에 윗놀음이 동반되는 것은 아니다. 굿거리나 질굿과

같은 느린 장단의 경우나 일채, 호호굿 등의 불규칙 박자로 구성된 장
단에는 윗놀음이 수반되지 않는다. 이 경우에는 장단의 변주가 다양하
게 나타난다. 기존의 조사에서 좌도농악의 장단이 소박하다고 한 것은
윗놀음이 동반되는 장단의 연주를 보고 지적한 것이다. 윗놀음과 장단
의 변용은 반비례의 관계인 것이다.

다섯째, 대개 모든 농악이 그러하지만 좌도농악은 공연의 진행에서
꽹과리가 절대 권력을 가진다. 아주 상식적인 이야기지만 우도농악은
장단의 순서와 신체동작이 매우 정교하고 고정적으로 결합되어 있어서
상쇠는 한 과장 내에서 이음새 가락을 신호하는 역할에서 그치며 장단
연주의 실내용은 장구잽이가 좌우한다. 또한 북이 약화되고 대신 채상
소고가 강화된다. 경우에 따라서 북잽이는 치배 구성에서 제외되기도
하지만 채상소고는 다수의 인원이 필수적으로 포함된다.

여섯째, 좌도농악은 판굿의 짜임이 크게 앞 굿과 뒤 굿으로 분명하게
나누어져 있으며, 이 중에 타악과 성악 등 음악이 중심이 되는 앞 굿만
을 중요시하는 것이 아니라 연희적인 뒤 굿도 대등하게 중요시한다. 뒤
굿에는 춤굿, 일광놀이, 도둑잽이, 문굿, 점호굿, 등지기, 수박치기 등의
연희와 놀이가 포함되어 좌도농악의 판굿이 매우 다양한 예술적 요소
들로 구성되어 있음을 알 수 있다.

4) 영남농악과의 비교

영남지역은 호남좌도지역과 역사, 지리적으로 유사성이 많은 곳이다.
호남동부지역은 마한 이래로 줄곧 백제 문화권에 속했던 지역으로 인

식되었지만 최근의 고고학적 연구조사에 따르면 대가야의 영역에 속했던 것으로 파악된다. 한편, 호남동부지역은 백제와 가야세력이 교역 내지 교류하는 데 최단거리를 이루는 내륙경로를 가지고 있었다. 이처럼 교통의 중심지라는 지정학적 이점을 살려 백제에 정치적으로 병합되기 이전까지는 그 성격을 달리하는 다양한 세력집단들이 서로 교류하는 데 가교역할을 담당해 문화상으로는 완형권(緩衝圈) 내지 점이지대(漸移地帶)를 이루었다. 특히 북동부 지역의 장수, 진안 등지에서 출토된 가야 유적들은 이 지역이 6세기 초반까지도 백제에 정치적으로 병합되지 않고 가야문화를 기반으로 발전했을 가능성을 보여 주고 있다.[309]

이러한 역사, 지리적 관점에 의거해 보면 호남의 동부지역과 인접한 영남의 서부지역은 같은 가야문화권이었다는 점, 그리고 이렇게 지리적으로 인접함에 따라 부단한 상호 교류가 이루어져 왔다는 점에서 문화적 유사성 혹은 공통점을 찾을 수 있을 것이다.

현재 호남 북동부와 영남 서북부의 가야문화권에 분포된 농악 중에서 공연텍스트가 가장 잘 보존되어 있는 전북 진안군 성수면 도통리의 중평농악과 경북 김천시 개령면 광천리의 빗내농악을 비교하여 호남좌도농악과 영남농악의 차이와 특성을 살펴보고자 한다.[310]

---

309) 곽장근(2004), 「호남 동부지역의 가야세력과 그 성장과정」 『호남고고학보』20, 호남고고학회, 92~98쪽 참조.

310) 영남농악에 대해서는 다음의 자료를 참고하였다.
봉천놀이마당(1994), 『민속교육자료집』.
한국향토사연구전국협의회(1997), 『한국의 농악: 영남편』, 수서원.
정병호(1986), 『농악』, 열화당.

(1) 전승 현황의 비교

(가) 중평농악

진안군 성수면 도통리 중평마을은 진안읍에서 남쪽으로 마령을 지나 임실군 관촌면 방향에 자리 잡고 있는 산간 마을이다. 이 마을은 소박한 마을농악이 성행하였는데 일제강점기 무렵 이 마을 사는 김봉렬이 인근의 이름난 상쇠 김인철을 초빙하여 농악을 배우면서 이 마을의 농악이 이름나게 되었다. 이 마을 상쇠 김봉렬(1914~1995)은 10세 때부터 경 읽는 북을 치며 어른들의 뒤를 따라다니며 마을농악을 하기 시작했다. 꽹과리 흉내를 잘 내어 동네 유지들이 그에게 농악을 가르치자고 공론하여 진안군 백운면 술무지(酒川)에 살던 유명한 상쇠 김인철을 초빙하여 농악을 배우게 된다. 김봉렬은 마을농악을 어깨너머로 배우다가 처음으로 전문적인 상쇠에게 농악을 배웠고 그보다 먼저 김인철에게 농악을 배웠던 진안군 백운면 내동리에 사는 상쇠 하바우(하정수) 밑에서 상모놀이를 배우며 기능을 익혔다. 김봉렬은 25세 때 중평마을 상쇠를 맡았다. 군 대회는 물론 도내 대회에서 1등도 하고 개인상을 받았다고 한다. 1995년 김봉렬 사후 젊은이들이 진안 중평농악 전수관을 중심으로 전국에서 찾아오는 일반인 및 학생들을 가르치며 중평농악을 이어 가고 있다.

(나) 빗내농악

김천 빗내는 김천시 개령면 광천동의 이명(異名)이다. 이 일대는 고대국가 시대부터 취락을 이루어 온 전형적인 농촌지대로서 곡창지대라 할 수 있다. 이 지역에서는 농악을 '두레 친다' 혹은 '걸립한다', '매구 친다'는 등으로 다양하게 부른다. 삼한시대부터 빗내마을에선 감문국(甘文國)의 나라 제사와, 잦은 수해를 면하려는 풍년제가 동제의 형태로 전승되어 왔다. 동제는 음력 정월 초엿새에 열렸는데, 이때 동제에 이어 풍물놀이, 줄다리기 등의 진놀이가 행해졌다. 빗내농악은 단순한 농악과는 달라서 빗신(別神)과 전쟁에서 유래하는 진(陣)굿으로 전승되어 온 굿이다. 빗내농악은 1961년부터 마을 무대를 벗어나 전국 민속예술경연대회 등 전국의 넓은 무대로 진출하여 대통령상을 비롯한 수많은 각종 상을 수상하였다. 1970년 새마을운동의 전개과정에서 풍물놀이와 동제가 없어지고 약간의 악기만이 남게 되었었다. 농악 시범마을로 지정된 후부터 다시 농악이 부활되어 1984년 경북무형문화재 8호로 지정되었다.

(2) 공연 유형과 판굿의 비교

(가) 공연의 유형

종 류		구 분		중평농악	빗내농악
마을농악	축원굿	두레굿		○	○
		당산굿		○	○
		마을샘굿		○	○
		마당밟이	개인문굿	○	○
			마당굿	○	○
			집안샘굿	○	○
			성주굿	○	○
			곳간굿	○	두지굿
			조왕굿	○	○
			장독굿	○	×
			술굿	○	×
			마구간굿	×	○
		기타 축원농악		망월굿	빗신굿
걸립농악	마을문굿			○	×
	축원농악			마을 농악과 동일	마을 농악과 동일
	판굿			○	○

중평농악과 빗내농악은 양자 공히 마을농악과 걸립농악의 요소를 고루 갖추고 있다. 중평농악의 마을농악에는 두레굿, 당산굿, 마을샘굿, 망우리굿, 마당밟이굿 등이 있다. 당산굿은 맨 처음 마을 동구에서 치는 굿으로, 당산나무에 금줄(새끼줄)을 쳐 놓고, 간단히 제상을 차려 놓은 뒤, 당산나무 주위를 돌면서 굿을 치다가 절을 한다.

두레굿은 공동노동을 위해 두레를 조직하여 공동노동을 할 때 노동의 노고를 덜고 능률적으로 일을 하기 위해서 치는 굿을 말한다. 두레굿은 그 일의 내용에 따라 여러 가지가 있을 수 있으나, 주로 논매기를 할 때 이루어지던 두레굿이 가장 널리 행해졌다고 한다. 진안 중평마을에서는 두레굿을 치려면, 먼저 두레가 시작되자마자 마을 앞에 커다란 마을기(용기)를 '기확'에 박아 세워 놓는다. 두레노동을 하는 날 아침에 마을 광장에서 나발을 불어서 굿패가 모이게 한 다음 치배들이 다 모이면 상쇠가 질굿가락을 내어 치배들을 이끌고 마을의 당산으로 가서 당산굿을 한다. 당산굿을 마치고 나서 두레노동을 하고자 하는 논에 도착하면 기를 근처의 한 장소에 세워 놓고, 두레노동을 시작하게 되는데 전체 과정은 '나발신호→치배소집→질굿→당산굿→공동노동(농악과 민요)→질굿→귀환'의 순서로 진행된다.

망우리굿은 정월 대보름날 생솔나무로 마을 높은 언덕에 '달집'을 만들어 세우고 달이 떠오를 무렵에 거기에 불을 지르고, 동쪽을 향해 절을 하고, '망우리야'를 외치며, 굿패가 달집을 시계 반대 방향으로 돌면서 하는 굿을 말한다. 달집에다 '연(鳶)'과 종이로 만든 '등거리'를 태우기도 하는데, 이는 액막이를 위한 것이라 한다.

마당밟이굿은 중평마을 안에서, 정초나 섣달그믐에 마을의 굿패가 집집을 돌며 안녕과 풍요를 기원하기 위해 치는 굿이며 문굿, 마당굿, 성주굿, 조왕굿, 집안샘굿, 철룡굿, 노적굿 등이 있다.

빗내농악의 마을농악에는 당산굿, 빗신굿, 두레굿, 마을샘굿, 마당밟이 등이 있다. 당산굿은 농악대가 산에 올라가서 농악을 하겠다고 고하는 굿을 말하며, 농악대가 당산에 두 번 절을 하고 내려온다. 당산제는 일 년 전부터 마을사람 중 두 명을 정해, 1년간 궂은일을 시키지 않고, 육류를 전혀 먹지 않게 하고 당제를 지낸다. 당산제를 올린 후에 마을에 내려와서 차려 놓은 음식을 먹고 지신밟기를 한다.

빗신굿은 빗내마을의 신(神)적인 행사로, 마을의 지대가 낮아 수해가 심하기 때문에 수해를 방지하고 동네의 안녕을 위해서 음력 정월 초엿새에 행한다. 전국에서 무당이 모여서 두 팀이 형성되고, 동네에서는 농악대가 꾸며진다. 마을 중앙을 중심으로 주민을 동서로 나누어서 줄다리기를 하는데, 무당과 농악대가 동서로 나뉘어서 응원을 한다. 이것이 끝나면 줄을 말아서 불에 태운다. 빗신굿을 할 때 들어오는 사람은 정월 초하루부터 빗신굿을 시작하기 전 엿새 동안 고기도 먹지 못하고 해물만 먹을 수 있는데, 엿새째 되는 날 아침에 돼지는 잡아 산제를 지낸다. 한 해 동안 공들인 깨끗한 사람이 산제를 지내는데 농악 없이 제관만으로 조용하게 지낸다. 다음 날 제를 다 지내면 빗신굿이 시작된다.

두레굿은 음력 유월경 논을 맬 때 동네 하심(일 보는 사람)이 동네를 돌아다니면서 논매기 날짜를 알리면, 동네 남자 모두가 나와서 동과 서 두 패로 갈려 중심을 향해 모내기를 하면서 다가간다. 이때 농악대가 동서로 갈려서 따라오면서 농악을 한다. 중앙에 늦게 도착하는 편이 술이나 음식을 내며, 끝내고 돌아올 때 마을 어귀에 있는 정자나무 밑에서 한바탕 놀고 새참을 먹는다. 또한 부잣집 머슴을 소에 태우고 다시 농악을 하면서 그 머슴네의 주인집으로 들어간다. 흥이 나게 놀며 그

집 주인은 술을 낸다. 지신밟기는 빗신굿이 끝나면, 빗신굿에서 소모된 경비를 보충하기 위해 집집마다 찾아다니면서 마당걸립을 한다. 성주굿, 마당굿, 조왕굿, 샘굿, 두지(뒤주)굿, 마구간굿 등이 있다.

(나) 판굿의 구성

중평농악의 판굿은 ① 어룸굿, ② 풍년질굿, ③ 마치굿(갖은 열두마치, 세마치, 사오륙마치, 일곱마치, 여덟마치, 아홉마치), ④ 품앗이굿, ⑤ 늦은 삼채, ⑥ 호호굿, ⑦ 각정굿, ⑧ 노래굿, ⑨ 영산, ⑩ 춤굿, ⑪ 반잔지래기, ⑫ 왼잔지래기(소고놀음, 장구놀음, 상쇠놀음), ⑬ 돌굿, ⑭ 일광놀이, ⑮도둑잽이, ⑯ 파장굿 등으로 총 16개의 과장으로 구성되어 있다.

빗내농악의 판굿은 ① 질굿, ② 문굿, ③ 마당굿, ④ 반죽굿, ⑤ 도드래기, ⑥ 영풍굿, ⑦허허굿, ⑧ 기러기굿, ⑨ 판굿, ⑩ 채굿, ⑪ 진굿, ⑫ 지신굿 등으로 총 12개의 거리로 이루어져 있다.

중평농악	빗내농악
① 어룸굿→② 풍년질굿→③ 마치굿(갖은 열두마치→세마치→사오륙마치→일곱마치→여덟마치→아홉마치)→④ 품앗이굿→⑤ 늦은 삼채→⑥ 호호굿→⑦ 각정굿→⑧ 노래굿→⑨ 영산→⑩ 춤굿→⑪ 반잔지래기→⑫ 왼잔지래기(소고놀음→장구놀음→상쇠놀음)→⑬ 돌굿→⑭ 일광놀이→⑮ 도둑잽이→⑯ 파장굿	① 질굿→② 문굿→③ 마당굿→④ 반죽굿→⑤ 도드래기→⑥ 영풍굿→⑦ 허허굿→⑧ 기러기굿→⑨ 판굿→⑩ 채굿→⑪ 진굿→⑫ 지신굿

호남좌도농악의 판굿은 여러 개의 절차굿(중단위)으로 구성되어 있고 각 절차굿이 음악적으로나 무용적으로 분명하게 구분되어 있는 데 반하여 영남농악의 판굿은 12차, 즉 12개의 거리로 구성하는 것이 보편적이

다. 앞에서 예로 든 김천 빗내농악 이외에도 구미 무을농악, 진주, 삼천
포농악, 청도 차산농악, 영천 명주농악, 함안 화천농악 등의 판굿도 12
거리로 구성되어 있다. 그러나 각 거리가 음악적으로 명확히 구분되지
않고 다음 거리로 연결되는 경우가 많다.

(3) 복색, 치배 구성의 비교

(가) 중평농악

중평농악의 복색의 특징을 살펴보면 첫째, 대다수의 치배가 전립을
쓴다. 쇠와 징, 장구, 북 등은 부들상모를 쓰며 소고는 채상모를 쓴다.
그 밖에 기수와 새납은 고깔을, 잡색은 저마다 정해진 복장과 머리장식
을 한다.

둘째, 앞치배의 복장은 흰색 한복에 붉은색(혹은 흰색) 저고리를 입
고 이색 띠를 두른다. 쇠잽이가 입는 저고리만 특별하게 저고리의 소매
끝에 색동을 단다.

셋째, 잡색은 대포수와 조리중, 각시 등으로 매우 단출한 편인데 그
것은 중평농악이 걸립농악이기는 하지만 그보다는 마을농악에 가깝다
는 것을 보여 주는 것이라 하겠다.

중평농악에 사용되는 기는 농기1, 단체기1, 영기2, 오방기(청, 홍, 백,
흑, 황)5, 설명기1 등으로 깃발이 비교적 다양하다고 할 수 있다. 이는
중평농악이 마을굿의 두레굿과 축원농악의 요소를 상당부분 간직하고
있는 것으로 볼 수 있다. 기수는 머리에 고깔을 쓰고 검정 저고리(혹은
흰 저고리)와 흰 바지를 입고 행전을 치며 짚신(혹은 흰 고무신이나 흰
운동화)을 신는다. 나발수는 따로 없으며, 상쇠가 분다. 나발은 영기 기

수가 영기에 걸고 다니며, 불 때는 상쇠가 불고 분 다음에는 다시 영기 위에다 걸어 둔다.

쇠잽이는 머리에 부들상모를 쓰고, 붉은 색동저고리와 흰색 바지를 입고, 다리에 행전을 치고, 한쪽 어깨에는 청색 띠를 매고, 허리에는 붉은색 띠를 맨다. 징수는 쇠잽이와 모두 같지만 쇠잽이의 저고리가 붉은 색동저고리인 데 반해, 징, 장구, 북 등은 붉은색 저고리(혹은 흰색 저고리)를 입는 것만이 다르다. 소고잽이의 복색은 징이나 장구와 같다. 다만, 쇠잽이의 상모가 '부들상모'인 데 비하여, 소고잽이가 머리에 쓰는 상모는 노끈으로 꼬아 만든 '물채' 끝에다 '생피지'를 약 180㎝ 정도 길이로 단 '물채상모'를 쓰는 것만이 다르다.

대포수는 머리에 수술을 단 전립이나 털모자를 쓰는데 중의적삼과 한복 바지를 입고 등에는 망태기를 짊어진다. 다리에는 행전을 차며 짚신이나 흰색 운동화를 신고 손에 총/화승총을 든다. 조리중은 광대탈을 쓰고 중의적삼을 입고, 오른쪽 어깨로부터 청색 띠를 옆으로 늘어뜨려 왼쪽 허리께에다 묶고 흰 바지를 입고 짚신을 신고, 손에는 목탁을 들고 등에는 바랑을 짊어진다. 각시는 머리를 뒤로 올려 비녀를 꽂은 다음 수건을 두르고 저고리와 치마를 입는다. 무동은 도령 옷을 입는다. 양반광대는 흰색 도포를 입고 머리에 정자관을 쓰는데 얼굴에는 흰 수염을 붙이고 등에는 '九代進士 三代勸農'이라 써 붙이며 손에는 긴 담뱃대를 든다.

(나) 빗내농악

빗내농악의 복색의 특징을 살펴보면 첫째, 대다수의 치배가 전립을 쓴다. 쇠와 징은 부들상모를 쓰며 장구와 소고는 채상모를 쓴다. 북은 큰 고깔을 쓴다. 그 밖에 기수는 고깔을, 잡색은 저마다 정해진 복장과 머리장식을 한다.

둘째, 앞치배의 복장은 흰 바지저고리에 검은색 쾌자를 입고 삼색 띠를 두른다. 상쇠는 '함박씨'라고 불리는 금빛 원형의 특이한 패를 등 뒤에 단다.

셋째, 잡색은 사대부, 각시, 총잽이 등으로 매우 단출한 편인데 잡색에서 중이 없다는 것이 특기할 만한 일이다.

빗내농악에 사용되는 기는 농기1, 영기2로서 깃발은 매우 단출하다. 기수는 머리에 고깔을 쓰고 검정 저고리(혹은 흰 저고리)와 흰 바지를 입고 행전을 치며 짚신(혹은 흰 고무신이나 흰 운동화)을 신는다. 나발수는 따로 없으며, 상쇠가 분다. 나발은 영기 기수가 영기에 걸고 다니며 상쇠가 분 다음에는 다시 영기 위에 걸어 둔다. 빗내농악의 치배는 상쇠, 부쇠, 징, 대북, 장구, 소고, 사대부, 각시, 총잽이 등과 같은 잡색으로 편성된다.

상쇠는 흰 바지저고리에 검은색 쾌자를 입고 머리에 전립을 쓴다. 앞이마에 흰 꽃을 달고 등판에는 금빛 표시가 달린 특이한 복색을 한다. 금빛표시는 함박씨 즉 상패를 의미한다. 몸에는 초록, 노랑, 빨강의 삼색 띠를 두른다. 채에는 오색 띠가 달려 있다. 부쇠는 바지저고리에 검은 쾌자를 입는다. 몸에는 삼색 띠를 두르며, 채에는 오색 띠를 단다. 징과 장구는 부쇠와 같다. 장구는 의복은 부쇠와 같으나 머리에는 채상을 쓰고 채 끝에는 삼색 띠가 달려 있다. 대북은 머리에 고깔을 쓰고, 앞이마에는 흰 꽃을 달며 몸에는 삼색 띠를 두른다. 양손에는 북채를 쥐는데, 굵은 채는 오른손에, 가는 채는 왼손에 쥔다. 소고는 머리에 전립을 쓰고 이마에는 흰 꽃을 달며 삼색 띠를 두른다.

사대부는 흰 두루마기를 입고, '사대부'라 쓰인 두건을 쓰며 부채와 담뱃대를 든다. 각시는 흰 저고리와 검은 치마를 입는다. 총잽이는 어깨에 배낭을 메고 총을 들며 머리에는 모자를 쓰고 얼굴에 검은 칠을 한다.

치배 \ 구분	중평농악	빗내농악
설명기	1명, 검정 저고리, 고깔	
용 기	1명, 검정 저고리	
농 기	1명, 검정 저고리	1명, 검정 쾌자, 삼색 띠, 행전, 고깔
영 기	2명, 검정 저고리	2명, 검정 쾌자, 삼색 띠, 행전, 고깔
오방기	5명, 검정 저고리	
상 쇠	붉은(흰) 색동저고리, 부들상모	검정 쾌자, 삼색 띠, 행전, 부들상모, '함박씨'311)
부 쇠	3-4명 상쇠와 같음	3명, 상쇠와 같으나 함박씨 제외
징	2명, 붉은 저고리, 부들상모	4명, 부쇠와 같음
장 구	4명, 징과 같음	8명, 부쇠와 같으나 머리에 채상모
북	2명, 징과 같음	8명, 부쇠와 같으나 머리에 고깔
소 고	8명, 붉은 저고리, 채상	16명, 부쇠와 같으나 머리에 채상
대포수	중의적삼, 털모자, 망태기, 화승총	흰 모자, 녹색 상하의, 배낭, 총
조리중	중의적삼에 광대탈, 목탁과 바랑	
양 반	흰 도포, 정자관, 담뱃대, 흰 수염	흰 도포, 정자관, 흰 수염, 부채, 담뱃대
각 시	비녀와 수건, 한복 치마저고리	고깔, 흰 저고리, 검정 치마

(4) 장단의 비교

(가) 명칭과 성격이 유사한 장단

중평농악	빗내농악
문굿, 파장굿	문굿
영산다드래기	영산다드래기

---

311) 놋쇠로 된 원반 모양의 금빛 표식으로 빗내농악에서는 이것을 상쇠만 등에 두 개 매단다.

　호남좌도농악에서 문굿은 ① 마을입구에서 걸립패가 마을 안으로 들어가기 위해 허가를 받는 공연과정, ② 판굿에서 도둑잽이굿 뒤에 나오는 잡색놀음의 일부, ③ 마당밟이를 위해 개인집에 들어설 때 문 앞에서 집주인에게 농악대가 왔음을 알리는 신호가락, 이렇게 세 가지로 구분된다. 여기서의 문굿은 ③의 것을 말한다. 호남좌도농악과 영남농악의 문굿은 명칭과 음악적 성격이 유사한데 특히 영남의 서북부 지역에서 문굿이 발견된다. 호남의 우도농악과 좌도농악이 공히 문굿을 가지고 있는 것에 비추어 볼 때 호남좌도농악의 영향을 받아 영남의 서북부지역의 농악에 문굿이 전이된 것으로 추측할 수 있다.

　또한 전술한 바와 같이 호남좌도농악에서 채굿, 영산, 미지기는 시, 군을 막론하고 어김없이 판굿에 포함되어 있다. 호남좌도농악에서 영산굿은 ‘느린 영산→보통 영산→빠른 영산→영산다드래기’로 구성되기도 하고(남원농악), ‘홑영산→접영산→영산다드래기’로 구성되기도 하며(진안 중평농악), ‘가진 영산→다드래기영산→휘모리영산’으로 구성되기도 할 만큼(임실 필봉농악) 다양한 절차와 장단으로 이루어져 있으며 부들상모놀이와 채상소고춤이 결합되어 이른바 ‘좌도농악의 꽃’이라고 불리고 있는 절차굿의 하나이다. 이로부터 영향을 받아 영남농악의 서부지역에서 ‘영산다드래기’라는 명칭의 장단이 발견되고 있는데, 김천 빗내농악 이외에도 구미 무을농악, 진주, 삼천포농악 등 주로 호남과 지리적으로 가까운 지역에서 ‘영산다드래기’가 존재하여 호남좌도농악의 영향을 짐작케 한다.

(나) 명칭은 같지만 성격이 다른 장단

중평농악	빗내농악
질굿	길굿(골매구)
호호굿	허허굿
인사굿	인사굿

　　호남좌도농악과 영남농악에는 명칭은 같지만 성격이 다른 장단들이 더러 존재한다. 질굿의 경우를 보자면, 호남좌도농악의 질굿은 굿거리형 장단이지만 영남농악의 질굿은 4/4박자로 된 동살풀이형의 장단이다. 또 호남좌도농악의 호호굿은 복잡한 리듬 패턴을 지닌 혼합장단인데 반해 영남농악의 허허굿은 3분박 4박자로 된 잦은 모리형의 규칙장단이다. 다만 영남농악의 허허굿 중 일부가 남원농악의 호호굿 과정에서 호호굿과 잦은 호호굿 사이를 연결하는 연결 장단과 흡사한 리듬형을 보여 주기도 하지만 전반적으로는 성격이 다른 장단이라고 하는 것이 합리적이라 판단된다.

(다) 명칭은 다르지만 성격이 유사한 장단

중평농악	빗내농악
외마치 – 휘모리	다드래기
왼잔지래기	정저굿, 쌍둥이가락,
반잔지래기	반죽굿
세마치, 사오륙마치	판굿가락
늦은 삼채	엎어 빼기

　　호남좌도농악과 영남농악에는 명칭은 다르지만 음악적 성격이 유사한 장단이 존재한다. 중평농악의 '외마치 – 휘모리'의 조합은 빗내농악

에서 다드래기라는 장단으로 불린다. 즉, 빗내농악의 다드래기는 3분박 4박자에서 2분박 4박자로 리듬 패턴이 바뀌는 전 과정을 하나의 장단으로 인식하고 있음을 의미하는 것이다. 중평농악의 왼잔지래기는 잦은 모리형 장단의 다양한 변주인데 이 역시 빗내농악에서도 발견되고 있다. 그 밖의 반잔지래기와 반죽굿, 늦은 삼채와 엎어 빼기 등은 모두 잦은 모리형 장단을 속도에 따라 정리한 것으로 음악적 의미는 그다지 크지 않은 것으로 보인다.

(라) 자기 지역에만 존재하는 장단

중평농악	빗내농악
갖은 열두마치, 보통 열두마치, 벙어리삼채, 일곱마치, 여덟마치, 아홉마치, 노래굿 초다듬이, 반굿거리, 왼굿거리	빗내행진곡

전술하였듯이 상대의 지역에는 없는 장단을 살펴보면 지역 간의 음악적 차이가 가장 선명하게 드러나게 된다. 위의 도표를 보면 알 수 있듯이 음악적 다양성의 측면에서 보자면 호남좌도농악이 영남농악보다 훨씬 풍부한 내용을 가지고 있다고 보아도 무방하다. 더구나 빗내농악의 빗내행진곡은 4분박 4박자의 동살풀이형의 장단으로 중평농악에는 존재하지 않지만 호남좌도농악 중 남원농악과 곡성 죽동농악에서 발견되는 유형으로 엄밀히 말하자면 호남좌도농악에 존재하는 장단형이라고 할 수 있다. 이처럼 호남좌도농악이 음악적인 풍부함의 측면에서 영남농악보다 우위에 있는 것은 호남에서 전업적 농악인들의 활동이 영남지역보다 활발하였고 이들이 발전시킨 공연텍스트가 마을농악과 걸립농악에 영향을 끼쳤기 때문으로 파악된다.

영남농악과의 비교를 통해 본 호남좌도농악의 특성을 살펴보면 다음과 같다.

첫째, 치배들이 대부분 상모를 쓴다는 점에서 보면 호남좌도농악은 우도농악보다는 영남농악에 가깝다. 좌도농악의 실기인들 사이에서 윗놀음은 영남의 영향을 받았다는 진술도 있는 걸로 보아 어느 정도 신빙성이 인정된다. 그런데 쇠잽이들이 쓰는 부들상모놀이는 좌도농악의 놀이가 영남보다 훨씬 다양하게 발달되었다. 채상소고놀이의 윗놀음은 좌도농악과 영남농악이 큰 차이가 없으나 좌도농악은 섬세한 발림을 추구하는 반면에 영남은 엎어 빼기나 자반뒤집기 같은 역동적이고 화려한 신체동작이 발달되었다.

둘째, 치배 구성에서 가죽악기군에 호남좌도농악은 장구가 우선인데 영남농악은 북이 장구에 앞서 편성된다. 좌도농악은 북이 퇴화된 채 구색을 갖추는 정도로 소수 편성되거나, 때로는 아예 치배 구성에서 제외되기도 한다. 그러나 영남농악에서는 북 치배가 다수 편성되고 오히려 장구 치배가 소수 편성된다. 영남의 북은 고깔을 쓰는 게 특징이다.

셋째, 호남좌도농악은 절차굿 하나하나가 기승전결, 혹은 '내고→달고→맺고→푸는' 완결적인 구조를 가지지만 영남농악 판굿의 12거리는 하나의 거리가 독자적이지 않고 여러 개의 거리가 결합되어서 하나의 완결 구조를 이룬다. 좌도농악의 방식대로 말하자면 여러 개의 절차굿이 연결되어서 하나의 완성된 절차굿이 되는 것이다. 한편, 완결적인 절차굿의 종지는 휘모리형의 장단으로 맺는다는 점에서는 좌도농악과 영남농악이 유사하고 할 수 있다.

넷째, 호남좌도농악의 판굿은 개인놀이와 연희(잡색놀음), 성악(노래굿) 등의 예술 갈래가 발달해 있는데 영남은 판굿에 도둑잽이굿 등의 연희와 상쇠놀이나 설장구놀이 등 개인놀이가 발달해 있지 않다. 또한 판굿에 노래굿이 등장하지 않는다. 다만, 영남농악의 축원농악에서는 성악(성주풀이)적 요소가 매우 풍부하다. 이런 면에서 보자면 영남농악의 판굿은 성악적 요소가 빈약하지만 축원농악인 마당밟이굿은 성악적 요소가 풍부하다고 할 것이다.

다섯째, 장단의 다양성 면에서는 호남좌도농악이 영남농악을 앞선다. 호남좌도농악은 혼합박자, 불규칙 박자 등으로 구성된 장단이 다수 존재하며 규칙박자로 된 장단이라 할지라도 변주가 발달되어 있다는 점에서 대부분 규칙박자로 되었고 단순반복형의 리듬 패턴으로 구성된 영남농악에 비해 음악적으로 발달한 것을 알 수 있다. 또 좌도농악과 영남농악에는 장단이 명칭과 성격이 같거나 성격에는 차이가 있지만 명칭이 같은 장단이 있는데 영남농악이 이것은 호남좌도농악의 영향을 받은 것을 보인다.

지금까지 호남좌도농악의 특성을 살피기 위해 각각 호남우도농악, 영남농악과 여러 측면을 비교해 보았다. 지리적으로 우도와 영남 사이 중간지대에 위치한 호남좌도농악은 호남우도농악의 특성과 영남농악의 특성을 동시에 가지고 있는 것으로 보인다.

장단의 기교나 음악적 구성은 우도농악이 제일 앞서며 좌도농악을 거쳐 영남농악에 이르면 음악적 기교가 약화되고 구성도 단순해진다. 우도농악은 가락이 느리고 개인의 섬세한 발림을 중시하는 반면에 영남농악은 가락이 빠르고 역동적인 집단 동작을 중시하는 경향이 있다. 그러므로 음악의 기교, 느린 장단의 연주를 통한 개인의 섬세한 발림의 측면에서 보자면 우도농악 〉좌도농악 〉영남농악순으로 발달하였다고 볼 수 있을 것이다.

윗놀음을 보자면 부들상모놀이는 좌도농악이 영남에 앞서고 채상소고놀이의 역동성은 영남농악이 좌도농악에 앞서는 등, 좌도농악과 영남농악이 대등한 수준을 이루고 있는 데 비해 우도농악은 대부분 고깔을 쓰고 쇠잽이들만 상모를 쓴다. 근래에 와서 채상소고를 치배 편입하는 형편이다. 더구나 우도농악의 쇠잽이들이 쓰는 일명 '뻣상모'는 판굿 도중에는 거의 돌리지 않으며 판굿을 마치고 개인놀이에서 선보이는 것이 보통이다. 말하자면 판굿 전체를 통해서 보자면 우도농악의 윗놀음은 매우 미약하다는 것을 알 수 있다. 한편, 호남좌도농악의 전문인들이 자신들의 윗놀음이 영남에서 건너왔다고 주장하고 있다는 점은 매우 흥미로운 사실이다. 영남에서 이식되었다고 하는 윗놀음 중에서 부들상모 놀이는 오히려 영남을 앞서고 있는 것은 포장걸립농악의 영향 때문인 것으로 보인다. 요컨대 윗놀음은 영남농악＝좌도농악 〉 우도농악순으로 발달하였다고 볼 수 있다.

악기별 발달을 보면 우도농악은 장구, 좌도농악은 꽹과리, 영남농악은 북이 특장점으로 보인다. 물론 우도, 영남의 꽹과리, 좌도의 장구도 약화되었다고 보기는 어렵지만 상대적인 측면에서 보자면 장구는 우도농악 〉 좌도농악 〉 영남농악순으로 발달되어 있고 꽹과리는 좌도농악 〉 우도농악＝영남농악순으로 발달되어 있는 것으로 볼 수 있다. 북은 영남이 단연 돋보인다. 북채도 양손에 쥐고 연주를 하며 장구보다 앞에 편성된다. 우도와 좌도는 공히 북이 약화되었으므로 북을 기준으로 보면 영남농악 〉 좌도농악＝우도농악순으로 발달되어 있다고 볼 수 있다.

잡색놀음은 우도농악과 좌도농악이 내용과 형식 면에서 유사하고 대등한 균형을 이루는 반면에 영남농악은 잡색놀음이 거의 없거나 미미하다. 이것은 가면극이 발달한 영남의 특성이 반영된 것으로 보인다.

잡색놀음을 중심으로 보자면 우도농악＝좌도농악 〉영남농악순으로 발달되었다고 할 수 있다.

외부의 영향을 받지 않는 문화란 존재하지 않는다. 문화는 끊임없는 상호작용을 통해 변용되고 새로이 창조되는 것이기 때문이다. 호남좌도농악은 호남우도농악과 영남농악 사이에서 부단히 상호 작용한 결과로 오늘날의 모습으로 완성되기에 이르렀다. 교통과 통신이 발달하여 지역의 경계가 불확실해지고 문화적 교류가 왕성한 현대 사회에서 농악의 변모는 다양한 방식으로 빠르게 진행될 것이다. 이러한 변모가 과연 어떤 결과를 가져올지는 모르지만 피할 수 없는 것임에는 틀림없다. 과거에도 그래 왔고 현재 진행 중이며 앞으로도 진행될 것이기 때문이다.

3. 농악의 공연요소별 고찰

농악의 공연요소는 신체동작, 장단, 성악과 사설, 연희 등인데 이러한 공연요소들은 마을농악, 걸립농악, 포장걸립농악이라는 공연 유형에 따라 조금씩의 편차가 존재하며 각각의 요소들이 질적인 변화를 일으키기도 한다. 본 장에서는 호남좌도농악의 공연적 특성을 고찰함에 있어 공연을 구성하는 각각의 공연 요소별 특징을 살피고자 한다.

이 공연의 요소들은 걸립농악을 중심으로 살피기로 하는데 걸립농악은 농악이 가지고 있는 종합적 요소들을 총체적으로 포괄하고 있기 때문이다. 공연 요소들 중 성악(노래굿, 고사소리)은 마을농악과 걸립농악에서 동시에 발견되기는 하지만 특히 걸립농악에서 발달되어 있으며 도둑잽이굿 등의 연희는 걸립농악의 대규모 판굿에만 존재한다. 그리고 진법, 윗놀음, 장단 등은 걸립농악과 포장걸립농악에서의 차이가 거의 없고 다만 걸립농악 판굿의 절반 이상이 포장걸립농악에서는 제외된다. 이것은 상업적 흥행성을 고려한 결과이다. 그러므로 이 장에서는 걸립농악을 대상으로 하여 농악의 공연 요소를 살펴보고자 한다.

1) 농악의 신체움직임 분석 – 상모놀이와 진법

(1) 상모놀이

호남지방 농악에서 윗놀음(상모놀이)은 우도농악의 속칭 '뻣상모'를 쓰고 하는 경우와 좌도농악의 '부들상모(일명 개꼬리상모)'[312]를 쓰고 하는 경우로 대별된다. 좌도농악에서는 남원농악 류명철 상쇠의 부들상모놀이가 현재 가장 다양하고 수준 높은 기량을 보유하고 있다고 판단되기에 상모놀이의 분석 대상으로 삼았다. 지금까지의 상모놀이연구에서는 춤사위분석을 통한 무용학적 연구가 주류를 이루었는데 여기서는 동작학적 방법을 일부 차용하고자 한다.

동작학(kinesics)은 공연예술에서의 신체동작과 의미의 관계를 관찰한다. 성인이 행하는 신체동작에는 특징적인 '의미'와 그 의미를 나타내는 고정적이고 보편적인 형태가 있으며 이것들이 인간의 사회적 행동

---

312) 부들상모는 상모에 새의 깃털을 엮어 만든 부포를 연결한 것인데 상모꼭지인 진자와 부포 사이를 여러 개의 구슬을 한 줄로 꿰어 만든 적자로 연결한다. 구슬 속에는 철심을 넣지 않고 실을 여러 겹 꼬아서 넣는데 이렇게 하여야 적자가 뻣뻣하지 않고 부드럽게 휘기 때문에 다양한 상모놀이를 할 수 있다. 우도농악의 뻣상모는 구슬 속에 철사를 넣고 부포와 적자 사이에는 실을 뻣뻣하게 꼬아 만든 물채가 연결되어 있다. 부들상모놀이와 뻣상모놀이의 차이와 특성은 차후에 다른 지면을 빌려 논하기로 한다.

의 기본 단위가 된다. 레이 버드휘스텔(Ray L. Birdwhistell)은 동작 구조가 언어의 구조와 유사하며 동작 체계는 놀랄 정도로 언어 속의 단어와 같은 형태를 갖는다는 것을 발견하였다. 이러한 발견은 동작체계의 구성 요소에 대한 조사를 이끌었고 마치 중요한 음성처럼 기능하는 신체 행위가 있으며 그것이 단어와 같이 조합되어 다소 복잡한 형태를 가지며 결국은 문장처럼 구조화된 행위로 결합될 수 있음을 분명히 했다. 버드휘스텔(Birdwhistell)은 이러한 언어학적인 동작학 이론에서 다음과 같은 용어들을 만들었다.[313]

① 동작소(kine): 동작학의 가장 작은 분석 단위, 시각적으로 지각할 수 있는 가장 작은 동작학적 소립자(예, 윙크할 때의 눈꺼풀 감음 혹은 뜸)

② 이형 동작소(allokines): 동작소의 의미를 변화시키지 않는 동작소의 변이들(예, 윙크할 때 왼쪽 눈꺼풀 감음, 혹은 오른쪽 눈꺼풀 감음)

③ 동작형태(kinemorph): 동작소 혹은 일련의 동작소들이 모여 이루어지는, 동작학적 연구를 위해 구분되는 특정동작을 구성하는 일련의 동작소들의 결합(예, 윙크 그 자체)

④ 동작형태 구성(kinemorphic construction): 동작형태들의 결합(예, 윙크＋머리 끄덕임)

정보학에서는 신체행위를 통한 의미전달을 비언어적 커뮤니케이션이라 칭하는데 일찍이 리차드 셰크너(Richard Schechner)는 인간행위는 아날로그적이며 그것의 기록 방법은 디지털적이라고 하였다.[314] 이것은 정보학에서 비언어적 커뮤니케이션의 속성을 디지털보다는 아날로그적

---

313) Ray Birdwhistell(1970), *Kinesics and Context, Essays on Body Motion Communication*, Philadelpia: University of Pennsylvania Press, pp.166~168.

314) Richard Schechner(1977), *"Kinesics and Performance"*, *Essays on Performance Theory*, New York: Drama Book Specialist Publications, p.89.

경향이 있다고 주장하는 것과 일맥상통한다. 즉, 디지털 신호는 숫자나 문자와 같이 단편적인 반면에 아날로그 신호는 음성의 크기나 밝기와 같이 스펙트럼 또는 범위를 형성함으로써 연속적이라는 것이다. 셰크너가 논의한 공연학에 있어서 동작학(kinesics)적 연구 영역은 다음과 같다.

① 제스처(jesture): 얼굴과 손의 움직임.

② 포스처(posture): 전체로서 취해진 신체의 움직임.

③ 그룹핑(gruping): 서로 관련 상태에 있는 둘 혹은 그 이상의 사람들로 된 집단화.

④ 집단군(constellation): 서로 관련 상태에 있는 둘 혹은 그 이상의 집단들로 이루어진 일련의 집단, 곧 집단들의 결합.

셰크너에 의하면 인간행동을 기록하는 방법은 어떠한 셔터와 프레임 스피드에 의해 결정되며 그것들은 꺼지지 않는 화면 위에 불연속적인 프레임이 비쳐지는 속도이다. 그래서 인간의 행동과 행동은 아날로그적 방식으로 기록될 수 있다. 그러나 그 행위는 디지털 방식을 통해 프레임과 프레임으로 분석된다. 아날로그적 기록과 디지털적 분석을 통해서 이전에는 상호 모순적이던 두 개의 시각으로 인간 신체 행위를 바라보는 것이 가능하다.315)

부들상모놀이의 순서는 ① 어울림 가락(난타)→② 삼채→③ 휘몰이→④ 연풍대순으로 진행되는데 이것은 순서의 큰 틀이고 윗놀음 자체의 순서는 없으며 공연자의 즉흥적인 장단 연주와 윗놀음 하기가 극히 짧은 순간에 현장에서 창조되는데 부들상모놀이는 장단과 윗놀음의 철저한 애드리브의 집합물이라고 인식해도 무방하다.

부들상모놀이의 구성요소는 장단, 윗놀음, 발동작 세 가지로 이루어

---

315) Richard Schechner(1977), *ibid*. p.91.

진다. 장단의 연주는 손의 움직임이며 윗놀음 하기는 머리와 하체의 움직임이다. 장단 자체는 추상적인 개념이지만 장단의 연주는 구체적인 동작이며 제스처(jesture)라고 할 수 있다. 윗놀음 역시 추상적 개념이지만 윗놀음 하기는 머리에 쓴 부들상모를 움직이기 위해서 행해지는 동작으로 신체의 전체적 움직임이며 포스처(posture)에 해당한다고 볼 수 있다. 윗놀음은 역시 같은 포스처라 할 수 있는 발동작과 아주 밀접한 관계가 있어서 윗놀음과 발동작은 상호 보족적인 역할을 하며 분리될 수 없고 항상 결합된 채 나타나는데 발동작이 제외된 상반신, 목과 머리만의 윗놀음은 존재하지 않는다.

윗놀음의 놀이 종류를 분류하는 데는 버드휘스텔(Birdwhistell)의 용어를 사용하면 매우 유용하다. 부들상모놀이에서 외사, 사사는 단일 동작이므로 동작형태(kinemorph)라고 한다면 전조시, 퍼넘기기, 부포새림, 연봉놀이, 개꼬리 등은 두 가지 이상의 동작형태의 결합이므로 동작형태 구성(kinemorphic construction)이 된 것이다. 가령, 퍼넘기기를 할 때 왼쪽 방향의 퍼넘기기와 반대 방향의 퍼넘기기, 그리고 한 바퀴 돌리고 퍼넘기기와 두 바퀴 돌리고 퍼넘기기 등으로 세분화할 수 있는데, 진자를 받침대로 하여 부들상모의 적자와 부포를 곧추세우는 행위를 동작소(kine)라 한다면 퍼넘기기는 외사라는 동작형태(kinemorph)와 뒤로 세우기라는 동작형태가 결합된 것이고 왼쪽 방향의 퍼넘기기와 그 반대 방향의 퍼넘기기, 그리고 한 바퀴 돌리고 퍼넘기기와 두 바퀴 돌리고 퍼넘기기 등은 그 동작형태를 이루는 이형 동작소(allokines)들의 집합인 것이다. 이와 같은 방법으로 류명철 상쇠의 윗놀음의 종류를 정리하면 다음과 같다.

동작형태구성	동작형태	중심동작소	이형동작소들의 집합
	외사	상모를 반시계 방향으로 돌림	없음
	사사	양 방향으로 두 바퀴씩 돌림	없음
퍼넘기기	외사 사사 세우기	진자를 지지대로 하여 적자와 부포를 뒤쪽으로 세우는 행위	시계 방향으로 한 바퀴 돌리고 세우기 반시계 방향으로 한 바퀴 돌리고 세우기 시계 방향으로 두 바퀴 돌리고 세우기 반시계 방향으로 두 바퀴 돌리고 세우기
전조시	외사 사사 테두리 찍기	적자 끝으로 전립의 테두리를 콕콕 찍으며 돌림	시계 방향으로 한 바퀴 돌리고 찍기 반시계 방향으로 한 바퀴 돌리고 찍기 시계 방향으로 두 바퀴 돌리고 찍기 반시계 방향으로 두 바퀴 돌리고 찍기
개꼬리	퍼넘기기 부포 흔들기	적자를 세워 부포를 흔든다.	적자를 뒤로 세워 부포를 흔들며 걷기 적자를 뒤로 세워 부포를 흔들며 뒷걸음하기
부포새림	외사 사사 부포 올리기 제자리 돌기 걸어 나가기	부포를 전립의 가장자리 위로 올려놓는다.	시계 방향으로 한 바퀴 돌려 올린 뒤 돌기 반시계 방향으로 한 바퀴 돌려 올린 뒤 돌기 시계 방향으로 한 바퀴 돌려 올린 뒤 걷기 반시계 방향으로 한 바퀴 돌려 올린 뒤 걷기
연봉놀이	외사 퍼넘기기 부포 돌리기	적자를 세워 부포만 돌린다.	시계 방향으로 한 바퀴 돌린다. 반시계 방향으로 한 바퀴 돌린다. 시계 방향으로 두 바퀴 돌린다. 반시계 방향으로 두 바퀴 돌린다. 반시계 방향으로 돌리며 몸도 회전 반시계 방향으로 돌리며 걷기 반시계 방향으로 돌리며 뒷걸음질 반시계 방향으로 돌리며 뛰어가다 180° 회전

위와 같이 동작소들, 동작형태 그리고 그것들이 구성되어 부들상모놀이라는 공연을 이루게 되는 것이다. 그러면 이와 같은 동작이 구체적인 공연에서 어떻게 구성되며 공연자, 반주자, 청관중의 커뮤니케이션은 어떤 방식으로 이루어지는지 류명철 상쇠의 부들상모놀이 공연을 통해 살펴본다.

		명칭	부포새림	부포새림	부포새림
공연자	윗놀음	동작소 동작형태	상모를 반시계 방향으로 한 바퀴 돌리고 부포를 전립 위 가장자리에 얹는다.	부포가 전립 위에 올 때 공연자가 제자리 돌기.	공연자의 제자리 돌기 계속
		발동작	왼발을 앞으로 내밀어 무릎을 구부린 채 발끝으로 땅을 짚는다.	오른발을 축으로 하여 왼발 끝으로 지면을 찍으며 공연자가 180° 회전한다.	발끝 짚으며 회전을 계속
	장단	명칭	삼채	삼채	삼채
		리듬형	쟁○○/재르르…/쟁○잿/○○○	쟁으그/잿으그/쟁으그/잿으그	쟁으그/쟁○쟁/○쟁○/재쟁○
반주자		장단	덩○○/더러러…/덩○따/쿵따○	덩○○/덩○○/덩○쿠/쿵따○	덩○쿠/쿵따쿠/쿵따쿠/쿵따○
		추임새		잘한다	
청관중		추임새,동작	부포가 전립 위에 올라가는 순간 함성	박수 및 환호	감탄사, 웅성거림

<부포새림의 공연>

		명칭	연봉놀이	연봉놀이	연봉놀이
공연자	윗놀음	동작소 및 동작형태	적자를 뒤로 세워 부포를 반시계 방향으로 한 바퀴 돌린다.	적자를 뒤로 세워 부포를 시계 방향으로 한 바퀴 돌린다.	공연자가 반시계 방향으로 부포 돌리기를 계속하며 제자리 돌기
		발동작	오른발을 우측으로 딛고 왼발을 뒤이어 오른발 옆에 붙인다.	왼발을 좌측으로 딛고 오른발을 뒤이어 왼발 옆에 붙인다.	오른발을 앞으로 내밀어 축으로 삼고 왼발은 계속 뒤에 둔다.
	장단	명칭	삼채	삼채	삼채
		리듬형	쟁○○/재르르…/쟁○잿/○○○	쟁으그/잿으그/쟁으그/잿으그	쟁으그/쟁○쟁/○쟁○/재쟁○
반주자		장단	덩○○/더러러…/덩○따/쿵따○	덩○○/덩○○/덩○쿠/쿵따○	덩○쿠/쿵따쿠/쿵따쿠/쿵따○
		추임새	얼씨구	해!	잘혀~
청관중		추임새 및 동작	부포가 돌아가는 순간에 함성		부포가 돌아가는 횟수가 거듭될수록 함성과 박수 커짐

<연봉놀이의 공연>

공연자	윗놀음	명칭	개꼬리	개꼬리		연봉놀이
		동작소 동작 형태	적자를 뒤로 세워 부포를 좌-우-좌로 흔든 다음 오른쪽으로 펴넘기며 몸을 왼쪽으로 튼다.	적자를 뒤로 세워 부포를 우-좌-우로 흔든 다음 왼쪽으로 펴넘기며 몸을 오른쪽으로 튼다.	수 차 례 반복하다 가 다음 의 연봉 놀 이 로 연결함.	공연자가 반시계 방향으로 부포 돌리기를 계속하며 앞쪽으로 달려 나간다.
		발동작	양발을 가지런히 붙였다가 왼발을 앞으로 내딛고 펴넘기는 순간에 오른발을 왼발 옆에 붙인다.	양발을 가지런히 붙였다가 오른발을 앞으로 내딛고 펴넘기는 순간에 왼발을 오른발 옆에 붙인다.		오른발을 앞으로 내밀어 축으로 삼고 왼발은 계속 뒤에 둔다.
	장단	명칭	휘모리	휘모리		휘모리
		리듬형	잭○/잭○/쟁○/○○	잭○/잭○/쟁○○/○○		쟁○/재쟁/○재/쟁○
반주자	장단		덩○/다다/쿵따/쿵○	덩○/다다/쿵다/쿵○		더궁/다다/쿵따/쿵○
	추임새					
청관중	추임새, 동작		감탄사를 연발하며 옆 사람과 짧은 공연평을 나눈다.			함성과 함께 많은 박수가 쏟아짐.

<개꼬리의 공연>

앞에서 살펴본 도표에 의하여 다음과 같은 해석을 내릴 수 있다.

① 부들상모놀이는 공연자와 반주자, 청관중의 긴밀한 상호 작용을 통하여 이루어지는데 공연자의 동작구성, 장단연주, 발동작, 반주자의 장단연주와 추임새, 청관중의 추임새 및 동작을 통하여 상호 간의 연관 관계를 긴밀히 구축해 나간다.

② 부들상모놀이는 장단의 연주와 윗놀음이 밀접하게 연결되어 있어서 윗놀음의 동작형태 구성에 따라 장단의 리듬 패턴이 달라지는 것을 볼 수 있었다.

③ 부들상모놀이의 윗놀음은 발동작을 통해서 지지되고 강화되고 다양해진다. 모든 윗놀음에는 발동작이 직접 결부되어 있을 뿐만 아니라 동일한 윗놀음에 여러 종류의 다른 발동작이 결합되어 윗놀음의 동작

구성을 다양하고 풍부하게 변화시킨다.

④ 부들상모놀이에서 반주자는 추임새와 반주하기를 임무로 하는데 반주자의 추임새는 판소리 고수의 그것과 같이 공연자가 고난도의 기량을 펼치거나 청관중의 호응을 이끌어 낼 필요를 느낄 때 등 공연의 적재적소에 결합되어 공연의 긴장성 강화와 청관중의 몰입, 그리고 공연자의 사기진작에 큰 영향을 미친다. 또 반주자의 반주는 윗놀음의 동작구성에 따라 공연자의 장단에서 리듬 패턴이 변화하는 것을 좇아서 그 흐름에 철저히 복무함으로써 공연의 청각적 예술성을 고양시킨다.

부들상모놀이에서 공연의 긴장을 높이고 청관중의 공감을 불러일으키는 것은 장단 연주보다 공연자의 동작들, 즉 윗놀음이다. 공연자는 정해진 순서에 따라 윗놀음을 하는 것이 아님에도 찰나의 순간에 현재의 동작 구성, 동작 공연에 대한 청관중의 반응을 살피고 곧 이어질 윗놀음의 동작형태구성(kinemorphic construction)을 결정함으로써 청관중의 반응을 이끌어 낸다. 공연자와 청관중의 상호작용이 극히 짧은 순간에 이루어지는 것이다. 이러한 공연형태에서는 '청관중의 공연자화'나 '공연자의 자기 축소화와 청관중의 자기 확대화'는 청관중이 공연장 안에 직접적으로 개입하는 것을 통해 이루지지 않는다. 연예농악의 개인놀이 공연에서 '탈경계화(deliminalization)'는 마을굿의 공연원리에서와는 달리 청관중이 공연자의 동작에 대한 즉각적인 평가인 청관중의 동작, 즉 함성과 박수, 찬탄, 공연 도중에 이루어지는 독백형식 혹은 옆 사람과의 대화형식의 짧은 감상평 등에 의해 이루어진다. 요컨대 연예농악은 마을굿의 공연원리와 비교할 때 청관중이 상대적으로 소극적, 간접적으로 공연과정에 개입한다고 할 수 있다.

부들상모놀이에서 공연자와 청관중의 상호작용을 위해서는 몇 가지

조건이 구비되어야 한다.

첫째, 공연자의 기량이 뛰어날 것이 요구된다. 공연기량의 고도화는 연예농악이 스스로를 연예농악이게 하는 기본 조건이며 공연자가 연예농악 공연자이게 하는 조건이기도 하다.

둘째, 반주자의 기량 역시 공연자의 수준에 부합할 수 있을 만큼 고도화되어 있어야 하며 공연자와 반주자의 호흡은 공연의 긴장성(intensity) 구축에 있어 절대적으로 중요한 요소다.

셋째, 청관중은 부들상모놀이를 감상할 수 있는 안목이 있어야 한다. 공연자가 고난도의 기량이 펼쳐질 때 적시에 감탄사, 함성, 박수 그리고 옆 사람과의 짧은 감상평 교환을 이루어 낼 수 있는 청관중의 존재는 마치 판소리에서 귀명창의 존재가 판소리의 존립과 발전에 결정적인 역할을 하는 것과 같다.

넷째, 공연환경의 문제이다. 공연환경은 단지 청관중을 다수 확보할 수 있는 지정학적인 문제만이 아니라 공연장의 구조와 분위기, 바닥의 상태, 풍속이나 습도 등 공연자가 자신의 동작형태를 구성하기 위해서 갖추어져야 할 제반 상황을 포함한다.

부들상모놀이의 동작학적 연구를 위한 개괄적 검토를 해 보았는데 이 연구가 심화되기 위해서는 무엇보다 연구자 자신이 동작학적 연구 방법에 대한 이해가 깊어져야 함을 느낀다. 부들상모놀이의 다양한 제 동작형태와 구성을 정리하는 것보다 기존의 동작학적 용어와 분석기법을 상모놀이에 어떻게 적용할 수 있을까 하는 것이 선결과제인 것 같다. 그리고 호남좌도농악의 부들상모놀이 이외에도 타 지역의 농악에서 볼 수 있는 상모놀이들에 대한 연구도 이루어져서 이들 상호 간의 비교 분석이 이루어지면 인간신체 행위가 갖는 다양한 의미와 커뮤니케이션 기법을 이해할 수 있을 것이다.

(2) 진법

농악은 그 치배들 개개인들, 혹은 전원이 아무렇게나 무질서하게 움직이는 것이 아니라, 시종일관 일정한 움직임의 선 곧 일정하게 정해진 '동작선들'을 따라서 움직이는 공연 양식이다. 이렇게 치배들이 공연 중에 움직이는 동작선 만들기의 방법을 '진법(陣法)'이라 하는데, 이는 농악이 예전의 군대 훈련법 및 작전법의 영향을 받은 때문이라 한다.[316]

진법, 진, 진풀이는 서로 혼용되어 사용되기도 하는데 진법은 진을 짜는 법칙을 의미하며 진은 일정한 형태를 갖춘 개별적인 진들을 지칭하는 용어이다. 진풀이는 치배들이 진을 짜는 과정, 즉 진이 풀리고 맺히는 연행상황을 의미한다.[317] 호남좌도농악의 진법은 다음과 같이 구분할 수 있다.

① 일열종대 일자진: 치배가 한 줄로 서는 진법으로 이동 시에 많이 쓰인다.

② 이열종대 이자진: 치배가 이열종대로 서는 진법으로 도둑잽이나 문굿 등 후굿에 많이 쓰인다.

③ 이열횡대 이자진: 치배가 이열횡대로 늘어서는 진법으로 미지기굿이나 들당산굿 등에서 많이 쓰인다.

④ 시계 방향 원진: 치배들이 원을 만들어 시계 방향으로 회전하는 진법으로 들당산굿의 입장에 쓰인다.

---

316) 김익두(2005), 앞의 책, 151쪽.
317) 손우승(2000), 앞의 논문, 1쪽.

② 시계 반대 방향 원진: 치배들이 원을 만들어 시계 반대방향으로 회전하는 진법으로 입장과 퇴장 시의 인사굿에 많이 쓰인다.

④ 시계 반대 방향 동일 겹원진: 상쇠 줄이 안쪽 원을 차지하고 장구 줄이 바깥 원을 차지하여 시계 반대 방향으로 같이 도는 진법으로 모든 굿의 마지막은 이 진법으로 마감하며 영산, 노래굿 등에도 쓰인다.

⑤ 시계 반대 방향 역겹원진: 상쇠 줄이 안쪽 원을 차지하고 장구 줄이 바깥 원을 차지한 상태에서 상쇠 줄만 시계 방향으로 돌고 장구 줄은 같이 시계 반대 방향으로 도는 진법으로 풍류굿, 채굿 등의 초반과 중반에 쓰인다.

⑥ 시계 방향 역겹원진: 상쇠 줄이 안쪽 원을 차지하고 장구 줄이 바깥 원을 차지한 상태에서 상쇠 줄은 시계 반대방향으로 돌고 장구 줄은 시계 방향으로 도는 진법으로 진풀이굿, 호호굿 등에 쓰인다.

⑦ 멍석말이진: 달팽이 모양으로 치배의 대열을 점점 감아가는 진법으로 들당굿의 오방진과 입장굿에 쓰인다.

⑧ 쌍방울진: 치배가 두 패로 갈리어 양쪽에서 각기 원진을 형성하는 진법으로 도둑잽이굿의 초반에 쓰인다.

⑨ 오방진: 멍석말이진을 동, 서, 남, 북, 중앙에 다섯 번 펼치는 진법으로 들당산굿에 쓰인다.

⑩ 미지기진: 치배들이 이열횡대 이자진을 형성한 상태에서 밀고 당기기를 반복하는 진법으로 미지기굿에 쓰인다.

⑪ 등지기진: 치배들이 원진 상태에서 둘씩 짝을 이루어 등을 맞대고 교대로 상대방에게 기대는 진법으로 등지기굿에 쓰인다.

⑫ 가새치기진: 치배들이 이열종대 이자진을 형성한 상태에서 상쇠가 양쪽 대열을 오가며 대열을 이끌어 일자진으로 푸는 집법을 말하며

문굿이나 점호굿 후반의 풍류굿에 쓰인다.

농악의 진법이 용어나 형식 면에서 군대의 진법과 유사하기 때문에 군악적 특성을 잘 나타낸다는 논의도 있었고[318] 농악공연자들 자신도 진법이 군사훈련을 가장한 것이라는 증언을 하고 있지만 농악의 모든 진법이 군사훈련에서 비롯되었다고 보기는 어렵다. 주지하다시피 동맹, 영고, 무천 등의 고대 제천의식에서 단순한 형태나마 일정한 모양을 이루는 군중의 대열이 있었을 것을 짐작해 볼 수 있으며 현전하는 마을굿이나 대동놀이에도 형태와 명칭 면에서 농악의 진법과 유사한 진법이 존재하고 있음을 볼 때 농악의 진법은 농악 본래의 진법이 제의, 군사훈련, 대동놀이 등의 영향을 받아 이루어진 것이라고 할 수 있다. 농악 판굿의 기원을 정확히 말하기는 어렵지만 대략 조선 후기 이후로 추론해 볼 때 농악 판굿의 발달은 진법의 발달을 가져왔다고 할 수 있다.

대개의 농악이나 대동놀이에서 가장 기본적인 대형은 원진이며 시계 반대 방향으로 진행하는 것이 원칙이고 호남지역의 농악에서도 원진을 기본 대형으로 사용하고 있다. 좌도농악의 진법은 연예적 성격이 강조되는 판굿과 제의적 성격이 강조되는 당산굿, 마당밟이굿, 연희적 성격이 강조되는 잡색놀음 등에 따라 기본 형태가 달라진다. 이를 대단위별로 나누어 보면 행진을 목적으로 하는 질굿에서는 일자진이 기본이 되며 문굿에서는 이열종대 이자진, 들당산굿에서는 원진을 시작으로 하여, 이열횡대 이자진, 오방진, 미지기진 등이 다양하게 나타난다. 샘굿, 마당밟이굿 등 제의적 층위의 공연에서는 이열횡대 이자진이 기본 대형이며 날당산굿에서는 원진이 기본대형이다.

가장 많은 진풀이가 구사되는 판굿의 기본 대형은 크게 겹원진과 이

---

318) 정병호(1986), 앞의 책, 28~29쪽 참조.

열종대 이자진으로 나눌 수 있다. 판굿의 전반부인 전굿에서는 판굿의 각 중단위마다 상쇠와 부쇠들이 원진 안쪽에서 작은 원진을 다시 만들어 장고 줄은 바깥에서 시계 반대 방향으로 진행하고 상쇠 줄은 시계 방향으로 진행하다 두 줄이 시계 반대 방향으로 동반 진행하는 형태로 종결되는 경우가 대부분이다. 판굿의 후반부인 후굿의 기본 대형은 대열이 상쇠 줄과 부쇠 줄로 나뉘어 각각 영기를 선두로 하여 이열종대를 이루는 이열종대 이자진을 기본 대형으로 한다. 이 대형은 도둑잽이굿의 시작과 함께 이루어진 후 중간에 여러 변화를 거치지만 상쇠 줄과 부쇠 줄의 분리라는 큰 틀이 기본적으로 유지된다. 이 기본 대형은 후굿의 종반에 공연되는 점호굿의 끝부분에 다시 겹원진으로 바뀐다. 전굿과 후굿을 마친 후에 선보이는 재능기에서는 원진을 이루어 개인기를 공연할 공연자들이 원진 안으로 들어가게 된다. 타 지역 농악과 달리 연예농악의 공연텍스트로 쓰이는 판굿의 전반부가 기본대형을 겹원진으로 삼은 것은 타 지역 농악과 달리 쇠잽이들 상호 간의 윗놀음을 전제로 하고 있기 때문이다. 쇠잽이들이 원진 안에 작은 원진을 이루어 매 중단위의 굿마다 바깥쪽 원의 치배들과 독립적으로 독자적인 윗놀음을 연행하는데 이를 위해서 겹원진은 쇠잽이들의 윗놀음을 위한 적절한 진이라고 할 수 있다.

2) 농악장단의 분류와 특성

농악은 타악의 반복을 통하여 집단적 신명을 불러일으킨다. 타악기 연주의 반복, 순환, 축적이 거듭되면서 타악기 리듬에 자극받은 신체의 운동이 활성화되어 진법과 무용이 강화되기 시작한다. 리듬(rhythm)[319]은 어떤 음악에서나 그 모양새(style)와 단락을 분명하게 하는 요소로서 선율이나 시김새 등 다른 요소보다도 음악의 특징을 분명하게 드러낸다. 전통음악의 장단은 리듬의 하위개념으로서 리듬꼴(rhythmic pattern)들이 형성하는 구조(틀)라고 할 수 있는데 그 구조는 반복의 형태를 갖춘 것도 있고 불규칙한 형태를 갖춘 것도 있다.[320]

한국 전통음악의 장단은 박자의 구조와 장고패턴(기법)을 기준으로 할 때 ① 무패턴 불규칙형, ② 유패턴 불규칙형, ③ 불균등형, ④ 균등형 등으로 나눌 수 있는데[321] 호남좌도농악에서는 ③과 ④ 유형의 장단이 쓰인다. 좌도농악의 장단은 박자(meter)[322]를 이루는 박(beat)[323]의 수가 짝수로 이루어진 규칙 박자형과 홀수의 박수를 가진 불규칙 박자형, 둘 이상의 박자가 혼합된 혼합 박자형으로 분류할 수 있다.

---

319) 리듬(rhythm)은 질서 있는 운동의 지속을 조직하는 것이다. Paul Creston, 최동선 역(1991), 『리듬원리』, 세광음악출판사, 9쪽.

320) 백대웅 외(1995), 『전통음악개론』, 어울림, 42쪽.

321) 백대웅 외(1995), 앞의 책, 45~47쪽.

322) 박자란 하나 또는 두 개 이상의 소절구조에 있어서의 고동박의 집합이다. 최동선 역(1991), 앞의 책, 11쪽.

323) 시간의 공간화를 결정하는 기본단위를 박(beat)이라 하고 박이 모여서 박자를 이룬다. 박은 다시 '분박'으로 나뉘며 어떤 음악이나 한 박이 둘로 나뉘는 '2분박'과 셋으로 나뉘는 '3분박' 두 종류가 있다. 백대웅 외(1995), 앞의 책, 42쪽.

유형 \ 구분	박자형	박자	장단의 명칭
균등형	규칙 박자형	12/8	굿거리, 풍류, 질굿, 노래굿 반주가락
		4/ ♩.	삼채, 된삼채, 잦은 삼채, 영산, 잦은 호호굿, 호호굿도드래미, 재능기, 반풍류, 벙어리삼채, 사채, 오채, 육채, 칠채, 조왕굿,
		4/4	느린 진풀이
		4/4	휘모리, 영산다드래기, 샘굿가락, 술굿가락, 잦은 진풀이1.2, 곳간굿가락, 미지기가락
		12/4	상여소리 반주가락
불균등형	불규칙 박자형	10/8	일채, 열두마치
	혼합 박자형	12/8+10/8	호호굿

<농악장단의 분류>

굿거리, 풍류, 질굿, 노래굿 반주가락 등은 굿거리 계통의 장단들로서 느린 12/8박자로 이루어져 있다. 삼채, 된삼채, 잦은 삼채, 영산, 잦은 호호굿, 호호굿 도드래미, 재능기, 반풍류, 벙어리삼채, 사채, 오채, 육채, 칠채, 조왕굿 등은 4/ ♩. 박자로 삼채 계통의 장단이다. 느린 진풀이는 4/4박자로 우도농악의 오방진과 유사하지만 리듬을 만드는 방식에 차이가 있어 첫 박을 연주하지 않고 쉬는 '엇박' 위주로 리듬이 구성된다는 점이 특징이라고 할 수 있다. 상여소리 반주가락은 전형적인 중모리 장단을 사용한다. 일채와 열두마치는 불규칙 박자로 판소리 장단의 엇모리와 같이 10/8박자로 이루어져 있지만 악센트와 리듬 패턴의 차이가 있다. 또 호호굿은 12/8박자와 10/8박자가 혼합되어 있는 혼합 박자형이다.

일반적으로 마을농악의 장단이 동일하거나 유사한 리듬 패턴을 반복하는 경우가 대부분이지만 좌도농악은 장단의 진행이 다양하게 나타난다. 리듬 패턴의 반복 양상과 변화방식에 따라 다음과 같은 장단 진행을 분류할 수 있다.

(1) 동일한 리듬형이 반복되는 경우

일반적으로 마을농악의 장단이 동일하거나 유사한 리듬을 반복하는 경우가 대부분이다. 먼저 된삼채, 반풍류, 벙어리 삼채, 채굿 중 사채, 오채, 육채, 칠채, 잦은 진풀이, 호호굿, 잦은 호호굿, 호호굿 도드래미 등에서는 장단을 연주할 때 리듬형이 변하지 않고 몇 개의 장단이 쌍을 이루어 지속적으로 반복된다. 이것은 마을농악에서 흔히 볼 수 있는 형식이다.

(2) 일정한 형식 속에 변주부가 별도로 지정된 경우

일정한 형식 속에 변주부가 별도로 지정된 경우인데 일정한 순서로 형식화된 악구 안에 변주부가 따로 지정되어 있어 변주가 허용된 지점에서만 제한적인 변화를 가질 수 있는데 이 경우 변주의 리듬형도 어느 정도의 틀을 가지고 있어서 그러한 틀 안에서 리듬 패턴이 변화한다. 여기에는 질굿의 네 번째 장단 부분과 영산의 구음부분이 해당된다.

(가) 질굿의 변주부의 리듬형

질굿은 총 네 개의 가락이 하나의 악구를 이루고 있는데 네 번째 가락 부분은 지속적으로 반복되며 변화한다. 네 번째 가락의 변화형은 다음과 같다.

<질굿의 변주>

(나) 영산구음 부분의 리듬형

영산은 정해진 가락대로 연주를 하다가 중간에 즉흥적 변주 부분이 나타난다. 이 변주가락은 윗놀음과 결부되어 나타나는바, 반복 횟수는 윗놀음의 기량 정도에 따라 많아지기도 하고 한두 가락 정도로 짧게 생략되기도 한다. 이렇게 영산가락의 중간에 윗놀음의 기량을 발휘하며 즉흥적으로 연주하는 부분을 구음이라고 부르는데 그 가락의 패턴은 다음과 같다.

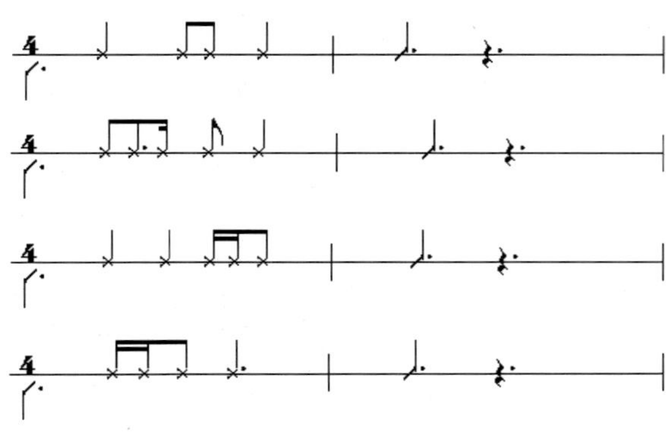

<영산 구음의 변주>

(3) 동일한 리듬형의 반복에 보조적인 변주가 삽입되는 경우

동일한 리듬형을 주로 연주하다가 즉흥적으로 변화된 리듬형을 연주하는 변주부를 삽입하는 방식이 있는데 이때 변화하는 리듬 패턴은 서너 개로 한정되어 있다. 변주부의 삽입은 주로 연주의 초반과 중반에 연주자의 자의로 이루어지며 연주 후반부에는 속도를 높여 기본형의 패턴을 반복한다. 휘모리, 잦은 삼채 등이 여기에 속한다.

(가) 휘모리의 변주

휘모리의 변주는 주로 연주 초기에 이루어진다. 이것은 휘모리 연주의 초반에는 사사, 전조시, 퍼넘기기 등의 윗놀음이 나타나기 때문에 이러한 윗놀음의 다양성에 따라 가락이 변주하는데 그 변주 패턴은 그다지 다양하지 않고 서너 개의 가락으로 구성된다. 중반 이후에는 변주를 하지 않는데 이것은 휘모리 연주의 중반 이후의 윗놀음이 외사로 한정되어 있고 발걸음의 호흡이 가빠지고 이어서 연풍대 등의 역동적인 몸동작으로 이어지는 것이 일반적인 순서이기 때문이다. 휘모리의 변주 패턴은 다음과 같다.

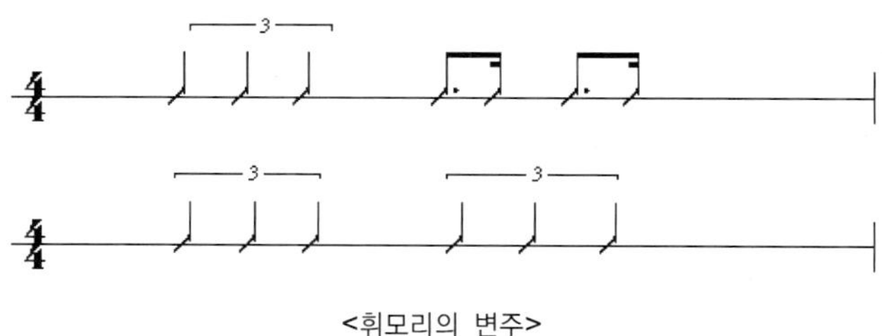

<휘모리의 변주>

(나) 잦은 삼채의 변주

잦은 삼채의 변주는 연주의 중반에 나타나는데 치배들의 윗놀음이
동반되기 때문에 길게 연주하지는 않는다. 특히 채굿에서 일채가락 뒤
에 이어지는 잦은 삼채의 경우는 그 길이가 더욱 짧다. 따라서 변주가
락의 유형도 한정되어 있다. 물론 잦은 삼채를 장시간 길게 연주한다면
하나의 악절적 구성으로 패턴의 흐름이 순환구조를 가질 수도 있지만
일반적으로 장시간 연주는 하지 않는 게 통례다.

<잦은 삼채의 변주>

(4) 내고 달고 맺고 푸는 구성

좌도농악 장단 변화의 구성은 '내고 달고 맺고 푸는'[324] 형식으로 이
루어져 있다. 예를 들어 굿거리장단을 장시간 연주할 때 같은 패턴의
장단이 동일 반복되지 않고 끊임없이 변화하는데 이 장단의 변화에 일
정한 규칙이 내재되어 있다. 처음에 장단을 낼 때에는 기복이 심하지
않고 순탄한 느낌으로 진행되다가 장단의 변화가 심해지고 장단과 장

---

324) 이보형(1976), 「판소리 고법1」, 『문화재』10, 문화재관리국.

단 사이가 구분되지 않고 연결되는 형태로 연주가 진행되면서 긴장감을 불러일으키게 된다. 이러한 과정이 절정에 다다르면 현란했던 변화가 뚝 그치고 갑자기 모든 긴장의 이완이 찾아온다.

내고 달고 푸는 장단은 장단의 리듬 패턴을 일컫는 말이고, 맺는 장단은 독립적인 것이 아니라 다는 장단의 끝에 나오는 이음새를 지칭한다고 볼 수 있다. 이렇게 볼 때 내고→달고→맺고(이음새)→푸는 과정은 하나의 장단을 일정한 규칙에 의해 연주하는 악식(musical form)이라고 할 수 있다. 실제 현장에서 연주자들은 이러한 연주형식을 내고 달아서 맺고 푸는 구조로 인식하기도 하고 패턴이 평이한 '기본형 장단'과 장단과 장단이 맞물리면서 연결되는 '변주형 장단', 두 가지를 교대로 연주한다고 인식하기도 한다. '변주형 장단'에 능한 것을 '가락을 볶아 댄다'고 말한다. 좌도농악에서 이러한 형식으로 연주되는 장단은 일채, 굿거리, 느린 진풀이, 재능기 삼채 등이 있다.

(가) 일채

일채는 기본형[325]이 '♩ ♩ ♪ ♩ ♪ ♩'으로 '2, 3, 3, 2'의 분박구조를 가진다. 일채는 기본형이 반복되는 도입부(내는 가락)와 가락의 끝을 이어가는 중심 변주부(다는 가락), 그리고 변주의 끝을 마무리 짓는 정리부(푸는 가락)로 구성되는 양상이 여러 번 반복되는 순환적 연주형식을 가진다.

---

325) 일채에서는 잔가락이라 불리는 꾸밈음이 첨가된 경우도 어느 정도까지는 기본형으로 볼 수 있다.

(나) 굿거리

굿거리는 패턴의 변화가 가장 다채롭다. 굿거리 연주에서는 다는 가
락 다음에 이음새인 맺는 가락이 독자적으로 존재하지 않고 다는 가락

의 종지패턴만 변화시켜 준다. 또 이러한 종지부는 굿거리 연주를 마치고 다음 가락 연주로 전환할 때도 쓰인다.

<굿거리 내는 가락>

<굿거리 다는 가락>

<굿거리 맺는 가락>

<굿거리 푸는 가락>

(다) 재능기 삼채

　재능기 삼채는 삼채와 리듬의 종지형이 다르다. 삼채는 처음의 도입 부분을 제외하고 어김없이 '♩♫♪♩'으로 종지되는 데 반해 재능기 삼채는 몇 가지 패턴으로 종지된다. 연결형은 '♫♫'이나 '♩♪♩♫'으로 종지되고 마침형은 '♪♩♩.'이나 '♪♩♪♩'으로 종지되는 것을 알 수 있다. 재능기 삼채도 내고→달고→맺고→푸는 순서로 구성된 연주를 여러 번 반복한다.

<삼채 내는 가락>

<삼채 다는 가락>

<삼채 맺는 가락>

<삼채 푸는 가락>

(라) 느린 진풀이

진풀이는 2분박 4박자로 우도농악에서는 오방진이라는 이름으로 불리는데 오방진은 패턴이 정형화되어 있는데 좌도농악의 진풀이 가락은 동살풀이가 보여 줄 수 있는 다양한 가락의 기교를 구사한다.

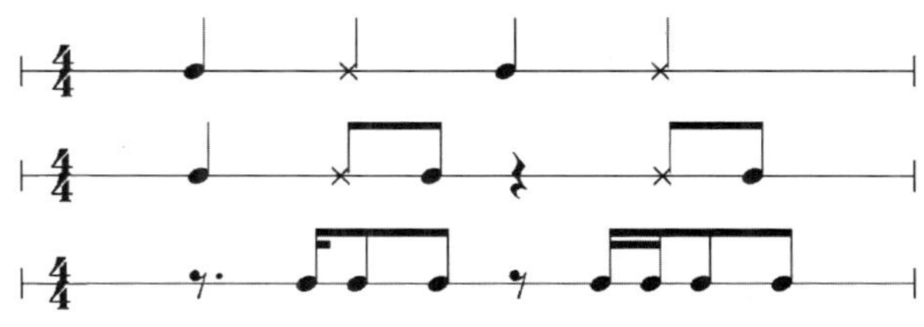

<진풀이 내는 가락>

<진풀이 다는 가락>

<진풀이 맺는 가락>

<진풀이 푸는 가락>

　　호남좌도농악은 장단의 '내고 달고 맺고 푸는' 구성의 연주 방식으로 타악적 신명을 불러일으키고 긴장성을 구축한다. 타악이 만들어 내는 신명의 클라이맥스는 셰크너(Richard Schechner)가 총체적 고조의 긴장성(total high intensity)[326]이라고 명명한 것과 같은 것이다. 경쾌한 규칙 장단에 맞추어 전 치배가 율동을 하면서 일정한 형태의 대열을 만들고 해체하는 반복을 거치면서 점차적으로 리듬과 율동이 빠르게 고조되어 휘모리장단에 급격하고 숨 가쁜 신체동작(연풍대, 자반뒤집기)을 연출하는 것은 공연자와 청관중 모두에게 고도의 흥분과 각성을 불러일으키게 된다.

---

326) 김익두 역(1993), 앞의 책, 17∼18쪽.

3) 노래굿의 구조와 의미

(1) 노래굿 개관

　농악은 연극, 무용, 음악 등의 예술적 요소가 종합적으로 결합되어 있는 예술이다. 특히 음악적 요소는 농악의 중추적 요소로서 대부분 악기 연주 중심의 기악, 특히 타악 위주로 음악이 구성되어 있다. 그러나 음악적 요소에는 기악적 요소 이외에도 성악적 요소가 존재한다. 기악적 요소가 타악기 중심의 음악 구성에 소수의 선율악기(태평소, 나발)가 결합된 것이라면 성악적 요소는 마당밟이의 고사소리, 두레농악의 노동요, 판굿의 노래굿/소리굿 등으로 구분할 수 있다. 이 중에서 제의 형태의 마당밟이나 노작형태의 두레농악보다 판굿에서 공연되는 성악적 요소인 노래굿은 예술적으로 한층 발전된 연예형태의 농악공연에서 중요한 요소로 자리 잡아 왔다. 이 장에서는 노래굿의 공연방법, 선율, 장단, 사설 등의 구성을 살피고 농악의 판굿에서 공연되는 노래굿의 기능과 그 의의를 살피고자 한다. 농악의 노래굿에 관한 관심이 크지 않았던 탓인지 이 방면의 연구가 거의 없었으므로 이 연구는 나름대로의 의의를 가질 것으로 생각한다.

　제의 형태의 마당밟이나 노작형태의 두레굿보다 판굿에서 공연되는 성악적 요소인 노래굿은 예술적으로 한층 발전된 연예형태의 농악공연인 판굿에서 중요한 요소로 자리 잡아 왔다. 지금까지 노래굿을 중심주제로 한 논의는 없었고 각종 조사보고서에 노래굿의 사설과 악보를 채록한 작업이 대부분이며 몇몇의 학자들이 다른 주제를 논하는 장에서 노래굿을 단편적으로 언급한 경우가 더러 존재한다.

임동권[327]은 농부들이 논에서 모심고 논매고 할 때 으레 농가(農歌)를 부르기 마련인데 이때에 농악의 반주가 있으므로 농가와 농악은 늘 서로 붙어 다니기 마련이라고 하였다. 이는 곧 농악에 타악기만의 연주 기능만 있는 것이 아니라 성악적인 요소도 포함되는 것으로 보는 견해라 할 것이다.

정병호[328] 지신밟기(마당밟기)와 경상도 서남지방의 농악, 그리고 전라도농악 판굿의 노래굿을 포괄적으로 지칭하여 '노래굿'이라고 하였다. 특히 그가 채록한 김제농악 백남윤의 노래굿[329]은 현존하는 호남우도농악의 노래굿 중에서 가창자가 분명하고 사설이 온전하게 채록된 유일한 것으로 사료적 가치가 크다고 할 것이다. 다만, 지신밟기의 고사소리와 판굿의 노래굿을 동일하게 '노래굿'으로 분류하는 것은 재고할 필요가 있을 것으로 본다.

이보형[330]은 호남과 영남좌도농악의 판굿에 농악대원들이 민요를 합창하는 것을 소리굿이라고 하였다. 강릉농악 판굿의 '농사풀이'에서도 '오독데기'와 같은 민요를 선창하는 경우가 있고, 또 강릉농악 고로(古老) 상쇠 정선화(鄭善和)의 증언에 따르면 강릉농악에도 메기고 받는 형식의 소리굿이 있었다고 하므로 이 소리굿을 복원할 것을 주장하였다. 이 견해는 전국의 농악 판굿에 거의 다 노래굿이 존재했을 가능성을 열어 두고 있는 것이라고 볼 수 있다.

김헌선[331]은 김덕수 사물놀이패가 부르는 '월산요'가 웃다리 지역의

---

327) 임동권(1978), 「농악과 생활사·농경생활자의 반주」, 『문학사상』 9월호, 문학사상사, 226~227쪽.

328) 정병호(1983), 「현장을 통해 본 농악의 특징과 전승문제」, 『문예진흥』 1월호, 한국문화예술진흥원, 78쪽.

329) 정병호, 「김제농악과 백남윤의 농악기록보」, 문화예술 1985년 8월호, 한국문화예술진흥원.

330) 이보형(1985), 「강릉농악의 특질」, 『강원민속학』3, 강원민속학회, 41쪽.

것인지에 의문을 제기하고 호남지역의 노래굿 사설 네 종류를 거론하면서 '월산요'가 이 지역 노래굿과 유사하다고 하였다. 그런데 사물놀이의 음반 1집에서 웃다리 가락의 서두에 편성되어 있던 '월산요'가 차기 음반부터는 일관되게 호남우도사물놀이의 서두에 나오는 걸로 보아 호남농악에서 차용해 간 것으로 짐작할 수 있다.

김익두332)는 농악의 성악적 요소는 두레굿의 노동요나 판굿의 노래굿과 같이 특정한 상황과 과정에서 나타난다고 하였다. 그에 따르면 농악 판굿에서 음악, 무용, 연극적 제 요소들은 상호 침투되면서 동시적으로 진행되기도 하고 각 요소들 중 하나가 반복, 순환 축적을 통해 지배적인 요소가 되었다가 다른 요소에게 주도권을 넘겨주는 순차적 자극을 반복하기도 하여 마침내 청관중의 신체적 참여욕구를 불러일으켜 일시적으로나마 청관중들이 공연자로 변신한다. 이 논의는 농악에서 공연요소들의 상호작용 양상을 공연 이론에 의거하여 분석한 것으로서 일정한 학문적 의의를 가진다.

그동안 전국적으로 조사, 보고된 노래굿은 호남지방이 압도적으로 많다. 절차와 사설, 음악적 측면에서 살펴볼 때 호남지방의 노래굿들은 서로 유사하며 타 지방의 노래굿과는 두드러진 차이를 보인다. 또 일반적으로 판굿의 가락이나 절차, 진법, 복식, 신체동작 면에서 유사성보다는 차이점이 많다고 알려진 호남 좌·우도 농악의 노래굿은 별다른 차이가 없는 걸로 보인다. 호남 이외 지방의 노래굿들은 대부분 사설이나 악곡이 기록되지 않은 채 명칭만 남고 전승이 단절되었거나 판굿의 '노래굿'이라 볼 수 있을 만큼 독자적인 과장(科場)으로 구성되어 있지 못하다.

---

331) 김헌선(1991), 『풍물굿에서 사물놀이까지』, 귀인사, 116~121쪽.
332) 김익두(1995), 앞의 논문, 104~107쪽.

여기에서 지칭하는 '노래굿'은 판굿 공연에서 치배들이 노래를 메기고 받으며 악기를 연주하는 공연형태에 한한다. 그러므로 '산세내력'이나 '액막이타령', '성주풀이' 등 판굿에 속하지 않는 텍스트들은 '노래굿'에 포함시키지 않기로 한다. 논에서 김매기 등을 할 때 풍물 반주에 맞추어 부르는 노동요 역시 포함시키지 않기로 한다. 그동안 전국적으로 조사, 보고된 노래굿은 호남지방이 압도적으로 많다. 절차와 사설, 음악적 측면에서 살펴볼 때 호남지방의 노래굿들은 서로 유사하며 타지방의 노래굿과는 두드러진 차이를 보인다. 또 일반적으로 판굿의 가락이나 절차, 진법, 복식, 신체동작 면에서 유사성보다는 차이점이 많다고 알려진 호남 좌·우도 농악의 노래굿은 별다른 차이가 없는 걸로 보인다. 호남 이외 지방의 노래굿들은 대부분 사설이나 악곡이 기록되지 않은 채 명칭만 남고 전승이 단절되었거나 판굿의 '노래굿'이라 볼 수 있을 만큼 독자적인 과장(科場)으로 구성되어 있지 못하다. 본 연구에서 대상으로 선정한 노래굿은 다음과 같다.

대 상 \ 구 분	가사	악보	시청각	판굿에서 노래굿의 위치
전북 진안군 성수면 중평마을 김봉렬의 판굿	○	○	음향 영상	영산 전후로 하며 노래굿 이후에는 잔지래기굿 – 일광놀이 – 도둑잽이 – 탈머리로 이어져 맺는다.
전북 남원시 금지면 상귀리 류명철의 판굿	○	○	음향 영상	판굿을 앞 굿과 뒤 굿으로 나누고 노래굿을 앞 굿의 후반에 배치, 후굿에서는 잡색놀음이 이어진다.
전남 화순군 동복면 한천리 노승대의 판굿	○	○	×	채굿 사이사이에 굿거리가 배치되어 있는데 오채 – 노래굿 – 육채 – 도둑잽이 – 칠채 – 승리굿순서로 진행된다.
전북 임실군 강진면 필봉리 양순용의 판굿	○	○	음향 영상	미지기 영산굿 다음이며 군영놀이 등의 놀음굿을 하고 도둑잽이 탈머리 등으로 이어진다.
호남 우도굿 판굿	○	○	음향	개인놀이를 마치고 노래굿을 한다. 뒤이어 콩동지기, 지와밟기, 도둑잽이, 탈머리 등이 이어진다.
김덕수 사물놀이패의 앉은반 사물놀이	○	○	음향	호남우도농악 사물놀이 가락의 서두에 '월산요'를 부른다.

<연구대상 노래굿>

앞서 밝힌 대로 호남 이외 지역의 노래굿은 전승이 기록되지 않은 채 단절되었으므로 연구의 제한점으로 인하여 논의의 효과를 기대하기 어려울 것으로 판단된다. 따라서 본 연구는 비교적 전승 상태가 양호한 호남지방의 노래굿으로 제한하기로 한다. 호남 우도지역의 노래굿은 사설은 기록되어 있지만 세세한 절차나 악곡의 장단, 선율이 채록, 또는 녹음되지 않은 경우가 대부분이다. 본고에서는 우도농악에서 유일하게 절차와 사설이 기록되고 소리가 녹음된 정읍농악 상쇠 현판쇠의 노래굿[333]과 호남 좌도지역의 노래굿 중에서 <표1>에서 보듯 선율, 장단, 사설, 절차, 공연자 등이 분명하게 채록된 화순, 임실, 남원, 진안 네 곳의 노래굿을 연구 대상으로 한다. 다만, 기창수의 좌도농악판굿 녹음 자료에 있는 노래굿은 남원농악 류명철이 함께 녹음에 동참하였고 류명철의 노래굿과 차이가 거의 없으므로 제외하였으며 김덕수 사물놀이패의 '월산요'는 판굿에서 공연한 것이 아니라 앉은반 사물놀이를 할 때 서두에 부르는 것이어서 음악적 측면만을 참고하였다.

(2) 노래굿의 공연방법

농악의 예술적 요소들은 음악, 무용, 연극 등이다. 농악은 이 모든 요소들－음악적 요소와 무용적 요소와 연극적 요소－이 서로 매우 긴밀하게 상호침투 결합하여 이루어진다.[334] 악기연주를 하면서 신체를 움직이는 무용이 동시에 진행되기도 하며 악기연주가 중심적으로 드러날 때는 무용적 요소나 연극적 요소는 상대적으로 약화되기도 한다. 연극적 요소가 전면에 두드러질 때는 악기연주와 무용동작이 중단되기도

---

333) 김익두 소장 녹음Tape, 1967년 녹음.
334) 김익두, 앞의 논문, 1995. p.105.

한다. 엄밀히 말하자면 농악의 제 요소들이 모두 동등한 비중을 차지하고 있지는 않다. 제일 중심적인 예술적 요소는 무엇보다도 음악적 요소일 것이며 악기연주에 동반되는 몸짓이나 진법, 즉 무용적 요소는 부차적인 요소라고 할 수 있다. 요컨대 농악은 음악이 지배하는 것이다.

농악의 음악은 치배 편성을 보면 알 수 있듯이 타악기가 중심이 되며 선율악기의 역할은 미약하다. 즉 농악의 음악은 타악기의 연주가 핵심이라고 할 수 있다. 그러나 좀 더 세밀히 관찰해 보면 농악의 음악에서 성악적인 요소가 차지하는 비중도 적지 않다. 축원농악인 마당밟이와 두레농악에서는 성악을 제외하고는 농악 자체가 성립되지 않는다. 마당밟이의 고사소리와 재담 등은 축원농악의 중심적 공연텍스트인 것이다. 또 두레 공동노동의 큰 특징의 하나는 '노래하며 일하는 것'이었다. 노래에 흥을 돋우고 박자를 넣기 위하여 논 두둑이나 일꾼 뒤에서 농악의 북이나 장구나 꿸과리를 쳐서 반주를 하기도 하였다.[335] 축원농악의 고사소리와 두레농악의 노동요에서뿐만 아니라 농악의 성악적 요소가 걸립농악 또는 연예농악 형태의 판굿에서도 드러나는데 이것이 통칭 노래굿/소리굿이다.

노래굿은 호남지방의 민요를 상쇠가 메기고 전 치배가 받는 형식으로 되어 있다. 호남 지방의 노래굿에서는 일명 '월선가/월산가'라고 하는 민요를 부르는데 이 '월선가'는 호남 지방 전체에 걸쳐 발견되는 토속민요이다. '월선가'는 '새타령'이나 '육자배기'처럼 특정한 민요의 명칭이 아니라 지역이나 가창자를 막론하고 가사에 "놀러가세 놀러가세 월선이 방으로 놀러가세"와 같은 구절이 포함되어 있기 때문에 편의상

---

335) 신용하, 「두레공동체와 농악의 사회사」, 『한국사회연구 제2집』, 한길사, 1984. 우리마당 복간본, 『민족극 정립을 위한 자료집2』, 1988. p.159.

부르는 명칭이다. 위의 구절이 나오는 민요는 대개 논(밭)매는 소리 등의 노동요에 다양한 형식으로 분포되어 있다. 본래 토속민요인 '월선가'가 어떤 경로를 통해 농악 판굿의 노래굿으로 유입되었는지는 정확히 알 수는 없지만 조사된 토속민요 '월선가' 대부분이 노동요에 포함되어 있으므로 두레농악에서 풍물반주에 맞추어 노동요를 부르는 가창형식이 판굿에 전이된 것으로 추측해 볼 수 있을 것이다.

노래굿의 공연은 ① 내는 가락→② 서두소리→③ 본 소리→④ 맺는 가락순으로 진행된다.

① 내는 가락은 노래굿을 시작하기 위한 사전 정지작업이라 할 수 있다. '어름굿', '노래굿 초다듬이'나 '열두마치'와 같은 가락을 연주하여 노래굿 대형으로 정비한다. 노래굿의 대형은 대개 겹원진, 삼겹원진, 사겹원진 등으로 구성된다.

② 서두소리는 "얼씨구나" 하는 외침소리[336]와 한시(漢詩)가창[337] 두 종류로 나눌 수 있다. 남원 노래굿은 외침소리만 내고 임실의 경우 외침소리 없이 한시를 가창한다. 진안은 외침소리와 한시가창 두 가지를 다 하며 정읍과 화순은 서두소리와 본소리의 구별이 없는데 화순 노래굿의 본소리에서 1절과 2절의 가사는 『推拘』의 오언절구 1-4행 전체를 따온 것이다. 이것은 서두소리가 퇴화하여 본소리에 편입된 것으로 볼 수 있다. 임실의 한시는 『推拘』의 오언절구 중 1행과 2행만 가창하고 진안은 『推拘』의 오언절구 중 뒤의 3행과 4행을 낭송한 다음 어름

---

336) 이 "얼씨구나" 하는 외침소리는 민요의 받는 소리라고 보기 어렵다. 일정한 선율에 얹어 부르는 것이 아니라 주위를 환기시키기 위해 큰 소리로 내지르는 고함소리에 가깝기 때문이다. 또 받는 소리는 메기는 소리 뒤에 반복적으로 나타나지만 노래굿의 외침소리는 서두에 한 번 출현한다.

337) 노래굿에서 가창되는 한시는 『推拘』에 실린 작자 미상의 시 "世事琴三尺 生涯酒一盃 西亭江上月 東閣雪中梅"와 당나라 두목(杜牧)의 시 「淸明」 "淸明時節雨紛紛 路上行人欲斷魂 借問酒家何處在 牧童遙指杏花村"이다.

가락을 치고 두목(杜牧)의 칠언절구「淸明」중 3행과 4행을 다시 가창한다. 화순을 제외하고 서두소리의 사이에는 어름가락이나 휘모리 등이 간주로 들어가는 게 보통이다.

③ 본소리의 시작과 함께 대형은 시계 반대방향으로 천천히 진행한다. 상쇠는 대열의 선두에서 메기는 소리를 한다. 본소리에는 반주와 간주가 따르는데 메기는 소리는 장구나 북만으로 반주하며 받는 소리나 간주는 꽹과리 연주가 첨가된다. 정읍, 임실과 남원은 반주와 간주가 각각 따로 존재하고 화순은 반주와 간주의 구별이 없으며 진안은 본소리의 반주 없이 노래 사이에 간주만 한다.

④ 본소리를 마치면 맺는 가락을 치면서 대형을 원진이나 겹원진으로 정리하여 노래굿 시작 이전의 대형으로 되돌린다. 맺는 가락은 모두 휘모리/두마치로 종결하되 정읍과 진안은 연결가락 없이 휘모리를 내고 임실과 남원은 각각 갠지갱과 일채를 낸다. 화순의 경우 육채를 맺는 가락으로 볼 수도 있지만 화순농악 판굿의 특성상 각 과장의 사이사이에 채굿이 삽입되어 있는 점을 감안했을 때 맺는 가락이 별도로 존재하지 않고 새로운 과장으로서의 육채가 나온다고 볼 수 있다. 이상과 같은 분석을 도표로 정리하면 다음과 같다.

대 상＼구 분	내는 가락	서두소리	본소리	맺는 가락
진안농악 노래굿	어름굿 – 노래굿초다듬이 – 두마치	외침소리+한시(漢詩)	7소절	두마치
화순농악 노래굿	삼채	없음	21소절	육채 – 삼채 – 이채
임실농악 노래굿	진다드래기 – 열두마치 – 인사굿	한시(漢詩)	7소절	갠지갱 – 휘모리
남원농악 노래굿	어울림굿 – 열두마치	외침소리	5소절	일체 – 잦은 삼채 – 휘모리
정읍농악 노래굿	어름굿	없음	3소절	휘모리

<노래굿의 구성>

(3) 노래굿의 선율, 장단, 사설

현전하는 다섯 지역의 노래굿은 상호 간 매우 유사한 음악적 특징을 지니고 있다. 그 유사성은 선법과 장단, 두 가지 측면을 고려했을 때 확연히 드러난다. 우연의 일치인지는 모르지만 선율이 전해지는 현전 노래굿은 모두 음이 'Sol – La – Do – Re – Mi'로 구성되어 있다.[338] 종지음은 Do와 Mi, 두 가지로 나타나는데 진안과 남원, 정읍 그리고 음악적으로만 참고한 김덕수 사물놀이패의 '월산요'가 Mi종지이며 임실과 화순이 Do종지이다.

<남원농악의 노래굿>

<화순농악의 노래굿>

장단은 일정한 리듬 패턴을 가진 완성형 장단이 아니라 3분박으로 이루어진 리듬이 다양한 횟수로 나타난다. 받는 소리와 메기는 소리의

---

338) 이 음계는 노래굿에 출현하는 음을 낮은 음부터 순차적으로 쌓아 구성한 것이다.

박자수가 같지 않고 기존에 알려진 장단 중에서 유사한 것을 찾기 어렵다. 이러한 점은 '월선가'가 토속민요라는 사실에서 비롯된다고 할 수 있다. '성주풀이'나 '액막이타령', '천지내력' 등 농악의 고사소리는 대개 전업적인 집단에서 다듬어진 것이어서 굿거리, 잦은 모리, 중모리 등의 장단이 사용되지만 토속민요인 '월선가'는 그러한 음악적 조탁의 과정을 겪지 않았으므로 3분박이라는 리듬 패턴은 존재하지만 박자구조가 들쭉날쭉 불규칙한 유패턴 불규칙형[339]의 형식을 유지하고 있는 것이라고 본다.

　노래굿의 음악적 특징을 표로 정리하면 다음과 같다.

대 상 ＼ 구 분	종지음	음계구성	장 단	채보자
김봉열의 노래굿	Mi	Sol－La－Do－Re－Mi	후렴: 8/♩ 메김소리: 17/♩	류장영
노승대의 노래굿	Do	Sol－La－Do－Re－Mi	후렴: 11/♩ 메김소리: 17/♩	박용재
양순용의 노래굿	Do	Sol－La－Do－Re－Mi	후렴: 14/♩ 메김소리: 20/♩	양진성
류명철의 노래굿	Mi	Sol－La－Do－Re－Mi	후렴: 8/♩ 메김소리: 16/♩	김정헌
현판쇠의 노래굿	Mi	Sol－La－Do－Re－Mi	후렴: 10/♩ 메김소리: 25/♩	김정헌
김덕수의 노래굿	Mi	Sol－La－Do－Re－Mi	후렴: 9/♩ 메김소리: 18/♩	김정헌

<노래굿의 음악적 특성>

　노래굿의 사설은 서두소리와 본소리로 나뉘고 서두소리는 다시 외침소리와 한시가창으로 구분된다. 외침소리는 '얼씨구나' 또는 '어리시구나'와 같이 짧은 감탄사인데, 이는 노래굿의 시작을 알리는 최초의 성악적 외침으로 공연자와 관객의 주의를 환기시키고 가창자의 목소리를 점검하는 다스름의 기능을 한다. 한시가창은 세간에 회자되는 유명한

---

339) 백대웅, 『전통음악개론』, 어울림, 1995, p.46.

한시의 일부를 선율을 얹어 노래로 부르는 것으로 양반문화의 일부를 모방, 수용한 것으로 볼 수 있다.

노래굿 본소리는 분량과 길이가 다양한데 공통적인 화소를 추려 보면 다음과 같다.

① 여러 가지 노래를 제안

② '월선이'를 찾아갔으나 부재중임

③ 관용적 구절

④ 노래굿 종료를 제안

①에서는 무료함을 달래기 위해 노래를 부를 것을 제안한다. "오늘도 하심심하니 노래 하나를 불러 보세"라는 구절로 시작하는데 이러한 서두는 '월선가' 이외에도 토속민요 중에서 베틀가나 모심기 노래 등에 간간이 등장하는 관용적인 구절이다. 여기서 거명되는 노래명도 다양해서 '옥설가', '세왕가'(이상 진안), '양양가', '춘향가', '독설가', '구구가'(이상 화순), '문일배'(임실), '옥설가', '시방가'(이상 남원) 등의 노래명이 나열된다.

진안과 남원의 '옥설가'는 조선형성, 산천발복, 명당나열 등을 중심내용으로 하는 민요[340]를 지칭하며 화순의 '독설가'는 이 '옥설가'의 와전인 듯하다. 남원의 '시방가'는 불교가사인 '회심곡'에 등장하는 저승을 지키는 열 명의 대왕을 열거하는 대목인 '시왕가'를 지칭하는 것으로 보인다. 실제로 '호남 좌도 농악의 판굿'[341] 노래굿 가사에 이 시왕

---

340) 이영식, 「장례요의 〈옥설가〉 수용양상에 관한 연구」, 한국민속학43, 한국민속학회, 2006. 6. p.380. 참조.
341) 홍현식 외, 앞의 책, 문화재관리국, 1967. p.144 - 149.

이 열거되고 있으며 진안의 '세왕가'는 이 '시왕가'의 와전으로 보인다. 화순의 '구구가'는 구구단을 소재로 사설을 엮은 노래이며 '양양가'는 조선시대 12가사의 하나이고 '춘향가'는 판소리 혹은 경기잡가의 일종인 '소춘향가'를 이르는 것으로 보인다. 임실의 '부일배'는 정확히 무슨 노래인지 알 수 없지만 제목으로 보아 '권주가'의 일종으로 짐작된다.

노래굿에서 거명되는 노래들은 민요, 불교가사, 가사 등 다양한 장르를 포함하고 있다. 거명되는 노래들 중 일부는 '○○가를 불러 보세' 하고 제안하는 정도로 그치는데 좌도농악 판굿 노래굿의 '시왕가'와 화순의 '구구가'는 실제 노래굿 도중에 부른다. 이것으로 미루어 노래굿에서 실제 거명되었던 노래들이 다 불렸을 수도 있음을 추정해 볼 수 있다.

②에서 등장하는 '월선이'는 '방'으로 놀러 간다는 것이나 '거문고'가 놓여 있는 등 여러 정황으로 미루어 유명한 기생이었을 것으로 짐작되는데 타 지역에서 '월선이'의 이름이 발견되지 않으므로 호남지방의 기생이었을 것이다. 호남지방의 토속민요들에는 '월선이'라는 인물이 빈번히 등장한다. 노래굿 본소리에서도 지역과 가창자를 막론하고 모두 '월선이'라는 인물이 일관되게 거명되고 있다.

놀러 가세 놀러 가세 에헤이야 월선이 방으로 놀러 가세
월선이는 어디 가고 에헤이야 거문고 한 쌍만 남았구나(남원)

놀러 가세 놀러 가세 월선이 방으로 놀러 가세
월선이는 어데를 가고 거문고 한 쌍만 걸려 있네(진안)

놀러 가세 놀러 가세 월선이 집으로 놀러 가세
월선이는 간 곳 없고 거문고 한 쌍만 걸려 있네(화순)

청사초롱 불 밝혀 들고 월선네 방으로 놀러나 가세(임실)

기생으로 짐작되는 '월선이'에게 놀러 가자는 권유와 '월선이' 집에 당도했지만 '월선이'는 부재중이고 거문고만 빈방 안에 걸려 있는 상황을 묘사하고 있다.

③에서는 민요나 타 장르의 노래들에서 관용적으로 쓰이는 구절들이 출현한다. 이 관용적 구절들은 노래굿 사설과 타 장르 노래와의 상호텍스트성을 나타내는데 지역에 따라 다양한 형태로 나타난다. 임실의 경우에는 ①과 ② 사이에 관용 구절이 추가되어 있고 남원은 이 부분이 생략되어 있다.

청천 하늘에 별도나 많고 요내 가슴에 수심도나 많다(정읍)

오란 데는 없네만은 갈 길이 바빠서 못 놀것네(화순)

돈 실러 가세 돈 실러 가세 영광법성으로 돈 실러 가세(진안)

노세 노세 젊어서 놀아 늙고 병들면 못 논단다
먼데 사람 듣기도 좋고 가까운 사람은 보기도 좋네(임실)

④는 노래굿을 마칠 것을 제안하는 대목이다.

그만저만 파향궁하세 북두칠성이 횅 돌아졌네(화순)

그만저만 파양궁허세 북두칠성이 앵 돌아졌네(진안)

북두칠성이 앵 돌아졌네 이만 저만 파양궁하세(임실)

마지막 대목의 '파양궁'이나 '파향궁'은 연회의 마지막에 부르는 파연곡(罷宴曲)의 와전으로 보인다.

(4) 농악에서 노래굿의 기능과 의의

판굿은 농악의 기능적 예술적 미학적 요소가 집약적으로 드러난 공연양식으로 농악의 구성요소가 모두 포함되어 있다. 대개의 경우 판굿 공연에서 노래굿은 중, 후반에 나타나는데 잡색들의 연희인 도둑잽이 이전에 편성된다. 판굿에서 노래굿 이전의 과정은 주로 악기연주와 진법(풍류굿, 채굿, 호호굿)에 치중한다. 노래굿 이후의 과정에서는 무용과 놀이(영산, 춤굿, 수박치기, 등지기 등)가 강화되고 그런 연후에 도둑잽이 등의 잡색놀음이 공연된다.

각 지역별 판굿에서 노래굿의 위치를 살펴보면 다음과 같다.

대상＼구분	노래굿 이전의 과정	노래굿 이후의 과정
김봉열의 노래굿	어름굿 – 마치굿 – 품앗이굿 – 늦은 삼채 – 호호굿	영산 – 춤굿 – 반잔지래기 – 왼잔지래기 – 돌굿 – 일광놀이 – 도둑잽이
노승대의 노래굿	판어울림굿 – 일채 – 영산 – 이채 – 풍년굿 – 삼채 – 호호굿 – 사채 – 구정놀이 – 오채	육채 – 도둑잽이 – 칠채 – 등밀이굿
양순용의 노래굿	어름굿 – 외마치질굿 – 오채질굿 – 채굿 – 호허굿 – 풍류굿 – 방울진굿 – 미지기영산	돌굿 – 영산굿 – 수박치기 – 등지기 – 군영놀이 – 도둑잽이 – 탈머리굿
류명철의 노래굿	어울림굿 – 입장굿 – 풍류굿 – 채굿 – 진풀이굿 – 호호굿 – 영산	춤굿 – 등지기 – 미지기 – 도둑잽이 – 탐모리 – 문굿 – 점호굿 – 헤침굿 – 재능기
현판쇠의 노래굿	낸드림질굿 – 질굿 – 풍류굿 – 양산도 – 삼채 – 호호굿 – 미지기굿 – 일광놀이 – 영산다드래기 – 개인놀이	콩동지기 – 등마추기 – 앉은진풀이 – 지와밟기 – 도둑잽이 – 탈머리굿 – 탈복굿

<판굿에서 노래굿의 위치>

판굿은 공동체의 집단적 신명을 쇄신하고 강화한다. 인간의 신명은 신체동작과 음성으로 발현된다. 농악은 계절이 순환하고 밀물과 썰물이 반복되듯이 타악기인 풍물의 강렬한 기악연주를 중심으로, 일정한 음악

과 무용적 동작과 연극적 행동을 끊임없이 반복, 순환, 축적해 나아감
으로써 공연을 이루어 나간다.342) 농악의 판굿은 타악의 반복→신체의
진법과 무용의 강화→언어적 충동 발생→성악의 강화→신명을 종합적
으로 드러내는 잡색놀음의 순서로 짜인다.

먼저 판굿의 초반에는 타악의 반복을 통하여 집단적 리듬을 불러일
으킨다. 이때의 무용 동작은 비교적 느리고 단순하다. 타악기 연주의
반복, 순환, 축적이 거듭되면서 타악기 리듬에 자극받은 신체의 운동이
활성화되어 진법과 무용이 강화되기 시작한다. 농악의 타악은 신체적
집단신명을 강화하지만 음성적 측면의 신명을 불러일으키는 장치가 부
족하다. 강화된 리듬과 신체동작을 통하여 언어적 충동이 발생하는데
이는 원시시가의 발전이 무용에서 시가로의 발전을 거치는 것과 같은
원리라 할 수 있다. 이 언어유희의 충동을 통하여 성악적 집단 신명이
발현되고 이 신명을 구축하는 역할을 하는 것이 노래굿이다. 타악이나
무용이 만들어 내는 신명은 셰크너(Richard Schechner)가 총체적 고조의
긴장성(total high intensity)343)이라고 명명한 것과 같은 것이다. 경쾌한
규칙장단에 맞추어 전 치배가 율동을 하면서 일정한 형태의 대열을 만
들고 해체하는 반복을 거치면서 점차적으로 리듬과 율동이 빠르게 고
조되어 휘모리장단에 급격하고 숨 가쁜 신체동작(연풍대, 자반뒤집기)
을 연출하는 것은 고도의 흥분과 각성을 불러일으키게 된다.

반면에 노래굿이 만들어 내는 성악적인 신명은 격렬한 클라이맥스로
상승되지는 않는다. 평탄한 선율진행의 축적-반복이 만들어 내는 차

---

342) 김익두, 앞의 논문, 1995. p.118.

343) Schechner, Richard, Between Theatre & Anthropology, Philadelphia, University of
　　　Pennsylvania Press, 1985(김익두 옮김, 『민족연극학』, 전주, 신아출판사, 1993). p.17-18.

분하고 규칙적인 선후창은 오히려 총체적 저조의 긴장성(total low intensity)[344]을 지향하고 있다고 볼 수 있다. 물론 농악 공연은 본질적으로 클라이맥스를 지향하며 판굿의 각 과장들도 독자적인 클라이맥스를 지닌다. 그러나 판굿 전 과장 중에서 노래굿은 그 어느 과장보다 차분한 도취의 신명을 지향한다. 이러한 성악적 신명은 선행되었던 타악, 무용의 신명과 결합하여 종합적인 잡색놀음으로 이어진다.

농악은 인간 신체의 전체를 동원하여 집단적인 신명을 도출한다. 그를 위해서 악기연주와 무용 등의 신체행위와 언어적 측면의 가창행위가 결합되어야 한다. 노래굿을 공연텍스트에서 삭제하면 언어적 신명을 제외시키는 것이 되므로 집단적 신명을 불러일으키는 데 장애가 되기 때문에 판굿에서 노래굿은 반드시 거쳐야 하는 과정인 것이다. 표면적으로 사소해 보이는 노래굿이 인지도가 높고 농악이 발달된 지역의 판굿에 필수적으로 삽입되어 있는 것은 바로 이러한 이유 때문일 것이다.

지금까지 농악의 성악적 요소 중 상대적으로 주목받지 못한 노래굿을 살펴보았다. 호남 이외의 지방의 노래굿은 전승이 기록되지 않은 채 단절되었거나 미발달된 것을 확인하였다. 호남지방의 노래굿이 가장 주목할 만한 공연텍스트로 남아 있는데 특히 호남 우도지역보다 호남 좌도지역의 노래굿이 선율, 장단, 사설, 절차, 공연자 등이 분명하게 채록되었으며 현재에도 공연되고 있다. 노래굿에서 부르는 '월선가'는 호남지방의 토속 노동요에서 다수 발견되므로 두레농악의 일부가 판굿에 옮겨 온 것으로 추측할 수 있다. 현전하는 노래굿은 출현음을 낮은 음부터 순서대로 정리하면 'Sol – La – Do – Re – Mi'로 음계가 구성되어 있다. 종지음은 Do와 Mi 두 가지로 나타나는데 진안과 남원, 정읍, 김

---

344) Schechner, Richard, ibid, p.17 – 18.

덕수 패의 '월산요'가 Mi종지이며 임실과 화순이 Do종지이다. 장단은 3분박이라는 리듬 패턴은 존재하지만 박자구조가 불규칙한 유패턴 불규칙형의 형식을 유지하고 있다.

노래굿의 사설은 서두소리와 본소리로 나뉘고 서두소리는 다시 외침소리와 한시가창으로 구분된다. 노래굿 본소리는 분량과 길이가 다양한데 공통적인 화소 추려 보면 ① 여러 가지 노래를 제안, ② '월선이'를 찾아갔으나 부재중임, ③ 관용적 구절, ④ 노래굿 종료를 제안 이렇게 부류할 수 있다.

농악의 판굿은 제 요소들의 반복, 순환, 축적을 통해 집단적 신명을 불러일으킨다. 농악의 예술적 요소들은 매우 긴밀하게 상호침투 결합하여 이루어진다. 악기연주, 노래가창, 신체동작, 연극 등의 요소들이 동시에 진행되기도 하며 상대적으로 약화되어 다른 요소들에게 중심적 지위를 내주기도 한다. 노래굿은 악기연주를 부차적인 수단으로 삼고 노래가창을 중심적 지위에 놓고 차분한 도취의 신명을 이끌어 내며 청관중들에게 다양한 예술적 장르를 선보임으로써 종합예술로서의 농악을 각인시킨다. 격렬한 악기연주와 신체동작, 그리고 복잡한 절차와 의미구조를 내포하고 있는 잡색놀음 사이에 출현함으로써 농악을 구성하는 제 요소들 간의 균형자로서 의의를 가진다. 요컨대 노래굿은 농악에 삽입되어 성악적 신명을 강화하는 공연 텍스트라고 할 것이다.

4) 농악대 마당밟이 고사소리의 제의성

마당밟이는 마을 자체의 농악대가 조직되거나 전업적인 농악인을 초청하여 진행하는 제의로서 마을 구성원들 내부의 공연텍스트이면서 동시에 원정 나간 걸립패의 공연텍스트이기도 하다. 마당밟이 중 대청마루 앞에서 소반에 쌀, 북어, 명주실 등을 놓고 성주굿을 할 때 불리는 고사(告祀)소리가 있다. 고사소리는 마당밟이를 할 때 부르는 의식요(儀式謠)이며 한 개인에 의해 구체적 시, 공간에서 창작된 것이 아니라 오랜 세월에 거쳐 전승되고 변형되고 선택된 집단적 창작물이다.

이 고사소리는 집안의 각 장소에서 불리는 소리들 중 가장 풍부한 내용 및 양상을 보이는데 호남지역 농악대의 고사(告祀)소리는 웃다리 농악이나 영동, 영남농악 등에서 불리는 고사(告祀)소리에 비해 그 양상이 다기하다. 한국의 고사소리는 크게 절 걸립패계통, 성주굿계통, 광대고사소리계통의 세 가지로 분류된다.[345] 광대고사소리계통 고사소리는 충남과 호남 일대에 분포되어 있다고 알려져 있는데 이 계통의 고사소리에는 주로 서두에 '천지생성내력'이나 '산세풀이' 등이 포함된다. 현재 호남좌도지역에서 고사소리의 가창자가 생존해 있어서 실제 공연에 고사소리를 사용하는 곳은 남원지역이 유일하다. 남원농악의 고사소리도 '산세풀이' 등으로 서두를 여는 고사소리에 속한다.

마당밟이는 마을 전체를 돌며 며칠에 걸쳐 이루어지므로 한 집에서 오랫동안 머물 수는 없다. 따라서 가정의 상황에 따라 빨리 끝을 내어야 하는 경우에는 아예 고사소리를 하지 않고, 그 집에서 농악대에 후하게 대접을 해 주어서 격식을 갖추어서 답례를 해야 할 경우에는 '산세풀이'부터 시작하여 고사소리의 전 과정을 부른다. 남원농악의 고사소리는 크게 9가지로 부분으로 나뉘어 있다.

---

345) 손태도(2001), 「광대 고사 소리에 대하여」, 『한국음반학』11, 한국고음반연구회, 73쪽.

순서 \ 구분	내 용	장단/반주	음 계
산세풀이	중국 곤륜산에서 시작된 산세가 백두산 등을 거쳐 이 집까지 이어져 내려오고 있음을 노래	중모리/북반주	Sol - La - Do - Re - Mi
집터축원	집터가 명당이어서 온갖 부귀와 영화를 누릴 것을 축원함		
성주풀이	성주가 뿌린 솔 씨가 자라 집의 재목이 된다는 내용과 여러 가지의 유희적 사설들	굿거리/장구반주	
비단타령	다양한 종류의 비단을 집안으로 불러들임	잦은몰이/북반주	
화초타령	온갖 화초로 집안을 꾸밈		
패물타령	갖은 패물로 집안을 채움		
액막이타령	정월부터 동지까지 각 달에 드는 액을 그 달에 든 세시일로 막자고 하는 달거리 노래	잦은몰이/장구반주	Mi - Sol - La - (Si)Do - Re
업타령	집안을 지키는 업을 불러들임		
노적타령	노적을 불러들여 가득 채움		

　　'산세풀이'는 중국 곤륜산에서 시작되어 우리나라 백두산으로 처음 들어와 현재 노래하고 있는 곳으로 내려오고 있다. 이렇게 노래 초반부에 '산세풀이'가 노래되는 것은 지금 현재 노래되는 곳의 기원을 말하면서 소리 자체의 제의성을 확보함과 동시에 현재 노래되는 곳의 신성성을 높이기 위해서이다.

고설고설 고사로다 섬겨드리자 고사로다 안아드리자 고사로구나
천상의 광한정은 궁궐지웅이요 지하의 곤륜산은 산악지조종이라
곤륜산 일지맥 떨어져서 흐늘거리고 내려오다 조선 백두산이 생겼구나
백두산 일지맥 떨어져서 아장거리고 내려오다 강원도 금강산이 생겼구나
금강산 일지맥 떨어져서 흐늘거리고 내려오다 서울 삼각산이 생겼구나
삼각산 일지맥 떨어져서 아장거리고 내려오다 충청도 계룡산이 생겼구나
계룡산 일지맥 떨어져서 흐늘거리고 내려오다 전라도 지리산이 생겼구나
지리산 일지맥 떨어져서 아장거리고 내려오다 남원 교룡산성이 생겼구나
교룡산 일지맥 떨어져서 아장 주춤 내려오다 이 댁 대산수가 생겼구나
〈남원농악상쇠 류명철 창〉

그런 관계로 이 소리들의 서두는 소리 자체의 권위를 높이기 위한 의미로 제일 첫 부분에 '섬겨드리자 고사로구나 모셔드리자 고사로구나' 라는 사설이 노래되었다.[346]

고사소리의 두 번째 대목인 '집터축원'에서는 집터가 명당인 것을 밝히고 가정축원을 노래하였다. 광물과 식수와 가축에 대한 축원에서는 불가능한 사실을 가능한 것처럼 말함으로써 가정의 부귀에 대한 소망을 극대화하였다. 이렇게 불가능한 일이 현실 가능한 것으로 전환되는 근거는 이 집터가 명당이기 때문이다.

〈남원농악상쇠 류명철 창〉

호남좌도농악의 마당밟이에서 성주굿의 형태는 크게 세 가지 유형으로 나뉜다. 첫째, 고사소리가 존재하지만 그와는 별도로 독립된 소규모 성주굿이 존재하면서 '성주풀이'가 성주굿에 포함된 경우(진안농악, 화순농악)와 둘째, 고사소리는 존재하지 않는 가운데 독립된 소규모의 성주굿이 존재하면서 그 가운데 '성주풀이'가 삽입된 경우(임실농악), 독립된 과장의 성주굿은 존재하지 않지만 방대한 분량의 고사소리가 존재하며 고사소리 안에 '성주풀이'가 포함되어 있고 고사소리 자체가 성주굿의 역할을 하는 경우(남원농악) 등으로 나눌 수 있다.

---

346) 최자운(2007), 앞의 논문, 71쪽.

이 중에서 남원농악의 고사소리는 구조와 내용의 측면에서 볼 때 전북의 단골무 전금순의 성주굿과 매우 유사하다. 전금순 단골의 성주굿은 크게 '내림'과 '성주굿'으로 되어 있는데 '내림'에는 치국잡이와 산세내력이 포함되어 있고 '성주굿'에는 성주재목내기, 명당터잡이, 비단타령, 성주풀이, 화초타령, 업맞이 등이 있다.[347] 이것을 남원농악의 고사소리와 비교해 보면 다음과 같다.

전북 단골무 전금순의 성주굿			남원농악 류명철의 고사소리
내림	치국잡이		산세내력
	산세마련		
성주굿	성주모시기	성주재목내기	성주풀이
		명당터잡이	집터축원
		비단타령	비단타령
	성주풀이	성주풀이무가	성주풀이
		화초타령	화초타령
		업맞이	업타령

남원농악의 마당밟이에서 독자적인 과장으로서의 성주굿은 존재하지 않지만 무당굿의 성주굿과 남원농악의 고사소리가 내용과 구조 면에서 상당 부분 일치하고 있는 것으로 보아 고사소리가 곧 성주굿의 역할을 하고 있음을 알 수 있다. 이러한 사실은 고사소리가 무가로부터 기원했다는 가설을 뒷받침하는데 다음의 몇 가지 사례는 이러한 추측에 신빙성을 더해 준다.

첫째, 호남 지방에는 무속인 출신의 전문 농악인들이 상당수 있었다. 호남 지방의 무속인들은 농악, 판소리, 기악 등에서 광범위하게 활동했

---

347) 이영금(2007), 『전북씻김굿』, 민속원, 97~120쪽 참조.

던 것으로 알려진다. 정읍의 세습무 전금순의 증언에 의하면 김광래로 부터 무의식을 사사하였는데 김광래는 정읍지역의 전문 농악인으로도 활동하던 사람이었다. 한편 남편 성기남 씨는 김광래 농악단에 따라다 니면서 소고를 쳤으며 그 밖에 소리판에서 판소리도 부르고, 북도 치는 재인이었다. 전금순에 의하면 농악의 명인 전사섭, 전사종, 전이섭 등 이 무계 출신이면서 그의 아버지와는 사촌 간이다.[348] 정읍 지역의 신 기남도 본시 무계 출신이었던 것으로 알려진다. 남원농악 상쇠 류명철 역시 전문 농악인들은 평민과 무속인 출신으로 구분되었고 양자 간의 신분적 갈등이 존재했다고 증언하였다.

둘째, 무속인출신이 아닌 농악인들이 무속인으로부터 고사소리를 배 우기도 하였다. 일찍이 류명철 상쇠는 고사소리를 인근의 무속인 집안 의 소리꾼을 자기 집으로 초빙하여 배웠다고 증언하였는데 이는 고사 소리와 무가의 관련성을 입증하는 실례라 할 수 있다.

셋째, 호남지방의 무가에 고사소리와 흡사한 대목이 존재한다. 위에 서 살펴본 바와 같이 무속인 출신의 농악인들이 많은 것이나 평민출신 의 농악인들이 무속인들로부터 고사소리를 배우기도 하였다면 무가와 고사소리는 많은 부분이 일치하거나 유사해야 할 것인데 아래의 자료 에서 그러한 점이 드러난다.

> 에루 액이야 에루 액이야 어기엉차 액이로구나
> 정월 이월에 드는 액은 삼월 사월에 막고
> 삼월 사월에 드는 액은 오월 단오에 다 막아낸다
> 오월 단오에 드는 액은 유월 유두에 막고
> 유월 유두에 드는 액은 칠월 칠석에 다 막아낸다

---

348) 이영금(2005), 「전북지역 무당굿의 전반적 성격과 공연학적 특성」, 『공연문화연구』10, 한국공 연문화학회, 287~294쪽 참조.

칠월 칠석에 드는 액은 팔월 한가위 막고
팔월 한가위 드는 액은 구월 귀일에 다 막아낸다
구월 귀일에 드는 액은 시월 모날에 막고
시월 모날에 드는 액은 동지섣달에 다 막아낸다
〈남원농악상쇠 류명철 창〉

이 액맥이타령은 남원농악에서 마당밟이를 할 때 집안에 들어가 부르는 소리다. 전북 무가에도 이와 유사한 액맥이타령이 있다.

어 허루 액이야 어 허루 액이야 어그 영차 액이로고나
정월에 드던 액 이월 영등의 막어내자 삼월에 드던 액은 사월 초파일 막어내세
오월에 드던 액 유월 유두로 막어내고 칠월으 드던 액 팔월 보름의 막어내고
시월으 드던 액 동지 진상으 막어내세 키 큰 놈 재앙 발 큰 놈 재앙 재물 손 재
앙 비개 재앙 떠얼썩 막어내세
〈군산 세습무 김봉순의 성주굿 사설〉

남원농악과 전북무가의 액맥이타령은 월령체 형식으로 된 점이나 연쇄법을 사용한 것 등에서 유사한 점이 돋보이는데 다만 무가의 것이 좀 더 장황하다. 업타령의 경우에도 사정은 마찬가지다.

에루 업이야 에루 업이야 어기영차 업이로구나
만경대 구름 속에 학선이 업도 들어오고
야월공산 깊은 밤에 귀촉도 불여귀 두견이 업이 들어온다
두껍이 업일랑은 장광으로 모셔들이고
인생의 업일랑은 머리 곱게 단장하여 방안으로 모셔들이자
순담양 왕대밭에 쟁기업으로 들어온다
〈남원농악상쇠 류명철 창〉

어그 영차 운이요 어그 영차 업이로구나
수문장 수문장 수문장 두꺼비 업도 엉금엉금 기어들고
징게 맹경 외애미 뜰이 떼구름의 쌓여 학선이 업도 맞어들여

순대명 골짝골짝 대밭 안에 서렴서렴 서려 있는 사업도 맞어디려
슬금슬금 슬금슬금 새려드요
물 업은 흘러들고 학선이 업은 날아들고 사업은 새려들고
아인 업은 걸어들고 우마 업은 까시긴 소리 나게 에헤 −
딸각딸각 달각달각 소리내며 우마업이 들어오요
〈정읍 세습무 전금순의 굿 사설〉

이상으로 남원농악의 고사소리와 무가의 사설이 내용과 형식 면에서 상당부분 일치한다는 것을 알 수 있었다.

호남좌도지역의 '성주풀이'는 유희를 목적으로 불리는 통속민요 '성주풀이'이다. 남원농악의 경우는 포장걸립농악의 경험을 엿볼 수 있는 대목까지 포함되어 있다.

〈받는 소리〉
에라 만수에라 대신이야 대활연으로 설설히 나리소서
〈메기는 소리〉
1. 성주야 성주로다 성주 근본이 어드메뇨 경상도 안동땅 제비원의 본이라
제비원에 솔 씨 받아 서천 대천에 던졌더니 이 솔이 점점 자라나 청장목이 되고
황장목이 되고 도리 지둥이 되었구나
2. 웃동네 먹움들아 아랫동네 먹움들아 성주목을 내러가자
서른세 명 역군들이 옥도끼를 둘러메고 만첩청산에 들어가
소산에 소목내고 대산에 대목 내어 원근산천에 칡을 떼어 궁궐 뚫어 떼를 무어
양곡지천에 흐른 물에 슬렁슬렁 내려다가 이 댁 성주를 모셨단다.
3. 왕왕의 북소리는 태평연월을 자랑하고 둘이 부는 피리소리 쌍봉학이 춤을 추고
소상반죽 젓대소리 연극장에 오신 손님 어깨춤이 절로 나누나.
〈남원농악상쇠 류명철 창〉

좌도농악 고사소리의 음악적 측면을 살펴보면 '비단타령', '패물타령', '액막이타령', '업타령', '노적타령'은 남도지방의 대표적인 민요인 '육자배기'의 선법과 음계[349]의 특징을 가지고 있다. 음계는 'Mi − Sol

- La - (Si)Do - Re'로 '라'음인 본청을 중심으로 본청의 아래청은 '떠는 목'인 '미'음이며 '꺾는 목'은 본청인 '라'보다 단3도 위 음인 '도'에서 '시'로 꺾어 내리는 구조를 가지고 있다. 이러한 선법은 전형적인 남도 육자배기 선법이라고 할 수 있다. 중모리(산세풀이, 집터내력), 굿거리(성주풀이), 자진모리(비단타령, 액막이타령, 업타령, 노적타령, 패물타령) 등이 쓰인다. 한 가지 특이한 점은 '산세풀이', '집터축원', '성주풀이'는 음계가 경기도 지방의 창부타령 음계인 'Sol - La - Do - Re - Mi'로 되어 있다는 점이다. 그러나 시김새의 측면에서 볼 때는 창부타령의 선법을 사용하고 있지는 않으며 종지음도 창부타령과 다르다.[350] 전라도 민요는 통속민요에서 미 음계(육자배기 음계)가 가장 많이 보이지만 농사짓기 소리(농요)에서는 솔 음계가 의외로 많이 나온다.[351] 이러한 점을 감안했을 때 남원농악의 소리에서 솔 음계의 출현을 이질적인 것이라고 보기는 어려울 것이다.

호남좌도농악의 고사소리에는 다른 지방에서는 찾아볼 수 없는 '비단타령', '패물타령' 등이 존재한다. 이는 판소리의 출발이 호남이었던 만큼 아무래도 그 영향을 받았을 가능성이 다분하다.

> 온갖 비단이 나온다. 온갖 비단이 나온다. 요간 부상의 삼백 척 번떳다 일광단, 고소대 악양루 적성아미가 월광단, 서왕모 요지연의 진상하던 천도문, 천하주구 산천초목 그려내던 지도문, 등태산 소천하의 공부자의 대단, 남양초당의 경 좋은데 천하영웅 와룡단, 사해가 분분 요란허니 뇌고함성에 영초단 (이하 생략)
>
> 〈박녹주 창본 흥보가〉[352]

---

349) 전통음악의 음조직을 가리키는 말로 '음계'란 용어를 쓰고, 특정곡의 시김새를 설명할 때는 '선법'이라는 말을 쓴다. 백대웅 외(1995), 앞의 책, 41쪽.

350) 창부타령의 종지음은 '솔'이지만 월선가의 종지음은 '미'이며 성주풀이의 종지음은 '도'이다.

351) 백대웅 외(1995), 앞의 책, 62쪽.

352) 박송희 편(1988), 『박녹주 창본 흥보가』, 집문당.

에루 비단 에루 비단 소환부사 삼백 척 번듯떴다 일광단 악양루 고소대 적선애미
가 월광단 등태산 소천하 공부자의 대단이요 임 보내고 홀로 앉아 독수공방 상사단
튀겨주마 혹을 달아 행화추풍에 장원주 화란춘성 만화방창 봉접분분에 낙화단 해남
포 육진포 상부문포 조적이며 남능갑사 운문이며 토주 분주 명주 조포 부포 황제포
며 도실마포 나주세목 일곱세 두 번 조세까지 꾸역꾸역 들어오니 어찌 아니가 좋을
소냐 섬겨드리고 가자 고사로다

〈남원농악상쇠 류명철 창〉

금패 호박 밀화며, 산호 진주 청강석 유리 진옥 수만호 대모 서각 고래수염 사향
용뇌 우황이며, 용주 한충 이궁전이 꾸역꾸역 다 나오고 온갖 쇠가 다 나온다. 황금
적금 백동이며, 오동 주석 놋쇠며, 유납구리 말근 짐생동 무쇠 시우쇠 안방 세간 볼
짝시면 삼층 이층 외층장, 오흡삼흡 자드리 상자(이하 생략)

〈신재효본 흥보가〉

패물을 부른다 패물을 부른다 황금 적금 순금이며 십상천은 오동이요 백통변통
구리 주석 봉쇠 열쇠 철나무쇠 더디 녹용 난삼이며 산삼 사삼 가삼이며 해권 용래
주사 당사향 인황우황 청담 백담 흑담이며 산재담 웅담이며 동행무궁에 도침 당침
세침 가진 죽절 용봉장 근봉채며 나부장 국화장에 월태화용 단장할 제 면경 채경
없을소냐 분통 치통 지고통 경명주사 북도다리 원삼나삼 아얌이며 족도리까지 꾸역
꾸역 꾸역이 들어와서 재개 주산 되었으니 어찌 아니가 좋을소냐 섬겨드리고 가자
고사로다

〈남원농악상쇠 류명철 창〉

이 '패물타령'은 신재효 본 이후 20세기에 정리된 흥보가에서는 발
견되지 않은 것이 주목할 만하다. 흥보가는 판소리 공연자들에 의해서
선택(collection)과 변이(variation)가 많았다. 예컨대 놀부 박타는 대목이
소리꾼들에 의해 대폭 축소되거나 삭제된 것이 그것이다. 신재효 본에
나오는 '패물타령'이 현재 전승되는 판소리에서 삭제되었다는 사실도
소리꾼들에 의한 삭제일 가능성이 매우 높다. 반면에 호남의 고사소리
에는 '패물타령'이 엄존하고 있으며 진안과 남원의 고사소리는 아니리
와 소리로 구분될 만큼 판소리의 형식을 갖추고 있다. 남원농악을 위시

한 호남 동부지역의 고사소리에는 판소리 흥보가와 유사한 '비단타령', '패물타령'이 있어서 판소리와 마당밟이의 교류를 입증할 수 있는 자료로 유의미한 가치를 지녔다고 판단된다.

농악에서 성주굿, 고사소리 등의 마당밟이는 제의적 성격이 매우 강한 공연 유형이다. 이것은 본래 무속인이 담당하던 무속적 제의였기 때문이다. 무당은 신내림을 받으면서 존재와 의식에서 지속적 변환(transformation)[353]이 발생한다. 한번 변환된 무당의 존재와 의식은 공연의 시작과 종료에 관계없이 일생을 관통하여 지속된다. 이에 비해 마당밟이굿 공연에서 공연자는 존재와 의식의 측면에서 일시적 변환(transportation)[354]을 겪는다.

농악 공연자가 마당밟이굿을 하기 전에 마당에서 소규모의 판굿을 할 때는 공연예술의 수행자이지만 마당밟이굿을 할 때는 제의의 주재자로서의 성격을 가진다. 공연자는 의식 속에서 자신이 엄숙한 제의를 진행하고 있음을 인지하며 마당밟이굿을 진행한다. 청관중 중에서 집주인은 바로 직전의 마당굿에서는 공연예술의 관람자였지만 마당밟이굿에서는 제의의 일부분을 담당하는 일주체로서의 역할을 하게 된다. 집주인은 공연의 객체가 아니라 주체로서 존재와 의식이 변환되어 무당굿에서 재가집이 하는 역할을 하게 되는 것이다.

이러한 존재와 의식의 변환은 마당밟이굿이 끝남과 동시에 변환 이전으로 환원된다. 환원은 두 가지 측면으로 나누어지는데 첫째, 공연 속으로의 환원, 둘째, 일상으로의 환원이다. 공연 속으로의 환원은 공연자가 제의 담당자에서 공연예술 담당자로, 집주인은 제의의 담당 주

---

353) 김익두 역(1993), 앞의 책, 3~7쪽.
354) 김익두 역(1993), 앞의 책, 3~7쪽.

체에서 공연예술의 청관중으로 존재가 환원되는 것이다. 그러나 공연자
와 집주인의 의식은 공연 이후에도 변환되지 않는다. 마당밟이굿을 통
하여 벽사진경의 의식을 행하였으므로 그러한 제의의 효력이 지속될
것이라는 믿음에는 변함이 없기 때문이다.

일상으로의 환원은 공연이 최종적으로 종료될 때 발생한다. 의식은
이 경우에도 환원되지 않지만 존재의 측면에서 보자면 공연의 종료와
함께 공연자와 청관중 사이의 구분은 사라지고 동일한 일상의 인간이
된다. 무당은 공연 이후에도 일상생활에서도 일반인과의 경계가 유지되
지만 마당밟이굿 공연자는 공연 이후에는 제의의 주재자로서의 신성성
이나 위엄을 가지지 않으며 신분적 차별 등을 겪지도 않는다. 존재가
고스란히 환원되는 것이다.

5) 갈등과 화해를 향한 몸짓, 잡색놀음

농악의 연희는 농악 판굿에 나타나는 일종의 연극과 제의, 의식이며
일반적으로 잡색놀음으로 불린다. 농악대에서의 잡색은 공연자임과 동
시에 관객과 공연자 사이를 이어 주는 가교이다. 공연자의 공연을 보조
하면서 관객의 시선이 판에 집중하도록 주의를 환기시키며 박수, 추임
새 등을 이끌어 낸다. 잡색놀음은 농악에 다양한 예술적 요소가 결합되
어 있다는 것을 보여 준다. 잡색놀음은 호남 지방에서 가장 발달하였는
데 경기, 충청은 농악 공연에서 잡색의 존재가 미미하여 독자적인 잡색
들의 역할을 찾아보기 힘들며 영남 지방은 잡색의 구성이 호남에 비해
단순하다.355)

잡색놀음은 후굿에서 나타난다. 전굿이 연예농악에서 주로 공연되는 텍스트라고 한다면 후굿은 마을굿이나 걸립굿 층위에서 공연되는 텍스트다. 도둑잽이굿은 일종의 연극이라 할 수 있으며, 문굿과 점호굿은 의식(ceremony)의 성격이 강하다. 남원농악 도둑잽이굿 – 문굿 – 점호굿은 일관된 인과관계에 의해 진행되는데 농악공연 속의 연극, 농악공연 속의 의식이 이루어지는 것이다. 농악의 잡색은 수장인 대포수, 양반, 조리중, 창부, 할미와 각시 두 명으로 편성되는데 이 각시들은 문굿에서 특별한 역할을 맡아 수행한다.

도둑잽이는 아군인 앞치배와 적군인 뒤치배(잡색)가 대립하여 아군이 승리하는 장면의 연출인데 아군과 적군의 화해할 수 없는 적대적 대립이 중심축을 이루고 있다. 도둑잽이의 놀이 과정은 다음과 같다.

① 상쇠가 모든 굿패를 거느리고 원진으로 돌다가 각각 상쇠와 부쇠를 수장으로 하여 두 줄로 대형을 이룬다.

② 상쇠가 줄 밖의 대포수와 마주 보고 옆걸음으로 논다.

③ 상쇠 줄과 부쇠 줄이 마주하여 영기를 사이에 두고 원을 이루어 판을 만든다.

④ 적군의 수장인 대포수를 위시한 잡색들이 원 안으로 들어가 노름판을 벌인다.

⑤ 노름판을 벌이다가 징소리가 나면 잡색들은 황급히 자리를 옮겨 다시 노름판을 벌이기를 수차례 반복한다.

⑥ 이러한 비도덕적 행위를 반복하는 적군(잡색)을 처단하기 위해 앞치배들이 재빠르게 원을 돌다 상쇠가 꽹과리채로 대포수의 목을 벤다.

⑦ 잡색들 당황하여 어쩔 줄을 모르다가 대포수의 손발을 주무르고

---

355) 김익두(1997), 앞의 논문, 209~212쪽 참조.

의원을 불러 진맥한다.

⑧ 의원의 사망선고가 떨어지자 삽시간에 울음바다가 된다.

⑨ 모든 치배들이 죽은 대포수를 관에 넣고 상쇠의 상여소리에 맞추어 판을 한 바퀴 돈다.

⑩ 운구 행렬이 판을 벗어나고 대포수는 이제 판에서 사라진다.

호남지방의 도둑잽이굿은 대포수가 부활하여 화해를 이루는 재생형과 대포수를 죽여 적대세력의 완전소멸을 이루는 참살형으로 구분된다. 남원농악의 도둑잽이는 참살형에 속하며 적대적 모순의 적대적 해결을 꾀한다. 또 김제농악356)의 일광놀이나 진안 중평농악357)의 도둑잽이에서는 잡색에 의해 꽹과리나 나발 등 앞치배의 기물을 도둑맞았다가 다시 되찾게 되는데 남원농악에서는 기물이 도난당하는 장면을 찾아볼 수 없다. 도둑잽이굿에서 '도둑'이 그 무언가 귀중한 것을 훔치는 존재라면 도둑이 훔친 것은 물건이 아니라 공동체의 윤리, 도덕이다. 성실한 공동체에 도박이라는 비윤리적 행위를 확산시킨 잡색들이야말로 가장 큰 '도둑'인 것이다. 도둑잽이에서의 대포수는 화해 불가능한 적대 세력의 수괴이지만 처형시킨 후에 아군의 수장인 상쇠가 몸소 운구 행렬의 선두에서 상여소리를 불러 줌으로써 비록 적이지만 망자에 대한 최소한의 예의를 지키는 아량을 보인다. 실제 공연에서 상쇠는 비장한 극적 인물의 성격을 강하게 지님으로써 관객의 웃음을 자아내는 잡색들과 선명한 대비를 이룬다. 대포수의 재생을 통한 화해를 거부하고 적장을 철저히 응징함으로써 공동체의 엄격한 규율을 세우는 비극적 종말은 도둑잽이굿 다음에 나오는 문굿, 점호굿의 군사적 의식으로 이어진다.

---

356) 정병호(1986), 앞의 책, 98~99쪽.

357) 이영배(2003), 「잡색놀음연구Ⅰ」, 『한국민속학』37, 한국민속학회, 224쪽 참조.

문굿은 탐(探)모리로 시작한다. 문굿의 탐모리는 도둑잽이굿에서 적장을 사살한 후 잔존세력들을 샅샅이 수색하여 소탕하는 장면을 연출한다. 문굿의 과정은 다음과 같다.

① 영기를 앞세우고 앞치배들이 상쇠 줄과 부쇠 줄, 두 패로 나뉘어 이열종대로 도열한다.

② 상쇠 혼자 대열 사이에 들어가 너설을 저으며 논다.

③ 사령관인 상쇠와 참모인 부쇠들이 두 줄 사이에 들어가 현란한 윗놀음을 보이며 논다.

④ 쇠잽이들이 제자리로 돌아가고 전 치배가 도열한 상태에서 허리를 숙여 전, 후, 좌, 우 일곱 걸음씩 걸으며 남아 있는 적을 수색한다.

⑤ 휘모리 가락을 치며 수색의 종료를 알린다.

⑥ 두 줄로 도열한 상태에서 상쇠가 영기에 걸려 있던 화관을 들고 춤을 추기 시작하면 모닥불이 피워진다.

⑦ 대열의 맨 끝에 상쇠를 향해 서 있는 두 명의 각시에게 다가가 머리에 화관을 씌워 치장을 한다.

⑧ 각시 중 한 명을 이끌고 영기 앞으로 데리고 와 춤을 추며 논다. 나머지 한 명의 각시와도 마찬가지의 행동을 보인다.

⑨ 영기 앞에서 이제 두 명의 각시와 상쇠가 마주 보고 춤을 추며 논다.

⑩ 각시들을 원래의 자리로 돌려보내고 난 상쇠가 각시의 머리 위에 얹어 두었던 화관을 양손에 들고 혼자 춤을 추다가 모닥불을 향해 던지면서 마무리한다.

탐모리는 적대 모순의 완전해결을 위한 전투의 계속인데 적의 부활을 저지하고 적의 잔당을 소탕하기 위한 수색작전을 펼친다. 이 탐모리를 마친 뒤에는 놀음굿이 이어진다. 도둑잽이에서 참살당한 적장인 대포수는 문굿을 마칠 때까지 판 안에 들어올 수 없다. 상쇠는 전투의 무기였던 꽹과리를 영기 끝의 삼지창에 걸어 두고 축제의 도구인 화관을 들어 각시 두 명의 머리 위에 씌우고 잔치를 벌인다.

전투와 승리의 축제인 도둑잽이와 문굿이 끝나면 치배들은 맡았던 역할 연기를 중단하고 본래의 농악 치배로 돌아온다. 상쇠는 목청을 돋우어 공연자들의 점검에 나선다. 점호굿은 도둑잽이, 문굿의 연장이 아니라 치배들이 연극을 종료하고 다시 농악의 치배로 돌아가는 과정이다. 점호굿에서는 적과 아의 구분이 없어지고 죽었던 대포수도 엄연한 공연자로 부활하여 판굿 속으로 재결합한다. 농악 공연자는 공연의 시작과 더불어 가상현실 속에 몸을 맡긴다. 일상생활의 인간이 아닌 공연 속의 인간이므로 농악 공연자는 현실의 인간이 아닌 공연자로서의 인간이다. 이 가상현실 속의 공연자와 현실 속의 청관중을 연결해 주는 연결고리로 잡색이 존재하는데 잡색놀음이 시작되면서부터는 잡색들 역시 청관중으로부터 떠나 가상현실 속으로 들어간다. 공연자와 청관중의 매개 역할인 잡색이 완전한 공연자가 되면서 또 하나의 가상이 생긴다. 그러므로 잡색놀음은 일종의 액자식 구성을 이루고 있다. 요컨대 점호굿은 최초의 가상현실로 모든 치배들이 복귀하는 과정인 것이다.

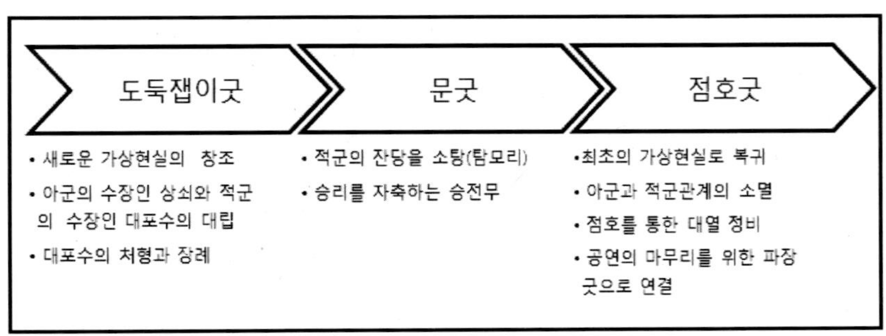

잡색놀음은 적대적 모순의 적대적 해결, 일관된 군사적 모티브 중심의 전개라는 특성을 지닌다. 남원농악의 잡색놀음을 연예화하지 않은 것은 무대극이나 천막극에서 대중의 흥미를 끌 만한 볼거리로서 적합지 않았기 때문일 것이다. 말하자면 잡색놀음은 상업적 흥행을 보장할 만한 텍스트가 아니었던 것이다. 실제로 호남지역의 연예농악에서 잡색놀음의 상업화에 성공한 사례를 찾아보기가 어려운 것은 이러한 측면이 작용했을 것으로 판단된다.

참고자료와 문헌

1. 자료

1) 영상자료

번호	자료제목	공연장소	공연자	조사자	날짜
①	남원농악 판굿	전북 남원시 금지면 상귀리	류명철 외 다수	남원농악 보존회	1997.8.24
②	남원농악 문굿	전북 남원시 어현동	류명철 외 다수	남원농악 보존회	2002.9.16
③	남원 잡색놀음	전북 남원시 어현동	류명철 외 다수	남원농악 보존회	2005.7.31
④	남원 상쇠놀이	전북 남원시 춘향문화예술회관	류명철 외 다수	남원농악 보존회	2007.3.6
⑤	진안 중평농악	전북 진안군 성수면 도통리 중평마을	김봉렬 외 다수	전주MBC	1986.11.25
⑥	진안 중평농악	서울시 송파구 서울놀이마당	이승철 외 다수	진안농악 보존회	2006.7.1
⑦	곡성 죽동농악	전남 곡성군 곡성읍 죽동리	박대업 외 다수	광주시립 박물관	1996.1.7
⑧	임실 필봉농악	전북 임실군 강진면 필봉리	양순용 외 다수	이보형	1980.8.15
⑨	임실 필봉농악	전북 임실군 강진면 필봉리	양순용 외 다수	문예진흥원	1987.2.14

2) 음향자료

번호	자료제목	장소	공연자 대담자	조사자	날짜
①	구술면담자료	남원시 향교동	류명철	김정헌	1994.9.24
②	구술면담자료	남원시 용정동 남원농악전수관	류명철	김정헌 김선태	2002.5.15
③	구술면담자료	전주시 우아동	홍유봉	김정헌	2001.10.9
④	구술면담자료	남원시 국립민속국악원	박재윤	김정헌 외	2001.5.25
⑤	남원농악연주	남원시 향교동	류명철	김정헌	1995.6.4
⑥	남원농악연주	남원시 용정동 남원농악전수관	류명철 외	김정헌	2002.4.8
⑦	남원농악연주	전주시 중화산동 GEM스튜디오	류명철 외	남원농악 보존회	2006.4.19
⑧	진안농악연주	진안군 성수면 도통리 중평	김봉렬 이병렬 전석봉	진안농악 보존회	1987
⑨	필봉노래굿	미상	양순용 외	미상	미상
⑩	좌도농악연주	전주시 전주농고	기창수 외	문화재 관리국	1967
⑪	곡성농악연주	전남 곡성군 곡성읍 죽동리	기창수 외	문화재 관리국	1975.8

3) 문헌자료

강한영 편(1971), 『신재효 판소리 사설집』, 서울: 민중서관.

김익두(2004), 「남원농악고증」, 전주: 전라북도.

김익두(2005), 『정읍농악』, 서울: 정읍시, 전북대 인문과학 연구소.

김익두(1992), 『정읍지역민속예능』, 전주: 전북대 박물관.

김익두 외(1987), 『남원지방문화재지표조사보고서』, 전주: 전북대박물관.

김익두 외(1994), 『호남좌도풍물굿』, 전주: 전북대박물관.

김익두, 김정헌(2006), 『남원농악』, 서울: 한국농악보존협회 남원시지회.

김정헌 외(2006), 『남원농악의 장단』, 서울: 한국농악보존협회 남원시지회.

문화재관리국(1999), 『임실필봉농악』, 서울.

문화재관리국(1969), 『한국민속종합조사보고서』(전남편), 서울.

문화재관리국(1971), 『한국민속종합조사보고서』(전북편), 서울.

박송희 편(1988), 『박녹주 창본 흥보가』, 서울: 집문당.

박헌봉, 유기룡(1965), 『농악12차』, 서울: 문화재관리국.

봉천놀이마당(1994), 「전라좌도 진안중평굿」, 『민속교육자료집』, 서울.

양진성(1999), 『호남좌도 임실필봉굿』, 전주: 임실문화원.

이기주(1985), 「농악」, 필사본.

이보형(1982), 『전라북도국악실태조사』, 서울: 문화재관리국.

이보형, 정병호 외(1982), 『한국민속종합조사보고서13』, 서울: 문화재관리국.

익산문화원(1995), 『익산농악』, 익산: 익산문화원.

전라남도(1988), 『전남의 세시풍속: 풍속·놀이·당산제·농악』, 광주: 전라남도.

전라남도(1980), 『전라남도 국악실태조사』, 광주.

전라북도(2004), 『전라북도 농악·민요·만가』, 전주.

정병호(1986), 『농악』, 서울: 열화당.

한국향토사연구전국협의회(1994), 『한국의 농악: 호남편』, 서울: 수서원.

한국향토사연구전국협의회(1997), 『한국의 농악: 영남편』, 서울: 수서원.

홍현식 외(1967), 『호남농악』, 서울: 문화재관리국.

이보형, 정병호 외(1982), 『무형문화재조사보고서18』, 서울: 문화재관리국.

『갑오기사(甲午記事)』

『계곡집(谿谷集)』

『고려사(高麗史)』

『고려사절요(高麗史節要)』

『고봉선생문집(高峯先生文集)』

『기우집(騎牛集)』

『동국세시기(東國歲時記)』

『노상추일기(盧尙樞日記)』

『동국이상국집(東國李相國集)』

『매천야록(梅泉野錄)』

『목은집(牧隱藁)』

『백사선생집(白沙先生集)』

『봉성문여(鳳城文餘)』

『북사(北史)』

『비변사등록(備邊司謄錄)』
『사가시집(四佳詩集)』
『삼국사기(三國史記)』
『삼국유사(三國遺事)』
『삼국지(三國志)』
『삼탄선생집(三灘先生集)』
『서하선생집(西河先生集)』
『석천선생시집(石川先生詩集)』
『성소복부고(惺所覆瓿藁)』
『성호사설(星湖僿說)』
『세시풍요(歲時風謠)』
『세시잡영(歲時雜詠)』
『속동문선(續東文選)』
『속음청사(續陰晴史)』
『수서(隋書)』
『승정원일기(承政院日記)』
『신증동국여지승람(新增東國輿地勝覽)』
『여지도서(輿地圖書)』
『역옹패설(櫟翁稗說)』
『예기(禮記)』
『용재총화(慵齋叢話)』
『운곡행록(耘谷行錄)』
『제정집(霽亭集)』
『조선왕조실록(朝鮮王朝實錄)』
『주서(周書)』
『증보문헌비고(增補文獻備考)』
『총쇄록(叢鎖錄)』
『추강선생문집(秋江先生文集)』
『학봉집(鶴峯集)』
『학포선생문집(學圃先生文集)』
『한양세시기(漢陽歲時記)』

『해동죽지(海東竹枝)』
『후한서(後漢書)』
『개벽』
『동광』
『신동아』
『삼천리』
『조광』
<황성신문>
<뎨국신문>
<농민주보>
<뎨국신문>
<동아일보>
<문화일보>
<조선일보>
<중앙신문>
『위키백과 사전』, http://enc.daum.net/dic100

2. 참고문헌

1) 단행본

국립민속박물관(2005), 『조선대세시기Ⅱ』, 서울.
국제한국학회(1999), 『실크로드와 한국문화』, 서울: 소나무.
권희덕(1995), 『농악교본』, 서울: 세일사.
김영탁(1981), 『한국의 농악』 상, 하, 서울: 지방문화재보호협회.
김영희(2004), 『고창농악 고깔소고춤』, 서울: 작품(나은영).
김우현(1984), 『농악교본』, 서울: 세광음악출판사.
김원호(1999), 『풍물굿 연구』, 서울: 학민사.

김월덕(2006), 『한국 마을굿 연구』, 서울: 지식산업사

김정환 외(1986), 『문화운동론2』, 서울: 공동체.

김헌선(1991), 『풍물굿에서 사물놀이까지』, 서울: 귀인사.

민속학회(1994), 『한국민속학의 이해』, 서울: 문학아카데미.

민족굿회 편(1987), 『민족과 굿』, 서울: 학민사.

민족굿회 편(1988), 『노동과 굿』, 서울: 학민사.

박용재(1992), 『광산농악』(상), (하), 광주문화원.

박진태(1998), 『한국 민속극 연구』, 새문사.

박황(1987), 『판소리 이백년사』, 서울: 사사연

백대웅(1995), 『전통음악개론』, 서울: 어울림.

손태도(2003), 『광대의 가창문화』, 서울: 집문당.

신기남 구술, 김명곤 편집(1992), 『어떻게 허먼 똑똑헌 제자 한놈 두고 죽을
          꼬?』, 서울: 뿌리깊은 나무.

신용하 외(19985, 『공동체이론』, 서울: 문학과 지성사.

신용하 외(1984), 『한국사회연구2』, 서울: 한길사.

신용하 외(1987), 『한국사회의 신분계급과 사회변동』, 서울: 문학과 지성사.

유무열(1983), 『한국의 농악』, 서울: 강원일보사.

이두현(2005), 『한국 연극사』, 서울: 학연사 신수판.

이상진(2002), 『한국농악개론』, 서울: 민속원.

이영금(2007), 『전북씻김굿』, 서울: 민속원.

이혜구(1957), 『한국음악연구』, 서울: 국민음악연구회.

임진택(1990), 『민중연희의 창조』, 서울: 창작과 비평사.

송방송(1984), 『한국음악통사』, 서울: 일조각.

전경욱(2004), 『한국의 전통연희』, 서울: 학고재.

정병호(1991), 『한국의 민속춤』, 서울: 삼성출판사.

정이담 외(1985), 『문화운동론』, 서울: 공동체.

조흥윤 외(1990), 『민족예술의 이해』, 서울: 민족문화사.

주강현(1992), 『굿의 사회사』, 서울: 웅진출판.

주강현(1997), 『우리문화의 수수께끼2』, 서울: 한겨레신문사.

천이두(1986), 『판소리 명창 임방울』, 서울: 현대문학.

무라야마 지준(村山智順) 지음(1941), 『조선의 향토오락』, 조선총독부, 박전

열 역(1992), 집문당.

Carol Simpson Stern&Bruce Henderson(1993), *Performance: Texts and Contexts*, New York & London: Longman.

Paul Creston, 최동선 역(1991), 『리듬원리』, 서울: 세광음악출판사.

Ray L Birdwhistell(1970), *Kinesics and Context*. Philadelphia: University of Pennsyvania Press.

Richard Schechner(2002), *Performance Studies*, Philadelphia: University of Pennsylvania Press.

Richard Schechner, 김익두 역(2004), 『민족연극학』, 서울: 한국문화사.

Richad Palmer, 이한우 역(1988), 『해석학이란 무엇인가』, 서울: 문예출판사.

Robert C. Provine(1975), 『Drum Rhythms in Korean Farmers Music(전북농악장고장단)』, 신진문화사.

Terry Eagleton, 김명환 외 공역(1986), 『문학이론입문』, 서울: 창작과비평사.

Victor Turner, 이기우, 김익두 역(1996), 『제의에서 연극으로』, 서울: 현대미학사.

2) 논문

강미란(1986), 「마을굿과 두레굿의 농악」, 『무용학회논문집』8, 대한무용학회, 133～145쪽.

곽장근(2004), 「호남 동부지역의 가야세력과 그 성장과정」, 『호남고고학보』20, 호남고고학회, 91～124쪽.

권두현(1993), 「풍물의 기능과 연행양식 연구」, 안동대 석사논문.

권선오(1989), 「청도차산 농악에 관한 연구」, 부산대 석사논문.

권은영(2003), 「여성농악단 연구」, 전북대 석사논문.

길석근(1999), 「전라좌도 농악의 판굿가락 분석: 김봉열 판굿을 중심으로」, 용인대 석사논문.

김경화(1990), 「민속춤의 민중의식과 현대적 계승에 관한 예비적 고찰」, 이화여대 석사논문.

김병찬(2003), 「지신밟기 소리의 전승원리 연구」, 동아대 석사논문.

김양곤(1968), 「한국의 농악무에 대한 연구Ⅰ」, 『서울교대논문집』1, 서울교대, 133~177쪽.

김양곤(1976), 「한국의 농악에 관한 연구Ⅱ」, 『서울교대논문집』9, 서울교대, 219~247쪽.

김옥희(1985), 「호남 농악 판굿의 진풀이에 관한 연구」, 이화여대 석사논문.

김익두(1999), 「민족공연학이란 무엇인가」, 『국어문학』34, 국어문학회, 409~440쪽.

김익두(1995), 「풍물굿의 공연원리와 연행적 성격」, 『한국민속학』27, 민속학회, 97~132쪽.

김익두(1989), 「한국 민속예능의 민족연극학적 연구」, 전북대 박사논문.

김익두(1997), 「한국풍물굿 '잡색놀음'의 공연적/연극적 성격」, 『비교민속학』14, 비교민속학회, 205~226쪽.

김익두(2003), 「한국 희곡 연극 이론 수립을 위한 제언」, 『어문논총』39, 한국문학언어학회, 11~53쪽.

김인우(1987), 「풍물굿과 공동체적 신명」, 『민족과 굿』, 학민사, 102~144쪽.

김정업(1973), 「농악의 기원과 형태」, 『국어국문학』1, 조선대 국문학과.

김정헌(2003), 「남원농악 연구」, 전북대 석사논문.

김정헌(2007), 「호남좌도 '남원농악'의 공연적 특징과 변천과정」, 『공연문화연구』14, 한국공연문화학회, 147~184쪽.

김정헌(2007), 「농악의 노래굿에 관한 고찰」, 『공연문화연구』15, 한국공연문화학회, 33~64쪽.

김지영(1987), 「필봉농악의 내용과 형태에 관한 연구」, 이화여대 석사논문.

김학주(1987), 「종규의 변화발전과 처용」, 『아세아연구』8권 9호, 고려대 아세아문제연구소.

김학주(1965), 「좌도영산가락에 관한 음악적 고찰」, 한국정신문화연구원 석사논문.

김현숙(1991), 「농악에서 채보와 분석의 문제」, 『한국음악연구』19, 한국국악학회, 73~89쪽.

김현숙(1987), 「호남좌도농악에 관한 연구」, 서울대 석사논문.

노광일(1985), 「풍물의 새로운 이해」, 『문화운동론1』, 공동체, 268~287쪽.

류창열(1991), 「충청웃다리 농악의 장단 및 대형변화에 따른 움직임 고찰」,
　　　충남대 석사논문.

민병상(1997), 「금산농악의 현장 연구」, 중앙대 석사논문.

박근숙(1991), 「한국농악에 관한 연구: 지역별 분석을 중심으로」, 경희대 석
　　　사논문.

박전열(2001), 「동제에 있어서 걸립의 문제」, 『한국민속학』34, 한국민속학회,
　　　85~108쪽.

박정미(1992), 「경기도 평택풍물굿 중 춤사위 연구」, 수원대 석사논문.

박진태(1997), 「농악대 잡색놀이의 연극성과 제의성」, 『한국민속학』29, 민속
　　　학회, 459~484쪽.

박진태(1998), 「영광 농악의 잡색놀이 연구」, 『비교민속학』15, 비교민속학회,
　　　121~143쪽.

박진태(2002), 「진주·삼천포농악의 전승실태와 보존방안」, 『인문예술논총』
　　　23, 대구대 인문과학예술문화연구소, 1~28쪽.

서옥규(1987), 「농악복식에 관한 연구」, 이화여대 석사논문.

성기련(2003), 「1930년대 판소리 음악문화 연구」, 서울대 박사논문

성재형(1987), 「농악의 각 지방별 특색에 관한 연구 분석」, 『무용학회논문집』
　　　9, 대한무용학회, 127~140쪽.

성재형(1984), 「좌도농악과 우도농악의 비교」, 한양대 석사논문.

손병우(1988), 「농악형식에 있어서 진풀이에 관한 연구」, 중앙대 석사논문.

손우승(2007), 「일제 강점기 풍물의 존재양상과 성격」, 『실천민속학연구』9,
　　　실천민속학회, 289~332쪽.

손우승(2000), 「풍물 진법의 전개과정과 연행원리」, 안동대 석사논문.

손태도(2001), 「광대 고사소리에 대하여」, 『한국음반학』11, 한국고음반연구
　　　회, 71~91쪽.

손태도, 이자균(2001), 「광대 집단에 대한 연구2」, 『공연문화연구』2, 한국공
　　　연문화학회, 177~219쪽.

송방송(2002), 「한국음악소사」, 『한국음악학의 현단계』, 민속원.

신경숙(2001), 「19세기 연행예술의 유통구조」, 『어문논집』43, 민족어문학회,

343~367쪽.

신미섭(1998), 「두레굿에 관한 연구」, 중앙대 석사논문.

신용하(1984), 「두레공동체와 농악의 사회사」, 『한국사회연구』2, 한길사, 11
　　　~53쪽.

신용하(1987), 「갑오농민 전쟁과 두레와 집강소의 폐정개혁」, 『한국사회의
　　　신분계급과 사회변동』, 문학과 지성사, 86~120쪽.

신용하(1987), 「두레와 농민문화」, 『현대자본주의와 공동체 이론』, 한길사,
　　　436~501쪽.

심우성(1988), 「사물놀이 명칭의 숨은 내력」, 『민속문화론 서설』, 동문선, 300
　　　쪽~303쪽.

심우성(1978), 「평등과 화합의 사상」, 『문학사상』72, 문학사상사, 229~241쪽.

양진성(2000), 「호남 좌우도 풍물굿에 관한 연구」, 단국대 석사논문.

양향진(2003), 「광양 풍물굿 연구」, 우석대 교육대학원 석사논문.

오승희(1984), 「호남우도농악에 관한 고찰」, 이화여대 석사논문.

오종섭(1989), 「풍물굿에서의 공동체의식에 관한 연구」, 서울대 석사논문.

원창국(1993), 「호남 좌·우도의 민속놀이에 관한 연구」, 수원대 석사논문.

유경옥(1987), 「이리농악의 연구」, 숙명여대 석사.

유경희(1992), 「한국무용의 춤사위 용어에 관한 연구: 민속무용 용어를 중심
　　　으로」, 경희대 석사논문.

유대안(2004), 「날뫼북춤의 장단연구」, 계명대 박사논문.

유미희(1989), 「한국춤에 나타난 신명에 대한 연구」, 이화여대 석사논문.

유옥재(1985), 「한국농악의 지역적 특징에 관한 고찰」, 『인문학연구』21, 강
　　　원대학교, 76~110쪽.

윤광봉(2000), 「한국연희와 역사적 전개」, 공연문화연구1, 한국공연문화학회,
　　　99~118쪽 .

윤명원(2002), 「한국전통음악장단의 불규칙성에 관한 연구」, 『한국음악연구』
　　　31, 한국국악학회, 401~428쪽.

윤미라(1994), 「민속춤에 내재된 춤 image에 관한 연구 - 농악, 탈춤을 중심
　　　으로」, 『무용학회논문집』16, 대한무용학회, 153~170쪽.

이경혜(1972), 「농악리듬의 분석적 고찰」, 이화여대 석사.

이경호(1998), 「한국 풍물춤의 전반적 성격과 무용학적 특성」, 『대한무용학

회』24, 대한무용학회, 297~320쪽.

이경희(1985), 「영동지역 농악에 관한 연구」, 중앙대 석사논문.

이보형(1985), 「강릉농악의 특질」, 『강원민속학』3, 강원민속학회, 35~43쪽.

이보형(1997), 「고사소리 해설, 사설」, 『한국음반학』7, 한국고음반연구회, 443
～460쪽.

이보형(1978), 「농악」, 『한국의 민속예술』, 한국문화예술진흥원.

이보형(1984), 「농악에서 길굿과 채굿」, 『민족음악학』6, 서울대동양음악연구
소, 31~47쪽.

이보형(1986), 「농악으로 벌이는 마을굿 당산제」, 『한국인의 놀이와 제의:
풍물굿』, 평민사.

이보형(1998), 「농악의 미의식」, 『한국민속학』30, 민속학회.

이보형(1978), 「농악의 용어 해설」, 『문학사상』72, 문학사상사, 242~249쪽.

이보형(1970), 「농악의 채에 대한 음악적 고찰」, 『한국민속학』2, 한국민속학
회, 69~88쪽.

이보형(1981), 「마을굿과 두레굿의 의식구성」, 『민족음악학』4, 서울대 동양
음악연구소, 9~20쪽.

이보형(1978), 「쇠가락의 충동과 그 다양성」, 「농악의 용어 해설」, 『문학사
상』72, 문학사상사, 242~249.

이보형(1976), 「신대와 농기」, 『한국문화인류학』8, 한국문화인류학회, 59~
66쪽.

이보형(1997), 「전립과 농악의 상모」, 『한국민속학』29, 한국민속학회, 127~
139.

이보형(1995), 「전통기보론에서 박의 집합론과 분할론의 합리성과 효용성」,
『민족음악학』17, 서울대동양음악연구소, 19~40쪽.

이보형(1978), 「한국농악의 음악적 특성과 사회적 기능」, 『明大』9, 명지대
교지편집위원회, 11~16쪽.

이보형(1992), 「한국민속음악장단의 대강박(대박), 박, 분박(소박)에 대한 전통
기보론적 고찰」, 『국립국악원논문집』4, 국립국악원, 23~56쪽.

이보형(1996), 「호남우도농악 판굿 해설」, 『한국음반학』6, 한국고음반연구회.

이영금(2005), 「전북지역 무당굿의 전반적 성격과 공연학적 특성」, 『공연문
화연구』10, 한국공연문화학회, 283~322쪽.

이영배(2003), 「잡색놀음연구Ⅰ」, 『한국민속학』37, 한국민속학회, 213~234쪽.

이영배(2004), 「잡색놀음연구Ⅱ」, 『한국언어문학』53, 한국언어문학회, 233~261쪽.

이영배(2003), 「풍물굿 연구의 심화를 위한 제언 – 풍물굿 연구담론의 위상 점검과 새로운 방향 모색」, 『한국민속학』39, 한국민속학회, 303~336쪽.

이영배(2007), 「풍물굿 '잡색놀음'의 연극성과 축제성」, 『공연문화연구』14, 한국공연문화학회, 303~358쪽.

이영배(2006), 「호남 지역 풍물굿의 잡색놀음 연구」, 전북대 박사논문.

이영식(2006), 「장례요의 <옥설가> 수용양상에 관한 연구」, 『한국민속학』43, 한국민속학회, 355~386쪽.

이용식(2005), 「음악인류학에서의 채보, 기보 방법론」, 『음악과 문화』12, 세계음악학회, 29~68쪽.

이용식(2004), 「호남좌도농악의 갈래」, 『한국음악연구』35, 한국국악학회, 199~224쪽.

이용식(2003), 「호남좌도농악의 여러 양상에 대한 내관적(emic) 비교」, 『동양음악』25, 서울대 동양음악연구소, 79~109쪽.

이은아(1997), 「고창농악에 관한 고찰: 소고춤을 중심으로」, 원광대 석사.

이종진(1996), 「풍물굿의 가락 구조와 역동성」, 안동대 석사논문.

이지영(2003), 「한국 무용의상의 색에 관한 연구」, 숙명여대 석사논문.

임돈희, 로저 제널리(1989), 「한국 민속학사의 재조명」, 『비교민속학』5, 3~42쪽.

임동권(1978), 「농악과 생활사·농경생활자의 반주」, 『문학사상』, 문학사상사, 220~228쪽.

장사훈(1985), 「악복과 무복의 역사적 변천에 관한 연구」, 민족음악학7, 서울대 동양음악연구소.

장휘주(2004), 「사당패의 집단성격과 공연내용에 대한 사적 고찰」, 『한국음악연구』36, 한국국악학회, 225~240쪽.

전은자(1996), 「민속춤의 성향분석과 변형에 관한 연구」, 『무용학회논문집』19, 대한무용학회, 321~342쪽.

전은자(2001), 「변형된 장고춤의 동작분석을 통한 미적 가치」, 『무용학회논문집』29, 대한무용학회, 245~276쪽.

전은자(1998), 「소고무의 구조적 분석에 의한 실체 연구」, 무용학회논문집』 23, 대한무용학회, 337〜354쪽.

전인평(1979), 「굿거리 장단의 변주방법」, 『민족음악학』3, 서울대 동양음악 연구소, 79〜95쪽.

정병호(1993), 「농경의례와 민속춤」, 『중앙민속학』5, 중앙대 민속학연구소, 185〜189쪽.

정병호(1970), 「농악무용진행법: 체육교육의 새 비젼」, 『교육연구』

정병호(1993), 「농악의 지역적 분포와 그 놀이의 양태」, 『한국민속놀이의 종합적 연구』, 한국민속학회.

정병호(1983), 「농악의 예능적 특성」, 『창론』3, 중앙대 한국예술연구소, 78〜88쪽.

정병호(1988), 「농악의 잡색극」, 『한국연극』 4월호, 한국연극협회.

정병호(1993), 「농악의 지역적 분포와 그 놀이의 양태」, 『한국 민속놀이의 종합적 연구』, 민속학회, 40〜43쪽.

정병호(1977), 「민속무용의 춤사위에 관한 연구」, 『한국민속학』10, 민속학회, 73〜109쪽.

정병호(1989), 「한국민속무용론」, 『중앙민속학』1, 중앙대 민속학연구소, 105〜160쪽.

정병호(1990), 「한국민속무용의 유형」, 『민속예술』, 집문당, 16〜36쪽.

정병호(1983), 「현장을 통해 본 농악의 특징과 전승문제」, 『문예진흥』 1월호, 한국문화예술진흥원.

정은면(1996), 「청원 농악 진풀이에 관한 연구」, 중앙대 석사논문.

정형호(1998), 「농악의 잡색놀이에 나타난 연극적 성격 고찰」, 『남도민속학회의 진전』, 태학사, 533〜566쪽.

정회갑(1966), 「경기도 농악의 연구」, 『서울대 음대 학보 4집』, 서울대학교.

정회갑(1968), 「한국민속무에 사용되는 음악연구 – 전북농악을 중심으로」, 『서울대음대학보』3, 서울대 음대학생회.

조동일(1969), 「농악대의 '양반광대'를 통해 본 연극사의 몇 가지 문제」, 『동산 신태식박사 송수기념논총』, 계명대 출판부, 207〜223쪽.

조상훈(2002), 「전라우도 풍물가락에 관한 연구」, 전북대 석사논문.

조세훈(2006), 「호남좌도 풍물굿 연희연구」, 전북대 석사논문.

조정현(1998, 「민속연행예술에 나타난 도둑잽이놀이의 구조와 미의식」, 안동대 석사논문.

주강현(1995), 「농기 의례와 놀이고」, 『한국민속학보』6, 한국민속학회, 93~115쪽.

주강현(1989), 「두레공동노동의 사적 검토」, 『노동과 굿』, 학민사.

주강현(1989), 「두레공동노동 조사보고서」, 『노동과 굿』, 학민사, 151~198쪽.

주강현(1988), 「마을 공동체와 마을굿 두레굿 연구」, 『민족과 굿』, 학민사, 37~101쪽.

주영자(1985), 「민속악 리듬연구」, 『주제연구』9, 이화여대 한국문화연구원, 1~176쪽.

주영자(1986), 「한국 민속악 Rhythm 구조 연구」, 『한국문화연구원 논총』51, 이화여대, 393~445쪽.

주영자(1981), 「한국 장고음악에 나타난 Rhythm과 Movement 연구」, 『한국문화연구원논총』, 이화여대 한국문화연구원, 217~290쪽.

지춘상(1978), 「농악의 연희성·놀이 문화의 원초형」, 『문학사상』, 문학사상사, 250~259쪽.

채진영(1985), 「한국 전통무용복의 문헌적 고찰」, 숙명여대 석사, 1985.

최자운(2005), 「경기지역 고사소리 연구」, 『한국민요학』16, 한국민요학회, 329~351쪽.

최자운(2007), 「농악대 고사소리의 지역별 특성과 변천 양상」, 경기대 박사논문.

최태열(1984), 「전북 좌·우도 농악무에 관한 비교」, 중앙대 석사논문.

최형식(1999), 「농악 이미지 장신구 개발에 관한 연구」, 서울산업대 석사논문.

추은희(2004), 「농악 복식에 관한 연구」, 전남대 박사논문.

한상수(1998), 「농악의 기원에 대한 고찰」, 『인문과학논문집』26, 대전대 인문과학연구소, 251~269쪽.

한상수(2003), 「좌도풍물의 영산가락 비교 분석」, 용인대 석사논문.

한현걸(2000), 「한국의 농악무와 중국 앙가무의 예술구조 비교연구」, 숙명여대 석사논문.

홍기백(1979), 「농악지도개발 활용실천 연구」, 연세대 교육대학원 석사.

홍나영, 민보라(2006), 「조선후기 감로정화 하단화를 통해서 본 예인복식 연구」, 『한국의류학회지』30, 한국의류학회, 94~105쪽.

Nathan Hesselink(2001), 「한국풍물에 박자구조를 밝혀내는 결정체로서의 춤」, 『음악과 문화』4, 세계음악학회, 99~110쪽.

Nathan Hesselink(1999), 「동전의 양면: 호남 좌·우도 농악 동근론」, 『동양음악』21, 서울대동양음악연구소, 175~225쪽.

Keith Howard(1982), 「음악적 언어와 사회적 음악」, 『한국음악연구』12, 한국국악학회.

Keith Howard(1993), 「무속음악에 사용된 굿거리 장단에 대한 고찰」, 『한국음악사학보』11, 한국음악사학회.

김정헌 ──────────────────────────────────────

저자는 성균관대 국문과, 전북대 한국음악과를 졸업하고 전북대 음악교육
학 석사, 전북대 대학원 국문과에서 「호남좌도농악 연구」로 문학박사 학위
를 취득하였다. 1986년부터 농악을 배웠고 1994년 남원농악의 상쇠 류명철
선생 문하에 입문한 이래 지금까지 농악 공연자로 살고 있다. 2003년 전북
무형문화재 7-4호 남원농악 이수자가 되었고, 현재 남원시립국악단에 근무
하고 있으며 전주대학교, 우석대학교, 남원국악예고 등에 출강하고 있다.
주요 저서로 『남원농악의 장단(공저)』, 『남원농악(공저)』 등이 있고 논문으
로 「남원농악연구」, 「호남좌도 남원농악의 공연적 특징과 변천과정」, 「농
악의 노래굿에 관한 고찰」 등이 있다.

호남좌도농악을 중심으로

한국농악의 역사와 이론

초판인쇄 | 2009년 1월 16일
초판발행 | 2009년 1월 16일

지은이 | 김정헌
펴낸이 | 채종준
펴낸곳 | 한국학술정보㈜
주 소 | 경기도 파주시 교하읍 문발리 513-5 파주출판문화정보산업단지
전 화 | 031) 908-3181(대표)
팩 스 | 031) 908-3189
홈페이지 | http://www.kstudy.com
E-mail | 출판사업부 publish@kstudy.com

등 록 | 제일사 115호(2000. 6. 19)
가 격 32,000원

ISBN 978-89-534-0847-0 93810 (Paper Book)
      978-89-534-0854-8 98810 (e-Book)